KB053503

제갈량과 20세기 동양적 혁명을 논하다

쩨갈량과 20세기 동양적 혁명을 논하다

—역주 몽견쩨갈량夢見諸葛亮

유원표 지음 · 이성혜 역주

산지니

일러두기

1. 이 책은『夢見諸葛亮』(劉元杓 著, 廣學書舖, 1908년, 1책)을 저본으로 역주하였다.『夢見諸葛亮』은 현재 국립중앙도서관(古, 朝, 48, 13)에 보관되어 있다.
2. 이 책에 게재한 사진 역시 위의『夢見諸葛亮』에 소재한 것이다.
3. 원문에 한자로 표기된 나라는 현재의 나라명으로 번역하였다.
4. 원문에 한자로 표기된 서양의 인물 역시 현재의 명칭으로 번역하였다.
5. 현재 우리가 통상 '청일전쟁', '러일전쟁'이라 일컫는 것은 원작자의 의도를 살리기 위해 '일청전쟁', '일러전쟁'이라고 원문 그대로 번역하였다. 다만 역자 주석인 경우에는 '청일전쟁', '러일전쟁'이라 하였다.
6. 작품에서 언급되는 인물은「출전인물간략정보」로 정리하였으므로 문장 속에서 인물에 대한 추가적 설명은 하지 않았다.
7. 원문의 띄어쓰기는 역자가 하였다.
8. 해제는 아래 두 논문에서 취한 것이다.
   1) 이성혜(2012),「蜜啞子 劉元杓에 대한 傳記的 고찰」(『동북아문화연구』제33집, 동북아시아 문화학회)
   2) 이성혜(2014),「유가사상의 변혁을 통한 20세기 동양적 혁명에 대한 몽상적 사유-『몽견제 갈량夢見諸葛亮』분석」(『국학연구』제24집, 한국국학진흥원)

『몽견제갈량』의 저자 유원표

聾啞子著

夢見諸葛亮

李鍾泰題籤

夢見諸葛亮　目錄

一

목 차

해제

유가사상의 변혁을 통한
20세기 동양적 혁명에 대한 몽상적 사유

이성혜

『몽견제갈량』은 유원표(劉元杓)가 1908년 광학서포에서 발간한 국한
문체 몽유록계의 정치소설이다. 신채호(申采浩)의 서문을 붙인 것을 보
면 소설이라기보다 시대 상황에 대한 정치적 개혁안이라고 할 수 있다.
등장인물은 유원표의 호(號)이기도 한 밀아자와 제갈량 단 두 사람이
다. 6개의 장으로 구성되었는데, 짧은 입몽(入夢)과 교몽(覺夢)을 제외한
전체 내용은 과거와 현재의 정치 현안에 대한 밀아자와 제갈량의 문답
으로 이루어져 있다.

1장에서 3장까지는 제갈량의 당시 정책에 대한 비판과 반론, 당대 논
자들의 평가와 후대 역사가의 평가의 엇갈림 등에 대한 반박과 변론 등
이다. 이는 전반부에 해당하는 것으로, 당시 거의 전권(全權)을 가졌으
며, 천문(天文)을 보고 바람을 부르는 등 '전무후무한 제갈량'으로 일컬
어지던 제갈량이 유가사상을 개혁하여 실용과 실리를 꾀하면서 촉한
을 통일하지 못한 것에 대한 아쉬움을 드러내고 있다. 그러나 이는 프
랑스의 식민지가 된 베트남의 재앙을 프랑스 식민주의자의 죄악이라기
보다는 베트남 사람들 스스로가 초래한 실패의 결과로 보려는 일부 개
화지식인들과 『황성신문』[1]의 논지와 같은 것으로, 중국과 조선의 당시

---

1) 『나를 배반한 역사』, 인물과사상사, 2003, p.283; 「베트남 근래의 일을 대략적으로
   서술함(述安南近事大略)」, 『황성신문』, 1906년 5월 3일.

상황을 일본 식민주의자들의 잘못보다는 유가사상을 개혁하지 못한 중국과 조선에 있다고 해석할 수 있는 위험한 인식이다.

4장부터는 유원표가 얘기하고 싶은 현실정치의 문제점과 당대의 실상 및 개혁안이다. 여기서 말하고 있는 것은 동양문학의 부화(浮華)함이 선비의 정신을 나약하게 하고 실상을 보지 못하며, 실리를 취하지 못하게 하여 결국 나라의 존폐 위기를 불렀다는 것이다. 그의 지적은 예리하고 뼈아프며, 오늘날에도 여전히 유효하다. 다만 아쉬운 것은 그에 대한 타개책으로 중국이 한시바삐 정략을 개량할 것을 촉구하고, 황백인종론에 근거한 한중일의 수평적 대동합방론을 제시하였다는 점이다.

이 제안에는 한국의 지식인들이 구체적으로 어떻게 해야 하는지, 한국이 어떻게 개량해야 하는지에 대한 명확한 내용이 없다. 물론 중국의 경우를 통해 우회적으로 한국의 유가지식인들에게 전하는 메시지는 있지만, 여기서 말하는 '동양문학'은 엄격하게 말하면 중국문학을 일컫는 것이며, 한국은 중국의 개량과 변화에 연동(聯動)되는 관계로 보고 있다. 뿐만 아니라, 서문을 쓴 신채호의 우려처럼 과거 천육백 년 전의 인물인 제갈량을 불러내어 그 당시 정치 상황을 현실정치와 관련해서 논의한다는 것이 이 위급한 상황에 과연 얼마나 피부에 와 닿았을지 의문이다. 이 점이 유원표와 『몽견제갈량』의 한계로 보인다.

그럼에도 불구하고 이 책을 번역하고, 우리가 이 책을 읽어야만 하는 이유는 근대전환기 한국 계몽지식인의 고심과 사상을 파악할 수 있는 좋은 사례이기 때문이다. 특히 그동안 학계는 근대전환기 한국의 지식인들이 자국의 힘과 상황을 정확히 파악하지 못한 채, 제국주의 논리인 사회진화론 · 우승열패론 · 황백인종론 등을 무비판적으로 수용하여 자강의 의지를 불태우는 주체 없는 근대에 몰두하면서 친일과 식민지의 늪으로 점차 빠져든 사실을 일부 고증해냈지만 그에 딱 들어맞는 지표종(指標種)으로서의 작품은 제시하지 못했다. 그런데 『몽견제갈량』이 바로 그러한 지표종으로서의 작품인 것이다. 그러므로 우리는 이 작품을 꼼꼼하게 읽을 필요가 있다.

유원표는 이 책에서 열강의 침략과 일본 제국주의의 마수를 눈앞에 둔 한국 상황의 근본 원인을 규명하고자 하였으며, 이를 타개하기 위한 고육책(苦肉策)을 제시하고자 하였다. 물론 이 책에는 반일적인 요소가 대단히 부족하고, 반제국주의적 성향도 그다지 보이지 않지만 여기에 나타난 우승열패의 사회진화론과 황백인종론의 사상은 근대전환기 많은 한국 지식인들이 열망했던 사상이다. 제국 열강들이 침략의 논리로 내세운 이러한 사상을 수용하는 모순으로 인해 한국의 많은 계몽지식인들은 초기 문명과 개화로 부국강병을 꾀하고자 노력했지만 결국일본의 기만적인 아시아 연대론에 물들어가고 일부는 친일로 귀결되고만다.

1. 유원표, 그는 누구인가

1) 한양 유씨 역관 집안

유원표는 한양 유씨이다. 조선에서 한양 유씨가 성관(姓貫)인 가계는 양반 가계 중에는 없으며, 오직 기술직 중인[2] 가계 하나뿐이다. 조선의 한양 유씨는 유다불(劉多佛)을 시조로 한다. 유다불의 손자 명장(命長, 1523~1578)의 생몰 연대로 보아 유다불은 15세기 말에서 16세기 초에 생존한 것으로 보인다. 그의 후손들이 한양이라는 본관을 다른 유씨로부터 따로 취하고 조선후기에 기술직을 세전(世傳)하였던 것이다.[3]

---

2) 조선후기에 역관, 의관, 율관, 천문관, 사원, 화원, 사자관 등의 관직을 가계 내에서 세전한 신분을 가리킨다.

3) 김두헌(2004), 「조선후기 기술직 중인 庶流의 혼인과 과거 합격 및 관직 진출」, 『민속학연구』 제14호, 국립민속박물관, p.74, 각주 35.

한양 유씨는 조선시대에 잡과와 주학 합격자를 92명 배출했다. 조선시대에 잡과와 주학 합격자가 다수 배출된 가계 순서대로 본다면 이는 14위이다.[4] 그리고 92명의 합격자 중에 역과 합격자는 46명으로 전체의 50%이다. 역과 배출 순위로는 전주 이씨와 공동 10위[5]이다.[6] 그러므로 한양 유씨는 역관 집안으로 분류된다. 유원표 역시 집안의 내력에 따라 한과(漢科)에 합격하여 역관이 되었던 것이며, 그의 아들 필(㷸, 1871~?)도 한과(漢科)에 합격하였다.

『성원록(姓源錄)』과『조선시대잡과합격자총람(朝鮮時代雜科合格者總覽)』에 의거하여 유원표 집안의 간략한 세보(世譜)를 제시하면 〈표1〉과 같다.

〈표1〉에 의하면 진한, 성중, 유원표의 증조 원, 유원표 본인, 아들 필, 10촌 광표가 모두 한어 역관이다. 조선조의 유명한 화가 유숙은 유원표의 9촌 숙(叔)이다.

유원표의 아들 필은 자(字)를 문재(文哉)라 하며, 1888년 식년시 한과에 합격하였다. 필은 유원표가 20세 때 낳은 아들이다. 이 아들의 이후 행적을 확인할 수가 없는데,『신문계』제1권 9호 최찬식(崔瓚植)의「학술연구세계주유기」〈제1회 개성여행의 실기〉에 유원표의 아들 정엽(貞燁)이 나온다. 최찬식은 1913년 11월 5일『신문계』의 기자로 학술연구 취재를 위해 개성으로 갔던 것이다. 이날 유원표를 방문하여 이런저런 얘기를 나누었는데, 정엽은 7일 저녁에 등장한다. 곧, "이날 밤에 맑고 서늘한 가을달이 환하게 비추어 온 성(城)이 하얀 눈이 내린 듯하다. 밀아자[유원표] 선생의 아들 정엽 군과 함께 시가지의 밤풍경을 감상하

---

4) 1위는 경주 최씨로, 281명을 배출하였다.

5) 1위는 106명을 배출한 밀양 변씨이고, 2위는 105명을 배출한 천령 현씨, 3위는 93명을 배출한 우봉 김씨이다.

6) 김두헌(2001),「技術職 中人 身分 硏究」, 전북대 박사학위논문, pp.147-148.

〈표1〉

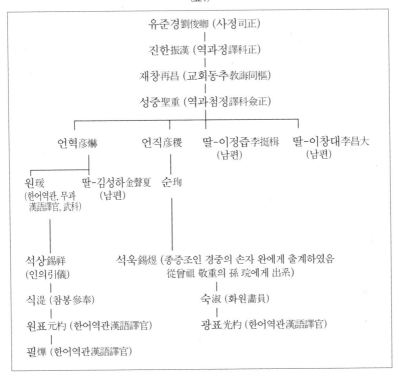

유준경劉俊卿 (사정司正)

진한振漢 (역과정譯科正)

재창再昌 (교회동추敎誨同樞)

성중聖重 (역과첨정譯科僉正)

언혁彦爀　　　언직彦稷　　　딸-이정즙李挺楫　　딸-이창대李昌大
　　　　　　　　　　　　　　　　　(남편)　　　　　　(남편)

원애元瑗　　딸-김성하金聲夏　순순珣
(한어역관, 무과　　(남편)
漢語譯官, 武科)

석상錫祥　　　　석욱錫煜 (종증조인 경중의 손자 완에게 출계하였음
(인의引儀)　　　　　　　從曾祖 敬重의 孫 琓에게 出系)

식습湜 (참봉參奉)　　　　　숙淑 (화원畵員)

원표元杓 (한어역관漢語譯官)　　광표光杓 (한어역관漢語譯官)

필엽煜 (한어역관漢語譯官)

며 한참을 산보하다가 돌아왔다"[7]는 말이 있다. 정엽은 이름으로만 보면 필과는 다른 사람으로 필의 동생이 아닌가 의심되는데 만약 정엽이 개명(改名)한 필이라면 이때 나이는 43세이다.

유원표의 아들에 관한 것은 1918년 7월 10일 발행된 『반도시론』 제2권 제7호(개성호) 최찬식의 「박연관폭기(朴淵觀瀑記)」에 다시 보인다. 기사에 의하면, 최찬식은 6월 7일 한택수(韓宅洙), 반도시론 사장

---

7) "是夜에 淸凉ᄒᆞ고 霽月이 秋輝를 揚ᄒᆞ야 一幅城中이 皎皎如雪이라 蜜啞子先生의 令郞
貞燁君을 作伴ᄒᆞ야 市街의 夜色을 愛償ᄒᆞ야 良久散步라가 歸來ᄒᆞᆯ식"(『新文界』 제1
권 제9호, 「學術研究世界周遊記, 第一回 開城旅行의 實記」, p.258). 띄어쓰기는 역
자가 하였음. 이하 동일.

다케우치 로쿠노스케(竹內錄之助)와 함께 개성의 여관을 나와 박연폭포를 보러 간다. 일행은 박연폭포로 가는 길에 관음사(觀音寺)에 들렀는데 여기서 '밀아자 선생의 영랑(令郎, 아들)'을 만난다. '영랑'이라고만 하고 이름을 쓰지 않아 단정할 수는 없지만 정엽이 아닌가 한다. 이 유원표의 아들은 병으로 요양차 절에 머무른다고 하였다.[8]

2) 군인 역관에서 계몽지식인으로

유원표는 1852년에 태어났다.[9] 그러나 그가 언제 타계했는지는 정확하지 않다. 필자가 확인한 바에 의하면, 그의 죽음은 1920년 9월 이후이다.[10] 그의 자(字)는 선칠(善七)이고, 밀아자(蜜啞子)는 아호이다.

그의 어린 시절과 청년기 시절에 대해 알려주는 자료는 현재 없다. 그의 이름이 처음으로 확인되는 것은 1879년이다. 『승정원일기』 고종 16년(1879년) 5월 2일의 기사에 의하면, 승문원에서 '승문원 사자관 김동훈 등을 개차하고 후임에 이습관(肄習官) 이홍기 등을 군직에 붙여 사진하게 할 것 등을 청하는 계'를 올리는데, 거기에 동몽(童蒙)으로 백종천 등과 함께 유원표의 필재가 자못 성취할 희망이 있다는 이유로 이습관에 소속시켜 업을 연마하도록 윤허받는다. 그는 이때 28살의 나이로 승문원의 이습관에 소속된 것이다.

당시 조선에서는 사대(事大)하는 일이 중요하였으므로 당하문관(堂下文官)을 '이습관'이라 하며 모두 승문원에 예속시켰다. 그리고 매달 2일

---

8) "觀音寺에 抵ᄒ니 寺ᄂᆞᆫ 懶翁大師의 刱建ᄒᆞᆫ바이라 (…) 少時歇脚ᄒᆞᆯ식 適히 開城의 名士蜜啞子先生의 令郎을 邂逅ᄒᆞ니 君亦年久의 身恙이 有ᄒᆞ야 此地에 療養中이라 云ᄒᆞ더라"(『반도시론』 제2권 제7호 開城號, 崔瓚植 「朴淵觀瀑記」, pp.71-72).

9) 이성무·최진옥·김희복 편(1990) 『조선시대잡과합격자총람』, 한국정신문화연구원.

10) 『매일신보』 1920년 9월 25일자 1면에 「開城에서」(碧霞山人)라는 기사가 있는데 여기에 유원표를 방문하여 대담한 내용이 있다. 그러므로 이때까지는 그가 생존해 있었다는 것이다.

에 부제조가 모여 앉아서 일과를 감독하는데, 이문(吏文)[11]에는 '순제백일장(旬製白日場)'이란 것이 있고, 한어(漢語)에는 '별초(別抄)'가 있었다.[12] 곧, 이습관은 중국과의 외교 문서에 능숙한 행정관리와 통·번역관을 키워내기 위한 승문원의 예비반이라고 할 수 있다. 유원표는 이 이습관에 소속되어 연마하던 중 다음 해 1880년에 증광시 잡과 한과(漢科)에 합격하여 직장(直長)과 한학관(漢學官)을 지냈다.[13] 그러나 한학관으로서 그의 구체적인 활동은 파악되지 않는다.

역시 『승정원일기』 고종 32년(1895년) 윤5월 6일 기사에 의하면, '군부가 한횡수 등에게 관직을 제수'하는 계를 올리는데, 유원표는 참위(參尉)로 공병 제4대대부에 소속된다. 고종 37년(1900년) 9월 11일자 『승정원일기』에 의하면 진위 제1연대 제3대대(鎭衛 第1聯隊 第3大隊)에 보임되는데, 이 보직과 관련하여서는 『관보』[14]에도 보인다. 『관보』에 의하면 1900년 4월 12일에 보직된다. 당시 그의 나이 49세이다. 그리고 1903년 9월 24일 휴직을 했다가 이듬해 9월 21일에 다시 육군 1등 군사 육군보병 참위(陸軍 1等 軍司 陸軍步兵 參尉)로 임명되고, 다시 진위 제1연대 육군보병 부위(鎭衛 第1聯隊 陸軍步兵 副尉)로 보직을 받는다.[15]

이들 자료를 정리하여 추론을 보태면, 유원표는 20대 말에 승문원의 이습관에 소속되어 학습하다가 한어 역관이 되었다. 그리고 중국과 관련하여 역관의 실무능력을 필요로 했던 군직에 보임된 것이다. 앞에 제시한 『승정원일기』 고종 16년 5월 2일의 기사에서 알 수 있듯이

---

11) 이문(吏文): 조선시대 중국과 주고받던 외교 문서 및 관용의 공문에 쓰이던 서체(書體). 순한문으로 되어 있으며 중국의 속어도 곁들여 쓰여 있다.

12) 『지봉유설』권17, 「잡사부(雜事部)」〈고실(故實)〉.

13) 이성무·최진옥·김희복 편(1990)『조선시대잡과합격자총람』, 한국정신문화연구원, p.85.

14) 『官報』12 아세아문화사, p.760.

15) 『官報』12 아세아문화사, pp.884-886.

승문원에서는 사자관 등을 군직에 붙이고 있다. 또한 "내가 연전에 중국 천진에 유람할 때, 이홍장께 올린 글 한 상자가 있는데"[16]라는 유원표의 말에서 단언할 수는 없지만 그가 군적(軍籍)으로 통역 혹은 번역과 관련된 업무를 하였다는 추정이 가능하다. 특히 1876년 개항부터 1910년까지 조선은 군사적으로 매우 어렵고 복잡한 상황에 놓여 있었다. 이러한 시대 상황 속에 군에서는 중국어에 능통한 사람이 필요했을 것이다.

10여 년을 군에 몸담은 그는 1906년 봄에 사직하고 근거지를 개성으로 옮긴다.[17] 그와 동시에 계몽지식인으로서 본격적인 활동을 한다. 신문매체에 시국과 시세에 관한 글을 기고하는 계몽지식인으로서 그의 활동은 1900년(10월 17일자 『황성신문』 2면)에 시작된다. 이후 그의 계몽적 글과 연설은 1906년과 1907년에 절정을 이루다가 점차 줄어든다. 계몽소설 『몽견제갈량』 집필에 몰두하였기 때문이라 여겨진다.

서울에서 나고 자란[18] 그가 하필 개성으로 이주한 것은 개성 진위대(鎭衛隊)의 참부위(參副尉)로 봉직하게 되면서 개성과 인연을 맺어서라고 한다.[19] 이주 초기에 그는 개성의 '유지', '명망가'로서 개성과 관련된 기사에 등장한다. 그러나 그에 대한 글과 기사는 점차 사라진다.

유원표는 『추월색』 등으로 유명한 신소설 작가 최찬식의 아버지이며, 『만세보』 사장을 지냈던 최영년(崔永年)과 지기(知己)의 관계였다.

---

16) "蜜啞子가 年前에 遊於天津홀식 上李傳相鴻章書一箱이 有하니"(『황성신문』 1905년 8월 30일 2면 「蜜啞子論」).

17) "병오년(1906, 밀아자 54세) 봄에 관직을 사직하고 가족들을 데리고 농장으로 돌아가니"(『夢見諸葛亮』, 「議者謂爲非計」).

18) "先生(유원표)은 元來 京城人으로"(『반도시론』 제2권 제7호, 白大鎭 「蜜啞子先生」, p.43).

19) "當時先生이 開城鎭衛隊의 參副尉로써 奉職ᄒ게된 신둙으로 始ᄒ야 開城과 今日의 因緣을 밋게되엿다"(『반도시론』 제2권 제7호, 白大鎭 「蜜啞子先生」, p.43).

『신문계』제1권 제9호에 최찬식의「학술연구세계주유기」〈제1회 개성 여행의 실기〉가 게재되었는데, 최찬식은 여기서 유원표를 '余의 家嚴의 宿友'라고 소개했다. 『반도시론』의 기자 백대진도「閒雲野鶴을 벗ᄒ고 餘生을 送ᄒᄂᆫ 蜜啞子先生」(제2권 제7호)에서 "선생은 최형[최찬식]의 춘 부장되시는 매하선생[최영년]의 지기임으로 말미암아 최형은 이미 선 생을 알고 있는 것 같다"[20]라고 했다.

최영년(1856~1935)은 서리출신으로 1897년 고향 광주에 시흥학교 (時興學校)를 설립하고 『제국신문(帝國新聞)』을 주재하여 민족 계몽에 힘 썼던 인물이다. 문학적 소질도 뛰어나서 설화집『실사총담(實事叢譚)』 과『악부시집(樂府詩集)』,『해동죽지(海東竹枝)』를 저술하였다. 그는 일찍 부터 신교육과 언론을 통해서 민중에게 새로운 지식을 불어넣는 일에 힘썼다. 그러나 한일병합을 주장한 친일단체 일진회의 기관지『국민신 보』의 제4대 사장을 지내면서 친일파로 분류된다. 황현은『매천야록』 에서 "일진회가 최영년을 파견하여 일본 정부에 이등박문이 머물러 있 기를 원한다고 하였다"[21]라고 썼다. 유원표와 최영년은 정도의 차이는 있으나 당대를 계몽하고자 열심히 활동했으며, 문학적 재주가 있다는 점, 그리고 그 재능을 계몽을 위해 발휘했으나 결국 친일로 흘렀다는 점에서 닮았다.

유원표는 대한자강회 회원이었다. 대한자강회는 국민교육을 강화 하고 국력을 배양함으로써 독립의 기초를 다진다는 취지 아래 1906년 에 설립된 민중계몽단체이다. 여기에는 윤효정·장지연·나수연·김상 범·임병항·윤치호·오오가키 다케오(大垣丈夫) 등의 인사가 참여하였

---

20) "先生은 崔兄의 春府丈되시ᄂᆫ 梅下先生의 知己임으로 말미암아 崔兄은 임의 先生을 아럿슴갓다"(백대진,「閒雲野鶴을 벗ᄒ고 餘生을 送ᄒᄂᆫ 蜜啞子先生」,『반도시론』제2권 제7호, 1918년).

21) "一進會遺崔永年, 願留伊藤於日本政府." (황현 저·이장희 역(2008)『매천야록』하, 명문당, p.558.)

다. 유원표는 이 단체의 회원으로서 대중을 위한 연설회에서 강연도 여러 번 하였다. 그러나 고종 황제의 퇴위와 순종 황제의 즉위를 반대하는 국민운동을 전개하고 일진회를 성토하자 통감부는 1907년 8월 21일 대한자강회를 강제 해산시켰다.

유원표는 사실상 대한자강회를 이어 1907년 11월 10에 창립된 대한협회에도 회원으로 참여하였다. 이 두 단체는 당시 대표적인 애국계몽단체이지만 처음부터 일본인 오오가키 다케오를 고문으로 영입하면서 태생적으로 활동에 한계를 가질 수밖에 없었다. 대한협회는 한때 일진회와 제휴하면서 본래의 취지가 퇴색되었으며, 그마저도 1910년 국권피탈 후 해체되었다.

유원표는 『황성신문』, 『대한매일신보』, 『매일신보』 등 여러 매체에 시국과 관련한 산문과 시를 게재하였으며, 유길준의 만장(輓章)[22]을 쓰기도 했다.

2. 왜 몽견제갈량인가

1) 제갈량을 통한 이이제이(以夷制夷)

공자는 꿈에서 주공(周公)을 보지 못한 것이 오래되었음을 한탄했다.[23] 이에 대해 정자(程子)는, "공자가 젊었을 때에는 자나 깨나 늘 주공의 도를 행하려는 마음을 두었는데, 늘그막에 이르러서는 의지가 쇠하여 할 수가 없게 되었다. 도(道)를 간직하는 것은 마음으로 노소의 차이가 없거니와 도를 행하는 것은 몸으로 늙으면 쇠하는 법이다"[24]라고 풀

22) 『兪吉濬全書』(1996) 5. 詩文編. 兪吉濬全書編纂委員會編, 一潮閣.

23) "子曰, 甚矣吾衰也! 久矣吾不復夢見周公!"(『논어』「술이」)

24) "程子曰, 孔子盛時, 寤寐常存行周公之道, 及其老也, 則志慮衰而不可以有爲矣. 蓋存道者心, 無老少之異, 而行道者身, 老則衰也."

이하였다. 한마디로 주공의 도를 실천할 힘이 떨어지자 꿈에 주공이 나타나지 않았다는 것이다.

유원표가 공자의 이 말을 패러디한 것일까? 그는 꿈에서 제갈량을 만났다고 한다. 주공-공자, 제갈량-유원표가 성립된다. 격은 다소 떨어진다고 하겠지만 의미 있는 구성이다. 또 공자가 주공을 다시 보지 못한 이유로 자신이 늙어 도를 행할 기력이 쇠퇴하였음, 곧 도가 행해지기 어려움을 한탄하였다면, 유원표는 꿈에서 제갈량을 만나 장시간 한·중·일 동양의 문제, 특히 중국과 한국이 어떻게 변혁해야 할지를 놓고 격돌한다. 그렇다면 유원표는 위기에 놓인 동양, 중국과 한국을 개혁할 힘이 있다는 것일까?

삼국시대 제갈량의 활약과 능력에 대해서는 재론이 필요 없지만, 그럼에도 불구하고 하필 죽은 제갈량을 불러냈다는 점은 깊은 고찰을 요한다. 이는 필자만의 생각이 아니라 『몽견제갈량』의 서문을 썼던 신채호도 이미 그런 의문을 제기했다.

> 20세기 대한민국은 프랑스 혁명과 미국의 독립을 꿈꾸지 않고 중국의 삼국시대만 꿈꾸며, 대도시 런던과 화려한 베를린을 꿈꾸지 않고 융중(隆中)[25]의 초당을 꿈꾸며, 나폴레옹·워싱턴·크롬웰·비스마르크를 꿈꾸지 않고 제갈공명이 되기를 꿈꾸네. 아아, 뇌목(檑木)[26]과 포석(砲石)으로 모젤총[毛槍]과 속사포[速射]를 대적할 수 있겠으며, 목우(木牛)와 유마(流馬)[27]로 어찌 기선과 화차를 물리칠 수 있겠는가? (「서문」)

---

25) 융중(隆中): 제갈량이 유비에게 가기 전 살았던 곳으로 호북성 남양현에 있다.

26) 뇌목(檑木): 나무를 둥글게 깎아 높은 곳에서 굴려 떨어뜨려 적군을 살상하는 무기.

27) 제갈량이 위나라와의 전투에서 식량을 쉽게 나르기 위해 소와 말의 모양을 한 군량수송용 기계장치인 목우와 유마를 만들었다.

이에 대해 유원표는 다음과 같이 대답했다.

그렇다 이 꿈은 본디 내가 꾸고자 하는 것이 아니다. 그러나 지금 우리 나라 사정을 보면, 사대부들이 소매를 나란히 하고 계책을 얘기하는 데, 남병산에서 바람을 빌리는 것[적벽대전]이 아니면, 금낭(錦囊)의 비결[28]이고, 서성(西城)에서 거문고를 타는 것[29]이 아니면 어복포의 팔진 도[30]이다. (…) 내가 세계 문명사로 이야기하면 그들은 눈이 휘둥그레 져서 나를 보고, 세상의 위인전으로 이야기하면 그들은 눈썹을 찡그리 며 '어찌 이런 일이 있겠는가? 어찌 이런 일이 있겠는가'라고 한다. 이

---

28) 제갈량이 유비에게 준 계책이다. 제갈량은 금낭(錦囊)의 비결을 몇 차례 사용했다. 그 첫 번째는, 유비가 손권의 여동생을 아내로 맞이하기 위해 동오로 가기 전에 제 갈량이 조자룡에게 금낭 세 개를 주면서 주머니 속에 세 가지 묘계가 들어 있으니 아주 다급할 때 금낭을 열어 순서에 따라 행하라고 분부하였다. 동오로 간 유비가 주유의 계략에 빠져 쫓기자, 조자룡은 제갈량이 준 금낭을 하나하나 열며 사지에서 벗어나 본국으로 무사히 귀환한다.
29) 사마의에게 패한 제갈량이 군율을 어긴 마속(馬謖)의 목을 베고 퇴각작전을 진행 하던 중, 불과 2천5백 명의 수비병만 있는 서성(西城)에 사마의가 인솔하는 15만 대 군이 밀려오고 있었다. 그야말로 절체절명의 위기에 제갈량은, "성문을 활짝 열고 물을 뿌려 깨끗이 청소를 하라. 적이 가까이 오더라도 각자의 깃발 밑을 떠나지 말 라. 떠드는 자는 베리라"라는 엄명을 내렸다. 그리고 그는 머리에 윤건을 쓴 뒤 흰 학창의로 갈아입고 두 아이를 데리고 성루로 올라가 향불을 피우고 앉아 고금(古 琴)을 연주했다. 이 모습을 본 사마의는 온몸이 얼어붙는 듯 오싹하는 전율을 느낀 다. 제갈량이 자기를 유인하는 계략을 쓰는 것이라 생각한 그는 곧 퇴각의 명을 내 렸다. 이른바 공성계(空城計)로 제갈량은 거문고 하나로 사마의의 15만 대군을 물 리쳤다.
30) 제갈량이 어복(魚腹, 白帝城의 원이름)의 평평한 모래밭에 여덟 줄로 돌을 쌓았다. 돌무더기는 원형으로 들고 나는 곳이 없었고, 서로의 간격은 2장(丈)이나 되었으며, 위에서 내려다보면 여덟 줄이 64개의 돌무더기가 되었다. 촉군 75만을 섬멸한 오나 라 대도독 육손이 이 석진(石陣)에 잘못 들어가 헤매다가 제갈량의 장인 황승언의 인도로 겨우 벗어났다. 이에 육손은 촉군을 추격하던 전군에 퇴거령을 내리고, "공명 은 참으로 와룡이다. 나는 그를 따를 수 없다"라고 탄식했다고 한다.

들이 그칠 줄 모르고 골몰하는 것은 오직 김성탄[31]의 삼국지뿐이다. (…) 본디 내가 제갈량을 꿈꾸었지만 실은 제갈량이 나를 꿈꾼 것일 따름이다.(「서문」)

　유원표의 말을 한마디로 정리하면, '제갈량을 통한 이이제이(以夷制夷)'이다. 한국이 변해야 하며, 그 변혁의 주체는 사대부들이 되어야 하는데 그들 사대부들이 삼국지만 보고 있으며, 이 시대 실현 불가능한 삼국지에 나오는 비결만을 만지작거리고 있다는 것이다. 그러므로 그는 어쩔 수 없이 이이제이의 방법으로 제갈량을 불러냈다는 것이다. "본디 내가 제갈량을 꿈꾸었지만 실은 제갈량이 나를 꿈꾼 것일 따름이다"라는 그의 말은 『몽견제갈량』의 창작의도를 나타낸 말이라고 할 수 있다. 방법적으로 제갈량을 불러냈지만 자신은 제갈량을 넘어서 '20세기 동양의 혁명(乃二十世紀 東洋之革命耳)'을 꿈꾼다는 것이며, 그런 점에서 제갈량이 유원표를 꿈꾼다는 것이다.

　그러나 형식은 내용을 제한하기 마련이다. 부득이 제갈량을 통한 이이제이의 방법을 사용한다고는 하지만, 여전히 '하필 제갈량?'이라는 의혹은 가시지 않는다. '20세기 동양의 혁명'을 꿈꾼다고 하지만 그 혁명이라는 것은 여전히 유가사상을 벗어나지 않는다. 이는 단순하게 말하면 '실학(實學)'과 같다. 실학은 유가사상이 주자학적 교조주의에 깊이 물들어 많은 문제를 노정하자 그 대안으로 제시된 것이다. 실학이

---

31) 「삼국지」는 위·촉·오의 3국이 정립한 시기부터 진(晉, 220~280)이 중국을 통일한 시기까지를 기록한 역사서로 서진시대 진수(陳壽, 233~297)가 지었다. 총 65권으로 「위서(魏書)」·「촉서(蜀書)」·「오서(吳書)」의 3서로 구성되어 있다. 위나라를 정통으로 하여 「위서」에 기(紀)·진(傳)을 두고, 「촉서」·「오서」에는 열전(列傳)만 두었으며, 모두 표(表)와 지(志)는 없다. 이후 원말청초의 소설가 나관중(1330경~1400)이 『삼국지연의』로 소설화했고, 김성탄(1610경~1661)은 청대 모종강이 120회로 정리한 것에 서문을 붙여 간행했다.

마치 주자학의 세계를 벗어난 듯이 말하지만 여전히 주자학의 자장(磁場) 속에 있었다는 것은 이미 여러 학자들이 논증하였다. 마찬가지로 유원표가 제갈량을 통해 20세기 동양의 혁명을 꿈꾸지만 그는 유가사상을 완전히 벗지 못하고, 유가사상의 변혁을 통해 혁명을 꿈꾼다. 그의 꿈은 현실이 될 수 있을까? 답은 이미 역사가 증명하였다. 그 이유를 좀 더 살펴보자.

2) 다수를 위한 소설적 몽유록(夢遊錄)

조선시대에 많이 창작된 몽유록 소설은 대표적인 것만 거론하면, 남효온의『수향기(睡鄕記)』, 임제의『원생몽유록(元生夢遊錄)』, 김만중의『구운몽(九雲夢)』 등이다.『수향기』는 몽유자(夢遊者)가 시성(詩城)과 취향(醉鄕)을 지나 수향(睡鄕)에 이르러 중국 역대의 인물들을 만나고 돌아와 천군(天君)에게 보고한다는 내용이고,『원생몽유록』은 주인공 원자허(元子虛)가 복건자(幅巾者)의 안내를 받아 단종과 다섯 신하와 함께 어울려 고금의 흥망사를 논의하는 내용이며,『구운몽』은 주인공 성진(性眞)과 여덟 선녀들이 벌이는 사랑과 각성(覺醒)에 대한 내용으로 작가 김만중의 유가사상이 불교사상과 접목되어 드러난 작품이다.

이런 몽유록은 기본적으로 현실과 불화 속에서 안주하지 못하는 인간 심성이 새로운 세계의 체험을 바라면서 꿈을 선택하게 된다는 것이다. 곧, 자신과 화해할 수 있는 곳을 찾아 떠나는데, 그곳이 꿈이다. 그러나 꿈의 여행은 각성된 의식의 상태로 회귀하면서 끝나기 마련이므로 새롭게 각성된 의식에 도달하기 위한 하나의 과정 또는 단계로서 기능화된다. 몽중의 체험은 주인공이 빠져든 정서적 불안과 의혹을 해결할 통찰력을 제공하는 일종의 변증법적 과정이나 계기로서 이해될 수 있다는 것이다. 동시에 꿈은 실제의 삶을 온전히 유지시킬 수 있다는

점에서 몽유의 모티프는 교훈적 우의(寓意)의 손쉬운 방편이 된다.[32]

근대전환기에도 『성성몽기(惺惺夢記)』, 『몽배을지장군기(夢拜乙支將軍記)』, 『몽배백두산령(夢拜白頭山靈)』 등 다수의 몽유록이 창작되었다.[33] 특히 이 시기 몽유록은 『몽견제갈량』과 같이 문답형식이 다수를 이루는데, 이는 우리나라뿐만 아니라 중국에서도 마찬가지였다. 이 시기 이른바 토론소설이 유행한 것은 당시가 민족적 위기의식에 압박된 일대 국민적 토론기였기 때문이다. 따라서 작가는 작품을 통해 독서행위 자체를 일종의 정치토론으로 전환시키고 있는 것이다.[34] 동시에 이 당시 작품은 '민족적 위기에 직면한 개화기 지식인들의 고뇌와 함께 민족의 진로에 대한 그들의 소신이 폭넓고 자유롭게 표명되어 있다.'[35]

유원표도 당시 유행했던 몽유우언과 문답의 정치토론이라는 형식을 택했다고 보이지만, 그보다도 그가 몽유록의 방식을 취할 수밖에 없었던 이유는 말할 것도 없이 제갈량을 불러내기 위해서이다. 죽은 제갈량을 불러내기 위해서는 몽유록이 가장 적실한 형식이었을 것이다. 그러면서 제갈량 외에 다른 인물을 등장시키지 않고 두 사람의 문답형식으로 소설을 전개한 것은 작가의 의도를 선명하게 전달하기 위해서이다. 곧, 다른 인물의 방해를 받지 않고 자신의 계몽 내용을 분명히 전하고자 함이다. 이런 점에서 제갈량의 주장 역시 유원표의 사유로 보아야 한다. 다만, 조사와 술어를 한글로 붙이긴 했지만 사실상 한문으로 쓴

---

32) 정학성(1978), 「몽유담의 우의적 전통과 개화기 몽유록」, 『관악어문연구』 제3집, pp.433-434.

33) 조상우(2002), 「애국계몽기 한문산문 의식지향 연구」(고려대 박사학위논문); 신재홍(1994), 『한국몽유소설연구』(계명문화사); 정학성(1978), 「몽유담의 우의적 전통과 개화기 몽유록」(『관악어문연구』 제3집) 참조.

34) 최원식(1986), 「이해조 문학 연구」, 『한국근대소설사론』, 창작과비평사, p.46.

35) 정학성(1978), 「몽유담의 우의적 전통과 개화기 몽유록」, 『관악어문연구』 제3집, p.431.

것은 한문지식을 갖춘 구시대 상층지식인을 대상으로 한다는 뜻으로 그들 지식인을 통한 개혁, 이른바 위로부터의 개혁을 꿈꾸었다고 하겠다.

3. 유가사상의 변혁을 통한 20세기 동양적 혁명에 대한 몽상적 사유

1) 문학에서 유래한 병폐, 문병(文病)

유원표는 당시 청국과 조선이 당면한 문제의 근원에 문학이 있다고 보았다. 인간이 천지간 만물을 관리함으로써 자연히 할 일이 생기고, 한 일을 기록하여 보존함으로써 자연히 문자가 생겼다는 것이다. 사물 → 일→ 글의 순서로 발생되고 이후 국가가 성립되므로 사물과 일은 국가를 배양하는 원소이고, 글은 사물에 따라 복역하는 부속품에 불과하다. 그러므로 사물이 일보다 우위이고, 일이 글보다 우위이면 나라는 흥하지만 이 순서가 뒤바뀌어 글이 일보다 우위이고, 일이 사물보다 우위이면 나라는 쇠망한다는 것이다. 예컨대 질적인 사물이 쇄삭(鎖索)하고, 공허한 문기(文氣)가 횡행하여 허황된 논의와 화려한 문장으로 서로 경쟁하다가 마침내 국가를 소멸시키게 되는데, 당시 청국과 조선이 바로 이런 상황에 직면했다는 것이다. 그의 말을 직접 들어보자.

대개 진·한 이후 2천 년에 신하가 올린 소주(疏奏)를 보면, 요순의 덕으로 그 군주에게 권하지 않음이 없습니다. 그러나, 요순 이후 4천 년에 한 사람의 군주도 요순이 된 자가 없고, 한 나라도 당우(唐虞) 때의 나라가 된 적이 없으니, 하늘이 다시 요순을 낳지 않고, 나라는 다시 당우시대가 되지 않는 것은 비록 아이들이라도 모두 아는데, 여전히 요순의 덕으로 권하는 것은 진정으로 권하는 것이겠습니까? 문자로써만 권하는 것이겠습니까? (⋯) 또 신하된 자는 간혹 '폐하의 덕이 요순

과 같고, 다스림은 당우의 시대와 비슷합니다'라고 합니다.(「제4장 동
양문학의 허와 실」)

진실된 실정을 아뢰지 않고 도리어 붕 뜬 헛된 말로써 과도하게 칭
송하여 군주가 요순과 당우시대의 준칙을 이미 성취했다고 착각하게
만든다는 것이다. 이렇게 된 이유는 동양의 인사들이 하는 이른바 학
문이란 것이 사서삼경과 『예기』, 『춘추』 등의 누런 책만을 읽고 욀 뿐
이고, 실지를 시험함이 없을 뿐만 아니라 이들 책은 모두 수천 년 전의
것이기 때문이다. 이런 독서를 바탕으로 지은 '시(詩) · 부(賦) · 표(表) ·
책(策) · 서(序) · 기(記) · 잠(箴) · 명(銘)과 예악문물(禮樂文物)'이기에 이들
문장에 담긴 내용은 하나같이 실지가 없는 '종이 위의 헛된 문자'이고
'근거 없는 문장'이라는 것이다. 한마디로 각주구검(刻舟求劍)을 하고
있다는 뜻이다. 이 문병(文病)은 이미 풍속에 전염되어 온 지역에 고질
병이 되었으므로 비록 편작(扁鵲)과 화타(華陀)[36]라도 고치기 어렵다는
것이 그의 진단이다.

유원표는 이 문병에 대해 중국을 중심으로 말하고 있지만 한국은 중
국의 이런 문예사조(文藝思潮)를 그대로 전해받았으며, 나아가 소중화
(小中華)를 이루고자 했으므로 여기에 한국이 포함된다는 것은 말할 필
요도 없다. 그러므로 유원표는 한국 문학의 원류가 되는 중국의 문학
을 실질적으로 개혁해야 한다고 주장하고 있다. 중국의 문학이 개혁되
면 한국의 문학 역시 개혁되리라 보는 것이다.

2) 유가적 가치로 의미화된 동양평화
서세동점(西勢東漸)이라는 근대전환기 용어는 지역 · 인종 · 문화로 동

---

36) 편작과 화타는 모두 중국 고대의 전설적인 명의(名醫)이다.

양과 서양을 나누는 표상이었다. 달리 말하면, 동양은 지역·인종·문화(한자문화)로 묶인 동문동종(同文同種)이란 뜻이다. 특히 청일전쟁 이후 서양열강의 중국 분할과 러시아의 만주 점령이 진행되자, 지식인들은 당시의 국제질서를 인종경쟁으로 보았다. 다루이 도키치(樽井藤吉)의 『대동합방론』이 국내에 소개되어 유행했던 것도 이즈음이다. 도키치는 침략적인 속성을 가진 서양과 대비하여 유교적 가치인 인과 덕으로 동양을 표상하였다. 안중근의 『동양평화론』에서도 알 수 있듯이 당시 '동양평화'라는 용어는 정치사회 세력이 자신들 행위의 정당성을 확보하기 위한 사회적 가치로 등장하고 있었다.[37] 곧 당시 구학문을 했던 한국의 많은 지식인들에게 동양의 동질성의 한 요소로서 '유교(儒教)'가 동양을 의미하는 것으로 확장되었다.

박은식이 주도했던 서우학회의 기관지 『서우(西友)』 창간호(1906년 12월 1일자) 논설에, "생존경쟁은 자연 도태의 원리이고, 우승열패는 우주의 법칙이다. 그러한 일을 가지고 어찌 인의예지와 도덕에 어긋나지 않겠느냐고 물어볼 것이다. 그러나 인의도덕도 총명 지혜롭고 강의(剛毅) 용매(勇邁)한 자만이 온전하게 가질 수 있다. 우매하고 나약한 자는 이를 가질 능력이 안 된다"는 주장은 사회진화론의 논리를 유교의 인의예지와 접목시키고 있다.

물론 동양주의가 인민의 국가정신을 말살하고 있다고 주장하며 국가주의로 무장해야 한다는 주장이 없는 것은 아니다.[38] 그러나 『몽견제갈량』에서 유원표도 한국의 평화보다는 유교의 이상사회였던 대동사회를 위한 동양평화를 주장한다.

---

37) 김윤희(2009), 「1909년 대한제국 사회의 '동양' 개념과 그 기원」, 『개념과 소통』 제4호, pp.97-99.
38) 「동양쥬의에 딕흔 평론」, 『대한매일신보』 1909년 8월 8일, 10일 논설.

그런즉 청국이 심성과 물의가 변천하지 않았다면 지난해 만주에서 있은 일러전쟁에서 일본의 허실을 규찰하고 반드시 생각지 못한 계책을 내고, 준비하지 않은 곳을 공격하는 묘한 계책으로 '전쟁에서는 속임수도 싫어하지 않는다'[39]는 설을 제출하여 일단의 야심으로 동양평화도 돌아보지 않고, 만국공법도 돌아보지 않고, 엄정중립도 돌아보지 않고, 이름도 없이 출사하여 일본에 갑오년의 원수를 갚고자 할 것이니, 만약 이와 같이 했다면 동반구(東半球)에 지독하게 참혹한 백 년의 풍운이 어떤 지경에 이를지 알지 못했을 터인데 천만 다행으로 청국의 안팎 인심이 십분 개명하고 십분 변천하여 이와 같은 어둡고 완고한 만행을 짓지 않았습니다.(「제5장 황백인종 관계의 진상」)

이는 제갈량의 입을 빌려 한 말이다. 러일전쟁 때 다행히 청국이 일본을 공격하지 않았으므로 동종인 일본이 백인종인 러시아를 이길 수 있었다는 뜻이다. 갑오년에 당한 개별 국가적인 원한은 유가의 가족 규범으로 동양이라는 큰 틀 속에서 묻어야 한다는 말이다. 그는 한·중·일이 '수천 년 문헌이 서로 통하고 옥백(玉帛)이 서로 이어지는 동종의 우의로 말하면 환란을 서로 구하고 근심과 즐거움을 함께해야 할' 관계로 보았다.

지난번에 일본이 만주에서 승리하던 날에 제가 소식을 듣고 홀로 기뻐하고 자부하여 일본사람보다 백배 춤을 춘 것은 일본정부가 장래의 정략을 차례로 해결한다면 동양평화가 만년 무궁할 것으로 헤아리고 기쁨을 이기지 못한 것입니다.(「제5장 황백인종 관계의 진상」)

---

39) 『한비자』「난일(難一)」.

이렇듯 유원표가 내세우는 동양평화는 개별 국가가 아닌 유가적 가치로 의미화된 동양의 평화이다. 따라서 러일전쟁에서 승리한 일본이 점차 조선을 침략하려 하자 같은 맥락으로 다음과 같이 비판한다.

> 저 일본의 내각 정략이 서세동점하여 약육강식하는 주점은 돌아보지 않고 눈앞의 작은 이익의 객점만 탐하여 한국·청국 두 나라와 화목해야 할 정의를 크게 잃고 동양반구의 대업에 때를 잃으니 큰 영웅이라고 하는 원로의 성정은 실로 이해할 수가 없습니다.(「제5장 황백인종 관계의 진상」)

동문동종으로서 개명한 동양의 서양인 일본이 해야 할 큰 목적[主點]은 한국·중국과 연대하여 백인종인 서양의 침략에 대항해야 하는데 그것을 돌아보지 않고 조선을 침략하려는 야욕을 보이는 것에 대해 이해할 수 없다는 반응이다.

또 하나, 유원표는 조선의 운명을 중국의 변화에 따른 연동작용으로 이해한다. 『몽견제갈량』에서 논하고 있는 동토(東土)는 한자문화권인 동양, 중국과 한국을 지칭하며, 좀 더 좁혀 말하면 그 종주국인 중국을 일컫는다. 동양의 큰형님인 중국이 잘되면 한국은 절로 잘된다는 인식이다. 예컨대 다음과 같이 말한다.

> 엎드려 바라오니 선생은 좋은 말로써 청국에 권고하여 급히 문명과 부강을 도모하게 하시면 조선도 또한 경쟁하는 마음으로 나란히 앞을 다투는 형세가 될 것이니 속히 도모하시고 또 속히 도모하소서.(「제6장 중국 정략의 개량」)

청국과 조선을 독립적으로 사유하지 못하고 사은사(謝恩使)를 보내던 시절로 이해하고 있는 것이다.

3) 인종주의에 의한 수평적 대동합방론

당시 동양평화를 주장했던 지식인들은 안중근이 「동양평화론」에서 주장한 것과 같이 한·중·일의 수평적 삼국연대를 바랐다. 청일전쟁과 민비시해 등으로 한국과 중국이 일본에 대해 좋지 않은 감정이 있음에도 불구하고 형제의 우의로 합심하여 러시아를 물리쳤으니 러일전쟁에서 승리한 일본이 약속대로 '동양평화'와 '한국독립'을 실천해야 한다는 것이다.[40]

이 사상의 기저에는 인종주의가 있다. 러일전쟁이 한창이던 1904년 5월 6일 장지연은 『황성신문』 논설에서 "백인종에 맞서려면 황인종은 일본을 중심으로 단결해야 한다"고 주장했다. 계속해서 그는 "북경에 달려가 청나라 조정의 뜻을 돌려 동양 정세를 부지하고 황색 종족을 보전하려고 한다", "우리가 연합 대동해 평화를 유지하면 반드시 황색인종 수억 사람이 모조리 은혜와 복됨을 맞이하게 되며 동양의 크고 작은 여러 나라에게는 안녕을 지키게 해줄 것이다"라고 하였다. 이러한 주장을 한 것이 비단 장지연뿐만 아니라는 것은 이미 학계에 공인된 사실이다. 다만 "안중근, 장지연, 이준, 이승만, 윤치호 등 인종론 입장에서 일본 승리를 기뻐하면서도 '인종적 단결'보다 대한제국의 현실적 '국권'을 더 중시한 지식인들은 1905년 11월 17일의 을사조약 강제 소식에 충격을 받아 그 인종론적 사고를 근본적으로 청산하지 못하면서도 일단 '동양평화, 한국독립 유지' 약속을 '배신'한 일본과 이토 히로부미를 혐오하는 반일로 입장을 전환한다."[41]

유원표 역시 러일전쟁에서 승리한 일본이 만일에 조선을 보호국으로

---

40) 윤병석 역편(1999), 「동양평화론」, 『안중근전기전집』, 국가보훈처, p.185.
41) 박노자(2005), 『우승열패의 신화』, 한계레신문사, p.361.

만들면 조선의 낭패는 고사하고 일본의 위대한 명성과 정대한 공업이 하루아침에 사라지게 되어 만행을 저지른 러시아와 난형난제가 될 것이며, 만일 이와 같이 된다면 을미(1895)년 일청조약의 항목에 '조선자주'란 말과 계묘(1903)년 일본조칙에 "독립담보"라고 한 말을 어떻게 할 것이냐며 우려하였다.[42] 그러나 유원표는 『몽견제갈량』 제5장을 「황백인종 관계의 진상」으로 다룰 만큼 이 문제에 집착하고 있으며, 말할 것도 없이 이 장의 요지는 황인종인 아시아 민족이 결합하여 아시아를 침략하려는 서구유럽의 백인종에 대항해야 한다는 것이다. 따라서 그는 러일전쟁에서 승리한 일본을 칭찬한다.

> 30만 민족을 죽거나 다치게 하고 돈 20억을 허비하여 러시아군을 대파하고 여순을 취득하였으니 이런 오늘에는 비록 야심 가득한 러시아라고 해도 누가 감히 일본에게 입을 열고 옳으니 그르니 하겠습니까. 장하다, 일본이여! 시원하다, 일본이여! 대장부의 광명정대한 사업이오, 독립국의 명명백백한 공훈이로다.(「제5장 황백인종 관계의 진상」)

다만 그는 앞에서도 언급했듯이 일본이 러시아처럼 조선을 침략하지는 않을까 염려하고 있다. 그러나 그 염려의 바탕에는 조선의 독립 그 자체보다 동양의 평화가 깨지고 그로 인해 백인종인 서양에 의해 황인종이 지배당하는 것이 있다. '서양의 세력이 점점 동으로 밀려와 황인종과 백인종이 저마다 자기 종족을 애호하여 각기 당을 심고 있으니 황인종인 한·일·청 세 나라의 인심이 갈라져 서로 화목하지 못하면 이는 골육상잔과 다를 바가 없다'는 그의 말이 이를 잘 표명하고 있다. 그는 이를 일본 국내의 정치 상황으로 비유하여 설명하기도 하였다.

---

42) 「제5장 황백인종 관계의 진상(黃白關係眞狀)」.

(일본) 40년 유신 이래 역사로만 보더라도 국내 민족이 서로 화목하지 못하여 각기 당파로 목숨을 버리며 공격하고 싸우기를 능사로 하였으니 이는 국내경쟁이라고 하겠습니다. 갑오년에 청국과 싸움이 시작되었으니 이는 외교경쟁이라 할 수 있습니다. 외교경쟁이 이미 발생한 뒤에는 지난번 내부 투쟁을 하며 서로 원수같이 보던 국내경쟁이 하루아침에 화해하여 혼성연합으로 한 덩어리 애국당이 되었으니 이는 인정의 순서요, 물리의 자연스러움입니다. 또 재작년에 러시아와 전쟁을 한 것은 인종경쟁이라 할 것입니다. 인종경쟁이 이미 발생하고 보면 원수지간인 오나라 사람과 월나라 사람이 같은 배에 탔다가 풍랑을 만나자 한마음이 되어 풍랑을 헤쳐나가는 것과 같은 형국입니다.(「제5장 황백인종 관계의 진상」)

외교경쟁이 발생하면 국내경쟁을 삼가하듯이 황백인종경쟁이 진행되고 있으니 동종인 조선에 대한 침략적 행위를 삼가해야 한다는 것이다. 뿐만 아니라, 황인종의 맹주로 떠오른 일본이 그 무력으로 러시아뿐만 아니라 백인종의 식민지가 된 이웃 황인종을 모두 구제해야 한다는 주문을 회사체재에 비유하기도 하였다. 길지만 읽어보자.

(일본이) 수백 년 엎드렸던 황인종의 대표로 수백 년 악행을 하던 백인종의 선봉 러시아를 크게 격파하였으니 이보다 더한 다행이 없으며, 이보다 더한 경사가 없습니다. 그런즉 일본의 이번 거사가 우리 황색인종계에 첫 번째 의무가 된 것이니 만약 두 번째 의무로 말한다면 군함을 동경만에 진출시켜 주둔하고 육군을 대만섬에 출병시켜 머무르게 하고 대사를 파리에 보내어 대의로써 논박하고 공법으로 재제하여 베트남의 어려운 상황을 구하고 프랑스 관리를 쫓아 보내면 일본의

공훈이 어떠하다고 일컫기 어려울 뿐만 아니라 현재 교주만(膠洲灣)을 차지한 독일과 위해위(威海衛)를 점령한 영국은 일본의 혁혁한 공의와 당당한 위신에 자연 두려워 굴복하여 서로 압박을 풀고 돌아갈 것입니다. 일본이 첫 번째는 러시아를 대파하고, 두 번째는 프랑스를 물리쳐 보내고, 세 번째는 영국과 독일이 압박을 풀고 돌아가게 한다면 일본의 높은 공훈이 천지에 가득하기도 하겠지만 이 이후로는 동양 여러 나라가 모두 감복하고 감응하여 이익과 권리에 있어서 일본이 입을 열면 응하지 않음이 없을 것이니 (…) 일본이 참으로 이렇게 하여 성적(聲蹟)과 물망(物望)이 동반구에 가득 차면 우선 청국·조선·베트남·미얀마·태국 등 여러 나라에 동종을 사랑하는 사회가 성립하여 일본을 사장으로 추천하여 정하고, 일단의 황인종이 한마음으로 하나가 되어 동서로 나누어 황백이 분립할 것이니 서구의 백인종이 설혹 대포실은 배와 기병과 보병의 육군을 무수히 사용한다고 하더라도 황인종은 조금도 두려워할 것이 없습니다.(「제5장 황백인종 관계의 진상」)

유원표는 "동양의 일의 형편을 헤아려서 계산하면 지난날 일본 명사 다루이 도키치의 『대동합방론』이 진결(眞訣)이라 하겠습니다"라는 언급으로 제5장 「황백인종 관계의 진상」을 마무리하였다. 물론 도키치의 『대동합방론』은 표면적으로만 보면 유가사상을 바탕으로 하여 아시아의 모든 황색인종이 대동단결하여 백인종 서양의 침략으로부터 독립을 보존하고 나아가 동양의 평화와 질서를 회복하는 연대관계를 제시하고 있다. 그러나 그 행간에 흐르는 의미와 그의 행적 및 집필 동기 등을 세밀히 관찰하면 합방론은 아시아 국가들의 대등하고 평등한 연대를 주창하는 것이 아니라 일본이 정점에 있고 나머지 나라들이 그 하부에 존재하는 삼각형 구조를 전제로 한다. 곧 지배자 일본과 그 나머지 피

지배자 아시아 국가들이 있는 주종관계의 연대와 합방이다.[43]

유원표는 이런 일본의 의도를 일정 부분 파악하고 우려를 나타냈지만 당시 그에게 다른 대안은 없었던 것으로 보인다. 그는 다만 일본이 그가 우려하는 길로 가지 않기만을 간절히 바랐을 뿐이다.

4) 유가사상의 변혁을 통한 20세기 동양적 혁명

『몽견제갈량』에는 '개혁(改革)'이란 말이 여덟 번, '혁신(革新)'이 일곱 번, '혁구창신(革舊刱新)'이 다섯 번 나온다. 그 외에도 '혁명(革命)'이니 '일체통혁(一切痛革)'이니 하는 '혁(革)'의 단어가 많이 보인다. 그만큼 유원표는 시대의 변혁을 바랐다. 그러나 그가 바란 변혁은 유가사상의 큰 틀 내의 재인식과 실천 및 수용을 통해 이루는 것이었다. 그는 네 가지 문제를 해결하면 동양적 혁명이 가능하다고 보았다. 그 네 가지란 '첫째는 관제개혁이고, 둘째는 법률개정이고, 셋째는 문학개량이고, 넷째는 풍속질정'이다. 간략하게 그 내용을 살펴보자.

그가 주장하는 관제개혁은 각 부서가 일통(一通)과 일률(一律)로 정리되어야 하고 각 부서에 전문성을 지닌 인재를 임명하며 이를 조금이라도 어기거나 월권하지 못하게 하는 것이다. 이는 당연한 이야기같지만 중국이나 한국은 역대로 전문성으로 사람을 뽑은 것이 아니라 '공이 높으면 현관(顯官)에 임명하고, 신망이 무거우면 청환(淸宦)에 임명하고, 친근하면 요직에 임명하고, 어떤 경우에는 효렴(孝廉)으로 사람을 취하고, 어떤 경우에는 시부(詩賦)로 사람을 취'하였다. 효렴과 시부로 사람을 뽑고는 임명할 때는 전혀 상관없는 자사, 수령, 상서, 시랑, 장병(將兵), 사법 등의 관직에 임명한다. 심지어는 암혈지사(岩穴之士)니 산림지현(山

43) 浚井藤吉, 『覆刻 大東合邦論』, 長陵書林, 昭和50, 東京; 한상일(1994), 「근대일본사에 있어서의 한국상-浚井藤吉와 大東合邦論」, 제8차 한일·일한합동학술회의, 한일문화교유기금.

林之賢)이니 은일(隱逸)이니 유신(儒臣)이니 하는 부류가 대대로 끊어지지 않으면서 자칭 뜻이 고상하여 문달을 구하지 않는다고 하면 천자는 그 뜻을 가상히 여기고, 제후가 그 절개를 사모하여 폐백과 비단으로 여러 번 부른다. 그때 그 사람은 자신이 나라를 경영할 방술이 없음을 알고 자취를 숨기고 나오지 않는데, 오히려 이 사람에게 벼슬을 더하고 시호를 내리며, 그 자식을 드러내고 그 손자를 뽑는다. 이런 잘못된 관제와 인재등용을 개혁해야 한다는 것이다. 서구의 풍속처럼 무관(武官) 학도를 군직에 보충하고, 율학(律學) 생도를 법관으로 삼아야 하는 것이지, 오늘 문관(文官)에게 내일 무직(武職)을 맡기고, 오늘 공부(工部)에 있던 사람을 내일 예관(禮官)으로 보내어서는 안 된다는 것이다. 국가에 3공(公)과 6경(卿) 등의 관직을 배치하는 일은 사람 신체에 오장과 육부가 배치된 것과 비슷하므로 관제의 배치와 함께 그 속의 내용물인 인재등용이 마땅함을 얻어야 병이 생기지 않는다는 것이다.

법률개정의 문제는 이렇다.

> 만약 노나라에 소정묘와 같이 정치를 어지럽히는 대부가 10명이 있었다면 10명을 주살하였을 것이오, 100명이 있었다면 100명을 주살하였을 것이니, 비록 공자의 어짐이라도 정치를 맡으면 법률을 신용해야 하고, 법률을 신용하면 죄인을 반드시 죽여야 하니 이것은 만고에 바꿀 수 없는 법입니다. 제가 늘 말하기를, '정치하는 방법은 공자와 상앙(商鞅)이 비슷합니다.'(「제2장 아마도 괴이함 없이 용납될 것임」)

정치를 어지럽히는 죄인을 죽이지 않고는, 곧 법률을 엄격하게 집행하지 않고는 부강하기는커녕 나라가 망한다는 주장이다. 법률이 제대로 집행된다면, 군주의 잔혹한 정치와 신하의 간사한 섬김과 백성의 잘못된 풍속이 생겨날 수가 없고 받아들여질 수가 없으므로 억만 년이

지나도 나라는 망하지 않는다는 것이다. 좀 더 실질적으로 말하면, '재정'과 '이익'의 추구가 국가나 개인 할 것 없이 긴급한 업무가 된 당시에 모두가 이를 위한 욕심이 가득하여 비록 살인 방화와 민가를 습격하여 약탈이라도 하고 싶은 마음이 있지만 이렇게 하지 않는 것은 법률이 있기 때문이다.

이미 세계는 예의와 겸양보다는 경쟁을 주로 하는 명예와 이익 사회가 되었다. 이러한 세계 흐름 속에서 나라가 존재하기 위해서는 강력한 법률의 집행이 요구된다. 다만 그 법률은 공자와 상앙이 이미 실험했듯이 유가적 틀 속에서도 가능하다는 것이다.

문학의 개량에 대해서는 「동양문학의 허와 실」(제4장)이라는 독립된 장으로 다룰 만큼 유원표는 당대 청국과 조선이 처한 문제의 근원을 문병(文病)으로 지목했다. 그는 문병이 극심하여 화타라도 고칠 수 없다고 하면서도, '지금 당당한 중국의 준걸로써 옛것을 개혁하고 새것을 창조하여 사물의 실업에 복무하고 문자의 화려한 허식을 버린다면 60년을 지나지 않아 서양을 능가하고 세계에 우뚝 설 것'이라며 문학의 개량을 희망했다.

풍속의 문제는 앞에 거론한 세 가지 문제와 직결되어 있다. 사람이 관직에 종사하여 그 임무를 수행하는 것이 아니라 관직이 사람을 따라다니며 사람을 영화롭게 하는 잘못된 운영과 만연된 인재 등용의 풍속, 예의와 겸양이라는 명분론에 빠져 실익을 취하지 못하는 무능, 문병에 빠져 무력을 키우지 못해 개인과 나라가 무기력한 풍속을 개량해야 한다는 것이다.

그는 "만약 성인의 심법을 조금이라도 강구하여 실행하였더라면 (…) 물리학과 (…) 각종 기계가 반드시 중국에서 먼저 나왔을 것이며 (…) 만약 성인의 심법을 조금이라도 받아들여 실행하였다면 (…) 증기차와 화륜선, 크루프 대포와 회룡총 등의 발명품 역시 중국에서 먼저 나왔을 것"이라고 아쉬워하였다. 곧 그는 성인이 입으로 전하고 마음으로 전한 도덕과 이용후생하라는 본뜻을 실제 사용하지 않았으므로 서구인에게 수모를 받는 것이라 결론 내렸다.

유가사상의 개혁을 통해, 진정한 유가사상의 실천을 통해서라면 개명과 개화를 이룰 수 있다는 논리이다. 진정 그러한가는 이 자리에서 쉽게 말하기 어렵다. 다만, 조선후기 실학이 제대로 성과를 내었을 경우 아마도 풍전등화 같은 유원표의 시대는 없었을 것이라는 점을 생각해본다면 어느 정도의 답을 찾을 수 있을 것이다.

4. 한계와 딜레마, 인종을 넘어선 제국주의 등장

식민지를 기초로 하는 서구의 제국주의, 곧 영국·프랑스·네덜란드·포르투갈·스페인 등이 15세기 이후 아메리카 대륙과 인도 및 동인도제도 등지에 제국을 세운 이후 한동안 잠잠했던 제국 건설의 열풍이 19세기 중엽부터 다시 맹렬하게 펼쳐졌다. 영국은 1826년 말레이 반도에 해협식민지(海峽植民地)를 건설하고, 1886년에 미얀마를 영국령 인도의 한 주로 병합했다. 프랑스는 1887년 월남을 완전한 식민지로 만들었으며, 일찍부터 스페인의 식민 지배를 받던 필리핀은 1898년에 벌어진 미국과 스페인 전쟁의 결과 미국의 식민지가 되었다.

이후 서구 제국주의는 점점 극동아시아로 향했다. 미국의 페리제독은 1853년 흑선(黑船)을 이끌고 일본 우라가[浦賀] 항에 정박했으며, 결국 일본을 개항시킨 미일화친조약(美日和親條約)을 체결했다. 조선에서는 1866년 제너럴셔먼호사건을 일으켰고, 1871년 신미양요(辛未洋擾)를 일으켰다. 프랑스 역시 1866년에 천주교를 탄압했다는 구실로 병인양요를 일으켰는데 그 기저에는 식민지 정복의 야욕이 깔려 있었다.

유원표도 이러한 세계정세를 잘 알고 있었다. "월남과 홍콩은 영국

법에 맡기고, 유구와 대만은 일본에 양여하고, 서장과 신강은 영국에 침탈당하고, 몽고의 반은 러시아에 빼앗기고, 여순구(旅順口)·교주만(膠洲灣)·위해위(威海衛) 등 각 해안이 외국인의 점령지 아닌 것이 없다"는 그의 발언과 "천만뜻밖으로 만주에서 승리하던 당시에 가장 가깝고 가장 친한 어질고 약한 동종의 조선을 향하여 새로운 조약을 체결하여 인심을 놀라게 하고 국권을 빼앗았으니 선생이 일컫는 일본의 대영웅이라 하는 원로(院老)가 하는 일이 과연 이와 같은 것입니까?"라며 서구 제국주의를 모방하는 일본에 대해 강한 경계를 드러냈다.

그러나 거기까지였다. 유원표를 비롯한 당시 한국의 지식인들은 일본의 제국화보다는 백인종인 서구의 침략을 황인종의 단합된 힘으로 물리치자는 일본판 인종주의에 열렬히 호응했다. 여기에는 도키치의 『대동합방론』이 큰 역할을 한 것이 사실이다. 그러나 동문동종을 강조하며 황색인종의 유가적 가족주의를 자극하는 그의 논리가 먹힐 수 있었던 것은 무엇보다도 이미 유가사상이 한국 지식인들의 대뇌 깊은 곳에 퍼져 있었기 때문이다.

서구 제국주의를 모방하여 운양호사건(1875년)을 일으킨 때부터 한일협상조약[을사조약]까지 점점 제국주의 마수를 뻗쳐오는 일본에 대해 유원표는 의심과 우려를 표명하고는 있지만 『몽견제갈량』에 그에 대한 대책을 언급하지는 않았다. 이는 설마 하는 마음과 미약한 조선의 힘으로 달리 낼 대책이 없다는 점, 그리고 일본이 동아시아에서 백인종을 몰아내 일본을 사장으로 하는 동종동맹 사회가 성립되기를 바라는 황백인종론에 대한 강한 신념 때문이라 보인다. 당시 한국의 많은 개화 지식인들은 일본의 대륙 야망을 백인의 침략으로부터 동아시아를 지키기 위한 방어책으로 인식했다. 그러나 일제에 의한 아시아의 해방에 대한 일부 극동 지식인들의 순진한 기대를 담은 『월남망국사』를 바로 일제가 나서서 탄압한 것을 보면 베트남이나 조선의 아시아 연대론자들

의 희망이 얼마나 공허한 것이었는지를 잘 알 수 있다.[44]

결국 유원표는 현실에 대한 위기의식으로 제국주의를 떠받치는 논리인 사회진화론을 수용하여 내면화하였지만, 그보다 더 심연에 깔린 유교를 버리기도 어려웠던 것 같다. 그는 인종을 넘어선 제국주의의 등장을 예견하지 못했으며, 마침내 일제의 침략을 우승열패라는 자연의 도리, 곧 불가피한 현상으로 보았다.

"그대 역시 조선 사람이니 오늘날 조선이 일본에 속박된 것을 어찌 애통해하지 않으리오 마는 자강력으로 자립하지 못하고 보면 누구는 후덕하고 누구는 박정한 게 없을 것입니다."(「제5장 황백인종 관계의 진상」)

유가사상의 변혁을 통한 20세기 동양적 혁명에 대한 유원표의 거대한 프로젝트는 '몽(夢)'에 갇힌 몽상적 사유로 마감하였다.

---

44) 박노자(2003), 『나를 배반한 역사』, 인물과사상사, pp.275-276.

서문

신채호

20세기 대한제국은 프랑스 혁명과 미국의 독립을 꿈꾸지 않고, 중국의 삼국시대만 꿈꾸며, 대도시 런던과 화려한 베를린을 꿈꾸지 않고, 융중(隆中)의 초당을 꿈꾸며, 나폴레옹·워싱턴·크롬웰·비스마르크를 꿈꾸지 않고 제갈량이 되기를 꿈꾼다. 아아, 뇌목(檑木)과 포석(砲石)으로 모젤총과 속사포를 대적할 수 있겠으며, 목우(木牛)와 유마(流馬)로 기선과 화차를 물리칠 수 있겠는가? 제갈량을 저승에서 살려내어 "당신이 우리 한국을 도와야 한다"라고 하고 갑자기 이 일을 맡기면 반드시 주저하고 머뭇거릴 것이다. 학교에서 학술을 배우고, 신문사에 시세를 물어도 적어도 4~5년간 고민을 한 뒤에야 될 것이다. 그렇다면 천백 번 제갈량을 꿈꾸는 것이 한 번 소학교 아이가 되기를 꿈꾸는 것만 못할 것이다. 그런데 지금 꿈꾸기에 충분하지 않는 것을 꿈꾸고 또 추종하면서 사람들에게 "제갈량이 내 꿈에 나타났다"라고 하니 몽상가의 꿈인가? 철학자의 꿈인가?

내가 이를 밀아자[유원표]에게 물으니 그는 이렇게 답했다. "그렇다. 이것은 꿈이지만, 본래 내가 꾸고자 한 것이 아니다. 그러나 지금 우리나라 사정을 보니, 사대부들이 소매를 나란히 하고 계책을 이야기하는데, 남병산에서 바람을 빌리는 것[적벽대전]이 아니면, 금낭(錦囊)의 비결[제갈량이 유비에게 준 계책]뿐이고, 서성(西城)에서 거문고를 타는 것이 아니면 어복포의 팔진도만 있다. 위로는 옛것을 모르고, 아래로는 요즘 것도 모르면서 어리석게도 자신만만하게, '제갈량은 타지 않는 석탄과 쏠 수 없는 포환을 만들었다'라며 웃고 떠들고 손가락질을 하고 있으니, 대한독립은 여기에서 뒤로 멀어지지 않겠는가? 그리고 내가 세계 문명사로 이야기하면 그들은 눈이 휘둥그레지고, 세계의 위인전으로 제시하면 그들은 눈썹을 찡그리며 '어찌 이런 일이 있지? 어찌 이런 일이 있지?'라고 한다. 이들이 그칠 줄 모르고 골몰하는 것은 오직 김성탄의 삼국지뿐이다.

아, 이런 사람들과 아침저녁으로 만나다 보니 내가 제갈량을 꿈꾸지 않고 누구를 꿈꾸겠는가? 비록 그렇지만 저 어리석은 자들은 제갈량의 윤건(輪巾)을 꿈꾸고, 우선(羽扇)을 꿈꾸고, 사륜거(四輪車)를 꿈꾸고, 기산의 오장원(五丈原)을 꿈 꿀 따름이지만, 나의 꿈은 그렇지 않으니 곧 20세기 동양의 혁명이다. 그렇기에 내가 제갈량을 꿈꾸었지만 실은 제갈량이 나를 꿈꾼 것일 따름이다. 아, 이 책을 읽는 사람이라면 어찌 여전히 제갈량을 꿈꾸는 사람이 있겠는가?"라고 하였다.

나는 재배하고 말한다. "책이 완성되어 나에게 서문을 부탁하니, 그 말을 차례차례로 위와 같이 쓴다."

성천자 융희 2년(1908년) 초여름에 고령 신채호가 삼동정사(三洞精舍)에서 쓴다.

제1장
논자들은 좋은 계책이 아니라고 함
(議者謂爲非計)

병오년(1906) 봄에 관직을 사직하고 가족들을 데리고 농장으로 돌아가니 비록 영웅이 사업을 성공하고 물러나는 것은 아니지만, 스스로 태평세월에 격양가(擊壤歌)[1]를 부르던 한가로운 백성에 비길 만하였다. 비록 그렇지만 동양의 형세와 우리나라 상황을 생각하면 간담이 서늘하고 계책이 없어 슬픔을 가눌 수 없다. 간혹 한밤중에 잠을 이룰 수 없을 때에는 뜰을 방황하기도 하고, 어떤 때는 이웃의 공부방에 가서 학문을 강의하기도 하였다. 한여름 날씨가 점점 더워져 책과 먹을 가지고 숭양산 아래 도서정(圖書亭)에 가서 한여름 더위를 식이니, 경치는 맑고 아름다우며 나무들은 그늘을 드리워 티끌과 허물 한 점 없는 맑은 정취에 스스로 만족하였다.

하루는 신문을 읽고 무료하게 앉았다가 책상머리에 있는 『독일사』 한 편을 꺼내어 근세 일등 영웅인 슈타인과 비스마르크전을 보다가 피곤하여 북쪽 창가의 맑은 바람 부는 아래에 책을 안고 누우니 창밖의 밝은 해는 더디 가고 뜰 앞의 오동나무 그늘은 고요하였다. 갑자기 낮잠이 쏟아져 깜빡 잠이 들었다.

---

1) 격양가(擊壤歌): 땅을 치며 노래한다는 뜻으로 태평세월을 의미한다. 고대 요임금이 천하를 다스린 지 50년이 되었을 때, 자신이 천하를 잘 다스리고 있는지 알아보기 위해 평민 차림으로 거리에 나섰다. 그때 한 노인이 길가에 두 다리를 쭉 뻗고 앉아 한 손으로는 배를 두들기고 또 한 손으로는 땅바닥을 치며 장단에 맞추어 노래를 부르고 있었다. "해가 뜨면 일하고(日出而作), 해가 지면 쉬고(日入而息), 우물 파서 마시고(鑿井而飮), 밭을 갈아 먹으니(耕田而食), 임금의 덕이 내게 무슨 소용이 있으랴(帝力于我何有哉)." 이는 정치의 고마움을 알게 하는 정치보다는 그것을 느끼지도 못하게 하는 정치가 위대한 정치라는 것을 말한다. 이 노래를 격양가라 한다.

꿈에 이리저리 다니다가 많은 산과 물을 지나 한 곳에 도착하였다. 산은 높지 않고, 물은 깊지 않은데 정취가 맑고 깨끗하였다. 곧은 소나무와 쭉 뻗은 대나무가 푸르고 아름다워 진짜 고사(高士)의 마을 같았다. 눈을 들어 보니 초가 한 채가 푸른 물 아래 깨끗한 시냇가에 날아갈 듯 서 있었다. 당(堂)에 한 선생이 있는데 윤건(綸巾)[2]에 학창의(鶴氅衣)[3]를 입고 흰 부채[白羽扇]를 부치며 양보음(梁甫吟)[4]을 맑게 읊조리고 있었다. 밀아자가 한참 동안 가만히 보다가 깜짝 놀라 말했다. "이 땅이 분명 중국 호북성 형주부 양양현 와룡언덕이요, 저 선생은 옛날 의(義)를 위해 한나라를 돕다가 군중에서 병으로 돌아가신 무향후(武鄕侯) 제갈공명이시다. 이미 여기에 왔으니 한 번 뵙지 않을 수 없다."

옷을 단정히 하고 걸음을 신중히 하여 당에 올라 두 번 절하고 자리 끝에 서니 선생이 물었다. "그대는 어느 곳의 사람이며, 어디에서 왔습니까?" 밀아자가 다시 절하고 대답했다. "저는 대한제국 서울사람 밀아자입니다. 최근 세상이 시끄러워 작은 벼슬을 사직하고 산림에 살면서 목숨을 구차히 보전하고 출세를 구하지 않았는데, 오늘 우연히 여기에 와서 깨끗한 곳을 더럽히게 되었으니 대단히 죄송합니다." 선생이 듣고는 매우 놀라고 기뻐하며 손을 들어 앉기를 권하며 은근히 물었다. "그대의 이름을 들은 지 이미 오래입니다. 또 그대가 동양의 대세와 국가의 안위로 노심초사하여 인정과 물리를 깊이 연구하여 서적도 저술하고 시국의 세태를 종합 분석하여 사회에서 연설을 한 것도 압니다. 그 책은 보았으나 그 사람은 보지 못하였고, 그 논설은 들었으나 그 음성

---

2) 윤건(綸巾): 청색 실로 만든 두건. 제갈량이 썼으므로 '제갈건(諸葛巾)'이라고도 한다.

3) 학창의(鶴氅衣): 남성 웃옷의 하나. 흰 빛깔의 창의에 소매가 넓고, 가로로 돌아가며 부리, 깃, 고름, 밑단에 검은 헝겊으로 넓게 댄다.

4) 양보음(梁甫吟): 제갈량이 읊은 양보 땅의 노래. 『고문진보 전집』에 실려 있다. "步出齊城門, 遙望蕩陰里, 里中有三墳, 纍纍正相似, 問是誰家塚, 田疆古冶氏, 力能排南山, 文能絶地理, 一朝被讒言, 二桃殺三士, 誰能爲此謀, 相國齊晏子."

은 듣지 못하여 매우 유감이었는데 생각지도 않게 오늘 이렇게 만났으니 평생의 위안이 됩니다."

밀아자가 절하고 말했다. "말씀하신 저술은 매미의 말처럼 하찮으니 어찌 말할 것이 있겠습니까? 대개 저의 천성이 어리석어 선생의 곧은 마음과 큰 절개, 뛰어난 재주와 큰 지략을 항상 흠모하였습니다. 「출사표」5)를 늘 읽으며 선생을 살아생전에 만나 뵙는 것처럼 여겼는데, 천만 뜻밖에도 오늘 선생을 배알하고 가까이 모시고 앉으니 삼생[三生, 과거 현재 미래]의 기이한 인연이라 하겠습니다."

선생이 미소 지으며 말했다. "그대는 원래 뜻있는 사람으로 시세를 가늠하며, 나라를 염려하는 사람입니다. 또 「출사표」를 이미 여러 번 읽었다고 하시니, 그 「출사표」에서 일에 대해 말한 이치가 당시 형편에 적합한지 그렇지 않은지를 반드시 상세히 아셨을 것입니다. 그 「출사표」 한 편에 대해 어떤 사람은 상세하지 않은 문장과 망령된 말이 있다고 하니, 지금 마주 앉은 때에 분명하게 드러내어 환하게 풀이하여 꺼리지 말고 말해주십시오."

밀아자가 두 손을 맞잡고 대답했다. "선생을 뵙는 오늘 따뜻하게 대해주실 뿐만 아니라, 또 「출사표」의 의미로 어려운 질문을 하시니 황송하기 그지없습니다. 깨우쳐주신 것을 알지 못하지만, 이미 가르침을 받았으니 감히 저의 의견을 펴겠습니다. 그 「출사표」에서 말하기를, '위험과 어려움을 무릅쓰고 선제(先帝)의 유의(遺意)를 받들었는데, 논의하는 자들은 좋은 계책이 아니라고 한다'라고 하였습니다. 모르겠습니다, 당시에 논의하는 자들이 좋은 계책이 아니라고 한 말이 무슨 사정에서 연유한 것인지요. '논의하는 사람들은 좋은 계책이 아니라고 한다(議者謂 爲非計)'라는 여섯 글자를 읽을 때에 저는 스스로 '선생이 이다음 출병할

---

5) 「출사표」: 제갈량이 북벌(北伐)에 나서면서 후주(後主) 유선(劉禪)에게 바친 글이다.

때에는 반드시 병사를 오장원에 주둔시켜 둔전(屯田)을 오래 유지하고, 다시는 군사를 돌이키지 않을 것이다'라고 미리 스스로 판단하고는 상심한 마음을 견딜 수 없어 눈물을 흘린 적이 많습니다."

선생이 쓸쓸히 말했다. "그해 내가 출병할 때에 사마의(司馬懿)가 여러 장수에게 말하기를, '제갈공명이 반드시 오장원에 군사를 주둔시킬 것이다'라고 하더니, 천칠백 년 뒤인 오늘 그대는 '논의하는 사람들은 좋은 계책이 아니라고 한다'라는 구절을 읽고, '반드시 병사를 오장원에 주둔시켜 둔전을 오래 유지하고, 다시는 군사를 돌이키지 않을 것이다'라고 미리 짐작하고 단언하였다고 하니 타인의 마음을 미리 헤아렸다고 하겠거니와 다시 군사를 돌이키지 않을 필요와 둔전을 오래 유지해야 하는 사정을 지금 듣고자 합니다."

밀아자가 대답했다. "아, 선생이 선제에게서 적을 토벌하라는 유의를 받았으므로 몸소 있는 힘을 다해 다섯 번이나 기산에 나갔습니다. 그러나 이쪽은 약하고, 적은 강대하여 이길 수 없을뿐더러, 남쪽을 토벌하고 북쪽을 정벌하며 해마다 출병하였으니 나라와 백성들의 피폐함은 보지 않아도 알 수 있습니다. 조정에 가득한 신료들은 각기 다른 의견이 있었겠으나 승상의 주권 아래에서 감히 저항하지 못하고 다만 사사로운 언론으로 옳으니 그르니 한 것입니다. 무릇 전제정치를 하는 나라에 간혹 억압의 정치가 있어도 아래 신하들은 감히 말하지 못하고 여론만 쓸데없이 이러쿵저러쿵하는 것은 고금 천하에 어느 나라 할 것 없이 있는 것입니다. 그러므로 논의하는 사람들은 옳은 계책이 아니라고 하였습니다. 그러나 선생이 여러 의논을 물리치고 결국에 여섯 번이나 출병을 하였으니 이 여섯 번째로 기산에 나갔을 때에 간악한 이들을 제거하여 한나라 황실을 부흥하여 옛 도읍으로 돌아왔다면 논의하는 자들의 옳은 계책이 아니라고 하는 설은 물거품이 되었을 것은 말할 것도 없고, 선생께서 오랫동안 지녔던 선제에게 보은하고 후주(後主)에게 충성을 다한다는 대의(大義)도 이루었다고 할 것입니다.

무릇 평정하기 어려운 것은 일이고, 성패와 이둔(利鈍)은 미리 알 수 없는 것입니다. 만약 다시 한중으로 군사를 되돌리는 날이면 성도의 벼슬아치들의 의론은 고사하고 익주 한 지역의 민심도 반드시 시끌벅적하게 요동치게 되었을 것입니다. 만약 민심이 시끄러우면 선생이 어찌 일곱 번째로 기산에 나갈 수 있겠습니까? 만약 일곱 번째로 기산에 나가지 못하고 앉아서 망하기를 기다린다면 이것은 선제의 유의를 저버리는 것이며, 왕업 역시 망하는 것입니다. 그러므로 병사를 오장원에 주둔시켜 둔전을 오래 유지하여 다시 출병하려고 하지 않을 것이며 또한 적을 토벌하려는 뜻을 그만두지 않는 것이니 차라리 군중(軍中)에서 죽을지언정 중원을 수복하기 전에는 반드시 군사를 되돌리려는 뜻이 없는 것이니, 그 큰 뜻과 큰 충성이 금석을 꿰뚫을 만합니다. 그러므로 눈물을 그칠 수 없는 것은 바로 이것 때문입니다."

선생이 길게 탄식하며 말했다. "지금 그대의 말을 들으니, 천고(千古)를 추측하기를 마치 오늘을 보는 것과 같이 하여 인정과 시세를 환하고 자세하게 분해한 것이 지혜로운 자의 소견이라 하겠습니다. 그러나 그 당시 논의하는 자들로 말하자면 일반 신료들이 모두 선제의 특별한 대우를 쫓아 후주에게 보답하고자 하였으므로 안으로 조정에서는 게으르지 않았고, 밖으로 외지에서는 자신의 몸을 잊었으며, 또 당시 나라의 위급존망을 잘 이해하지 않음이 없었는데, 이는 진실로 어떤 마음이기에 내가 위험을 무릅쓰고 선제가 남긴 뜻을 받드는 것을 이해하지 못하고 도리어 막고 어지럽혀 논의하는 자들이 좋은 계책이 아니라고 한단 말입니까!

아, 내가 선제를 받들기로 한 이후 32년 동안에 못난 재주를 다하고, 힘써 최선을 다했음을 후세 당·송·명·청의 역사에서는 한 번도 좋은 계책이 아니라는 말이 없었는데, 당시 목격한 사람들이 도리어 이런 황당한 말을 한단 말입니까. 나 또한 이미 표를 올려 설명하였고, 그대 또한 이것을 읽고 마음에 눈물을 흘렸다고 하였으니, 인정과 사물이 고금에 다름이 있어서 그런 것입니까? 아니면 나의 전후에 과연 과실이 있어서 그런 것입니까? 그대는 상세하게 연구하였으니 다시 분명하게 판단해주시기 바랍니다."

밀아자가 다시 온화한 얼굴에 부드러운 목소리로 은근하게 대답했다. "한국과 청국 두 나라 선비들의 헛된 문장과 공허한 논의로 말하자면, 선생의 지식과 국량은 이전에도 없었고 이후에도 없을 것입니다. 그러나 그때의 인정과 사물의 긴밀한 진상과 실적으로 말하면, 선생께서는 논의하는 자들이 좋은 계책이 아니라고 한다는 설이 아마도 괴이함 없이 용납될 것입니다. 제가 비록 아는 것이 없고 깨달음도 없으나 다만 고금 천하에 자연스러운 인정 물의를 깊이 파헤치고 풀이하여 환하고 자세하게 판단해보겠습니다. 엎드려 바라노니 선생께서는 해량하시고 자세히 살피시기 바랍니다.

대개 선생의 일생을 자세히 살펴보면 어진 이와 군자의 마음이 있고, 영웅호걸의 재주가 있으며, 충신 의사(義士)의 절개가 있으니 인물에 대한 평가는 다시 감히 말할 것이 없습니다. 다만, 그해 익주 선비들의 밀접한 안목으로 말하자면 그렇지 않은 단서가 있습니다. 무엇인가 하면, 무릇 사람의 선악은 살았을 때 드러낸 것과 죽은 뒤에 들리는 것이 크게 어긋나는 것이 대개 인정과 물리의 자연스러운 것이며, 성인과 필부가 함께 아는 바입니다. 대개 이날 이 땅의 비록 어린 아이와 늙은이라도 동한(東漢)의 역사와 삼국지를 읽은 사람이라면 선제의 인의와 선생의 충의에 경복하지 않음이 없으며 감탄을 그치지 못할 것입니다. 그런데 저 그해의 천하 사람들은 이 무슨 심성인지 선생의 임금과 신하 사이에 대해 경복하지 않는 것은 고사하고 백방으로 공격하고 온갖 단서로 계획하여 잡아 죽이려고 하였으니 이것은 다른 것이 아닙니다. 사람의 선악변별이 반드시 죽은 뒤에 있고, 생전에 있지 않기 때문입니다. 선생의 군신은 또 논할 것도 없고, 옛날에 공자가 천하를 돌아다닐 때, 일흔두 나라의 제후들이 성인을 알아보고 임용한 것이 한 번도 없더니 지금은 온 천하가 공자를 사당에 모시고 제사 지내며 공자의 말을 강론하지 않음이 없습니다. 공자 같은 성인으로도 생전과 사후가 이와 같이 판이하게 다르거늘 하물며 선생의 생전과 사후야 말할 것이 있겠습니까?

대개 선생이 와룡현의 초당에 누웠다가 선제의 삼고초려에 감동하고 한나라 황실이 기울어감에 분개하여 융중(隆中)을 한 번 나감에 손무(孫武), 오기(吳起)와 같은 지략을 발휘하여 패업(霸業)을 도모하였으며, 이윤(伊尹), 여상(呂尙)과 같이 정성을 다하여 나아가 왕실을 도울 때, 세 치의 혀로 오나라 손권을 부추겨 조조를 적벽에서 대파하고 오백 명의 군사로 익주에 진입하여 파촉에 왕업을 세웠습니다. 그때 성도를 취한 것과 남정(南鄭)을 정벌한 뛰어난 기예와 오묘한 계산은 귀신도 헤아릴 수 없었습니다. 하후연(夏侯淵)을 베어 한중을 평정하고 조조를 쫓아내어 세 나라[魏 · 蜀 · 吳]가 정립하였으니 싸워 이기고 공격하여 취하는 영웅의 재주와 큰 지략과 바른 것은 지키고 사악한 것은 물리치는 충의의 간담이 천고의 역사에 찬란히 비칠 뿐만 아니라 탁고(托孤)의 은혜[6]를 울며 받은 뒤에 남쪽으로 불모지에 들어가 맹획(孟獲)을 일곱 번이나 사로잡고,[7] 북쪽으로 중원을 정벌하려고 여섯 번이나 기산으로 나왔으니 신하의 절개를 지극히 다하였고, 영웅의 과업을 지극히 다하였습니다. 그러므로 선생이 죽은 뒤 오늘날에도 천하의 사람들이 여전히 추모

---

6) 탁고(托孤)의 은혜: '고아를 맡김'이란 뜻으로, 유비가 임종 시에 아들 유선을 제갈량에게 맡긴 고사를 말한다.

7) 칠금맹획(七擒孟獲): 칠종칠금(七縱七擒)으로 말하기도 한다. 제갈량이 남만(南蠻)의 맹획을 일곱 번 사로잡았다가 일곱 번 놓아주면서 그를 심복(心服)시켰다는 고사이다.

하여 감탄을 그치지 않는 것입니다.

　아마도 선생 생전 당시에는 천하 사람들의 친애하고 경복하는 마음
이 반드시 오늘보다 백배나 더해야 하는 것이 당연한데, 선생 생전의
상황을 보면 천하 사람들이 하나같이 경복하지 않는 것은 고사하고 대
부분 선생을 죽이고자 하는 사람들이었습니다. 그렇다면 오늘날 천하
의 사람들은 마음이 순하고 어질고 지식이 높고 밝아서 어질고 의로
운 사람을 알아 경복하고, 옛날 천하의 사람들은 마음이 패악하고 지
식이 어두워 어질고 의로운 사람을 알지 못해 침해하려 한 것이겠습니
까? 이것은 그렇지 않습니다. 속담에, '이웃 무당은 영험하지 않다'라고
하니 이것은 늘 보는 것에 불과하기 때문입니다. 비록 세상을 덮을 만
한 인물이라도 만날 당시에는 평범한 사람에 불과하고, 영험한 무당일
지라도 이웃에 살아 자주 접촉하면 그 영험함을 모르는 것이니, 이것은
곧 사물 이치가 그러한 것입니다.

　선생 당시에 위(魏)의 장합(張郃)·사마의(司馬懿)와 오(吳)의 주유(周
瑜)·서성(徐盛)과 남만(南蠻)의 옹개(雍闓)·맹획(孟獲) 등이 모두 선생을
죽이려고 했던 사람들입니다. 그러나 이 사람들이 만약 오늘날 살아 있
고, 이 땅에 살아서 동한의 역사서를 읽어 선생의 도덕과 성충(誠忠), 인
의와 도략(韜略)을 소상하게 연구하고 깊이 생각한다면 반드시 추앙하
고 복종하는 마음이 절로 생겨나서 흠모하고 칭송하지 않음이 없을 것
이니 이 역시 인정의 당연한 이치입니다. 그러니 서적과 사실이 부합하
지 않고, 생전과 사후가 같지 않음이 인간 세상에 당당한 진리가 됨을
믿지 않겠습니까? 선생 생전에 지나온 만 가지 일을 하나하나 따져 분
해하여 인정과 물리의 핍절한 경위를 상세하게 판별할 것이니 선생께
서는 자세히 들으시고 실제적인 뜻으로 재량하오시면 당시 논의하던
사람들이 좋은 계책이 아니라는 설 또한 아마도 괴이함 없이 용납될 것
입니다.

제2장
아마도 괴이함 없이 용납될 것임-10조목
(容或無怪十章)

대개 동한 말기에 천하가 쪼개지고 붕괴하여 여러 영웅이 각립할 때, 조조는 중원을 차지하여 제후들을 호령하고, 손권은 강좌(江左)에 할거하여 천하를 놓고 다툴 때, 선생의 군신은 동남으로 떠돌며 정착할 곳이 없었습니다. 그러므로 명성이 드러나지 않았고, 공훈이 보잘것없었을 당시에 선제는 무왕의 덕이 없었고, 유장(劉璋)은 상나라 주(紂)의 악행이 없었는데, '동종(同宗)의 환난을 구한다'라는 구실을 내세워 군사들을 이끌고 국경에 들어가 왕업을 빼앗았으니 그날 천하의 공론에 선생 군신의 행위를 찬성한 자들이 있었겠습니까? 반드시 이를 갈고 가슴 아파한 자들이 적지 않았을 것입니다. 또 선생이 동오(東吳)로부터 형주를 빌릴 때, 익주를 취한 뒤에 갚아주겠다는 뜻으로 약속을 하고는 이를 어기고 돌려주지 않았으니 그때 동오의 사람들이 섭섭함을 가졌을 텐데 도리어 공경하며 복종하려고 했겠습니까? 그해 선생의 일 처리가 이와 같았으니 논의하는 자들이 좋은 계책이 아니라고 한 것은 오히려 단순하게 말한 것입니다.

비록 그렇지만 오늘날 연구하는 자들의 공론으로 말하자면, 익주를 차지한 그해에 조조가 먼저 한중을 취하고 성도를 노리고 있었으며, 장임(張任)과 냉포(冷苞)의 재주와 지혜가 하후연(夏侯淵)·서황(徐晃)·장합(張郃) 등의 적수가 되지 못하여서 조만간에 유장의 강토가 반드시 다른 사람에게 돌아갈 형세였으니 선생이 의리를 주장하기보다 차라리 옳지 못하다는 말을 무릅쓰고서 스스로 취할지언정 다른 사람이 가지게 할 수는 없었던 것입니다. 또 형주의 일로 말하자면, 비록 '남에게 빌렸으나 이 역시 한나라 황실의 토지라서 비록 몇 자 몇 치라도 다른 성씨에게 줄 수 없다는 의리가 있었으니 자신의 입장에서는 형세가 부득이하여 돌려주지 않은 것입니다.

이 두 가지 일에서 신의를 저버린 일을 선생이 모르지 않았으되 이미 한나라 신하가 되었으니 차라리 천하의 질투를 받을지언정 신하된 본분의 대의를 잃지 않았을 뿐만 아니라, 이것은 곧 외교의 정략이니 무릇 외교의 정략은 어느 나라 어느 때를 논할 것 없이 이와 같은 간교한 수단을 사용하는 것입니다. 간혹 미개한 사람은 어리석은 편견으로 시국의 변천과 교섭의 기관을 살피지 못하고 가운데에 서서[1] 옳으니 그르니 하는 것입니다. 그러니 당일 논의하는 자들이 좋은 계책이 아니라는 설은 아마도 괴이함 없이 용납될 것입니다.

또 선생께서 동서 양천을 취한 날, 선제께 권유하여 한중에서 왕위에 즉위하게 할 때에 먼저 천자에게 표(表)를 올리지 않고 즉위한 뒤에 천자에게 아뢰었으니 이 어찌 임금을 섬기는 도리이겠습니까? 당초 한나라 황실이 무너져 황제의 권위가 먹히지 않아 동탁과 조조의 무리가 천자를 위협하여 제후에게 명령하였으니 '천자를 위협하여 제후에게 명령한다(挾天子令諸侯)'는 여섯 글자로 증거를 삼으면 한나라 왕조가 비록 '쇠미하여 형체가 없다'라고 하나 한 줄기 황실의 맥은 아직도 존재하는 것입니다. 이미 이렇게 한나라 황실이 존재하는 처지에 먼저 왕위에 오르고 뒤에 천자에게 아뢴 일이 춘추의 의리에 용납될 수 있겠습니

---

1) 원문에는 '자막(子莫)의 집중(執中)'이라 하였다. 이는 『맹자』 「진심장」에 나온다. "맹자가 말하였다. 양자는 자신을 위함을 취하였으니, 하나의 털을 뽑아서 천하가 이롭더라도 하지 않았다. 묵자는 겸애를 하였으니, 이마를 갈아 발꿈치에 이르더라도 천하에 이로우면 하였다. 자막은 이 중간을 잡았으니, 중간을 잡는 것이 도(道)에 가까우나 중간을 잡고 저울질함이 없는 것은 한쪽을 잡는 것과 같다.(孟子曰, 楊子取爲我, 拔一毛而利天下, 不爲也. 墨子兼愛, 摩頂放踵, 利天下, 爲之. 子莫執中, 執中爲近之, 執中無權, 猶執一也.)"

까? 성도에서 당일에 여러 논의가 시끄러웠지만 바람 불고 먼지 나는 전쟁터에서 위험을 감수하던 위연(魏延)과 황충(黃忠)의 마음이 용의 비늘을 붙잡고 봉황의 날개에 붙듯이 창업하는 제왕을 돕고자 하는 한결같은 정성이 있었으므로, 아마도 대중이 한 번 흩어지면 다시 합하기 어려운 형세이기에 박절하지만 부득이 선후의 순서를 돌아보지 않고 이처럼 가볍게 하였으니 지금 다시 말할 것은 없습니다.

그러나 황실의 소중함으로 말하자면, 그해 헌제(獻帝)가 몽진(蒙塵)[2] 할 때에 저 흉악한 이권(李權)과 곽사(郭汜)가 배우지 못한 무식함과 극한의 반역적 행위로도 그들의 관작(官爵)과 직첩(職帖)을 오히려 사사로이 가지지 못하고 천자를 협박하여 이른바 칙지(勅旨)를 이들에게 억지로 내려주게 하였으며, 또 손권이 강동에서 마음대로 하는데도 표기장군과 형주목(荊州牧)의 부절(符節)과 부월(斧鉞) 또한 한나라 황실에서 내려주었으니 이 모두는 한나라 왕조의 한줄기 맥과 헌제라는 황실의 자리가 여전히 살아 있었던 까닭입니다. 또 원술이 수춘(壽春)에서 황제를 칭할 때[3] 천하가 이를 갈고 가슴 아파하며 역적이라고 일컬은 것은 당당한 한나라 황실이 여전히 존재해 있었기 때문입니다.

천하의 공의(公義)가 이와 같이 삼엄하고, 당일 건안(建安)[4] 정삭(正朔)[5] 이후 고제(高帝)의 종묘와 사직이 존재함에도 큰일에 임하여 정의롭게 결정해야 함을 어찌 이와 같이 신중하게 살피지 않았습니까? 어

---

2) 몽진(蒙塵): 머리에 먼지를 쓴다는 뜻으로, 임금이 난리를 피하여 안전한 곳으로 감을 비유적으로 이르는 말.

3) 건안(建安) 2년(197년) 봄. 원술은 하내(河內) 사람 장형(張炯)의 부명(符命)과 자신에게 옥새가 있음을 이용해 주부 염상의 반대에도 불구하고 스스로 황제 자리에 올라 국호를 중이라 하고, 수도를 회남윤(淮南尹) 수춘현(壽春縣)으로 정했으며, 구강태수(九江太守) 진기(陳紀)를 회남윤(淮南尹)에, 교유(橋蕤)와 장훈(張勳)을 대장군에 임명하였다.

4) 건안(建安): 중국 후한 헌제 때의 연호로 196~220년까지 사용했다.

5) 정삭(正朔): 제왕이 나라를 세운 뒤 새로 반포하는 역법이다.

떤 사람이 말하길, '먼저 천자에게 아뢰고자 하였으나 조조가 임금 곁에 있으니 분명히 임금의 윤허를 받을 수 없기 때문에 먼저 아뢰지 않았을 것이다. 만약 즉위하는 일로 표문(表文)을 올려 보냈다가 조조가 조칙을 고쳐 상서원(尙書院)에서 허락하지 않는다는 조칙을 써서 내려주면 단지 큰일의 낭패일 뿐만 아니라, 차후에 스스로 왕의 자리에 오르면 이것은 분명 황제의 명을 거역하는 것이니 먼저 왕위에 오르고 뒤에 아뢰는 것이 낫다'라고 하나 이것은 빠져나가려고 하는 말입니다.

당초 선제가 황실의 종친으로 좌장군 예주자사의 직함을 받았고, 또 동승(董承)·마등(馬騰)과 같이 의복과 조칙을 몰래 받았다면 이날에 조조와 순욱 등이 고친 조칙은 총명을 가린 것이므로 곧 천자의 본뜻이 아니니 광명정대하게 사실대로 아뢰어 천자의 마음을 얻어 묵인(默認)과 묵허(默許)를 얻으면 이것은 진적(眞蹟)이고, 실사(實事)이니, 비록 조칙을 고쳐 써 보내더라도 천하에 부끄러움이 없고, 후세에도 흠될 것이 없습니다. 무릇 모든 일은 실질을 숭상하는 것이 근본이니 만약 그 근본을 잃고 앞뒤가 바뀌면 반드시 공의(公議)의 추궁을 면할 수 없으니 당일 천하의 이른바 지식인들의 분분한 공론이 과연 어떠했겠습니까? 그런즉 당일 논의하는 자들이 좋은 계책이 아니라고 한 설이 또한 아마도 괴이함 없이 용납될 것입니다.

또 선생은 봉추(鳳雛)가 죽었다는 보고를 받고 그날로 몸을 일으켜 낙성(雒城)으로 앞서가면서 형주의 한 지역에 중차대한 전쟁 업무를 부득불 관우에게 전임하면서 한 번 생각하고 또 생각하며 염려하여 정하지 못한 것은 당시 중요한 목적은 동쪽으로 손권과 화합하고 북쪽으로는 조조를 물리치는 것이었기 때문입니다. 이와 같이 절박하고 중대한 방략을 선생이 먼저 말하지 않고 마침내 관우가 말한 것을 들은 뒤에 비로소 부신(符信, 信標)을 주었습니다.

그때 상황을 미루어 생각하면 형주의 지형은 남쪽으로는 원수(沅水)

와 상수(湘水)로 이어져 있고, 북쪽으로는 한수(漢水)와 면수(沔水)로 통하여 사방에서 적이 들어올 수 있을 뿐만 아니라, 관우의 재주와 역량으로 말하자면 용맹과 위엄이 비록 '천하에 대적할 자가 없다'고는 하지만 지모(智謀)와 병법은 여전히 선생에게 미치지 못하는 것을 선생 또한 이미 잘 알고 있었습니다. 그러므로 매우 염려하여 머뭇거린 것입니다. 그 뒤 한중을 정벌하고 여러 가지 사무를 확장할 때 마초(馬超)에게 가맹(葭萌)을 지키게 하고 조운(趙雲)을 사천에 파견하여 머무르게 하였으니, 그날의 일의 기미로 말하면 조조가 패하여 돌아간 뒤에 서북 일대의 시끄러움이 조금 안정되어 반드시 깊이 염려할 것이 없는데 이와 같이 특별히 염려하여 중요한 장군을 보내었습니다.

한편 그때 육구수장(陸口守將) 노숙(魯肅)이 죽어 여몽(呂蒙)이 대신 업무를 처리하였으니 이것은 깊이 생각하지 않을 수 없는 때인데 조금도 생각하지 않아 형초(荊楚) 사이에서 중요한 기둥이 꺾어지게 하였으니 [관우의 죽음] 이 한 가지 일은 제가 평생 이해하지 못할 것입니다. 당시 손교(孫皎)와 반장(潘璋)의 군사는 백제 상류에 머무르고 있었고, 번성(樊城)의 요충지에는 조인(曹仁)의 병력이 머무르고 있었으니 앞과 뒤에 적군을 받았다고 하겠습니다. 그때 선생이 지모의 선비로 법정(法正)이나 등지(鄧芝) 중 한 사람과 세심한 장수로 왕평(王平)이나 마대(馬岱) 중 한 사람을 선정하여 남군 공안 등지에 머물러 참모로 돕게 하였다면 여몽이 어찌 칼에 피를 묻히지 않고 형주와 양양을 취할 수 있었겠습니까? 이것은 선생의 큰 실책입니다.

또 선제의 동정(東征) 한 가지 일로 말한다면, 당초 유비·관우·장비 세 사람이 도원에서 결의를 할 때에 맹약이 지극히 중대하였으므로 관우가 패한 뒤에 복수할 한 번의 거동이 없을 수 없을 것입니다. 선제의 현명함으로 오나라를 치려는 것이 실책임을 모르는 바 아니지만 의리가 있는 곳에 편안히 있을 수 없어 이 거사를 하였으니 선생이 만약 개인의 분수와 공적인 의로움을 분간하여 극력 반대하여 죽음으로 충간을 하였다면 반드시 국운을 만회하는 바람이 있었을 것입니다.

또 전략으로 말하자면 오나라를 정벌한 병사 칠십만이 용맹하지 않은 것이 아니고, 사십여 병영의 배치가 치밀하지 않은 것은 아니지만, 천리에 이어진 병영을 낮고 습한 곳을 가리지 않고 배치한 것은 병가에서 꺼리는 바입니다. 선생이 만약 일찍 조사하여 각별히 단속하였다면 어찌 이 지경에 이르렀겠으며, 또 육손(陸遜)이 도독에 오른 것을 헤아리지 못하여[6] 마침내 선제로 하여금 사다리에서 넘어져 돌아가시게 했으니 후세 역사가의 말에 비록 '이는 모두 하늘의 자연스런 운수이지, 인력으로 미칠 바가 아니다'라고 하지만, 당시에 지나가다 목격한 사람이 선생의 이와 같은 지식과 정략을 논평하게 된다면 여전히 감복하여 한 마디 말도 못할 것 같습니까? 그러니 당시 논의하는 자들이 좋은 계책이 아니라고 한 설이 또한 아마도 괴이함 없이 용납될 것입니다.

또 선생이 성도에 나라를 건립하고 제도를 확장할 때, 군대와 나라의 사무에 풍속을 바꿀 방법과 내수외교에 중차대한 기관이 선생의 일신상에 모두 달려 있는지라 이때를 당하여 쇄신하여 고치는 제도와 때에 따라 알맞게 하는 정책을 반드시 실천해야 했습니다. 이와 같이 실천하는 마당에 온갖 제도와 법령을 어찌 집집마다 가르치고, 사람마다 깨우쳐 두 번 세 번 하겠습니까. 법령이 한 번 나옴에 온 나라가 복종한 뒤에야 일은 절반하고 공은 배가되는 실효를 아릴 수가 있을 것입니다.

---

6) 관우를 칠 계략을 고민하던 여몽에게 육손(陸遜)은 책략을 진언한다. 곧, 관우를 속이기 위해 여몽은 병에 걸렸다는 핑계를 대고 육손이 거짓으로 도독에 오른다. 관우는 육손이 무명임을 알고 방심하여 온 병력을 위와의 싸움에 집중하고 결국 형주는 여몽의 손에 넘어간다. 유비가 복수를 위해 파죽지세로 쳐들어가자 손권은 감택의 추천으로 육손을 도독에 임명한다. 육손은 결국 화공으로 유비군을 패퇴시켰으나, 유비를 추격할 때 제갈량이 설치한 팔진도에 갇히게 되고, 제갈량의 장인 황승언의 도움으로 빠져나오게 된다.

그러므로 이 법령과 복종의 일관됨이 나라의 제도와 만기(萬機) 중의 첫 번째 영혼이 될 것이며, 이 영혼을 양성할 재료는 법률 한 종류에 지나지 않습니다.

　무릇 법률이라는 것은 옛날에도 있었고 지금도 있고, 저기에도 있고 여기에도 있되 어떤 때는 가볍고 어떤 때는 무거운 것은 국가의 성질과 시대의 상황에 따라 제정한 것이기 때문입니다. 그러나 그 나라가 존재하거나 망하는 이유에는 다른 것이 없습니다. 제정한 법률을 신용하지 못하는 것이 원인이니 법률의 제정은 이처럼 쉽지만 법률의 신용은 매우 어렵습니다. 그러므로 간혹 총명한 임금과 지혜로운 신하가 창업시대나 경장시대를 맞이하여 법률을 제정할 때에 경중은 고려하지 말고 오직 신용을 주로 해야 합니다. 그러나 세상 사람들은 오로지 신용만을 주된 것으로 하는 것이 엄하고 혹독하다고 하는데 이것은 통달하지 못한 식견입니다.

　옛날에 공자가 노나라 사구(司寇)로 업무를 볼 때에 정치를 어지럽힌 대부 소정묘(少正卯)를 주살하였으니 이것은 법률을 신용한 것입니다. 만약 노나라에 소정묘와 같이 정치를 어지럽히는 대부가 10명이 있었다면 10명을 주살하였을 것이오, 100명이 있었다면 100명을 주살하였을 것이니, 비록 공자의 어짐이라도 정치를 맡으면 법률을 신용해야 하고, 법률을 신용하면 죄인을 반드시 죽여야 하니 이것은 만고에 바꿀 수 없는 법입니다.

　제가 늘, '정치하는 방법은 공자와 상앙이 비슷하다'라고 하였습니다. 상앙이 진(秦)나라를 다스림에 '위수(渭水)가 모두 붉었다'라고 하니 많은 사람을 죽였음을 알 수 있습니다. 맹자가, '사람 죽이기를 좋아하지 않는 자가 천하를 통일할 것이다'[7]라고 하였으니 만약 상앙이 죄 없

---

7) 『맹자』 「양혜왕」 상.

는 사람을 죽이기 좋아하여 위수가 모두 붉었다면 진(秦)나라가 어찌 망하지 않고 도리어 천하에 부강한 나라가 되었겠습니까? 반드시 소정묘와 같이 정치를 어지럽히는 죄인을 많이 죽여서 위수가 모두 붉게 된 것임을 분명 의심할 것이 없습니다. 만약 정치를 어지럽히는 죄인을 죽이지 않고도 진나라가 크게 다스려지고 부강할 수 있었다면, 공자가 소정묘를 주살하고서 노나라가 크게 다스려졌다는 말 또한 거짓말이 될 것입니다.

아, 당(唐) · 송(宋)의 싱거운 선비들의 자잘한 논의에서 진나라 법이 엄하고 혹독하여 2세에서 망했다고 하나 이것은 몰지각한 설입니다. 호해(胡亥)와 조고(趙高)가 상앙이 제정한 법률을 실제로 신용하여 한결같이 따르고 어기지 않았다면 2세에서 망하지 않았음은 물론이고, 3세, 4세, 만세에 이르도록 따르고 신용하였다면 오늘날에도 섬서성 서안부에 진나라 사직이 엄연히 존재하지 않겠습니까?

이처럼 선생이 촉나라를 다스리는 초기에 법률을 신용하여 백 가지 사무를 단속하고 조목을 엄격히 세워 한 나라를 쇄신하였다면 후세 공론이 칭송하지 않을 수 없었을 것입니다. 비록 그렇지만 익주의 그날 시세를 거슬러 추측하면 유장의 자질과 품격이 매우 어둡고 약하여 직분에 있은 지 20여 년에 법령이 문란하고 법률이 부패하여 상하사회에 정치사상은 차치하고 국가정신이 부족하여 저 장송(張松)과 같은 무리는 조조를 일부러 찾아가서 자신의 나라를 팔려고 하였으며, 법정은 시세를 핑계대고 내응(內應)을 갖추었으므로 저절로 나라가 망하였고, 선생이 도모하여 취한 것입니다. 그 당시 이 피폐한 형국을 혁신하지 않을 수 없었고, 혁신할 때에 법률을 신용하지 않고는 할 수 없건만 아, 어느 나라를 논할 것 없이 씻어내기 가장 어려운 것은 습관이오, 자르고 끊기 어려운 것은 고질병입니다. 그러므로 법정의 말에 '법률이 지나치게 무겁다'라고 하는 것도 반드시 그 한 사람의 사사로운 뜻으로부터 나온 것이 아니고, 조야(朝野)의 여론과 형편을 받아들여 논의한 것입니다. 그런즉 당시 논의하는 자들의 좋은 계책이 아니라고 하는 말 역시 아마도 괴이함 없이 용납될 것입니다.

또 선생이 군율을 다루는 것을 보면 절실히 서로 어긋나는 처신이 있으니 당시 선비들의 비평이 반드시 없다고 하지 못할 것입니다. 화용도에서 조조를 마음대로 석방한 관우에게는 군령을 어긴 죄를 주지 않고, 가정에서 패한 마속은 목을 베어 효시하였으니 이 두 사건의 경중으로 말하자면 가정에서의 패배는 땅을 잃고 병사를 잃음에 불과한 것이지만 화용도에서 조조를 석방한 일은 절대 해서는 안 될 일이었습니다.

왜 그러냐 하면, 당시 한나라 황실의 대역적이 조조이고, 당일 천하의 큰 도적이 조조인데 이와 같은 큰 도적을 이미 잡고서 사사로운 은혜를 갚는 것으로 쉽게 풀어주었으니, 관우의 공익을 어기고 사사로움을 따른 죄를 말하자면 단지 마속의 죄보다 10배나 무거울 뿐만 아니라 반드시 천하 후세에 용서받지 못할 것인데 선생이 군율을 처리하면서 관우에게는 하나의 죄도 주지 않고, 마속은 마침내 사형에 처하였으니 천하 고금에 이와 같이 불공평한 군율은 반드시 없을 것입니다.

선생같이 바른 법령으로 군율을 시행하는 사람도 이와 같은 불공평한 판단이 있었으니 저는 놀랍고 미혹하여 천 번 생각하고 만 번 생각하다가 그날 현실 상황을 추측한 뒤에야 일단의 의혹이 비로소 해소되었습니다.

무슨 까닭으로 그렇게 했는가 하면, 선제가 초나라에 패하고 곡강가에 우거할 때에 병사는 천 명도 되지 못하였고 장수는 관우와 장비, 조운에 불과하였습니다. 이때 형세가 부득이하여 관우에게는 잠시 권도(權道)를 사용하였고, 뒤에 국체(國體)가 완성되고 법률이 제정되어 마속에게는 군율을 따랐던 것입니다. 그러나 이것은 제가 선생과 관우의 일생의 심지(心志)를 모두 헤아렸기 때문에 하는 구차하고 꽉 막힌 궁색

한 변명이거니와 당시 선생 휘하의 어리석은 병졸들은 당장 눈으로 본 것으로 옳으니 그르니 하며 선생과 관우의 사이에 반드시 주고받은 뇌물이 적지 않으므로 이렇게 불공정함이 발생되었다고 하였을 것입니다. 그런즉 당시 논의하는 사람들이 좋은 계책이 아니라고 한 설이 또한 아마도 괴이함 없이 용납될 것입니다.

또 선생께서 촉을 다스리는 정략은 진선진미하다고 말할 수 있습니다. 그러므로 유엽(劉曄)이 '제갈량은 나라를 다스림에 투명했으므로 승상이 되었다'라고 하였습니다. 대개 나라를 다스리는 준칙은 반드시 나라가 태평하고, 백성은 안락할 따름이며, 달리 특별한 방법과 특이한 공적은 없습니다.

아무튼 동한의 지리로 말하자면, 익주의 위치가 전국의 서남쪽 한 모퉁이에 있어 초평(初平)[8] 연간에 호뢰관(虎牢關)[9] 열여덟 길로 제후들이 모였을 때에도 익주의 관리는 한 명도 참여하지 않았고, 황건적의 난에 천하가 시끄러웠으나 익주는 한결같이 안도하여 처음부터 상관함이 없었고, 그 뒤 원소와 원술과 여포, 유표 등의 공격과 전쟁에도 한 번도 간섭함이 없었습니다. 그러므로 익주의 땅을 '태평한 지역'이라 하였는데 갑자기 선생께서 촉에 들어간 이후부터 곧 한수(漢水)에서 조조와 싸움이 있었습니다. 비록 이겼지만 태평한 백성들의 마음으로 말하자면 백전백승하더라도 전쟁은 반드시 바라지 않는 것입니다.

또 선제께서 동쪽을 정벌하며 익주의 자제 70만 명을 뽑았으니 당시 해당 지역의 부모와 어른들이 과연 기뻐하면서 보냈겠습니까? 원망을 묻고 보냈겠습니까? 하물며 한 번에 패하여 무너져 절반도 살아 돌아

---

8) 초평(初平)은 후한 헌제(獻帝)의 연호로 190~193년까지 사용하였다.
9) 호뢰관(虎牢關)은 중국 하남성(河南省) 형양(滎陽)에 있는 지명이다. 사수관(汜水關)으로 불렸는데 당나라 때 호뢰관으로 이름하였다. 동탁이 헌제를 옹립하고 스스로 상보(上夫)가 되어 천자에게 자신을 아버지로 칭하게 하며 가혹한 공포정치를 하자 제후들은 동탁을 토벌하기 위해 연합군을 조직하였다. 호뢰관 전투로 유명하다.

오지 못했으니 만약 오늘날 서구 각 나라의 개명한 민족의 국가정신으로 말하자면, 마땅히 충군애국의 의무라 하겠지만, 그때의 어둡고 미개한 풍속과 이른바 태평한 지역의 백성으로 이 같은 참혹한 근심이 있었으니 시끌벅적한 정경이 과연 어떠했겠습니까?

또 얼마 되지 않아서 선생은 다시 남쪽의 정벌로 5월에 여수(瀘水)를 건넜고, 계속하여 여섯 번이나 기산에 나가 싸웠으며, 해마다 군사를 일으켰습니다. 그러므로 조진(曹眞) · 사마의(司馬懿) · 손례(孫禮) · 곽회(郭淮)의 병사들이 늘 멀지 않은 곳에 있으면서 함양 이남과 한중 이북에는 살기가 하늘에 닿았고, 어지러운 봉화불이 꺼지지 않아 검산(劍山)과 도수(刀水)의 참혹함과 바람과 이슬을 맞으며 한데서 먹고 자는 모진 고통이 없는 날이 없는 것이 또한 이에 10여 년이었습니다. 어느 나라를 막론하고 그 부모 된 자가 자손을 낳아 그들을 방정하게 가르쳐 나라를 위해 죽는 것은 사람 도리의 큰 원리와 큰 법칙이거니와 어떤 사람을 막론하고 아들과 딸을 낳아 장가보내고 시집보내며 따뜻한 옷에 배불리 먹으며 고향 떠나기를 좋아하지 않는 것은 인심의 당연한 마음입니다. 그런데 당일 양주와 익주의 땅은 이른바 '나라는 태평하고, 백성은 안락함'이라는 영향을 보지 못하였으니 당시 논의하는 사람들이 좋은 계책이 아니라고 한 설이 또한 아마도 괴이함 없이 용납될 것입니다.

또 선생이 북벌을 나갈 때, 위연으로 선봉을 삼고 장수를 잘 등용했다고 말하였는데, 그 사람을 등용하고서 그의 말을 쓰지 않은 것은 무엇 때문입니까? 당시 촉에는 장수가 없지 않았으나 위연은 재주와 기량이 보통사람을 넘고 사졸을 잘 길렀기에 쇠 중에 단단한 쇠라 할 만합니다. 그의 말에 몰래 진창(陳倉)의 옛길로 나와 자오곡(子午谷)을 우회하여 나아가면 10일 전에 장안을 취할 수 있다는 계책이 당시 형세에 귀신같은 지략이라 할 만한데, 선생이 받아들이지 않아 장안을 도모하지 못했으니 이것은 천고에 유감입니다. 그런즉 송나라 소식(蘇軾)의 말에, '제갈공명은 치국은 잘하지만 용병은 잘못한다'라는 비평이 잘은 모르겠습니다만 이것을 말하는 게 아니겠습니까.

또 위교(渭橋)의 싸움에서 사마의의 예상을 잘못 짚어 기상이 크게 꺾였고, 군수품을 많이 잃었으니 이것은 선생의 용병책 중 하나의 큰 잘못된 일입니다. 또 가정의 싸움에서 선제의 유훈을 믿지 않고 마속을 임명해 패하여 천수(天水)와 상군(上郡) 등 세 고을을 도리어 잃었으니, 특히 이 세 고을은 심력을 쏟아 천신만고 끝에 얻은 곳인데 하루아침에 잃었으니, 이는 선생의 용인술이 매우 잘못된 것입니다.

무릇 천하의 일이 대소를 막론하고 한 번 움직이고 한 번 멈춤에 이로움과 해로움이 반드시 따르니 위의 세 가지 일이 도리어 이로움이 있다고 해도 이리저리 임시로 둘러맞춘 하찮은 이유이거늘 이 위급 존망의 시기에 군량의 소모와 민력의 허비는 계산하지 않더라도 조금도 얻음이 없이 다시 한중으로 돌아간 것입니다.

아, 적을 토벌하지 못하면 왕업이 또한 망하는 것은 선생 군신 간에 묵묵히 합의한 것이거니와 천하를 삼분한 촉한이 스스로 편안함을 유지하지 못하고 해마다 병역을 동원하지만 문득 이익이 없으니 당시 이른바 좌담(坐談)과 입설(立說)로 시세를 논란하는 사람들이 입을 다물고 혀를 묶어 이익과 해로움을 말하고자 하지 않겠습니까. 그러니 당시 논의하는 자들이 좋은 계책이 아니라고 한 설이 또한 아마도 괴이함 없이 용납될 것입니다.

또 선생의 말에 '군대를 주둔시키는 것과 군대를 출동하여 행군하는 것은 노력과 비용이 서로 같은데 일찍 적을 도모하지 않고 한 고을의 땅을 가지고 적과 지구전을 벌이고 있다'라고 하시니, 이 말이 일찍이 국가 일의 형세를 깊이 헤아린 만부득이한 적절한 말이라는 것은 다시 변론할 필요가 없습니다. 그러나 건국 이후 10년 동안 일곱 번이나 병사를 동원하여 여섯 번이나 기산으로 나갔으니 곤궁한 병사들을 데리고 마구 전쟁을 일으킴이 이보다 심함이 없으며, 옛날에도 있지 않았습니다.

백성이 지치고 재산이 고갈됨은 고사하고 군수품과 군량미의 운반과 교량과 도로의 부역을 단지 이 익주 한 지역으로 모아 공급하게 하니 익주가 비록 '천부(天府)의 땅'이라고 하지만 원래 막히고 기울어져 수레와 말의 통행이 순조롭지 못하고, 산이 많고 물이 적어 소모되는 비용이 많을 뿐만 아니라, 20년 동안의 군량미 조달에 국고와 백성의 재산이 회복될 여지가 없음은 말하지 않더라도 알 수 있을 겁니다.

조야(朝野)를 막론하고 풍진세상에 남은 인생이 조금도 어깨를 쉴 수가 없고 해마다 전쟁으로 치아가 신산하였으니, 잠시라도 쉬거나 편안하고자 하는 마음이 사람마다 있었을 것입니다. 그런즉 응하여 모여야 할 때에 한 번 물러나고 두 번 물러나니 적과 오래 대치함이 형세가 반드시 그러합니다. 하물며 조운(趙雲)·양군(楊群)·마옥(馬玉)의 죽음과 종수(賨叟), 청강(青羌) 등의 돌격대장은 전에 없던 자인데, 이미 삼분의 이를 잃었으니 정절(情節)을 추구하는 백전노골(百戰老骨)의 분발하는 사상도 자연히 사라져 무심히 전쟁을 그리워할 때에 선생이 또 '적이 마침 서쪽에서 지치고 또 동쪽에서 일을 벌이고 있으니 이 기회를 탈 수 있다'라고 하지만 이때 상하 사회에 헌신적 정신을 발휘하여 결사대로 종군할 사람이 몇 사람이나 있겠습니까? 그런즉 당시 논의하는 자들이 좋은 계책이 아니라고 한 설이 또한 아마도 괴이함 없이 용납될 것입니다.

또 선생이 영안궁에서 울면서 탁고(托孤)의 조서를 받은 뒤에 곧 성도로 돌아가서 나라의 만기(萬機)를 대리하여 직접 감독하는 것과 다름없었고, 문무의 전술을 종횡으로 펼치고 장상의 임무를 들고 날며 하니, 먹어도 단맛을 느끼지 못하고, 잠을 자도 자리가 편하지 못하여 이십

대의 벌을 받는 자도 선생이 또한 직접 고찰하셨습니다. 이에 양옹(楊顒)이 월권의 잘못을 간언하였고, 사마의는 먹는 것은 적고 일은 번거로운 데 대해 묻고 기뻐했습니다. 아마도 선생의 본뜻은 자신에게 맡긴 일이 효과가 드러나지 않아 선제의 영명하심에 상처를 입을까 두려워했기 때문에 몸소 죽을힘을 다하여 죽은 뒤에 그친다는 생각이었을 것입니다.

그러나 이것이 비궁(匪躬)[10]의 절개이긴 하지만 어느 나라를 막론하고 여러 관리와 여러 직책의 책임이 각자 같지 아니하며 각기 그 의무가 있는데, 선생은 한 나라의 여러 업무를 크고 작은 일을 막론하고, 월권인지 아닌지를 돌아보지 않고 직접 스스로 감독하지 않는 것이 없었습니다. 어떤 사람이든지 스스로를 옳다고 하는 버릇과 스스로를 꾸짖는 마음은 모두 각자 있습니다. 당시 관리들 중 스스로 자신의 재주가 선생에게 미치지 못함을 헤아리고 시동(尸童)[11]같이 앉아 하나의 원망도 없었던 사람이 몇 사람이나 있었겠습니까? 필연코 중언부언하는 시끌벅적한 말이 있었을 것은 불을 보듯 뻔하니 당시 논의하는 자들이 좋은 계책이 아니라고 한 설이 또한 아마도 괴이함 없이 용납될 것입니다.

또 선생은 나라의 원로이고, 탁고의 대신입니다. 그러므로 군사와 나라의 중요한 사건은 반드시 선생에게 먼저 결재를 할 뿐만 아니라 여러 관리들의 승진에 관한 것도 온전히 승상부(丞相府)에 달려 있었습니다. 그러므로 출정할 때에 시중과 시랑인 비의(費禕)와 동윤(董允)이 충성스런 절개로 호위하였고, 장군 향총(向寵)이 맑고 고른 성격과 품행으로 매사를 표주(表奏)하였으니 사람을 알아보는 능력은 고사하고 선으로 나아가는 정성이 간절하다고 하겠습니다.

---

10) 비궁(匪躬): 자기의 몸을 돌보지 않고 나라나 임금에게 충성함을 뜻함.
11) 시동(尸童): 제사 때 신위(神位) 대신으로 앉혀놓던 어린아이.

대개 전한 말기에 환관 석현(石顯)의 해독과 후한 말기 장양(張讓)의 악행으로 전한과 후한의 사직이 허물어진 것은 다만 촉한이 본보기로 삼아야 할 뿐만 아니라 선생 또한 이미 다 살핀 것인데 선생이 권력을 잡았을 당시에 또 황호(黃皓)라는 환관이 있어 군주의 총명을 흐리게 하여 조정과 외지를 소란하게 하였으니 이는 제가 항상 이해하지 못한 것입니다. 또 촉이 안정된 당시에 위연의 공이 으뜸으로 작위의 높음이 성도에서 으뜸이므로 당시 관료들이 공경하여 우러러보지 않음이 없었으니 그 벼슬을 공경하고, 그 지위를 우러러보는 것은 천하 고금에 절로 있는 공격(公格)이거늘 교만한 저 양의(楊儀)는 왜 승상부의 소속으로 스스로 문관의 잔격(殘格)을 저버리고 감히 무부(武夫)를 멸시하는 마음이 생겨나서 한 번 방문하여 보지 않고, 보고는 또 절하지 않았으니 위연의 마음에 섭섭하고 분함이 없을 수 있겠습니까?

선생이 이것을 살피지 못하고 임종에 삼군절도사를 모두 양의에게 귀속시켜 군사를 돌아오게 하여 마침내 위연으로 하여금 특히 악감정을 먹고 반란을 일으키게 하였으니 여조겸(呂祖謙)의 말에 '사람을 알고 적을 헤아리는 것은, 제갈량이 진(秦)의 왕맹(王猛)에게 미치지 못한다'라는 평판이 과연 잘못된 말은 아닐 것입니다. 대개 선생을 한 시대의 종시(終始)로 범범하게 말하면 왕을 도울 재주가 있는 삼대(三代)의 뛰어난 인물이지만, 인정으로 당일의 일에서 억지로 작은 허물을 들추어내자면 논자들이 말하는 좋은 계책이 아니라는 설이 또한 아마도 괴이함 없이 용납될 것입니다.

제3장
선생의 역사 연의
(先生歷史演義)

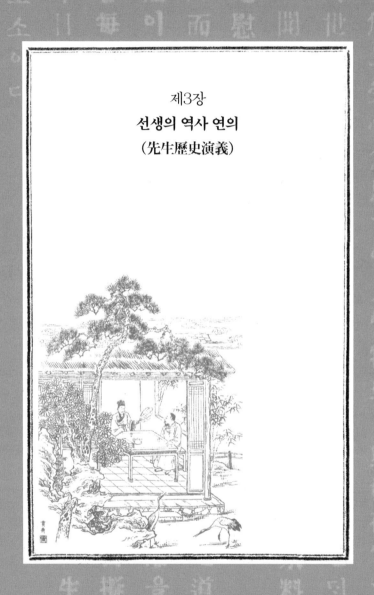

지금 제가 나열한 '아마도 괴이함 없이 용납될 것입니다'라는 10조목은 절박한 인정과 핍진한 사물의 뜻을 반복하여 분석하고 추측하여 깊이 살펴 선생께서 의아해하며 이해하지 못하고, 논의하는 자들이 말한 좋은 계책이 아니라는 설을 밝게 판단하고 분석한 것일 뿐, 선생의 작은 흠을 일부러 들추어내고자 하는 것이 아닙니다. 엎드려 바라건대 선생께서는 밝게 비추어 살피시고 너그러이 받아주시기 바랍니다."

선생이 다 듣고 수심에 잠겨 길게 탄식하더니 말했다. "지금 그대의 열 가지 변론을 듣고 생각하니 절절히 모두 맞아 당·송·명·청의 사필(史筆)과 사론(士論)에 일찍이 없던 새로운 논설로 천년의 세월에 공론이 사라지지 않았다고 하겠습니다. 비록 그렇지만 그대가 이 중국 천지의 전체 역사를 오히려 잘 알지 못하는 것이 적지 않으니 아무튼 상세하게 말하여 그대가 이해하지 못한 것을 해결해보겠습니다.

대개 치국의 도가 요순 이후로 비로소 시작되어 요순 이후 이천 년은 순박함이 흩어지지 않아 온갖 사물과 일이 대강 강령만 갖추어졌습니다. 이른바 문학은 경서(經書)의 대강만 있고 위서(緯書)[1]의 절목이 없으므로 사람들이 여러 가지 일을 하는 것 또한 범범하고 개괄적이어서 깊은 이해를 구하지 않는 것을 귀하게 여겼습니다. 그 뒤 이천 년은 사람

---

1) 위서(緯書): 경서(經書)에 가탁하여 미래의 일을 설명한 책. 역위(易緯)·서위(書緯)·시위(詩緯)·예위(禮緯)·악위(樂緯)·춘추위(春秋緯)·효경위(孝經緯)의 칠위(七緯)가 있다.

들이 많아지고 여러 가지 일이 복잡하여 자연히 각각의 항목과 정도가 환하게 열리고 밝고 자세한 쪽으로 나아가 경서에 주해가 층층이 생기고, 위서의 세칙(細則)이 점점 갖추어졌습니다.

지금에 이르러서는 이치를 궁구하는 정밀한 연구로 인한 지식과 사건의 본말을 밝히는 상세하고 민첩한 생각이 분분하게 생겨나오니 이는 곧 자연스런 형세입니다. 하물며 이 수백 년 이래로 서구의 새로운 풍조가 점점 밀려 들어와 형외(形外)의 사물과 물외(物外)의 지혜가 날마다 다투어 나와 사(士)·농(農)·공(工)·상(商)·병(兵) 다섯 조목의 실질적인 일과 군(君)·신(臣)·민(民) 세 방면의 의무와 권한, 내치와 외교의 좋은 법과 아름다운 규칙 등 각종 서적이 그야말로 한우충동을 이루어 한 시대의 풍속과 기운이 광범위하게 크게 변하였습니다.

일본의 경우는, 600년 동안 지속되었던 구습의 막부정치를 부숴버리고 서구의 헌법 정치로 이동하여 유신을 한 지 불과 40년 만에 저렇게 문명과 부강을 이루어 지금 동아시아의 선두가 되었습니다. 오늘 그대가 추구하는 사상과 깊이 예측하고 정밀하게 연구한 언론이 이 경지에 이르러 내가 1,700년 동안 이해하지 못했던 '논자들이 말한 좋은 계책이 아니다'라는 의문점을 이와 같이 분석한 것입니다.

가령 나도 오늘날에 태어나 이 시국을 당하여 주무를 맡았다면 옛것을 개혁하고 새것을 창조하여 빈 것을 쫓아내고 실질을 숭상하고 풍속을 바꾸어 나라를 부강하게 하고 국민을 강하게 할 방책에 마음과 힘을 모아 시대의 변화에 맞게 손해됨과 이익되는 바를 강구하여 반드시 행하였을 것입니다.

이 손해되고 이익되는 것은 이미 공자께서 시대의 변천에 따라 일찍이 이행하신 것이니 앞 시대 성인이 이행하시던 손해와 이익되는 바를 어찌 본보기로 하지 않으며 변하고자 하지 않겠습니까. 만약 변하여 이행하면 이른바 비스마르크와 카부르의 훈업과 나폴레옹과 워싱턴의 모든 공로를 어찌 말로 다 하겠습니까. 그런즉 그때도 한때요, 이때도 한때라는 것이 역시 서구와 아시아의 대세(大勢) 대운(大運)이라 할 것입니다."

밀아자가 손을 맞잡고 대답하였다. "선생의 말이 이미 이와 같으시다면 제가 다시 그때의 사실로 질문하여 고하겠으니 상세히 밝혀주시기 바랍니다.

대개 후세의 논의에 촉한의 후주[유선]가 어리석고 못나서 군주의 자격이 없다고 합니다. 그러나 저는 어질고 효성스런 군주라 생각하며, 또 의미 있는 일을 할 만한 군주라고 말하겠습니다. 왜 그런가 하면, 선제의 유조(遺詔)에 선생을 아버지같이 섬기라고 한 가르침을 죽을 때까지 잊지 않고 시종일관 따랐으니 이것이 어질고 효성스런 군주라고 하겠습니다. 또 한 나라의 운명을 전적으로 선생에게 맡긴 뒤에 다시 한마디 말도 하지 않았으며, 또한 한 점의 의심도 하지 않았으니, 이 역시 의미 있는 일을 할 만한 군주라 하겠습니다. 어짊과 효성의 바탕에 의미 있는 일을 할 만한 자격을 아울러 갖추었으니 한(漢)나라의 중주(中主)[2]가 되기에 충분하지 않겠습니까?

만약 후주가 중주(中主)의 자격에 미치지 못했더라면 온갖 악이 발생하여 선생의 신세는 악의(樂毅)가 염려하게 되었을 것이며, 선생의 문호는 조삭(趙朔)의 경우[3]를 벗어나지 못하였을 것입니다. 이로써 말하면 한(漢)나라의 26명의 군주 중에 환공과 영공 이상이오, 천하 여러 나라의 여러 제왕 중에 중주(中主)의 자격이 되고도 남습니다. 선생이 이미

---

2) 중주(中主): 현명(賢明)하지도 어리석지도 않은 중간쯤 되는 평범(平凡)한 임금.

3) 조삭(趙朔)은 전국시대 진(晉)나라의 충신인데, 개인적인 원한을 품고 있던 간신 도안가(屠岸賈)에 의해 조삭 자신을 비롯, 조씨 일문 전체가 몰살당했다. 당시 조삭의 충복인 정영(程嬰)이 자신의 아들을 대신 죽이는 비상수단을 써서 조삭의 유복자 조무(趙武)만을 구사일생으로 구출했다. 도안가는 도공(悼公)이 즉위해 간신배들을 일대 숙청하고 내정을 바로잡는 과정에서 가장 먼저 본보기로 처형되었다.

이 중주를 만났으며, 의미 있는 일을 할 만한 형세를 자임하고도 한나라 황실을 부흥하지 못한 것은 그 실책의 이유와 잘못된 방법에 원인이 있는 것이니 환하게 분석하여 상세히 설명하겠습니다.

선생 당시에 평범하지만 의미 있는 일을 할 만한 군주가 왕위에 있으면서 모든 업무를 승상부에 전담시키고 사사건건 모든 일을 한결같이 승상부에서 올린 대로 결재하지 않음이 없었으니, 그야말로 헌법 정치라고 말할 만합니다. 그런즉 만대에 드문 기회를 맞았으니 마땅히 상하 의원을 갖추고, 국가의 법과 제도를 확장하여 허정(許靖)·완장(琬蔣)·동윤(董允)·곽유지(郭攸之) 등을 의원으로 삼아 말할 권리를 자유로이 행사할 수 있게 하며, 관리들의 단체를 조직하여 시중(侍中)·장사(長史)·참군(參軍)의 직무를 각기 범위 안에서 유지하여 실질적으로 종사하게 하고, 익주의 민족을 실업(實業) 사회로 이끌어 농업·상업·공업·병무의 국민의무를 스스로 담당하게 하고, 각종 이익의 원천을 발명하고 개진하여 나라의 경제와 백성의 생업을 확장하게 하며, 익주의 지형이 적도의 위도 30도에 위치하여 강우량과 일조량이 고르고 알맞으며 기후가 온난할 뿐만 아니라, 월준(越嶲) 이남으로 토지가 비옥하여 식물이 자라기에 적당하니 농업을 확장하였다면 무궁한 이익을 취하였을 것입니다.

검각(劍閣) 서쪽으로는 금·은·동·철이 곳곳마다 있으니 채광업을 조직하면 무한한 세금을 거둬들일 수가 있었을 것입니다. 광한(廣漢)·건위(犍爲) 등지에서 생산되는 주단과 비단은 천하에서 소용되는 것의 반을 차지하니 잠상(蠶桑)의 사회를 조직할 것이오, 사천(四川)의 약재와 종이는 세상 사람들 중에 애용하지 않는 사람이 없으니 무궁한 재원을 도모할 수 있었을 것입니다. 동북으로는 한수(漢水)와 면수(沔水)가 이어져 하남(河南)에 닿아 있어 상인들이 몰려드는 곳이니 경영인들을 조직하면 상업이 크게 발전할 것이요, 동남으로는 파수(巴水)가 양자강에 합류하니 배를 사용하면 상초(湘楚) 지역의 수리(水利)와 오월(吳越)의 미술을 취하여 썼을 것입니다. 이런 이익의 근원을 보호 관리하여 무수한 재원을 거둬들이면 12년이 지나지 않아 국가가 부강하고 백성들의 힘이 충실해졌을 것입니다.

또 성도의 지형으로 말하자면, 앞에 1,400리의 토지가 비옥하지 않은 곳이 없어 천연 생산물과 토지의 식화는 천하 사람들이 부러워하는 것입니다. 이 지역 안의 총명하고 뛰어난 자제들을 모집하여 병(兵)·농(農)·공(工)·상(商)의 실업교과를 확장하여 날마다 반복하여 가르쳐 익히도록 하고, 한중(漢中)의 상용(上庸)과 촉군(蜀郡)의 민중(閩中)에 학교를 조직하고 지육(智育)과 덕육(德育)의 과목을 가르쳐서 전국의 인민을 문명으로 나아가도록 했다면 국력이 공고해지고 백성의 지혜가 발전했을 것은 두말할 필요도 없습니다.

수레와 배와 철도의 신속한 힘과 전기와 우편의 빠른 기계는 그때에 일찍이 있지 아니한 것이었으나 위에 말한 여러 가지는 하지 않은 것이지 할 수 없는 것이 아니었습니다. 어찌 반드시 조그만 효험을 아뢰지 않고 기산에 여섯 번이나 나갔으며, 오장(五丈)에서 삶을 마쳐 한나라 황실이 마침내 끊어지도록 하였습니까? 이는 다른 것이 아닙니다. 선생의 학문은 옛것에 얽매어 명분과 의리만 굳게 지키고 합리적인 변화의 사상에 미치지 못하여 죽도록 노력하다 죽은 뒤에야 그만두는 충성일 뿐입니다.

이로 말미암아 보면, 선생이 의리를 붙잡고 한나라 황실을 부양하는 위치에서 치국의 정략이 이와 같이 실책과 잘못된 길로 갔습니다. 만약 오늘날 철학자에게 선생의 일생을 논평하라고 하면, 홀로 그 자신에게 선하였으며, 홀로 그 자신에게 최선을 다한 자에 불과하다고 할 것입니다. 다시 오늘날 각 나라의 각박한 정치가나 법률가에게 논평하라고 하면, 선생은 그해에 무한한 권리와 지위만 향유하여 다만 생전에 황실

보호만 하였지 죽은 뒤 백 년의 나라의 운명에 대한 계획은 모두 허망한 하늘의 운수에 맡겼다고 할 것이니 선생은 깊이 생각하십시오."

선생이 미소 지으며 말했다. "그대의 말이 옳은 듯하지만 틀립니다. 최근 구미 각국에 문명의 사업과 발달하려는 풍조가 크게 번져, 현재 저 병(兵)·농(農)·공(工)·상(商)의 실무와 법률 정치의 혁신과 개량, 교육과 식산의 발명과 개진을 하지 않는 나라가 없습니다. 그리하여 생존 경쟁이라는 진화론의 이치를 다투어 실천하고 있습니다.

저 유럽도 이천 년 전에는 야만의 부족으로 어둡고 어리석음으로 꿈틀대던 한 동물로 인류 사회의 형식만 겨우 갖춘 것에 불과하였습니다. 그러므로 이곳 중국의 이천 년을 살아온 인종과 비교하면 도리어 한참 미치지 못합니다. 그런데 사오백 년 이래로 풍속이 점차 계발되어 각 항목의 정도가 대략 갖추어지다가 17세기 이후로부터는 우승열패의 원리를 깨달아 애국정신과 사회사상을 발휘하여 각기 부강의 방책을 연구하여 국가를 공고하게 할 것에 대한 연구를 더욱 정밀히 하여 이익에 이익을 더하는 풍조가 오늘날 극도에 이르렀습니다.

이 중국으로 말하자면 성인과 뛰어난 현자가 일찍이 대대로 부족하거나 끊어진 적이 없는 것은 아니지만 진시황제 영(嬴)이 천하를 겸병한 이후부터는 천하가 한 나라가 되어 한(漢)·당(唐)·송(宋)·명(明)이 서로 교대로 나라를 다스린 것이 천여 년에 한 사람이 한 나라의 주인이 되고, 한 나라가 천하의 주인이 될 따름이고, 달리 대등하게 각립한 나라는 없었습니다. 그러므로 독립을 구하지도 않고 스스로 독립국이라 합니다. 스스로 독립이 되었으므로 또한 독립의 명분과 의리를 알지 못하고, 독립의 명분과 의리를 알지 못하므로 독립하기가 어렵다는 것을 더욱 알지 못하니, 그 나라가 망하여 존재하지 못하면 그만이거니와 존재하여 망하지 않는다는 것은 오랜 시간 스스로 독립함이며, 나와 대립한 독립한 적국이 별로 없었다는 것입니다. 그러므로 사람과 사람,

나라와 나라가 우승열패의 드러난 증거를 일찍이 경험하지 못하였으니 당초에 특별한 애국의 정성과 심한 경쟁심이 누구에게 특별히 생기겠습니까.

더욱이 내가 살았던 시대에는 이와 같은 명분의 영향이 싹트지 않았을 뿐만 아니라 이른바 통상교섭이니, 공령(公領: 공사관) 사개(使价: 공사, 영사)니, 입헌공화니, 상하의원이니 하는 허다한 이름들이 그때는 전 지구에 꿈에서도 생각할 수 없는 것인데 지금 그대의 말에 갑자기 '나의 촉나라 다스리는 정치를 병(兵)·농(農)·공(工)·상(商)에 실업 발달과 인민들의 교육에 지육(智育)과 덕육(德育)을 열심히 하지 않았으므로 실책과 잘못된 방법이 되었다'고 하니 어찌 그렇게 세상물정에 어둡습니까?"

밀아자가 정색을 하고 대답했다. "때는 지극히 그렇지 않습니다. 서양의 역사로 말하자면, 이집트와 그리스가 비록 '옛날의 문명국'이라고 하지만 풍속과 제도를 살펴보면 중국의 옛날과 같은 것이니, 이천백 년 전에 로마왕 카이사르가 로마문자를 처음 만들어 지금까지 전했으니 서양 문학가의 비조(鼻祖)가 될 만한 사람이고, 천오십 년 전에 영국왕 에드워드가 창시한 연와옥(鍊瓦屋)이 오늘날에도 이용되고 있으니 벽돌을 만든 시조라고 할 만한 사람입니다. 백 년 전에 제임스 와트는 증기기기관차를 발명한 시조이고, 모스는 전신가(電信家)의 시조이며, 몽테스키외는 법률가의 시조이고, 루소는 정치가의 시조입니다. 그 외 천만 가지 사물의 창시자가 창조하였으나 사용하지 않는 것은 그만이거니와 지금까지 이용되고 있는 것이라면 당초 발명가는 시조가 되지 않을 수 없습니다.

발명의 처음으로 말하자면 천황(天荒)을 깨뜨려 열고, 문명을 개도하여 인간 세상에 이용후생 할 원료를 창출한 사람입니다. 오늘 만국의 이른바 신발명 신사업이라는 각 종류가 날마다 다투어 나오는 것은 대개 모두 창시한 비조(鼻祖)가 남긴 기술을 추모하고 답습하여 더욱 정밀하게 연구한 것입니다. 창시한 발명가로 보면, 어떤 이는 이천 년이나 일천 년 전, 어떤 이는 이백 년이나 일백 년 전 시대의 사람입니다.

그렇다면 선생이 성도에서 법률을 제정하였으니 이는 법률가의 시조이고, 남병산(南屛山)[4]에서 동남풍을 빌어 불게 하였으니 이는 기학가(氣學家)의 시조이고, 교지(交趾)[5]에서 화사(火蛇)와 염수(炎獸)를 사용하였으니 이는 화학가(化學家)의 시조이고, 기산(祈山)에서 목우(木牛)와 유마(流馬)를 제작하였으니 이는 공업가(工業家)의 시조이며, 천중(川中)에서 연발노(連發弩)를 창조하였으니 이는 기계가(機械家)의 시조라 하겠습니다.

무릇 철학자가 나와서 이로운 물건을 발명한다든지, 사업을 일으켜 세운 사람이 있는 것을 어찌 동서로 한정하며, 고금에 무슨 한계가 있겠습니까. 그런즉 선생이 법률과 정치를 제정한 일과 서너 건의 발명물을 창시한 것으로 말하면 역시 중국 발명가의 시조라고 하기에 충분합니다. 이와 같은 발명의 지식에다 몸이 부서지도록 정성을 아울렀으니 그 당시 익주의 땅에 이용후생의 실지 실무를 확장하여 나라의 부강과 백성의 강건함을 계획함이 어찌 지금은 되고, 옛날에는 되지 않았겠습니까?

선생의 말에 '그때는 이러한 사업이 꿈에서도 생각할 수 없는 것이었다'라고 하심은 다른 것이 아닙니다. 선생의 학문은 옛것에 젖어 죽은 뒤에야 그만둔다는 충정의 한 생각만을 견지하였으므로 저와 같은 발

---

4) 남병산(南屛山): 중국 항주에 있는 산. 제갈량이 이 산에서 7일 밤낮으로 동남풍이 불기를 빌었으며, 결국 동남풍으로 인해 적벽대전을 승리로 이끌었다.

5) 교지(交趾): 중국 한(漢)나라 때의 군(郡)의 하나이다. 현재는 베트남 북부 통킹 만 서쪽, 하노이 지방에 해당한다.

명사업을 선생의 생전에만 일시 이용하고 백대의 국가에 공익이 될 필요로 연구하지 아니하였으니 대중을 지도하고 사회에 전하지 아니한 것입니다.

만약 선생의 타고난 큰 지혜로 군주에게도 충성을 하지만 천하에도 충성을 하는 대의를 발휘하여 양주와 익주 사이에 실리와 실업을 배양하였더라면 선생의 사후에 국가도 망하지 않았겠거니와 그 당시 백성들의 지혜를 개발한 사업이 중국 정치계에 효시가 되어 오늘날 청국의 장지동·원세개 등 여러 사람의 나라를 부강하게 하고 백성들을 강하게 하는 헌정가(憲政家)의 시조가 되었을 것이니 선생이 그때에 촉한을 건설하는 정략이 어찌 실책과 잘못된 방법이 아니라 하겠습니까?"

선생이 다 듣고는 탄식하며 말했다. "그대의 말이 맞습니다. 인간세상 만사가 과거와 미래가 같지 않고, 생전과 사후가 확연히 다름을 지금 비로소 깨닫습니다." 말을 마치고 곧 동자에게 다과를 가져오게 했더니, 소주의 죽순채와 송강의 농어회, 동정의 귤과 용정의 차가 매우 담백하여 신선의 요리라고 할 만했다.

밀아자가 옷깃을 여미고 단정히 앉아 선생에게 물었다. "선생이 오장원에서 돌아가신 뒤에는 인간세상과 단절되어 세상일에 대해 알지 못하실 텐데, 오늘 선생과의 문답이 선생께서 돌아가신 이후의 역대의 역사뿐만 아니라 최근 서구의 역사까지도 거론하지 않음이 없으니, 모르겠습니다만 천상에도 인간의 서적이 올라가는지요. 또 선생께서는 천상세계를 다니신다고 알고 있는데 이 고택에 의연히 계시니 그 이유를 알지 못해 감히 여쭙고자 하오니 사양 마시고 답을 주시기 바랍니다."

선생이 쓸쓸하게 대답했다. "저는 본래 청주의 낭야현에서 태어났습니다. 성장했을 때에 황건적의 난이 일어나 천하가 시끄러우므로 편안하고 조용한 곳을 찾아 피난할 것을 계획하였습니다.

지리적으로 말하면, 낭야현에서 동북쪽으로 400여 리가 등주부이고, 등주부의 한 항구는 곧 지금의 연태항입니다. 이 항구에서 배를 타고 동쪽으로 가면 불과 하루 만에 조선 황해도 장연 땅에 닿을 수가 있습니다. 조선은 원래 예의의 나라로 군자가 살 만한 땅이지요. 기자(箕子)의 유풍이 아직 남아 있고, 풍속이 순후하여 구차한 목숨을 보전할 만하니 문달(聞達)을 구하지 않는 방편으로 이보다 나은 것이 없지마는 이를 실행하지 않은 것은 사백 년 한나라 황실에 20세(世)의 종묘와 사직을 차마 버릴 수가 없었기 때문입니다.

뿐만 아니라, 이 우주를 살펴보니 사방이 첩첩이 막혀 있었습니다. 청주·서주·유주·기주·곤주·예주의 사이는 혈천(血川)과 육지(肉地)로 발붙일 만한 곳이 없고, 오직 형주와 익주 경계 지역에 신야(新野)와 단계(檀溪)의 사이가 매우 정밀하고, 또 사마휘(司馬徽), 석광원(石廣元) 같은 한 시대의 이름난 선비가 모두 모여 도리를 논하고 나라 경영을 논함에 앉아서 시대의 변화를 볼 수 있을 뿐만 아니라 형제와 일가친척이 또한 양주와 형주에 살고 있으므로 수천 리로 이동하는 것을 생각할 수가 없어 식구들을 데리고 가서 농사짓고 책 읽는 것으로 세월을 보내고 있었습니다.

그런데 소열황제의 삼고초려를 입어 한 마디에 도가 합함에 마침내 풍운을 품고 일어나 전장에서는 장수가 되고 조정에서는 승상이 된 지 30년만에 끊어진 한나라 황실 43년을 잇고 죽었습니다. 그러나 얼마 되지 않아 오호(五胡)[6]가 난을 일으켜 신주(神州)가 함락되었으니 오호는 이민족이고, 신주는 조국입니다. 비록 혼령이지만 조국의 강토가 이민족의 손에 떨어진 것을 차마 앉아서 들을 수가 없어 다시 인간세상으로 돌아와 이 옛집에서 오늘까지 살고 있습니다.

최근에 지나온 양진(兩晉)·육조(六朝)·수·당·오계(五季)·금·원·

---

6) 오호(五胡): 중국의 한(漢)나라와 진(晉)나라 때, 북서방으로부터 중국 본토에 이주한 다섯 민족. 곧 흉노(匈奴)·갈(羯)·선비(鮮卑)·저(氐)·강(羌)을 말한다.

명·청의 1,600년의 역사를 자연스레 구하지 않고 직접 목도하였습니다. 또 명나라 융경(隆慶)[7] 연간에 서구인이 처음으로 중국 대륙에 들어온 이후로 각종의 서적이 번역 간행되어 18성(省)에 있지 않은 곳이 없고, 40년 이래에 서구의 유명 학자로 알렌(林樂志, J. Allen Young)·파버(花之安, Dr. Ernst Faber)·정위량(丁威良)의 무리가 오랫동안 상해에 머물며 저술한 서적이 또다시 천만 권인즉 서구의 사적을 자연히 열람하였으므로 세계 각지의 형세와 인종의 다름과 고금의 득실을 약간 알 수 있었던 것입니다."

밀아자가 말했다. "그렇다면 선생은 이 세상의 통달한 선비라고 할 만합니다. 인간세상에서 이른바 박사라고 말하는 자는 고인의 서적만 읽고 통달한 사람이라고 하거니와 선생은 1,600년 역사를 직접 경험하여 전후의 사실을 직접 눈으로 보았으니 어찌 이 세상의 통달한 선비가 아니겠습니까? 지금 저는 통달한 선비를 곁에서 모시고 있으니 평생 품은 것을 지금 선생의 앞에서 질문하고 변론하고자 합니다. 엎드려 바라노니 선생께서는 삼성(參星)과 상성(商星)[8]처럼 밝게 살피시어 아끼지 말고 답을 주시기 바랍니다."

---

7) 융경(隆慶): 명(明)나라 목종(穆宗)의 연호. 1567~1572년까지 사용하였다.
8) 삼성(參星)은 이십팔수(二十八宿)의 스물한 번째의 오리온자리로 서쪽에 있으며, 상성(商星)은 여섯 번째인 심수(心宿)의 다른 이름이며, 전갈자리로 동쪽에 위치한다.

제4장
동양문학의 허와 실
(東土文學虛實)

대개 하늘과 땅 사이에 있는 것은 동물과 자못 동물 아닌 두 종류일 따름입니다. 동물 중에 사람으로 태어나는 것은 직립 생물이고, 금수는 횡적 생물입니다. 횡적 생물은 논할 것이 없거니와 그 직립 생물인 인간으로 말하자면, 특히 하늘이 부여한 영적인 깨우침 한 점이 절로 있으므로 만물의 우두머리로 존재합니다. 그러므로 천지간의 만물이 모두 인간의 다스림을 받으며, 인간에게 복종하지 않음이 없습니다. 그런즉 인간은 만물 중에서 특유한 권리가 천지에 가득하다고 말할 수 있겠습니다.

대개 인간이 천지간 만물을 관리함으로써 자연히 할 일이 생기고, 한 일을 기록하여 보존함으로써 자연히 문자가 생기는 것입니다. 그런즉 사물이 있으면 반드시 일이 있고, 일이 있으면 반드시 글이 있는 것은 자연스런 형세이며, 바꿀 수 없는 법입니다. 그러므로 어느 나라를 막론하고 사물이 있고, 일이 있고, 글이 있어야 바야흐로 국가가 성립된다고 할 수 있습니다. 사물과 일은 국가를 배양하는 원소이고, 글은 사물에 따라 복역하는 부속품에 불과합니다. 이로써 사물이 일보다 우위이고 일이 글보다 우위이면 나라는 반드시 흥하고, 글이 일보다 우위이고 일이 사물보다 우위이면 나라는 곧 쇠망한다는 것은 천지간에 정해진 이치입니다. 동서 여러 나라를 두루 고찰해보건대 누가 감히 이 사이에 헛된 말을 용납하겠습니까. 서적만 가득 넘치고 사물이 미미하거나 문화(文華)만 귀중하게 여기고 실업(實業)을 등지고서 국가를 보존한 예는 없습니다.

아아, 중국과 조선은 땅이 인접하고 문물이 통하며, 성품이 비슷하고 습관이 같은 기풍이 문득 한 집안과 같아, 기쁨과 근심이 서로 관련되어 피차 없는 듯 조용할 수 없기에 지금 중국이 만난 시운(時運)과 망애(罔涯)한 국가의 형세를 간략히 말씀드리겠습니다.

대개 문이 일보다 우위이고, 일이 사물보다 우위이면 나라는 반드시 저절로 피폐하게 되는 것은 더 말할 필요가 없습니다. 원래 문자란 것은 일과 사물이 서로 접하는 곳, 그 사이에 처하여 그들을 소개하고 보증하는 공효(功效)만 있으며, 질적인 형체만 있고 독립의 능력이 없는 것인데 간혹 몽매하고 미약한 나라에서는 질적인 사물은 쇄삭(鎖索)하고 공허한 문기(文氣)가 횡행하여 허황된 논의와 화려한 문장으로 서로 경쟁하다가 마침내 국가를 소멸시키니 이것을 차마 말로 할 수 있겠습니까?

지금 이 중국으로 말하면 대륙 면적이 535만 평방미터이고, 웅건한 민족이 4억 2천만이고, 26만 종류의 물품이 있는 나라이건만 문약(文弱)이 심하고 부강을 기약할 수 없는 근본 원인을 고찰하면, 이른바 삼당(三唐, 初唐·盛唐·晩唐)을 시작으로 문성(文性)이 물질(物質)을 이김으로써 인간세상의 참된 품격이 줄어들었기 때문입니다. 이른바 북송·남송 이후로는 사물의 정신은 모두 잃고 단지 문자의 얼굴만 취하여 나라 품격의 원기를 잃었으니 누구를 원망하고 누구를 허물하겠습니까?

선생은 원래 중국에서 태어나고 자라 문학에 종사하였으므로 세속의 일상에 젖어 이 문자의 폐해 됨을 살펴 깨닫기 어려우니, 지금 제가 이 문자가 인간세상의 원기를 박멸하여 마침내 나라를 망하게 하며, 인정의 참됨을 잃게 하여 풍속을 황탄하게 하는 점을 상세하게 말씀드리겠습니다.

대개 문자의 성질을 자세히 살펴보면, 원래 허령(虛靈)을 주로 하고, 부화함에 종사함으로 속이는 것을 꺼리지 않으며, 기괴함을 즐겨하여 바르고 큰 동정(動靜)과 진실한 정태(情態)가 매양 결핍됨으로 만약 성인을 만나 복무하면 그 공적이 위대하다고 하겠지만 보통사람을 만나 사용될 때는 그 폐해를 말로 다 할 수 없습니다. 군신의 사이에 이르러서도 참되고 바른 본심을 상실하게 하며, 거짓되고 망령됨을 감행하니 그 증거를 간략하게 말해보겠습니다.

대개 진·한 이후 2천 년에 신하가 올린 소주(疏奏)를 보면, 요순의 덕으로 그 군주에게 권하지 않음이 없습니다. 그러나 요순 이후 4천 년에 한 사람의 군주도 요순이 된 자가 없고, 한 나라도 당우(唐虞) 때의 나라가 된 적이 없으니, 하늘이 다시 요순을 낳지 않고, 나라는 다시 당우시대가 되지 않는 것은 비록 아이들이라도 모두 아는데, 여전히 요순의 덕으로 권하는 것은 진정으로 권하는 것이겠습니까? 문자로써만 권하는 것이겠습니까? 만약 진정으로 권하는 것이라면 이는 정신없는 몰지각한 것이니 논할 것도 없거니와 만약 문자로써만 권한다면 이는 매우 잘못된 것입니다.

무릇 신하가 군주를 섬기는 경우에 성실하고 간곡한 마음을 모두 모아 조금도 망령되거나 허탄함이 없어야 하거늘 군주의 자품(姿稟)을 돌아보지 않고, 시대의 변천을 헤아리지 않으며, 단지 문자의 투식으로써만 글을 올리며, 문장으로써만 권하니 이런 허무맹랑한 것이 어찌 사람 성품의 본디 그러함이겠습니까? 반드시 문자가 그러하게 한 것입니다. 그러니 이 문자의 폐해가 과연 어떠합니까.

또 신하된 자는 간혹 '폐하의 덕이 요순과 같고, 다스림은 당우의 시대와 비슷합니다'라고 하니 이 역시 그렇지 않습니다. 왜 그런가 하면, 요순은 하늘과 짝이 되는 성인이고, 당우시대는 가장 잘 다스려진 나라입니다. 그러므로 후세의 많은 왕들이 요순과 당우의 시대를 군주의 덕의 모범으로 삼아 밤낮 일념으로 항상 긴장하지만, 덕은 요순에 미치지 못하고, 다스림은 당우시대에 이르지 못합니다. 그러나 그 실정을 아뢰지 않고 도리어 붕 뜬 헛된 말로써 증거를 대고 범범하게 일컬어 요순의 법과 우탕(禹湯)의 아름다움 등 지극한 덕을 끌어모아 과도하게 칭송하여 그 군주의 마음으로 하여금 마치 우뢰가 귀에 울리고, 늘 눈앞에 보이는 것처럼 하여 스스로 자부하여 일컫기를 요순과 당우시대의 준칙을 내가 이미 성취하였다고 하여 앞으로 나아갈 사상을 다시 생성하지 못하게 하니 군주를 그르치고 나라를 그르치는 것이 이보다 심한 것이 무엇이겠습니까? 그런즉 이 문자의 폐해가 다시 어떠합니까?

지금 중국의 시국으로 말한다면, 요순이 다시 탄생하지 않는 것은 물론이지만, 도리어 요순이 다시 태어날까 두렵습니다. 왜 그런가 하면, 요순이 천자의 자리를 이어 군주의 자리에 오름에 황제궁은 흙계단 세 칸에 불과하고, 백성의 주업은 우물 파서 마시고 밭 갈아 먹는 것에서 벗어나지 않았습니다. 그런데 오늘날 오대양 육대주가 연결되어 있고, 온 나라가 복잡하여 약육강식하는 경쟁시대에 흙계단의 빈약함으로 어찌 천하를 두루 접하며 구제할 수 있겠으며, 밭 갈고 우물 파는 업으로 어찌 여러 나라들과 같은 모양새를 취할 수 있겠습니까. 그러므로 단연코 요순이 다시 태어나기를 바라지 않는 것입니다.

어떤 사람이 성인의 도는 때에 따라 마땅하게 다스리는 것이니, 만약 요순이 오늘날 계신다면 반드시 옛것을 개혁하고 새것을 창조하여 역시 부강함에 이르게 하였을 것이라고 하지만 이것은 그렇지 않습니다. 만약 옛것을 개혁하고 새것을 창조하여 부강함에 이르고자 한다면 어찌 요순을 기다린·뒤에야만 되겠습니까? 비록 저 서양의 야만으로도 이미 일찍이 혁신하여 문명 부강이 저와 같이 극에 달하였으니 지금 당당한 중국의 준걸로써 옛것을 개혁하고 새것을 창조하여 사물의 실업에 복무하고 문자의 화려한 허식을 버린다면 60년을 지나지 않아 서양을 능가하고 세계에 우뚝 설 것입니다.

아아, 이 문병(文病)의 빌미가 이미 오래되어 고질 된 병균이 풍속에 전염되어 비록 편작(扁鵲)과 화타(華陀)라도 이 문병은 고치기 어렵습니다. 선생께서는 전일에 24글자로 주유(周瑜)의 토혈병을 고친 적이 있습니다. 이 문병의 내력을 차례로 상세히 고하겠으니 대증요법과 투약의 좋은 방도를 생각해주시기 바랍니다.

당초 서한이 문과 무를 나눌 때 이 문병의 빌미가 처음 생겼고, 그 뒤 동한이 효렴(孝廉)의 인물을 뽑을 때 이 문병의 뿌리가 완성되었고, 그 뒤 당나라 정관(貞觀)[1] 연간에 전쟁을 그치고 문(文)을 갖춘다며 이른바 18학사를 설치할 때에 병균이 풍속에 전염되어 온 지역에 고질병이 되었습니다. 이렇게 고질이 된 증세를 또 설명하겠습니다.

옛날에 이백(李白)이 술에 취해 당나라 궁궐에 드러누워 있었는데 고력사(高力士)는 신발을 벗겨주고, 양귀비는 벼루를 받들고, 천자가 직접 글을 구했습니다. 저는 그때 당나라 사직에 절박한 안위가 있어 이백이 술 깨기를 기다리지 못하고 시급히 계책을 듣고자 하여 이 같은 예외적인 행동이 있었던 것이 아닌가 하고 생각하였는데, 그때 이백이 쓴 글을 보니 이른바 「청평사(淸平詞)」[2] 3수였습니다. 어찌 해괴망측하지 않습니까?

어떤 사람은 '이백이 몹시 술에 취했다'라고 하지만 이는 단지 이백이 취한 것일 뿐만 아니라, 당나라 황제도 심하게 취한 것이며, 단지 당나라 황제가 취한 것일 뿐만 아니라, 조정도 몹시 취한 것이며, 단지 조정이 취한 것일 뿐만 아니라 천하도 심하게 취한 것이며, 단지 천하가 취한 것일 뿐만 아니라 후세(後世)도 크게 취한 것입니다. 이와 같은 망측한 일을 저질렀는데도 괴이하다 하여 꾸짖고 매를 치지 않고 오히려 책에 실어 받들고 부러워하며 특이하다고 칭송하니 이것이 후세가 크게

---

1) 정관(貞觀)은 당나라 태종(太宗)의 연호로 627~649년까지 사용되었다.

2) 이백이 쓴 「청평사(淸平詞)」는 양귀비의 아름다움을 찬양한 시이다.

취한 것이 아니고 무엇이겠습니까? 그러므로 오늘 동양 두 나라의 문병이라는 것은 크게 취하여 깨어나지 못하며, 드러누워 일어나지 못하여 80년 조국의 강토는 외국인들이 함부로 밟도록 내버려두며, 4억만 자국의 동포는 이민족의 학대와 살육에 맡겨두고 조금도 마음을 움직이지 않는 것이니, 이와 같은 문병의 대취(大醉)를 장차 어떤 약으로 고칠 수 있겠습니까?

옛말에, '물고기가 물속에 있으므로 물고기는 물을 모른다'라고 하였거늘, 지금 중국 온 나라에 문명에 크게 취하지 않은 사람이 없습니다. 그러므로 반드시 자신의 병을 스스로 알지 못하여 오늘날 모든 나라에 문명의 기운이 천지에 차고 넘치며, 총포의 소리가 바다와 육지를 울려대며 열나게 싸우는 현장에서 여전히 술에만 탐닉하니 어느 날 어느 때에 실물을 축적하고 실사를 이행하여 인격을 성취하며 국체를 갖추겠습니까?"

선생이 다 듣고는 미소 지으며 말했다. "오늘 그대의 말은 지금 중국이 사물의 실지가 부족하고, 문장의 화려함에 허식이 가득함으로 인격과 국체를 상실하였다는 것입니다. 그러나 큰 안목으로 지금의 중국을 평가하면 또 그렇지 않은 것도 있습니다. 그대의 말에 사물이 일보다 우위이고, 일이 글보다 우위이면 나라는 반드시 흥하고, 글이 일보다 우위이고 일이 사물보다 우위이면 나라는 반드시 망한다고 하였습니다. 이것은 중국 문학의 폐단이 고질병이 된 현상만 헤아린 것이고, 천지의 원리는 궁구하지 않은 것입니다.

대개 사물이란 형질이 있는 것이고, 일이란 형질을 따라 나아가고 멈추는 것이며, 문이란 사물의 밖에 존재하며 영향을 끼치는 것입니다. 일과 사물은 원래 허실과 선악이 있는 것이니 인생의 손익과 나라의 흥망을 만든다고 할 수 있겠지만, 영향을 끼친다는 문자란 것은 비록 간혹 풍교(風敎)를 부패하게 하며 사람의 도를 어리석고 어둡게 한다 한들 국체와 민족에게 큰 손해를 끼치는 능력이 어찌 있겠습니까?

대개 사물이 갖추어지지 않은 천지에는 어떤 것이 함부로 하는 폐단이 있다 해도, 사물이 확장하고 실지로 나아가는 경우에는 이른바 문자란 것은 사물의 동정에 따라 복무하는 데 불과할 따름일 뿐, 반점도 독립의 권능이 없을 것이니 어찌 반드시 염려할 것이겠습니까? 이와 같은 작은 폐단의 소종래를 말한다면 삼당[초당·중당·만당]·송·원·명·청 연간에 이른바 선비들이 근거 없는 가증스런 행위로 거울에 비친 꽃과 물에 비친 달 같은 종이 위의 헛된 문장으로 옳으니 그르니 하여 지금 이 세상의 도를 어둡게 하였으나 나라가 망할 근심은 없었습니다. 비록 지금이라도 인간 도리의 참된 경지를 깨닫고 사물의 바른 도에 들어가 크게 실천하여 나아가면 됩니다. 그렇지 않다면 이 시대를 당하여 나라와 종족이 멸망을 당하게 될 근심 또한 자연스러운 법칙이라 하겠습니다.

무릇 사람 몸에 원기가 가득하면 나쁜 기운이 침입하지 못하고, 국가에 바른 도가 밝게 열리면 사사로운 기운이 자연 사라질 것이니 지금 이 중국이 비록 '문식만 화려한 열등 나라'이지만 물품의 실지와 일과 실행을 열어 이끈다면 인간의 부패한 풍속에 이른바 시(詩)·부(賦)·표(表)·책(策)이니 서(序)·기(記)·잠(箴)·명(銘)이니 하는 근거 없는 문장은 자연히 바람에 날아가고 누리처럼 흩어질 것이며, 연기처럼 사라지고 안개처럼 걷힐 것입니다. 종이 위 헛된 문자의 이른바 예악문물(禮樂文物)이니 전장법도(典章法度)니 하는 허망한 설은 자연히 물처럼 흐르고 구름처럼 흩어지며, 눈이 녹고 얼음이 풀리듯 할 것이니 어찌 근심할 바가 있겠습니까. 물학(物學)의 바른 도가 크게 열리고 물리(物理)의 실질적인 업이 확립되는 날에는 이른바 문장 도덕이라는 허탄한 설도 역시 자연히 소멸하는 것은 서양에서도 이미 경험한 것입니다. 그러면 서양의 지나간 일을 잠깐 말하겠습니다.

서양의 옛 풍속을 보면, 1년 사계절에 희생(犧牲)과 술과 과일로 그 신에게 제사 지내며 복을 구하였고, 별의 변천을 짚어 한 해의 길흉을 판단하였고, 연단(鍊丹)의 기술로 신선술을 배우며, 도학의 토론이 있어 플라톤과 디오게네스의 무리가 심성정(心性情)의 설로 분당하였고, 의관의 의식은 긴 소매에 복건과 넓은 갓에 큰 띠를 사용하였고, 시(詩)·사(詞)·소(騷)·장(章)에는 헤로도토스와 호메로스의 무리가 문장으로 이름을 날렸습니다.

군제(軍制)를 보면 깃발·북·활·칼을 치장(熾張)한 것이니 그 고상한 풍속의 화려하고 빛남이 과연 중국과 조금도 다르지 않았습니다. 그런데 문득 근고(近古) 이래로 베이컨과 칸트의 무리가 헛됨을 버리고 실질을 숭상하는 설을 창출하여 세상과 풍속을 깨우치고 경계하였으며, 뉴턴과 제임스 와트 등의 이치를 궁구하고 격물치지 하는 학문이 다양하게 생기고 차례차례 나와서 완악한 옛날 풍속이 절로 소멸되어 문명과 부강의 국체를 이룬 것입니다.

아, 이 중국에는 원래 정도(正道)와 이단(異端)이란 두 파가 있어 서로 공격하며 다툰 것이 이미 수천 년이 되었는데도 여전히 그치지 않고 있습니다. 정도파는 인의도덕이니 예악문물이니 삼강오륜이니 효제충신이니 하는 명분과 의리로 인간세상을 주관한 것이고, 이단파는 황로학(黃老學)이니 형명술(刑名術)이니 제자(諸子)니 열자(列子)니 하는 종류로 세상의 도에 간섭한 것입니다.

이 두 학파의 '옳으니 그르니', '되니 안 되니' 하는 논란도 역시 고요하고 한적한 종이 위의 헛된 문자일 따름이요, 길거나 짧거나 넓거나 좁거나 하는 실제 사물의 형체나 청·황·적·백의 질정한 색상이 없는 것입니다. 그러므로 각기 소장성쇠(消長盛衰)의 영향은 약간 있되, 우승열패의 형질은 없는데 먹과 붓만으로 여전히 휘황하게 서로 질투하고 있습니다. 이 역시 안목을 갖춘 자가 본다면 그 평판이 어떨지 모르겠거니와 나의 소견으로 말하면 '정도'라는 한 파는 대의를 주장하는 것이니 제왕가에게 없어서는 안 될 것이요, '이단'이란 한 파는 철학을 주장하는 것이니 정치가에게 없어서는 안 될 것입니다.

그러니 여러 민족의 의식주 등의 실물과 실사와 실공(實工)과 실업(實業)을 주로 하는 대도(大道)의 한 파(派)가 나온다면 중국 종족의 사회는 일대 행복을 향유할 것입니다. 과연 어떤 대성인이 있을지, 어떤 개명한 사회가 나올지, 이런 성인이나 이런 사회가 당도하는 날에는 이른바 '정도'니 '이단'이니 '문병'이니 하는 각종 사회가 각기 본래의 위치를 찾아서 질서를 정돈할 것이니 20세기 하반기에는 반드시 중국의 국기가 천하 열강의 반열 중에 가장 위에 꽂히게 될 것이요, 중국 민족이 천하 각 사회에서 가장 우등한 곳에 처하게 될 것입니다. 지금 비록 어둡고 어리석고 모자라지만 굽히거나 펴거나 사라지거나 자라나는 정한 이치가 절로 있습니다. 굴기(掘起)할 맹아(萌芽)가 이미 드러났으니 양계초가 말한 '천하 민족이 모두 곤궁하여도 청국 민족은 여전히 존재한다'라고 함이 기미를 먼저 본 것입니다."

밀아자가 놀라며 대답했다. "중국의 문학이 종이 위의 헛된 글 아님이 없다고 하더니 오늘 선생의 말씀 역시 입술 위의 빈말이며, 문득 꿈속의 잠꼬대와 같습니다. 이 중국은 민족의 많음과 물산의 풍부함이 오대양 육대주에 제일이지만 자부심과 스스로 옳다고 하는 버릇으로 오만이 가득하여 내치외교에 조금도 생각을 기울이지 않았으므로 항구를 개방한 것이 지금 70여 년이 되었고, 외교의 시작이 지금 50여 년이 되었지만, 인재는 팔고시(八股詩)[3]로 뽑고, 국방으로 여전히 칼과 돌을 사용함으로써 진보는 말할 것도 없고, 줄어들고 물러남이 도리어 많

---

3) 팔고시(八股詩) : 명나라와 청나라 두 시기에 실시했던 관리등용시험의 시형식이다. 팔고(八股)를 기본으로 하는 매우 엄격하고 복잡한 형식으로 많은 비판을 받았다.

아서 베트남과 홍콩은 영국 법에 맡기고, 유구[4]와 대만은 일본에 양여하고, 서장과 신강은 영국에 침탈당하고, 몽고의 반은 러시아에 빼앗기고, 여순구(旅順口)·교주만(膠洲灣)·위해위(威海衛) 등 각 해안이 외국인의 점령지 아닌 것이 없습니다.

국내의 이른바 철도와 광산은 외국인이 간섭하지 않음이 없고, 수송선과 총포와 각종 기계가 하나도 자국에서 생산된 것이 없으며, 거의 모두 다른 나라에서 주문한 것이니, 20세기 하반기에 어디에 기대어 국체가 위대하고 백성의 품격이 성취되겠습니까? 지금 중국이 이와 같이 비참하게 된 것에는 그 원인이 확실하게 있습니다. 그 원인을 발본색원하지 않으면 200세기라도 반드시 바랄 것이 없을 것입니다.

성인의 가르침에, '사물에는 본말이 있고, 일에는 시작과 끝이 있다'[5]라고 하였으니 만약 중국이 발달하기를 바란다면 먼저 그 원인인 세 가지 나쁜 성품을 확실히 뽑아 버려야 나아갈 희망이 있을 것입니다. 이 세 가지 나쁜 성품은 무엇인가 하면, 첫째는 하고자 하지 않음(不欲爲也)이고, 둘째는 알고자 하지 않음(不欲知也)이고, 셋째는 자신이 무엇을 아는지를 알지 못한다는 것(不知自知也)입니다. 이 세 가지 나쁜 성품은 어떤 사람을 막론하고 국가가 스스로 무너지는 원소가 됩니다. 유유히 흘러가는 푸른 하늘이 천하의 인종에게 성정을 고르게 부여하실 때, 동양의 인종에게는 무슨 원수가 있어서 이와 같이 나쁜 성정을 주신 것인지 만년 동안 무강한 나라가 지금 자멸하고서도 오히려 이를 깨닫지 못하고 있습니다. 선생이 혹 하늘에 올라가시거든 상제께 말씀드려 청국과 조선 두 나라에 상류사회 인종의 세 가지 나쁜 심성과 성정을 개량하여주시도록 주선하여주십시오. 그렇지 않으면 20세기 하반

---

4) 유구국은 동중국해의 남동쪽에 위치한 독립왕국이었다. 1879년 일본에 강제로 병합되어 멸망되었다. 현재의 오키나와 현이다.

5) "物有本末 事有終始" (『대학』 경문 3장)

기에 번창하여 우뚝 서는 것은 차치하고 도리어 멸망을 면치 못할 것이니 특별히 유념하시기 바랍니다."

선생이 다 듣고는 갑자기 눈썹에 성난 빛이 잠시 일더니 말하였다. "내가 생전과 사후 수천 년에 입술 위의 빈말과 꿈속의 잠꼬대라는 말을 듣지 않았는데 지금 그대의 말이 이렇게 과격하니 그렇다면 이 중국의 앞날에 대한 계산을 잘못하여 입술 위의 빈말이 된 이유를 분명하게 말해야 할 것입니다."

밀아자 또한 성난 빛이 없지 않더니 갑자기 안색을 바꾸며 빠르게 말했다. "동양 인사(人士)의 학문 정도가 종이 위의 헛된 글 아닌 것이 없다는 실증을 먼저 설명하고, 선생의 입술 위의 빈말에 대해서도 계속해서 말씀드리겠습니다.

동양 인사의 이른바 학문이란 것이 사서삼경과 『예기』, 『춘추』 등의 누런 책만을 읽고 외울 따름이고, 다시 실지를 시험함이 없으니 몸에 스쳐 지나갈 뿐입니다. 또한 저 누런 책들의 시대를 말하자면 모두 2천 년 3천 년 4천 년 이상의 것입니다. 그 시대에는 순박함이 흩어지지 않았고, 사물이 갖추어지지 않았으므로 말로서도 백성과 나라를 다스릴 수 있었고, 물자의 실용은 통달하지 못하던 시대입니다. 그러므로 제나라 환공, 진(晉)나라 문공이 제후를 규합하여 천하를 하나로 통합하려던 사업을 보면 오랑캐를 물리치고 왕실을 높인다는 바르고 큰 의리와 공허한 명분과 의리만 있을 뿐이고, 배상의 물질이나 토지의 재원을 수여하는 것이 아닙니다.

그러나 오늘날의 시대는 그렇지 않습니다. 헛된 예식은 두고 실물과 실사만 취하여 사용하므로 어떤 사람이 국가를 병탄한 때에 흰 말과 소박한 수레로 스스로 관을 짊어지고 손을 뒤로 묶어[6] 엎드려 항복을

---

6) '스스로 관을 짊어지고 손을 뒤로 묶는다(面縛輿櫬)'는 『좌전(左傳)』 「희공(僖公)」 편에 나온다. 이 말은 사과하는 자세를 말한다.

한다는 허식과 칭제(稱帝)니, 칭신(稱臣)이니, 극존(極尊)이니, 극비(極卑)니 하는 허황한 예의는 일체 취하지 않고 도리어 이와 반대로 합니다.

프랑스가 베트남을 잡아먹으면서도 그 국호는 황제국이라 일컫고, 일본이 유구(琉球)를 병탄하였는데도 그 군주를 일등 친왕의 대우로 봉작하였으니 그 외양으로 보면 베트남과 유구 두 나라가 존귀하게 되었으나 그 안의 실정으로 말하면 사실상 나라가 멸망하였습니다. 명분과 의리의 허실이 이와 같고, 물자의 진위가 이와 같습니다. 그런데 동양의 인사들은 조금도 깨닫지 못하고 책상에 누런 책자만 올려놓고 앉아 읽으면서 어떤 예악은 이와 같고 이와 같으며, 어느 시대의 문물은 이와 같고 이와 같으며, 어떤 사람의 명성과 절개는 이와 같고 이와 같으며, 어떤 사람의 도덕은 이와 같고 이와 같다, 라고 하며 밤낮으로 도를 외운들 한 푼의 돈이나 한 되의 쌀이 어디서 나오겠습니까?

손발을 움직여 신을 삼고 자리를 짜거나 몸을 움직여 오이를 심거나 채소를 심는 것, 이것이 실지 사업입니다. 필경 입과 배에 들어갈 실물이 자생할 뿐만 아니라 작게는 몸과 가정을 보존하고, 크게는 나라를 보존할 수 있습니다. 그러므로 개명한 나라의 사람들은 헛된 문장은 읽지 않고, 소학교 중학교를 졸업한 뒤 전문학교에서 실질적인 물리를 환히 익히고 실물 사업의 이용 물품을 열심히 연구하고 발명하니 이로써 자신과 가정의 산업 경영이 되어 생전의 부귀도 이루거니와 자연히 물품에 따르는 세액이 국고로 들어와 부강의 재료를 쌓을 수 있습니다.

이는 자연스런 공식이지 저의 사적인 논의가 아닙니다. 그러니 동양 인사들이 글을 배우고 일삼는 바가 어찌 종이 위의 헛된 문장이라는 적실한 근거가 아니겠습니까? 또 선생의 말씀에 20세기 하반기에 청국이 발흥한다는 말씀이 입술 위의 빈말이라는 증거가 세 가지 있으니 자세히 들어주시기 바랍니다.

청국이 통일한 이후 300년에 동서남북으로 분열한 각 나라가 번병

(藩屛)의 속국 아님이 없습니다. 그러므로 성절(聖節)과 동지(冬至) 등의 명절에 각 나라가 지역의 토산품과 공문서[7]를 보내고 사신을 들여보내는데, 이른바 지역의 토산품이란 것은 그 나라의 토산 물품 몇 종류일 따름이고, 다시 거액의 재물을 바치는 일은 없습니다. 황가에서 나누어 주는 물품의 종류와 상으로 내리는 은과 비단 등의 가치로 서로 견주면 도리어 미치지 못하는 것이 많습니다. 공문서에는 황제의 지위를 존숭하고 신하의 신분이 비천함을 특별히 가상히 여겨 이익과 손해됨을 돌아보지 않으며, 헛된 절개만 귀중히 하여 거만한 조칙으로 넉넉하게 구휼해줄 따름입니다.

이 관습이 어느 곳에서 나왔는가 하면 옛날에 주나라 황실이 미약하여 제후가 조회하고자 하지 않을 때에 제(齊)의 위왕(威王)이 홀로 입조하자 천하가 칭찬하였습니다. 그 제(齊)의 위왕이 한 일을 허실로써 견주어 평가하면, 그때 주나라 황실이 미약한 기본 문제는 돈·곡식·무기·병사가 부족한 것이 근본 원인이었습니다. 그런즉 위왕이 만약 돈·곡식·무기·병사의 실물을 수송하여 주나라 황실을 공고하게 하였다면 위왕이 입조하지 않아도 주나라 황실은 튼튼하였을 것이니 그 허실과 진가(眞假)가 과연 어떻습니까? 아, 저 옛날은 명분과 절개를 높이 숭상하고, 재력을 낮고 천하게 여겼으므로 제나라 위왕이 한 일이 이 정도에 불과하다고 하겠지만, 지금 시대는 옛날과 달리 허실과 진위를 가르고 선택하는 시대이니, 동양 인사들의 고집불통에 대한 첫 번째 증거입니다.

또 사람이 태어나 살다가 죽을 때까지 소홀히 할 수 없는 것이 물건들입니다. 그러므로 성인이 세상에 나와서 이용후생의 형태가 있는 물건들을 창안해내셨고, 뒷사람들은 성인이 남기신 뜻을 받들어 혹은

---

7) 원문의 자문(咨文)은 공문이란 뜻도 있는데, 조선시대에는 주로 중국의 육부(六部)와 조회(照會), 통보, 교섭 등을 목적으로 왕래하는 문서를 이르던 말이다.

발명하고 혹은 연구하여 반드시 이익이 있기만을 계획합니다. 그러므로 동굴에 살거나 흙바닥에 거처하고, 열매를 먹고 깃털 옷을 입던 황망한 인간이 지금은 곡식과 고기의 음식과 비단의 의복과 누대의 집과 배와 수레의 탈 것을 누리는데 이것들은 곧 하늘에서 내려온 것이 아니요, 사람들이 사물의 이치를 궁구하고 투명하게 강론하여 땅 위의 이로움과 땅 속의 이로움을 얻으며, 지식을 운용하고 손발을 움직여 제조의 이익을 생산해내는 것이니, 이는 천하 만방의 보편적 법칙이 되었습니다.

그런즉 누구는 부자고 누구는 가난하며, 누구는 강하고 누구는 약하다는 차등이 반드시 없을 터인데, 서양은 어찌하여 부강하고 동양은 어찌하여 가난하고 허약합니까? 날씨와 토질과 인품과 물산이 혹 다름이 있어서 그런 것입니까? 만약 중국의 날씨와 토질과 인품과 물산으로 하여금 저 서양의 것과 견준다면 하나도 부족한 것이 없는데 무슨 이유로 성인이 이용후생하라던 심법을 따르지 않고 자포자기하여 나라를 이렇게 황폐하게 하고 사람을 이렇게 나약하게 하여 오늘날 서양에게 끝없는 능멸과 모욕을 당하고 있는지 불가사의하다고 하겠습니다.

만약 성인의 심법을 조금이라도 강구하여 실행하였더라면 신농씨가 농업을 창시한 후 오늘에 이르기까지 토지 49배미[夜味, 구분된 논을 세는 말]의 발명과 토질 분석법과 비료 제작의 기술과 황토와 적토가 적합한지의 여부를 판별한 격물신편(格物新篇) 등의 물리학과 베고 거두어들이고 밭 갈고 김매는 각종 기계가 반드시 중국에서 먼저 나왔지, 어찌 경전도 읽어본 적이 없는 서양에서 나왔겠습니까?

만약 성인의 심법을 조금이라도 받아들여 실행하였다면, 헌원씨가 배와 수레, 창과 칼을 만든 뒤 오늘에 이르기까지 증기차와 화륜선, 크루프 대포와 회룡총 등의 발명품 역시 중국에서 먼저 나왔지 하필 경전도 읽지 않은 서양인이 제작했겠습니까?

애통하고 괴로운 것은 이곳 동양 인사들의 마음가짐입니다. 입으로만 '성인 성인' 하고, 성인의 경전은 문서로만 읽고 외웠다가 이른바 팔고시(八股詩)[8]나 음풍농월의 아름다운 시구의 대를 맞추는 데 이용하고, 시(詩)·부(賦)·소(騷)·사(詞)의 장구를 장식하거나 과문(科文)과 소장(疏章)에 인용하여 설명하는 데만 이용하고, 성인이 입으로 전하고 마음으로 전해주신 도덕과 이용후생이라는 본뜻은 실제 사용하지 않았으니 오늘날 서양인에게 수모를 받는 것이 어찌 스스로 취한 것이 아니겠습니까? 이것이 실지(實地)를 배반한 두 번째 증거입니다.

지금 독서하는 선비들이 읽는 것이 어떤 책입니까? 늘 읽는 것이 『논어』, 『맹자』, 『중용』, 『대학』 사서(四書)이니, 이 사서라는 책의 본뜻과 내력을 자세히 말씀드리겠습니다.

사서에서 주장하는 뜻을 살펴보면 전부 성명(性命)의 도(道)로 윤리를 밝힌 것이고, 세상을 편안하게 다스리는 큰 뜻 또한 여기에 포함되어 있습니다. 윤리는 예나 지금이나 차이가 없고, 가깝거나 멀거나 구별이 없으니 인류가 읽지 않을 수 없는 것이거니와 세상을 편안하게 다스린다는 뜻에는 주의를 기울이지 않은 것입니다. 대개 공자와 맹자는 만고의 성인입니다. 그 성인의 심력으로 천하에 왕도를 행하고자 하여 천하를 주유하시기도 하고, 제(齊)나라와 양(梁)나라로 가서 유세하느라고 혀가 터지고 입술이 타기도 했습니다. 그럼에도 마침내 '나의 도는 실행되지 못했다'라고 하셨습니다.

성인이 살아 있을 때로 말하면 지금부터 2,400년 이상의 거리가 있으니 상고시대라고 하겠습니다. 상고시대의 순박한 풍속에서도 '도가 실행되지 못했다'라고 하였습니다. 또 그 경중과 진위로 말하면 당시에 성인이 생존하시어 직접 몸소 마음과 힘을 다하여 행하였으나 도가 행

---

8) 팔고시(八股詩): 주 3번에 출전.

해지지 못했는데 성인이 세상을 떠난 지 이천여 년이 흐른 말세인 오늘날, 성인의 자품에 만 분의 일도 미치지 못하는 썩은 선비들이 사서 몇 권을 읽고 스스로 자부하며 말하기를, '전일의 어느 나라 어느 나라는 모두 패도(覇道)로써 나라를 다스렸으니 내가 취할 바가 아니다. 내가 만일 일에 임한다면 마땅히 이러이러한 왕도(王道)로 천하를 다스릴 것이다'라고 합니다.

아! 이런 무지몰각한 무리가 당초에 사서를 보지 않았던들 이와 같이 규범에 벗어난 망령된 생각은 하지 않았을 것이니, 평범한 한 사람의 백성으로서의 자격은 유지하였을 것입니다. 그런데 불행히도 그 부모가 자식을 사랑하는 정에 가려 인품과 서적이 맞고 안 맞고는 따지지 않고 사서를 가르치고 읽혀 이토록 엉뚱한 생각으로 스스로 일생을 그르치게 한 것이니 안타까운 일이 아니겠습니까?

또 이 사서는 노(魯)·위(衛)·제(齊)·양(梁)의 나라에서 정치나 사물에 실지로 시행하여 의심 없이 확실하게 경험한 문서가 아닙니다. 성인이 살아 있을 당시에 천도와 인사의 바른 이치를 천명하시고, 인성과 물정의 관계를 재량하시어 어떤 것은 사람을 대하여 문답하시고, 어떤 것은 때를 상고하여 기술한 것이니, 그 근본을 따져보면 당시 성인의 의견서에 지나지 않는 것입니다.

만일 요순이 오늘날 계셔서 이 사서를 보시더라도 오늘 이 시대와 오늘 이 인품에 이 책이 합당한지의 여부를 결정할 수 없을 것입니다. 심지어 관직·정치·법률·군사와 농업·직조·상업·광산·어업·광학(光學)·기학(氣學)·이학(理學) 등 온갖 제도에 대해서 학문으로 잡고 있는 것은 이 사서를 읽는 것밖에 없습니다. 인재의 선발이 이 사서를 읽었는가, 읽지 않았는가로 평가할 뿐이고, 어떤 전문학교의 졸업이나 어떤 분과의 실지 실험이라는 공부나 교과에 대한 설명은 애당초 거론하지도 않습니다. 이와 같이 근거 없는 허무맹랑함이 세 번째 증거입니다.

이 세 가지 증거의 습관이 골수에 가득 차서 완악한 풍속이 돌처럼 단단해진 외에 다시 기괴하고 망측한 풍속이 있습니다. 이른바 상류층 사람들은 『마의상서(麻衣相書)』[9]니 『자미두수(紫微斗數)』[10]니 하는 책과 감여지술(堪輿地術, 풍수지리설)이니 청오비결(青囊秘訣, 풍수지리에 관한 비결)이니 하는 술수를 지나치게 믿어 한 집안의 길흉을 온전히 여기에 맡기고 다른 경영을 하지 않습니다.

이른바 하류층 사람들은 무당의 북과 맹인의 경문에 신당과 불당에 강귀신과 산신령에게 분향과 저주로 일신의 화복을 완전히 맡기고 다른 생각이 없습니다. 칠 척의 몸을 여전히 스스로 지탱하지 못하여 반은 술수에 맡기고 반은 무당과 맹인에게 맡긴 것이니 이런 인종에게 국가의 독립사상이 어디서 나오겠습니까. 또다시 이른바 백련교[11]니, 가로회(哥老會)[12]니, 소도회(小刀會)[13]니 하는 어그러진 잡종 무리들이 하나

---

9) 『마의상서(麻衣相書)』: 한(漢)을 거쳐 당(唐)에 이르러 관상학을 집대성한 책. 마의선인이 지었다고 전해진다.

10) 『자미두수(紫微斗數)』: 중국 송나라 진희(陳希)가 지은 책. 자미성과 북두칠성의 빛이나 위치로 길흉을 점치는 방법을 기술하였다.

11) 백련교: 남송(南宋1127~1279) 때의 승려 모자원(茅子元)이 창건한 백련종(白蓮宗, 정토종의 일파)에서 기원하지만 이후 미륵신앙으로 바뀌었다. 16세기 후반 민간 종교인 티베트 불교의 영향을 받았다. 창세주(創世主)인 '무생노모(無生老母)'가 미륵을 속세에 보내 흩어진 자녀들을 거두어들여 '진공가향(眞空家鄉)'에 귀의시키고 천년왕국이 인간세계에 실현될 것이라고 선전했다. 이 교리에는 민간신앙과 불교가 혼합되어 있다. 교도들은 향을 피우고 불공을 드리며 무술도 배웠는데 백련교는 점차 민간에 널리 퍼지게 되었다. 원대(元代)부터 무장반란을 일으켜 여러 차례 조정의 탄압을 받았다. 시대가 지나면서 100여 종 이상의 다양한 종파가 생겼는데, 청대의 용화교(龍華教)·혼원교(混元教)·홍양교(弘陽教) 등이 대표적인 지파이다. 현재 대만을 비롯해 동남아시아 화교들이 백련교를 믿는다.(브리태니커 사전에서 인용)

12) 가로회(哥老會): 중국 청나라 건륭(乾隆) 시기에 청나라를 무너뜨리고 한족(漢族)의 세력을 되찾으려던 비밀결사 조직.

13) 소도회(小刀會): 중국 청나라 말기 비밀 결사 조직의 하나이다.(참조 논문, 「중일전쟁기 중국공산당 권력의 성장과 지역사회-강소 북부(江蘇 北部) 농촌의 소도회(小刀會)를 중심으로」, 『아세아연구』 통권 122호, 2005, p.33.)

같이 개전(改悛)하지 않고 온갖 악의 단서가 되니, 오늘 선생의 말씀에 20세기 하반기에 청국이 여러 나라의 우두머리에 있을 것이라는 이 말이 입술 위의 빈말이 아니면 무엇이라 하겠습니까?"

제5장
황백인종 관계의 진상
(黃白關係眞狀)

선생이 다 듣더니 양쪽 귀밑머리가 쭈뼛하여 손을 잡고 손등을 어루만지며 말했다. "그대가 세 가지 증거로 하신 말씀은 중국 실정에 적당하고 공평한 말이라 하겠습니다. 비록 그렇지만 이 역시 과거의 정황이니 족히 말할 것이 없거니와 장래 나아갈 단서를 다시 생각해봅시다.

지금 이 중국이 비록 '완고하고 어리석다'고 하지만 10년 이래로 풍속과 교화가 변한 것을 보면 20세기 하반기에 성취할 분명한 증거가 이미 발현되었습니다. 대개 어느 나라를 막론하고 지방이 삼천 리요, 민족이 사천만이 되고 보면 사물이 고르지 않은 것은 당연한 실정입니다. 늘 사람의 성품과 풍속과 교화가 일정하지 못합니다. 그러므로 일본 민족의 명민함에도 명치유신의 초에 수구파와 개화파가 스스로 옳다고 서로 고집하여 전쟁이 그치지 않다가 풍속과 기풍이 점점 열리고 실업이 점점 통한 뒤에야 완고한 수구가 스스로 깨달아 일치하여 개화를 하였습니다. 이 넓은 땅의 대중으로 중국 전 국토의 혁구창신(革舊刱新)이 어찌 일조일석에 쉽게 이루어지겠습니까. 과연 중국 본질로 말하자면 당신 나라의 유길준(兪吉濬)은 시에서, '진(晉)나라 때의 청담은 백대를 놀라게 했고, 송나라 학자의 학문은 삼재를 꿰뚫었지. 만주에 필경 좋은 계책 없으리, 신주와 교유하며 손잡고 돌아가리라(晉代淸談驚百世 宋儒眞學貫三才 胡來畢境無長策 交與神州拱手回)'라고 하였습니다. '호래(胡來)'라는 것은 곧 지금 만주 삼성(三省)과 내외 몽고인입니다.

이러한 변경의 오랑캐에게 당당한 중국 전체를 빼앗기고도 여전히 이런 마음과 뜻을 바꾸지 않으며 종이 위의 헛된 문장만 숭상한 것이니 믿을 만한 것이 없되, 최근 전쟁을 여러 번 경험한 뒤에 정부의 공론과 사림의 의리가 크게 변하였습니다. 변하지 않으면 멈추거니와 변하면 통하는데, 통한 이후 30년이면 이루지 못할 것이 없으니 역시 이치가 있는 것입니다.

일본의 명사 오오가키 다케오(大垣丈夫)의 논설에도 '만일 청국이 변하여 개화하면 40년이 지나지 않아 동양의 일등 강국이 된다'고 하였으니, 이 역시 밝은 견해의 예측일 뿐만 아니라 어느 나라를 막론하고 오늘날을 당하여 누군들 변하지 않으려고 하며, 누군들 변하지 않을 수 있겠습니까.

그대가 만약 내 말을 믿지 못하겠다면 내가 이 중국의 '마땅히 변해야 하는데 변하지 못한 것(當變而不變者)'과 '마땅히 변해야 함에 변한 것(當變而變者)'과 '변했으나 잘 변하지 못한 것(變而不善變者)'과 '변해서 잘 변한 것(變而善變者)'을 조목조목 변명해서 그 이익과 손해를 말해보겠습니다. 또 그대가 이 동양의 서적과 역사를 늘 지나치게 믿지 않는다고 하였으니 지나간 옛날 춘추전국시대나 한(漢)·위(魏)·당(唐)·송(宋) 시대의 사적은 일체 논하지 않고 그대가 태어난 이후 50여 년 내에 귀로 듣고 눈으로 본 일로만 차례대로 설명하겠습니다.

도광[1] 22년(1842년)부터 함풍[2] 10년(1860년) 사이에 중국 해안에 개항된 곳이 열여섯 곳입니다. 구미에서 흘러들어오는 신선한 문물과 공평한 풍속이 청국 남쪽 일대에 조류가 들어오는 것 같았습니다. 그런즉 중국이 개벽한 뒤로 새로운 면목과 별천지를 일으킬 첫 번째 기회였습니다.

이때를 맞아 광동의 금전촌(金田村)에서 홍수전(洪秀全)·양수청(楊秀

---

1) 도광(道光)은 청나라 선종(宣宗)의 연호로 1821~1850년까지 사용하였다.
2) 함풍(咸豐)은 청나라 문종(文宗)의 연호로 1851~1861년까지 사용하였다.

淸)·석달개(石達開)·사조귀(謝朝歸) 등이 민당(民黨)으로 폭동을 일으켜 16성(省)을 침범하여 300여 성을 함락하고 15년을 버텼으니 매서운 민란이라고 하겠습니다. 당시에 민력(民力)과 민권(民權)이 극점에 달하였으니, 마땅히 4천 년 정부의 압제와 학대받던 악습을 벗고 당당하게 민격(民格)을 유지하여 헌법의 나라와 자유민이 될 사상이 있었을 터인데, 이렇게 하지 않고 부패한 명분과 근거 없는 의리를 제기하여 장발(長髮)과 화복(華服)으로 청국을 배척하고 명나라를 회복한다고 하다가 도리어 한인(漢人)에게 출토되었으니, 증국번(曾國藩)·좌종당(左宗棠)·이홍장(李鴻章)·팽옥린(彭玉麟) 등의 오래되고 부패한 손빈(孫殯)·오기(吳起)의 병법과 18반 무예(武藝)의 아래에 초멸(剿滅)되었습니다. 이는 민족사회가 변해야 할 시기에 마땅히 변할 기회를 스스로 잃은 것이니, 이는 마땅히 변해야 함에도 변하지 못한 것입니다.

　그 뒤 임칙서(林則徐)가 광동의 흠차대신으로 아편 무역을 하는 서양 함대 2척을 불태워 침몰시킨 뒤에 영국과 프랑스 군함이 천진에 와서 충돌하였습니다. 당시 만주족과 한족의 병마(兵馬)가 수십만을 넘었는데 교전도 한 번 하지 못하고 일시에 궤멸되어 흩어져 천자가 편전에서 내려와 달아남에 많은 신하들이 그 그림자를 보지 못하였으니 어찌 천하 후세에 수치가 아니겠습니까?

　이후 조정에서 큰 논의를 펼쳐 사리를 따지고 헤아려 남쪽과 북쪽 해양에 대신을 설치하고 수군(水軍)을 확장하여 여순과 위해의 포대를 견고히 쌓고 발해와 천진을 익위(翼衛)하고 관동 각 진에 57영(營)의 양창대(洋槍隊)를 신설하여 육군과 마대(馬隊)를 서양교원으로 교육하고 수사학당(水師學堂)과 무비학당(武備學堂)의 졸업생을 수용하였고 구미 각국에 전권공사를 보내어 외교를 통섭하게 하였으니 그 무한한 경비가 북경 해자에 넘치는 것이라 하겠습니다. 이는 마땅히 변해야 할 때 변한 것입니다. 이와 같은 재력을 쓰고도 다스려 공략한 것은 바깥의 털만 장식하는 데 불과하고 골절을 관통하지 못하였으니 어찌 애석하지 않겠습니까?

갑오(1894)년 일청전쟁으로 보자면, 섭사성(聶士成)·섭지초(葉志超)·풍승아(豊陞阿)·위여귀(魏汝貴) 등의 아산과 평양 전쟁은 이른바 완전히 무너졌다고 할 것이고, 구연성(九連城)·봉황성(鳳凰城)·해창(海昌)·영구(營口)의 전쟁과 수암(守巖)·석목(析木)·개평(盖平)·금주(金州)의 전쟁에서는 한 번도 이기지 못하고 함락되었습니다.

송경(宋慶)과 마옥곤(馬玉昆)은 40년을 전장에서 보낸 노장이라 전투경력과 지략과 재주가 어찌 야마카타 아리토모(山縣有朋)·하세가와 요시미치(長谷川好道)·오시마 요시마사(大島義昌)·키타야마 히라소(北山平부)에게 미치지 못하겠습니까마는 연전연패하여 요동반도에 흰 바탕에 붉은 점이 있는 일본깃발이 꽂히지 않은 곳이 없었습니다.

금주만(金州灣)과 여순구(旅順口)는 천하의 험한 요새일 뿐만 아니라 그때 수장(守將) 황사림(黃士林)·조회업(趙懷業)·장광전(張光全)·위여성(魏汝成) 등은 당시 합비(合肥)[3] 이홍장 정승의 심복이며 친애하는 장수로서 맡겨진 책임이 자못 특별한데 9시 종소리가 그치기도 전에 한 조각 일본기가 포대 위에 날렸으니 후세 군인들이 이날의 역사를 보면 어떠하다 하겠습니까?

또 바다에서 이루어진 전쟁으로 말하더라도 황해도 함대에 정원(靜遠)·전원(鎭遠)·정원(靖遠)·제원(濟遠)의 전투함과 광갑(廣甲)·광을(廣乙)·조강(操江)·내원(來遠)의 순양함이 7~8천 톤에서 만 톤 이상에 이르는 거대한 함대인데, 온 몸과 마음으로 싸워야 하는 정여창(丁汝昌)·등정선(鄧程先)·방백겸(方伯謙)의 장수는 나가서 싸우려고도 하지 않고 물러나 지키지도 못하여 이토 스케유키(伊東祐亨)가 모든 공을 성취하게

---

3) 합비(合肥)는 중국 안휘성 중앙에 있는 도시로 1949년 이래 안휘성의 성도이며 지구급(地區級) 시이다. 이홍장이 이곳 합비 출신이므로 합비라 하였다.

하였습니다.

대개 이 전투에서 병사와 장수를 잃은 국치(國恥)는 고사하고 여러 해 축적한 군화(軍火)와 물건의 손해가 20여 억에 달하였으니 당시 천하에 뜻있는 구안자(具眼者)에게 그것을 보게 하였다면 어찌 애통한 눈물을 흘리지 않겠습니까.

가령 비단 의복과 구슬 같은 보물을 대장부가 가지고 있다면 그 가치의 귀중함과 사치스러움의 특별함을 반드시 알아서 애호하고 보관합니다. 그러나 아이가 가진다면 그 가치의 소중함과 화려한 아름다움의 특별함을 알지 못해 어떤 경우는 잃어버리고도 아까운 줄을 모르고, 어떤 경우는 보관할 줄을 몰라 깨뜨립니다. 저와 같이 소중하고 기이한 물건이 변하였는데도 그 사람은 변하지 아니하고, 그 법은 변하였는데 그 쓰임은 변하지 않았으니 이것은 변하기는 했지만 잘 변하지 못한 것입니다.

또 시모노세키 조약[4]에서 요하(遼河) 이남과 대만 섬을 할양하며 2억 원의 배상금을 주기로 하였으니 이는 청국이 외교를 개방한 이후 처음 있는 손해입니다. 그때를 당하여 북청(北淸) 일대에 눈들이 휘둥그레지고 남청(南淸) 각계 사회에 언론이 들끓었습니다. 그러므로 무술년에 정변이 자연스레 양성되었으나 서태후와 이연영의 내각과 수록대부와 영록대부의 교활함을 누가 감히 당하겠습니까. 청나라 황제 평소의 뜻을 이루지 못할 뿐만 아니라 양예(楊銳)·담사동(譚嗣同) 등 6대신의 참사(慘死)와 양계초, 강유위의 망명만 만들었습니다. 이러한 참사와 이러한 망명은 동서 어느 나라를 막론하고 개혁시대에는 본디 있는 전례여서 한스러워할 것은 없습니다. 다만, 천 명도 죽일 수 있고, 만 명도 죽일 수

---

4) 1895년 4월 17일 일본 시모노세키에서 일본의 이토 히로부미와 청국의 이홍장이 맺은 강화조약. 조선의 독립과 요동반도, 타이완 등을 일본에 할양하는 것을 내용으로 한다.

있다는 만주파(滿州派)의 어리석고 완고함과 귀족당(貴族黨)의 흉악하고
악독함으로 천부당만부당하게도 의화단5)을 소집하여 배외(排外)니, 척
양(斥洋)이니 하는 참혹한 행동을 하여 무단히 팔국연합병(八國聯合兵)6)
이 발해를 덮치게 하였습니다. 이 무슨 흙바람이며 이 어떤 괴변인지,
금성탕지(金城湯池)의 천진이 함락될 것이라고는 꿈에서도 생각하지 못
한 것입니다.

　아, 천진으로부터 북경에 이르는 260리와 북경에서 통주에 이르는
50리 사이의 금전과 재물의 손해는 계산으로 말할 수 없거니와 관인 ·
군인 · 일반인의 피해가 220여만 명에 이르렀으니 이러한 참화는 천지
가 개벽한 이래 처음 있는 재앙입니다. 이날의 역사를 후세 사람들이
어찌 차마 눈으로 볼런지요. 하물며 서안부에 파천한 청국 황제를 각
나라가 동의하여 예전처럼 북경으로 환어(還御)하게 하였으니 이는 지
극히 불가사의한 일이라 하겠습니다.

　우리 동양에서 21대의 역사 기록을 돌아보면 이와 같은 의리와 공론
은 그림자도 볼 수 없습니다. 이때를 당하여 이른바 중화 천지에 자존
자만하며, 의리니 도덕이니 하던 완고파의 철석심장도 얼음 녹듯 녹고

---

5) 의화단(義和團): 산동성 부근에는 청나라 중기부터 백련교의 한 분파인 의화권(義
　和拳)이라는 비밀결사가 있었다. 이들은 권술(拳術)을 전수하고, 주문을 외면 신통
　력이 생겨 칼이나 철포에도 상처를 입지 않는다고 믿었다. 청일전쟁 후, 열강의 침
　략은 중국을 분할의 위기로 몰았고, 또한 값싼 상품의 유입으로 농민의 생활은 파
　괴되었다. 특히 특권을 지닌 그리스도교의 포교는 중국인의 반감을 사 배외적인 기
　운이 높아갔다. 의화권은 그리스도교회를 불태우고 그 신도들을 살해하는 반(反)그
　리스도교 운동이 진행되는 가운데 파산한 많은 농민들과 함께 급속하게 발전하였
　다. 한편 의화권은 중앙 정계의 수구파에 의해 의화단으로 개칭, 반합법화하였으며,
　'청조를 받들고 외국을 멸망시킨다'는 기치를 내걸고 배외(排外)를 주요 투쟁목적
　으로 하였다. 또한 사실상 수구파의 지도 아래 1900년 6월 열강에 선전을 포고하였
　다.(이은자, 『의화단운동 전후의 산동』, 고려대학교출판부, 2002 참조.)
6) 팔국연합병(八國聯合兵): 중국에 의화단 사건이 터지자 서구 열강 8국은 연합군을
　형성하여 베이징으로 쳐들어갔다.

눈처럼 흩어졌으며, 백 번 꺾여도 돌아보지 않아 고집불통이던 단군왕(端郡王)과 동복상(董福祥)도 마음이 놀라고 쓸개가 찢어져 기운을 잃고 고개를 떨구며 감숙성으로 달아나 숨고 구걸하였으니, 추밀원 원로인 녹전임(鹿傳林)과 왕문소(王文韶) 등의 도리에 어긋난 논의에 어찌 조정에서 참견할 수 있겠습니까.

아, 이전에도 없고 앞으로도 일어나지 않을 큰 재앙을 겪은 뒤 5년인 오늘, 청국 조정 상하에 심성과 물의(物議)가 바뀌어 남음이 없다는 것이 확실하여 의심이 없다고 하겠습니다. 만약 청국이 크게 변천하지 않았다면 큰 화를 범하여 청국 한 나라만 매우 불행할 뿐만 아니라 동양 모두가 소탕되어 사라질 뻔하였으니 그대가 비록 '때를 살핌에 명쾌하다'고 하지만 이러한 대세는 반드시 예측하지 못한 것이니 지금 그대를 위하여 한 말씀 하겠습니다.

대저 중국 3천 년 이래에 이른바 경륜가와 지모가와 용병가에게 제일 중요한 점은 적국의 허실을 규찰하여 생각지 못한 계책을 내는 것이고, 준비하지 않은 곳을 공격하는 것을 병법의 묘책으로 삼습니다. 또 다시 그것을 생각하면, 생각지 못한 계책을 내고, 준비하지 않은 곳을 공격하는 법이 단지 중국 병법의 묘한 계책만은 아닙니다. 어느 나라 어느 때를 막론하고 모든 병법에 묘한 계책이 될 것입니다. 그런즉 청국이 심성과 물의가 변천하지 않았다면 지난해 만주에서 일어난 일러전쟁에서 일본의 허실을 규찰해 반드시 생각지 못한 계책을 내고, 준비하지 않은 곳을 공격하는 묘한 계책으로 '전쟁에서는 속임수도 싫어하지 않는다'[7]는 설을 내어 일단의 야심으로 동양평화도 돌아보지 않고, 만국공법도 돌아보지 않고, 엄정중립도 돌아보지 않고, 이름도 없이 출사하여 일본에 갑오년 청일전쟁의 원수를 갚고자 하였을 것입니다.

---

7) 『한비자』「난일(難一)」.

만약 이와 같이 했다면 동반구(東半球)에 지독하게 참혹한 백 년의 풍운이 어떤 지경에 이를지 알지 못했을 터인데 천만다행으로 청국의 안팎 인심이 십분 개명하고 십분 변천하여 이와 같은 어둡고 완고한 만행을 하지 않았습니다. 만일 의화단 비적 이전에 일본과 러시아가 만주에서 전쟁을 했다면 결코 이와 같은 행동이 없었을 것이라고는 할 수 없지만 가령 이 행동이 있었다면 눈앞의 질서가 다음과 같을 것입니다.

동서양 수천 년의 전쟁 역사를 고찰하면, 갑국이 을국에 가거나 을국이 갑국에 가서 전쟁한 것과 어떤 경우는 갑을 두 나라가 일제히 병사를 동원하여 서로가 도착한 곳에서 싸움을 하는 일은 있으되, 갑국과 을국이 각자 병사를 동원하여 다른 나라의 지역으로 가서 싸우는 일은 오직 16세기에 영국과 프랑스 두 나라가 각기 병사를 북아프리카로 보내어 전투한 일이 있고, 8~9년 전에 스페인과 미국이 각기 병사를 필리핀에 파견하여 전투한 일이 있습니다.[8] 그러나 저 영국과 프랑스 두 나라로 말하자면 이미 자기 민족을 아프리카에 이식하여 영지를 만든 것이고, 스페인과 미국도 필리핀을 혹은 보호하고, 혹은 점령한 것이니 당초에 하나도 상관없는 뚝 떨어진 곳에다가 병사를 보내어 전쟁을 치른 일은 오직 지난해 청국 만주에서 일본과 러시아 두 나라가 한 전쟁뿐입니다.

당시에 동서의 여러 나라는 국외의 중립으로 조금도 움직이지 않았

---

8) 1898년에 벌어진 미국과 스페인 전쟁. 이 전쟁은 1895년 2월 쿠바인들이 스페인 통치로부터 벗어나기 위해 일으킨 독립투쟁 과정에서 비롯되었다. 특히 미국 전함 메인호가 1898년 2월 15일 아바나 항에서 원인 모르게 침몰한 사건을 계기로 두 나라는 선전포고를 하고 곧 개전하였다. 조지 듀이 함장 휘하의 미해군 소함대는 1898년 5월 1일 필리핀 마닐라 만으로 진입해 그곳에 정박 중이던 스페인 함대를 격파했으며, 이후 마닐라는 미군 점령하에 들어갔다. 이 전쟁의 결과로 아메리카 대륙에서 스페인 식민통치가 종식되었으며, 미국은 태평양 연안 서부지역과 라틴아메리카 지역의 영토를 획득했다.

고, 일본과 러시아 두 나라만 각자 병사를 내었습니다. 러시아는 시베리아철도와 동청철도로 군비를 수송하였으며, 일본은 이른바 세 나라를 넘어가며 출병하였고 바다와 육지를 아울렀습니다. 4~5군단의 50~60만이나 되는 각종 군비를 요동 일대에 보내었으니 비록 미리 예상은 하였다고 하나 어찌 위험하지 않겠습니까. 반드시 온 나라의 군인과 온 나라의 재력을 모두 보내어 남음이 없을 것이니 여조겸(呂祖謙)의 『동래박의(東萊博義)』[9]를 빗대 말하면, 참으로 대책 없는 전쟁이라 할 것입니다.

대개 일본 육군이 바다를 2~3천 리, 혹은 4~5천 리를 달려 만주에 들어온 경로를 보면 조선의 항구로는 인천·증남포·용암포로 상륙하였고, 성경(盛京)의 해구로는 소고산(小孤山)·보란점(寶蘭店)·금주만(金州灣)·영구항(營口港)으로 상륙하였습니다. 그 육상과 해상의 고통과 운송의 경비는 말하지 않아도 알 만합니다. 다행히 축하하고 칭찬할 것은 크고 작은 전투 수십 번을 연전연승한 것인데, 구연성(九連城) 득리사(得利寺) 사하(沙河)에 이르러서는 이전에 드문 혹독한 전투를 겪었습니다. 그리하여 정신 근력이 피폐하였으니 다시 무슨 말을 하겠습니까.

당시 러시아군이 비록 연패하였다고 하나 그 모든 군의 주력이 남북으로 봉천과 여순에 나뉘어 오히려 굳세고 사나웠으므로 일본 병사가 한 번 만에 깨뜨릴 수가 없어 군력을 둘로 나누어 남쪽을 공격하고 북쪽을 정벌하였는데 눈코 뜰 사이가 없었습니다. 당시 여순은 정벌되지 않고, 봉천은 이기지 못하던 날에 만일 청국 정부 왕대신의 마음씀이 10년 전같이 미개하고 단군왕과 이병형(李秉衡)의 무리가 당국의 일을 처리하였다면 반드시 '제(齊)나라 양공(襄公)이 9대의 원수를 갚았다'는

---

9) 『동래박의(東萊博義)』: 송나라 학자 여조겸이 『춘추좌전』에 기록된 사건을 뽑아 자신의 시각으로 분석하고 평론한 책.

『춘추』의 내용이 될 뻔하였습니다.[10]

갑오년의 원수를 갚지 않을 수 없다고 하며 한편으로 북청(北淸)을 선동하되 만국공법과 동양평화와 엄정중립은 최근 서양외교가의 교활하고 망령된 논설이니, 족히 말할 것이 없다고 할 수도 있었습니다. 생각지도 못하는 곳으로 나와 준비하지 못한 곳을 공격하는 것은 병법의 제1요법이니 때를 잃어서는 안 될 것이요, 싸움은 속이는 것을 싫어하지 않는다 하며 한편으로 원세개를 정동대도독(征東大都督)으로 봉하여 관내와 관외의 병마(兵馬)를 통제하게 하고, 한 파는 남쪽을 정벌할 세력으로 잠춘(岑春) · 훤동(暄董) · 복상(福祥)으로 여러 사단을 독려하여 개평(盖平)과 수암(守岩) 등지에서 충돌하고, 한 파는 북쪽을 정벌할 세력으로 강계제(姜桂題)와 마옥곤(馬玉昆)으로 여러 사단을 이끌고 해성(海城)과 요양(遼陽)[11] 방면에서 순찰하게 하여 남북으로 나누어진 일본 병사의 배후를 혹은 습격하고 혹은 유격하며, 혹은 나아가 싸우며 혹은 물러나 지켰다면 일본 병사를 모조리 궤멸시키지는 못하더라도 일본 병사의 남쪽과 북쪽이 각각 앞뒤에서 적을 맞아 몹시 어렵고 딱한 경우를 벗어나기 어려웠을 것입니다.

이와 같았다면 러시아 병사의 기세가 졸지에 배가되어 여순의 수장(守將)은 북경에 주둔한 러시아 공사에게 전서구(傳書鳩)[12]를 날려 보내 기맥을 통하고, 봉천의 수장은 저 경성(京城)에 타전하여 코카사스의 병사를 계속 내어보내 등등한 기세로 세력이 더욱 씩씩하였을 것입니다. 그러면 일본 병사는 천만뜻밖에 이러한 곤란과 이러한 위험을 당하여 앞에서 막히고 뒤에서 공격받아 좌충우돌하여 머리와 꼬리가 서로 미

---

10) 『춘추공양전』「장공(莊公)」 4년의 기사이다. 제(齊)의 양공(襄公)이 기후(紀侯)의 나라를 섬멸하여 그 조상의 원수를 갚았다는 것이다.

11) 요양(遼陽): 중국 요령성(遼寧省)의 현. 심양시(瀋陽市)의 서남쪽에 있다.

12) 전서구(傳書鳩): 통신에 이용할 수 있도록 훈련시킨 비둘기.

치지 못하는 비참함을 당하였을 것이니, 첫 번째는 군수품의 운송과 군량미와 무기의 계속적인 보급이 더욱 망극하였을 것입니다.

그렇게 되었다면 야마가타 아리토모(山縣有朋)와 아오키 슈조(靑木周藏)의 책략과 노즈 미치쯔루(野津道貫)와 노기 마레스케(乃木希典)의 지략과 방편도 없었을 것입니다. 또 만약 그렇게 되었다면, 영국이 일본과 당초 협상할 때에 공수동맹(攻守同盟)의 계약이 있는지라 자연 청나라 조정에 강경한 교섭을 제출하여 공법(公法)을 위배하고 제3국 개입의 만행을 질문하며 인도의 육군과 홍콩의 수군을 불시에 보내 위해위로 와서 모였을 것입니다. 프랑스에서는 여러 해 공법에 구애되어 뜻은 있으나 하지 못했던 것을 지금이 좋은 기회라고 하며 사이공[13]의 육군과 가달마도(加達馬島)의 군함을 일시에 아울러 선발하여 하문(廈門)해협에 머물며 제4국의 태도를 드러내었을 것입니다. 독일·이탈리아·오스트리아·미국 네 나라는 각기 동양에 순양함대를 지휘하여 발해 방면으로 모으고 균점 이익을 희망하며 합동조약을 준비하였을 것입니다.

일본이 그날 그러함을 당하였다면 자연히 국내에 있는 후비대(後備隊)와 예비대(預備隊)를 밤낮 없이 조직하여 상선(商船)과 군함을 헤아리지 않고 짐을 실어 천진으로 직행하였을 것입니다. 청국의 경우 감숙성과 사천성은 멀어서 이를 수가 없지만 산동성과 하남성의 군대와 형주, 그리고 양주의 민병은 격문을 날려 소집해 보정부로 와서 합하였을 것입니다. 이때를 당하여 조선은 이와 같은 용쟁호투의 사이에서, 항아리들 사이에서 탕관같이 부수어질는지, 언청이 입에 토란같이 벗어날는지[14] 결정할 수 없거니와 만일에 동양의 평화로운 국면이 이와 같이 찢

---

13) 사이공(西貢, 현재 호치민): 1862년부터 1954년까지 프랑스 보호령 코친차이나의 수도였고, 1954년부터 1975년까지는 남베트남의 수도였다. 메콩 강 삼각주 북쪽 사이공 강 연안, 남중국해에서 약 80킬로미터 떨어진 곳에 있다.

14) '언청이 아가리에 토란 비어지듯'이란 속담은 입을 잘 다물기 힘든 언청이 입에 든 토란이 그 미끈미끈함 때문에 자꾸 빠져나온다는 뜻이다.

어진다면 백년풍운이 어느 날에 그칠는지, 혈천육지(血川肉地)에 평화를 누가 논의하며, 황인종과 백인종이 함께 살 날은 기약할 수가 없었을 것입니다.

아, 하늘이 백성을 냄에 반드시 모조리 죽이는 이치는 없을 것입니다. 그러므로 청국이 수년 이래로 한 번 변하고, 두 번 변하고, 세 번 변하고, 네 번 변하여 내수외교에 정당한 도리와 우주 대세의 지극한 관계를 십분 각오하여 엄정중립의 약장(約章)을 준수하여 일본으로 하여금 만주에서 완전한 공을 세우게 하였으니 이와 같은 청국을 어찌 변하지 않았다고 하며, 어찌 미개하다고 하겠습니까?

하물며 최근 서태후의 의지가 돌변하여 지금 황제와 안으로 마음을 합하여 정사를 협의하여 헌정을 실행할 조칙이 중외에 반포되고 원세개 · 장지동 · 철량(鐵良) · 손가내(孫家鼐) 등이 헌법을 실시하여 상하 의원을 제정하고 일반 국사를 조화롭게 협의하게 하며, 정치의 개선과 관제의 변통과 법률의 개량과 화폐의 정리와 군제의 조직 등 제반 사무에 일일이 복역하니 노심초사한다고 할 만합니다.

남청(南淸) · 북청(北淸)에 지방 구역마다 유지신사가 학교를 설립하여 소학과와 중학과와 전문과의 가르침을 열심히 하고, 서양으로 나가려는 학생을 외국에 보내어 이학(理學)과 화학을 깊이 있게 강습하게 하고, 사회의 유지와 외국 망명객은 연설과 문장으로써 자국의 혼백을 불러일으키고, 재외에 있는 강유위 · 양계초 · 손문파의 혁명주의가 전국에 팽창하여 상하 사회의 정신기관이 되었으니 이와 같은 제반 경황으로 말하면 어찌 변하지 않았다고 하며, 변하였으나 효과가 없다고 하겠습니까. 이는 변하였고 잘 변한 것입니다. 그러므로 내가 판단하기에 중국은 궁하자 변하였고, 변하자 통하여 날마다 부지런히 30년을 하면 세계를 이끄는 나라가 되리라 한 것이니 그대는 깊이 생각해보시기 바랍니다."

밀아자가 다 듣고 절하고 말했다. "선생의 일장연설을 들으니 중국의 변천 정도가 수년 이래에 눈을 비비고 다시 보아야 할 만큼 발전했다고 하겠습니다. 외교 정책은 더욱 노련하여 이번 일러전쟁에 하나의 실수도 없음을 선생이 입이 닳도록 칭찬을 하시니 이것은 저도 일찍이 칭송하지 않을 수 없었던 점입니다.

선생께서 동양의 형세를 하나하나 조목조목 따져 운수를 셈하신 바를 들으니 먼 곳에서 벌어진 싸움의 승리를 결정함이 손바닥에 있는 듯하며 조금의 틈도 용납하지 않는다 하겠으며, 더욱이 감히 칭찬 한 마디를 할 수가 없습니다. 그러나 만주에 관한 일본과 러시아의 일로 문제를 내셨으나 이 만주에 이미 네 가지 문제가 있는데 무슨 뜻으로 한 가지 문제만 설명하시고 세 가지 문제는 말하지 않습니까? 만주의 네 가지 문제 안에 한 가지 문제는 선생이 이미 드러내어 밝혔으니 나머지 세 가지 문제는 제가 차례로 설명해보겠습니다.

저 만주의 위치가 위도로는 40도 밖, 60도 안에 있어 길이가 삼천 리이고, 경도는 넓이가 사천 리가 되는 지방입니다. 기후는 추위가 많고 더위가 적지만 땅이 매우 비옥하여 흑룡성은 말할 것도 없고 길림과 봉천 두 성(省)은 씨 뿌리고 심는 이로움이 하북성[15]과 산서성보다 못하지 않습니다. 그러므로 청국[16]이 천하를 경영함에 일반경비를 이 땅에서 생산되는 것 중, 땅에서 얻는 이익으로 충당한 것입니다.

40~50년 이래로 조선 서북지역의 백성이 관리의 탐학을 견디지 못하다 모아산(帽兒山) 아래 12도구(道溝)와 송화강(松花江) 안의 간도로 가거나 회인(懷仁) · 통화(通化) 두 현의 경계로 옮겨가 삽니다. 그런데 이들

---

15) 원문의 직례(直隷)는 하북성(河北省)의 옛 이름이다. 1928년에 하북성으로 개명(改名)하였다.

16) 원문에 애신각라(愛新覺羅)라 하였는데 청나라 왕조의 성씨(姓氏)이다. 곧, 청나라 마지막 황제는 애신각라 부의(愛新覺羅 傅儀)이다.

대부분 저 땅의, 땅에서 얻는 이익 한 종류만으로 의지하여 살아가되 그 생산물이 오히려 넉넉하니 그 땅의 풍요로움을 알 만합니다.

땅속의 이로움으로 말하면 금·은·동·철·납·석탄 등 여섯 가지 종류가 없는 곳이 없어 무한한 재원이 되는데, 개벽 이래로 이곳에 사는 백성의 지식이 어리석어 늘 유목과 어렵으로만 산업을 경영하였지 광업에는 애초에 마음을 두지 않아 무한한 재화를 무단이 땅속에 매장해두고 있는 것이니 현세 나라를 경영함에 뜻이 있는 사람이라면 누가 침을 흘리지 않겠습니까?

청국으로 말하자면 비록 '개명했다'고 하지만 이러한 사회를 경영함이 짐짓 발달하지 않았습니다. 그리고 보통의 시각을 가진 중국 만주인 일파는 그 주견이 더욱 달라 이 땅이 원래 옛 나라의 발상지이니 산맥과 지혈을 뚫거나 파괴하면 음덕에 손실이 있다고 생각하였습니다. 뿐만 아니라, 남쪽으로 나라의 터를 옮겨온 이후로부터 남중국을 애중히 하고 막북(漠北)지역을 괄시하는 마음이 생겨 심히 주의하지 않습니다.

한인(漢人) 일파는 중국에서 나고 자라 저 땅의 정절을 자세히 알지 못할 뿐만 아니라 원래 중국인의 학문과 사상은 옛날부터 중원이니 신주(神州)니 하는 지방만 귀중한 줄 알고, 오랑캐 땅이니 변방이니 하는 지방은 금덩이나 옥덩이가 있다 하여도 귀중하게 여기지 않습니다. 그러므로 옛날에 상해·홍콩·경주(瓊州) 등의 해안을 외국 사람이 요청할 때에 일반적인 조정회의 한 번 만에 동의하여 한 번 청하고 두 번 청함에 들어주지 않음이 없었습니다. 이것은 다른 것이 아닙니다. 이런 변방의 땅은 의리와 의향으로 입에 올려 관철할 만한 것이 없기 때문입니다. 그러므로 저 만주는 중국에게는 손가락을 꼽을 만한 소중한 땅이 아니니 이것이 만주의 첫 번째 문제입니다.

러시아가 오납령(烏臘嶺) 동쪽으로 국토를 넓게 점령하여 넓은 시베리아를 무수히 영지로 만들어 지도에 넣었으나 일단의 황량한 들판에 항만이 없으니 나라의 계책에 결점일 뿐만 아니라 뜻있는 사람이라면 가장 먼저 주의할 것입니다. 그러므로 함풍 7년(1857년)에 길림성에 소속된 블라디보스토크 항을 힘을 다해 나누어 가졌으니 그때 무지한 청국 사람은 역시 변방의 관계없는 땅으로 쉽게 허락하여 주었습니다. 비록 그러하나 이 항구는 동항(凍港)으로, 온항(溫港)이 아니니 잠깐 머무르는 임시 군항으로 사용하여 약간의 포대와 등대는 설비하지만 배를 만드는 공장의 무비소(武備所)나 선박이 집결하는 부두가 따로 없어 자연히 봉천 이남으로 우장이나 여순 등지에 온항을 경영하게 된 것입니다.

만일 여순·대련 등 온항을 완력으로 억지로 취할 때에는 하얼빈 이남으로 수천 리 되는 토지가 자연히 이 범위에 견인될 것이니 억측이 여기에 이른다면 어찌 하루인들 잊을 수 있겠습니까? 이때를 당하여 천만뜻밖에 갑오년 일청전쟁이 갑자기 생각납니다.

시모노세키 조약으로 인해 요동반도가 일본에 돌아갔으니 러시아인의 욕심과 러시아의 형편으로 어찌 참을 수 있었겠습니까? 삼천 길이나 되는 불같은 노여움이 뇌리에 부딪혀 나와 당일로 동양함대를 불시에 조직하고 독일과 프랑스 두 나라를 달콤하게 연합시켜 요코하마 해상에서 대항론을 제출하여 요동반도를 청국에 돌려주었으니 내용이야 어떻든 간에 외양으로 보면 러시아의 당일 행동이 천하의 공도요, 공법의 정의라고 할 만합니다. 그러나 몇 년이 지나지 않아 민활한 수단으로 러청은행을 설립하며 구방자철도를 건축하고 여순구를 조차한 뒤 군항으로 확장할 때, 노철산과 황금산에 포대와 등대를 건설하였습니다. 그런즉 여순 이북의 허다한 광산과 삼림과 철도 등이 러시아의 소유라고 하겠습니까, 아니라고 하겠습니까?

당일 세력으로 보았을 때 12년[一紀]이 지나지 않아 왼팔을 펼치면 조선 전국이 그 손바닥에 들어갈 것이고, 오른팔을 펼치면 청국의 황하

이북이 또한 그 손바닥에 들어갈 것입니다. 하물며 연합군으로 연경에 들어갔던 11만 군대가 동청철도 보호를 핑계로 만주에 주둔할 때에 주러일본공사 구리노 신이치로(栗野愼一郎)의 담판하던 입이 몇 번이나 타 들어갔지만 러시아가 한편으로 식언하고, 한편으로 군사를 늘리니 이는 눈 아래에 동양 삼국이 있지 않음은 차치하고, 구미 여러 나라의 공론도 역시 귓등으로 들음에 지나지 않는 것입니다. 이때를 당하여 청국 일대에 문병(文病)에 크게 취한 사람들의 도원춘몽(挑源春夢)은 물론이려니와 일본의 안목 있는 지사들의 마음이 모두 찢어졌겠습니까? 찢어지지 않았겠습니까? 찢어진 자는 죽었을 것이요, 찢어지지 않은 자는 살았을 것이니, 산 자는 무엇을 해야 합니까?

10년 세월에 소리를 삼키고 원한만 품을 뿐, 40만의 상비병과 25만 톤의 군함을 조직 확장한다며 해양도 밖의 눈 오는 밤중에 결사대가 헌신하고 압록강가 화포 중에 근위단이 앞을 다투더니 2년이 지나지 않아 200고지 철조망에 항복하는 깃발이 걸렸으며, 장춘 이남의 큰 도로에 개선가가 불리니 이것이 만주의 두 번째 문제입니다.

여순과 대련의 역사로 말하자면, 광서제가 등극한 이후로 청국에서 일본의 강성함을 꺼려 거액으로 특별이 구축한 것입니다. 갑오년 요동의 전쟁에서 일본 병사가 피를 흘리며 힘써 싸움으로써 시모노세키 조약 때에 청국에서 광명정대하게 일본에게 떼어준 것을 러시아가 간섭하여 청국의 토지를 강점하는 것이 옳지 않다고 논박하여 청국에 돌려주게 하고는 조차지로 개칭하고 자신들이 강점하였으니 풍속에 이른바 '수양딸로 며느리 삼기'[17]라 하겠습니다.

이때에 청국이 당한 바로 말하면 '할양'과 '조차'가 명칭은 비록 다르지만 나의 소유가 아닌 것은 한가지입니다. 일본이 당한 것으로 말하

---

17) '수양딸로 며느리 삼기'라는 속담은 두 가지 의미가 있다. ①경우를 따지지 않고 아무렇게나 제게 편할 대로만 일을 처리함. ②몹시 하기 쉬운 일을 함.

면, 풍속에 이른바 '게를 잡아서 물에 놓아 준다'는 것이 될 뿐만 아니라 사람에게 받은 수모가 이보다 심한 것이 없을 것입니다. 분노와 욕됨을 참은 지 10년인 오늘에 30만 민족을 죽거나 다치게 하고 돈 20억을 허비하여 러시아군을 대파하고 여순을 취하였으니 이런 날에는 비록 야심 가득한 러시아라고 해도 누가 감히 일본에게 입을 열어 옳으니 그르니 하겠습니까. 장하다, 일본이여! 시원하다, 일본이여! 대장부의 광명정대한 사업이요, 독립국의 명명백백한 공훈이로다. 그런즉 일본이 지금 이 여순을 장차 어떻게 조처하겠습니까? 명칭이 없을 수 없으니 청국에 조차할 것인지, 일본의 영지로 할 것인지 우리들은 판단할 수가 없습니다.

대개 러시아가 여순구를 빌려 사용할 때에 개평·해성·요양·봉천·개원·장춘·하얼빈·치치하얼에다가 직선으로 세력 범위를 만들어 시베리아 바이칼호까지 연결하였으니 그 마음을 추측하면 은연중에 만주 중심을 관철하여 자국의 세력선을 만든 것이거니와 지금 이 일본은 여순을 사용하는 방법을 어떻게 작정하려는지요? 대련만과 해양도로 조선 해협을 통과하여 현해탄으로 문사항(門司港)에 연결하려는지, 조선에 경의선과 경부선 두 철로가 성립되었으니 대고산(大孤山)과 수암(守岩)을 통과하여 안동현과 사하자(沙河子)로 용만선(龍灣線)에 연결하려는지 짐짓 알 수 없습니다.

만일에 러시아의 야심과 같이 육지에다 세력선을 확장한다면 조선은 자연히 그 세력의 중심에 처하여 보호국이 될 것입니다. 조선을 보호국으로 만들면 조선의 낭패는 고사하고 일본의 위대한 명성과 정대한 공업이 하루아침에 사라지게 되어 만행을 저지른 러시아와 난형난제가 될 것입니다. 만일 이와 같이 된다면 을미(1895)년 일청조약의 항목에 '조선자주'란 말과 계묘(1903)년 일본 조칙에 '독립담보'라고 한 금석 같은 글을 일본정부에서는 지워버리고 싶어도 이러한 돌 같고 쇠 같은 글이 천하만국인의 이목을 통과하였고, 한국과 청국 두 나라 사람들의 폐부에 날인이 되었으니 이 금석문은 비록 상제라도 졸지에 씻어버릴 수 없을 것입니다. 그러니 한국과 청국의 인사들이 일본을 은인으로 환영하겠습니까? 원수로 미워하겠습니까?

최근 서양의 세력이 점점 동으로 밀려와 황인종과 백인종이 저마다 자기 종족을 애호하여 각기 당을 만들고 있습니다. 이때에 황인종인 한·일·청 세 나라의 인심이 갈라져 서로 화목하지 못하면 이는 골육상잔과 다를 바가 없습니다. 한국과 일본, 청국 정부의 의지와 방침이 어떻게 정해질지, 사소한 미움과 작은 이익은 절대 생각하지 말고 대세와 큰 이익을 각차 계획해야 할 때가 오늘이니, 이것이 만주의 세 번째 문제입니다."

선생이 다 듣고 길게 탄식하며 말했다. "바야흐로 오늘날 천하의 일을 생각하면 차라리 입을 다물고 싶은 심정이라 하겠습니다. 요즈음 동서각국의 이른바 교섭이니 친목이니 협상이니 밀약이니 하는 제반 행위를 보면 그 말은 보살이나 그 수단은 대부분 호랑이와 표범의 짓입니다.

아, 서구의 지나간 역사는 일단 제쳐놓고 동양의 최근 역사로 말하자면, 필리핀은 원래 스페인의 식민지였는데 미국에서 불심(佛心)을 크게 발휘하여 굴레를 벗기고 독립을 시켜준다고 하더니 체면을 돌아보지 않고 두 손으로 움켜잡아 자기 나라의 물건으로 만들어버렸습니다. 프랑스는 베트남의 내란을 평정한다고 하면서 군대를 이끌고 국경으로 들어가더니 공법을 돌아보지 않고 보호국으로 인정하였습니다. 청국에서 일본에 양여한 요동반도는 러시아가 공론을 제기하여 청국에 돌려준다고 하더니 '조차(租借)'로 이름을 바꾸고는 강제로 점거하였습니다. 일본은 시모노세키 조약 제1조에 청국과 관계를 맺고 있는 조선을 독립국으로 확정하더니 최근 경부철도와 경의철도를 건축하여 은근히 세력을 확장하였습니다. 그런즉 지금 여순 동쪽으로 육지의 선로가 확장되면 조선이 어찌 그 범위를 특별히 벗어날 수 있겠습니까.

아, 세간의 이른바 만국공법이란 것도 역시 유명무실한 종이 위의 헛된 글로 청국에서 으뜸으로 여기는 『시경』, 『서경』의 경전과 흡사하게 되었습니다. 그러니 어느 나라를 막론하고 제 나라를 스스로 도와 자강력을 유지하지 않으면 나라를 보존할 수 없음은 지금 시대의 공공연한 예가 되었습니다. 그대 역시 조선 사람이니 오늘날 조선이 일본에 속박된 것을 어찌 애통해하지 않으리오마는 자강력으로 자립하지 못하고 보면 누구는 후덕하고 누구는 박정한 게 없을 것입니다.

가령 만주전쟁[러일전쟁]에서 일본이 패하고 러시아가 이겼다면 러시아는 조선에게 무슨 부처 같은 마음으로 독립과 자주를 침해하지 않고 행복을 누리게 하겠습니까. 작년에 용암포를 점령하던 행위를 보면 반드시 전국을 집어삼킬 것이니 다시 무슨 말을 하겠습니까.

지금 이 세계의 상황으로 말하면 오대양 육대주 안의 69개 나라 중에 영국·프랑스·러시아·독일 같은 큰 나라는 매번 병력, 민력, 물력, 재력으로 각기 그 나라를 보호하는 것이요, 작은 나라인 스웨덴·덴마크·네덜란드·벨기에 같은 나라는 매번 도덕의 힘과 학문의 힘으로 공법을 삼가 지켜 각기 그 나라를 보호하고 있습니다.

조선은 어떤 실력이 있으며 어떤 능력이 있어 스스로 나라를 보호할 것인지요. 4천 년 자주국으로 중간에 몽고와 거란 등에 의한 약간의 침략이 있었으나 이는 피차 세력이 비슷한 상황에서 조금의 우열로 싸운 것이지마는 지금 저 일본은 전체가 특색이 있는 활물(活物)인즉 약간의 우열로 비교할 것이 아니니 국가의 운명은 차치하고 민족의 앞길이 십분 염려되는 것입니다. 한반도 청년은 용맹하면서도 빠르게 진보해야 할 것입니다."

밀아자가 다 듣고 슬픈 마음을 가누지 못하여 목이 메여 대답했다.

"하늘이 백성을 냄에 반드시 지도자가 있다[18]고 한 것은 정한 이치이온데, 오늘날 동남아시아가 어쩌다가 불운하게 되어 대성인과 대영웅이 여기에 태어나지 않아 죄 없는 백성들이 참혹한 재앙에 빠지게 되니 하늘이 어찌 그리도 무심하며, 어찌하여 이 지경에 이르게 한단 말입니까."

선생이 말했다. "그대가 어찌 그리 어리석습니까. 영웅이 어찌 나지 않는다 말합니까. 지금 저 일본에 영웅이 배출되었으니, 정치가로는 오쿠마 시게노부(大隈重信)·이토 히로부미(伊藤博文)와 같은 여러 사람이 있고, 군인으로는 야마가타 아리토모(山縣有朋)·오야마 이와오(大山岩) 같은 여러 사람이 세상을 덮을 영웅입니다. 그들의 영웅적인 사업을 견주자면 독일의 비스마르크와 이탈리아의 카부르를 능가합니다.

왜 그런가 하면 비스마르크는 게르만을 연방하여 미약한 독일을 오늘날 강대한 국체로 만들었고, 카부르는 여러 세대 동안 부패하였던 이탈리아를 젊은 국체로 만들었으니 이 두 사람의 사업이 비로소 영웅의 반열에서 으뜸을 차지합니다. 비록 그러나 무릇 국가의 성적은 첫째는 풍속과 기풍을 세우는 것이고, 둘째는 실력을 축적하는 것입니다. 비스마르크와 카부르는 각기 자국의 유래하던 풍속과 기풍과 백성의 뜻과 실물과 학문의 기반에 기대어 일은 반만 하고도 공은 배가되는 사업의 중흥을 성립하였습니다. 그런즉 중국의 옛사람인 범려(范蠡)의 공훈에 불과한 것입니다.

이토 히로부미, 오쿠마 시게노부, 야마가타 아리토모, 오야마 이와오 등 여러 사람으로 말하자면, 본국에 전래하던 풍속과 기풍과 민속이 유럽과 다르고, 물질과 학문이 유럽과 같지 않아 문명이란 실마리와 부강

---

18) "天生烝民, 有物有則." 『시경』 「대아」〈탕지십(蕩之什)〉.

이란 기본은 한 오라기 혹은 반 점도 본디 없던 것인데 풍속과 기풍을 세우고 물력을 축적하여 생지돌출로 국체를 성립하여 구미열강과 대등하게 병치하였으니 이는 창업의 공훈으로 중국의 옛사람인 상앙(商鞅)의 유신과 흡사합니다.

어떤 사람은 말하기를, '일본은 지난날 요시다 쇼인(吉田松陰)과 승려 월조(月照)와 같은 영웅이 시세(時勢)를 만들었고, 시세를 만든 뒤에 그 시세가 산조 사네토미(三條實美)와 이와쿠라 도모미(岩倉具視)와 같은 영웅을 만들었으니 오늘날 이토 히로부미나 야마가타 아리토모 등 여러 영웅도 역시 시세가 만든 영웅이라 하겠습니다'라고 합니다.

대개 세상의 영업가로 비유하면 어느 정도의 자본이 있는 사람이 능활한 수단으로 조금 쌓고도 크게 이루기는 오히려 쉽다고 하겠거니와 자본이 거의 없는 빈손과 맨주먹으로 동쪽에서 빌리고 서쪽에서 취하여 허공에 엮어 실업가를 이루기는 지극히 어려운 것입니다. 국가란 것은 풍속과 기풍과 백성의 지혜가 자본이 되어 당국의 일을 하는 사람에게 얼마간의 기본을 만들어주는 것입니다. 그런데 40년 전 일본에 무슨 풍속과 기풍의 문명 자본과 백성들 지혜의 실업 자본이 있어 당국인에게 일을 할 자본을 제공하였단 말입니까? 아마도 본전 없는 큰 상인이라 하겠습니다. 그러므로 이토 히로부미와 가쓰라 다로(桂太郎) 같은 여러 원로는 모두 당시 무자본의 영웅이라 하지 아니할 수 없습니다."

밀아자가 약간 흥분하여 대답했다. "선생의 말이 어찌 그리 살피지 못한 것입니까. 무릇 영웅의 도는 광명과 정직을 날줄로 하고, 능대와 능소를 씨줄로 하여 대범하게 할 때는 광풍제월(光風霽月)[19] 같고, 세밀

---

19) 광풍제월(光風霽月)은 '비 갠 뒤의 상쾌한 바람과 맑은 하늘에 뜬 밝은 달'이란 뜻이다. 이 말은 중국 북송의 시인 황정견(黃庭堅)이 당대 유학자 주돈이(周敦伊)의 인품이 고상하고 도량이 넓음을 칭송한 말이다.

하게 할 때는 귀신도 헤아리지 못하게 하여 만리 앞길에 승패를 질정하며, 백년 나라 계책에 이해를 판단합니다. 어떤 일을 막론하고 일에 임함에 순서와 주점(主点)과 객점(客点)을 나누어 판단하고 질정한 뒤에 주점으로 강(綱)을 삼고, 객점으로 목(目)을 삼으니, 주점과 객점의 강과 목이 나누어 서지 않으면 단지 이익이 없을 뿐만 아니라 해로움이 반드시 접근하는 것입니다. 그러므로 큰 영웅의 큰 사업은 주점과 객점의 강목이 분명하게 분립되지만 사람들이 보기는 어렵습니다.

옛날에 장량(張良)이 천하를 몰아 한나라 황실을 창업한 일로 한 시대의 영웅이라 하지만 영웅으로써 장량의 심지와 사적을 평가한다면, 유씨(劉氏)를 위하여 항우를 사로잡고 천하를 평정하여 공훈을 세운 것이 큰 행동임은 분명하나 이는 객점에 불과합니다. 진(秦)나라를 멸하여 조국의 원수를 갚은 것이 곧 주점인 것입니다. 무릇 영웅이 일에 임하여 주점과 객점을 혼돈하여 판단하지 못하면 참된 영웅이라고 할 수 없습니다.

저 일본의 국정을 담당한 여러 사람을 참된 영웅이라고 말할 것인지 가짜 영웅이라고 말할 것인지는 판단할 수 없거니와 오늘날 동양에서 국가를 개혁하여 문명에 나아가며 사물을 확장하여 부강을 계획하는 천 가지 만 가지 일이 그 실질을 궁구하면 모두 객점에 불과하며, 서세동점하여 약육강식에 대한 것이 바로 주점이 된다고 할 것입니다. 그런즉 동양의 인종이 일치단결하여 서세동점의 약육강식하는 환난을 방어함이 제일의 주점으로 강(綱)이 됨은 비록 삼척동자라도 환하게 알 것인데 일본의 당세 영웅으로써 어찌 이와 같이 어두워 주객의 변별과 강목의 순서를 멍하니 알지 못하는지요.

옛날에 일본의 도요토미 히데요시가 무단히 조선을 습격한 일을 오늘 공변되게 말을 하자면 만행이라 할 것이며, 얼마 전에 유구국을 병탄한 일을 오늘 또 말하자면 역시 이리의 마음이라 할 것입니다. 누구든지 자신의 세력이 충분하면 만행과 이리의 마음을 어찌 망설이며 자신의 탐욕을 채우지 않겠습니까마는 늘 세력이 미치지 못하거나 시국에 이끌리거나 공의(公義)에 저촉되어 불같은 욕심을 발전시키지 못하는 것입니다. 진시황과 나폴레옹이 정벌할 당시에 방관자나 멸망당한 자 중 그 누가 입을 열어 만행이니 이리의 마음이니 하고 항의한 자가 있었으며, 본인 역시 만행이나 이리의 마음을 몰랐던 것이 아니로되 때가 되어 그렇게 한 것이니 누가 감히 상대가 되어 저항하겠습니까.

그런즉 일본이 당초에 사이고 다카모리의 정한론(征韓論)을 수용하여 병사를 내어 한국을 쳐서 다행히 승리를 하면 계속 몰아 크게 나아가 요양과 봉천을 점령하고 병사를 두 부대로 나누어 북쪽으로 흥안령을 지키며, 서쪽으로 산해관을 공격하면 성패와 길흉은 예상할 수 없지만 호쾌한 영웅의 쾌활한 수단이 될 것입니다. 그러나 이렇게 하지 못하는 것은 주점과 객점이 분명하여 질서를 조심스럽게 살피지 않을 수 없기 때문이며, 시국 관계가 매우 어려워 이해를 헤아리지 않을 수 없기 때문입니다.

그러므로 오늘 일본이 동양에 위대한 세력을 보존하고 영웅의 이름을 얻었지만 만일 조선에 대하여 오랑캐의 마음으로 국권을 침해한다든지 이익을 늑탈한다든지 하는 사리 밖의 행동을 한다면 이는 사람을 죽임에 몽둥이를 쓰는 것과 칼을 쓰는 것이 차이가 없는 것과 같습니다. 오늘날 일본의 세력으로 병마를 정돈하여 조선과 자웅을 판결함이 지극히 어렵지 않은데 은밀한 방법을 찾고 괴이한 행동으로 구차하게 정신을 허비하여 인권을 능멸하며 국체를 잠식하여 천 년의 나라를 사라지게 한다면 겉으로는 잘 꾸몄다고 하겠으나 안으로는 격렬한 충돌이 일어날 것입니다. 만약 이와 같은 일이 발생한다면 공정한 눈들이 지켜볼 것이며, 대중의 분노가 폭발하여 우애가 끊어질 것입니다. 그런즉 조개와 도요새의 싸움을 스스로 만들어 어부를 기다리는 격이니 애통하지 않으며, 안타깝지 않겠습니까!

아, 4백 년 이래로 유럽의 각 나라에 민족의 활동력과 항해력이 크게 발달하여 동남의 여러 바다에 선박이 가지 않는 곳이 없으며 나라를 빼앗고 인권을 짓밟는 것을 마치 의무처럼 하여 무한한 이익을 마음대로 취합니다. 토지와 광산, 철로와 삼림 등 허다한 관계로 어떤 때는 공법을 빙자하고, 어떤 때는 군사를 사용하여 온갖 침해가 사람이 하지 않음이 없고, 나라가 감당하지 않음이 없습니다. 그러나 동양의 민족은 비록 한 나라도 유럽의 한 모퉁이에 들어가서 조그만 땅 한 조각을 엿보지 못하고, 유럽의 한 사람에 대하여 조그마한 권리를 침탈하지 못함은 이 세상의 사람과 짐승과 초목이 모두 압니다.

천만뜻밖에 일본민족이 스스로를 닦고 독립하여 유럽의 제일가는 강국인 러시아를 작년 만주 국경에서 대파하여 몰아내고 토지를 나누어 가졌으며 배상을 문서로 작성하였으니 천고에 드문 사업이라 하겠으며, 세계만방에 기념할 표적(表蹟)입니다. 마땅히 동아시아 여러 나라가 일제히 환영하고 일시에 숭배하여 소나무가 무성하면 측백나무가 기뻐하듯이[20] 정성을 표시해야 할 터인데 짐짓 이렇게 하지 않는 것은 동남아시아 여러 나라의 식견이 흐릿하고 정신이 맑지 못하여 여전히 일어나지 못할 뿐만 아니라 일본의 움직임이 수상하고 질서가 마땅함을 잃어 이웃나라가 의심하도록 스스로 만든 것입니다.

무슨 말인가 하면, 지난번에 고무라 주타로 외상이 워싱턴에 가서 화친조약을 결정할 때에 사할린 절반을 약장(約章)에 넣었으니 이는 백인종의 소유물일 뿐만 아니라 패전국의 배상형벌 조항이니 받아들일 수 있는 것으로 괴이할 것은 없지만, 한국 내에서 우월권이란 조목은 근거가 없고 마땅함을 잃은 것이라 하겠습니다. 한국이 원래 러시

---

20) 소나무가 무성하면 측백나무가 기뻐한다는 송무백열(松茂栢悅)은 친구의 잘됨을 벗이 좋아한다는 뜻이다.

아의 속국이 아닌데 러시아가 화친을 구하는 조약에 한국이 무슨 상관이 있는지요.

옛날 시모노세키 조약 때에는 한국이 본시 청국과 관계가 있는 나라이므로 그 조약 문서에 들어간다고 하거니와 한국과 러시아는 전혀 상관이 없는데 무슨 이유로 이 조약 문서에 들어가겠습니까.

일본이 한국에 대하여 진정으로 큰 욕심이 있다면 지금 저 일본 세력으로 어떻게 주선하든지 스스로 자기 수단으로 자유롭게 자행할 터인데 어찌 일찍이 구차하게 수만 리 밖 유럽 백인종의 조약 문서에 끼워 넣는단 말입니까. 저의 심중에는 십분 의아한데 선생의 심중과 천하 사람의 심중은 어떠한지요.

또 미국 대통령이 저 화친 조약에 중재자가 되었으니 만일에 한국이 유럽과 미국 사이에 있는 나라라고 한다면 반드시 자기 당을 사랑하는 의리로 크게 놀라고 조금 괴이하여 만 가지로 따르지 않을 것인데 한국은 황인종의 한 나라인 관계로 내가 상관할 것이 아니라 하여 다른 사람에게 맡기고 묻지 않은 것입니다.

아, 슬프다! 제가 크게 바라는 바가 끊어졌습니다. 지난번에 일본이 만주에서 승리하던 날에 제가 소식을 듣고 홀로 기뻐하고 자부하여 일본사람보다 백배 춤을 춘 것은 일본정부가 장래의 정략을 차례로 해결한다면 동양평화가 만년무궁할 것으로 헤아리고 기쁨을 이기지 못한 것입니다.

왜 그런가 하면, 일본의 지난 역사는 두고, 40년 유신 이래의 역사로만 보더라도 국내 민족이 서로 화목하지 못하여 각기 당파로 목숨을 버리며 공격하고 싸우기를 능사로 하였으니 이는 국내경쟁이라고 하겠습니다. 그러다가 갑오년에 청국과 싸움이 시작되었으니 이는 외교경쟁이라 할 것입니다. 외교경쟁이 이미 발생한 뒤에는 지난번 내부 투쟁을 하며 서로 원수같이 보던 국내경쟁이 하루아침에 화해하여 혼성

연합으로 한 덩어리 애국당이 되었으니 이는 인정의 순서요, 물리의 자연스러움입니다.

또 재작년에 러시아와 전쟁을 한 것은 인종경쟁이라 할 것입니다. 인종경쟁이 이미 발생하고 보면 원수지간인 오나라 사람과 월나라 사람이 같은 배에 탔다가 풍랑을 만나자 한마음이 되어 풍랑을 헤쳐나가는 것과 같은 형국입니다. 지난번 청일양국의 외교경쟁이 발발하자 원수의 마음이 하루아침에 물이 흘러가고 구름이 허공에 흩어지듯 이 역시 혼성연합으로 한 덩어리 애종당(愛種黨)을 만들어내었으니 이 역시 시세의 자연스러움이고, 인정의 순서입니다. 하물며 이 일러전쟁에서 우리와 같은 색인 황인종이 승리하고 다른 색인 백인종이 패한 것이 아니겠습니까. 그러므로 소식을 듣고 손과 발이 춤을 춘 것입니다.

그런즉 일본의 장래 정략이 어디에 있을지 제가 판단하기로는, 현재 아시아 내에 우리와 같은 황색인종 중에 베트남이 30년 동안 백인종인 프랑스에게 속박당하여 파란만장한 고통에 빠졌으니 어찌 슬프지 않겠습니까. 우리와 같은 황인종이라면 같은 당을 사랑하는 마음이 누군들 없지 않을 것이며, 같은 당을 사랑하는 의리를 누군들 알지 못하겠습니까마는 현재 저 청국은 남쪽 북쪽으로 대응하느라 눈코 뜰 사이가 없으니 생각이 다른 데 미칠 수가 없고, 지금 우리 조선은 병사가 미약하고 장수도 적어 자신이 궁하여 남을 돌볼 처지가 못 되니 달리 무슨 말을 하겠습니까.

이러한 오늘날에 우리와 동종인 일본이 특별히 우뚝하게 나타나 문명부강이 동양에서 으뜸이 된 것입니다. 수백 년 엎드렸던 황인종의 대표로 수백 년 악행을 하던 백인종의 선봉 러시아를 크게 격파하였으니 이보다 더한 다행이 없으며, 이보다 더한 경사가 없습니다. 그런즉 일본의 이번 거사가 우리 황색 인종계에 첫 번째 의무가 된 것이니 만약 두 번째 의무로 말한다면 군함을 동경만에 진출시켜 주둔하고 육군을 대만섬에 출병시켜 머무르게 하고 대사를 파리에 보내어 대의로써 논박하고 공법으로 재제하여 베트남의 어려운 상황을 구하고 프랑스 관리를 쫓아 보내면 일본의 공훈이 어떠하다고 일컫기 어려울 뿐만 아니라 현재 교주만을 차지한 독일과 위해위를 점령한 영국은 일본의 혁혁한 공의와 당당한 위신에 자연 두려워 굴복하여 서로 압박을 풀고 돌아갈 것입니다.

일본이 첫 번째는 러시아를 대파하고, 두 번째는 프랑스를 물리쳐 보내고, 세 번째는 영국과 독일이 압박을 풀고 돌아가게 한다면 일본의 높은 공훈이 천지에 가득하기도 하겠지만 이 이후로는 동양 여러 나라가 모두 감복하고 감응하여 이익과 권리에 있어서 일본이 입을 열면 응하여 따르지 않음이 없을 것이니, 일본의 위신과 세력이 과연 어떠하겠습니까. 천지가 동서로 나누어진 이후에 첫 번째 큰 사업이 됨은 비록 삼척동자라도 모르지 않으며, 헤아리지 못할 것이 아닙니다.

그러나 천만뜻밖으로 만주에서 승리하던 당시에 가장 가깝고 가장 친한 어질고 약한 동종의 조선을 향하여 새로운 조약을 체결하여 인심을 놀라게 하고 국권을 빼앗았으니 선생이 일컫는 일본의 대영웅이라 하는 원로가 하는 일이 과연 이와 같은 것입니까? 비유하자면 만금을 가진 자본가가 장사를 하면 충분히 이익을 얻을 수 있는데 이렇게 하지 않고 가난하고 어린 동복형제의 집에 가서 부엌에 있는 단 한 개의 솥을 빼앗아 오는 격이니 이 어찌 차마 행할 일이며, 이 어찌 차마 말할 일입니까?

지금 저의 말을 당세의 이른바 개명가나 지식인에게 비평하라고 하면 일본이 서양에 대하여 이와 같은 망령된 짓을 할 때 서양이 어찌 말 없이 보고만 있겠습니까. 반드시 영국·독일·프랑스·러시아가 수많은 병력을 보내는 날에는 고립무원한 일본이 어찌 지탱할 수 있겠습니까라고 할 것입니다.

이는 배우지 못해 무지한 식견입니다. 일본이 참으로 이렇게 하여 성적(聲蹟)과 물망(物望)이 동반구에 가득 차면 우선 청국·조선·베트남·미얀마·태국 등 여러 나라에 동종을 사랑하는 사회가 성립하여 일본을 사장으로 추천하여 정하고, 일단의 황인종이 한마음으로 하나가 되어 동서로 나누어 황백이 분립할 것이니 설혹 서구의 백인종이 대포 실은 배와 기병과 보병의 육군을 무수히 보낸다고 하더라도 황인종은 조금도 두려워할 것이 없습니다. 미얀마·베트남·조선 세 나라는 병사가 많지 않으니 마음과 정신력으로 단합할 것이고, 청국과 태국은 해군과 육군의 병력이 한 모퉁이를 막기에 충분할 것이요, 일본은 지금 이후 몇 년간 병력을 조직한다면 군함이 대소 아울러 150척에 40만 톤은 충분할 것입니다. 육군으로 말하면 현역 부대에 보병·기병·포공(砲工)과 후비대와 예비대와 위생대와 헌병대를 합하면 80~90만이라도 충분히 내보낼 수 있을 터이니 무슨 두려움이 있겠습니까.

만약 황백 인종이 우의가 깨어져서 동서에 분립하고 영국·독일·러시아·프랑스가 대거 연합하여 천 척의 군함과 백만의 육군이 일시에 온다하여도 두려워할 것이 없습니다. 만약 황인종과 백인종이 양쪽으로 나누어 싸우게 된다 해도 백인종에게는 다섯 가지 결점이 있지만 황인종에게는 한 가지 결점도 없으니 총명한 백인종이 어찌 동양인에게 분쟁을 일으키려고 하겠습니까.

정확하게 다섯 가지 결점을 차례로 설명하겠습니다. 황백인종이 동서로 분립하는 날에는 인도 전국이 어찌 침묵하며 움직이려 하지 않겠습니까. 반드시 시세를 타고 일어나 독립이니 자주니 하고 큰 소요를 일으킬 것이니 이것이 백인종의 첫 번째 결점입니다.

인도가 소요를 일으키면 부근의 여러 나라, 아프카니스탄과 페르시아 등도 반드시 조용하지 않아 백인들의 일에 장애물이 될 뿐만 아니라 남쪽으로 싱가포르·홍콩으로부터 상해의 양자강 내지에 이르기까지

백인의 세력선과 재력선으로 연결된 곳이 또한 공황 상태가 될 수 있으니 이것이 백인종의 두 번째 결점입니다.

유럽이 비록 '부강'하고 시베리아 대철도가 비록 '완비'되었다고 하더라도 수만 리 길에 백만의 육군을 보내려면 필연코 해를 넘겨야 할 뿐만 아니라 군수품과 무기의 운반 경비를 어떻게 마련할 것이며, 머리와 꼬리가 혼잡하여 질서가 잡히지 않을 것은 말하지 않아도 알 것입니다. 또 주객의 형세로 쉬면서 힘을 비축했다가 피로한 적군을 맞아 싸우는 상황을 면하기 어려운 점이 있으니 이것이 백인들의 세 번째 결점입니다.

군함 천 척은 말은 쉬우나 사용은 매우 어렵습니다. 무릇 선박이 비록 '물 위에 떠 있는 물건'이라고 하지만 전투에 사용할 때에는 큰 육지 해변의 완비된 근거지가 없으면 사용할 수 없는 물건이니 서구와 아시아가 각기 나누어지고 보면 백인의 군함이 동양 어느 곳에 군항의 근거지를 만들겠습니까. 이것이 백인종의 네 번째 결점입니다.

서양이 비록 '매우 부유하고 매우 강하다'고 하더라도 만약 바다와 육지 사이에서 일본과 전쟁을 한다면 청국 대륙 어느 곳이든지 의탁하여 접촉하지 않고는 동작과 방편이 불가능할 것입니다. 그러므로 청국이 지금 비록 미개하여 외국인의 모멸을 당하지만, 동양에서 어느 나라를 막론하고 서로 와서 전쟁을 할 때에는 그 승패가 청국의 움직임 여하에 완전히 달려 있다고 할 것이니 이것이 백인종의 다섯 번째 결점입니다.

백인종에게는 이 다섯 가지 결점이 있고 황인종에게는 이 다섯 가지 결점이 없으나 저 일본의 내각 정략이 서세동점하여 약육강식하는 주점은 돌아보지 않고 눈앞 작은 이익의 객점만 탐하여 한국·청국 두 나라와 화목해야 할 정의를 크게 잃고 동양반구의 대업에 때를 잃으니 큰 영웅이라고 하는 원로의 마음을 실로 이해할 수가 없습니다."

선생이 다 듣고 웃으며 말했다. "무릇 헤아리기 어려운 것은 영웅의 움직임입니다. 영웅은 일을 도모함에 반드시 먼저 시기를 살펴 시기가 이르지 않으면 망령된 행동을 하지 않습니다. 그러므로 유비는 문을 닫고 채소를 심으며 때가 오기를 기다렸고, 왕맹(王猛)은 환온(桓溫)을 격퇴하고 연(燕)이 병들기를 기다렸으니[21] 일본의 여러 영웅의 움직임은 참으로 추측하기 어렵습니다.

지난 갑오, 을미 두 해에 조선의 유신 사무에 대하여 일본이 온 마음으로 뜻을 두더니 을미년 겨울에 이범진(李範晉)과 이윤용(李允用)의 악한 짓으로 조선과 러시아가 졸지에 밀접하게 되었으니 당시에 누가 화를 참을 수 있었겠습니까마는 조금도 마음을 움직이지 않고 태연히 지내다가 실력이 완성되고 시기가 도래한 뒤에 인천 바다에서 처음 대포를 쏘고 철령 뒤 기슭에서 마지막 대포를 멈췄습니다.

일본의 지식으로 이날에 서세동점이 주점임을 어찌 몰랐겠습니까마는 반드시 기다리는 바가 있어 일부러 움직이지 않았거니와 한국과 청국 두 이웃나라에 대해 행동이 수상함은 나 또한 이해할 수 없는 것입니다. 뒷날 일본이 서양 세력과 전쟁을 치르는 일이 있을 때에는 청국과 업원(業冤)되는 원인이 될 터이고 이는 세상이 모두 살피지 못한 것이니, 지금 그것을 말하겠습니다.

당초에 러시아가 여순구를 차지할 생각이 뱃속에 가득하였지만 여러 나라의 눈이 있으니 세상 사람의 공박을 혼자 감당하지 않을 생각과 별도의 많은 흠절을 엄호할 계책으로 고의로 독일을 건드려 먼저 교주

---

21) 369년(태화 4년) 동진의 대사마 환온이 연을 공격했다. 그러자 다급해진 연은 호뢰(지금의 하남성 사수현) 서쪽 땅을 전진에게 떼어주겠다는 조건으로 구원병을 요청했다. 군신회의에서 여러 신하들은 이를 반대했지만, 전진의 왕 부견은 환온이 물러나면 연도 골병이 들 것이라는 왕맹의 의견을 받아들여 연을 도와 환온을 물리쳤다. 이후 연은 왕맹의 예견대로 내부의 갈등이 심화되었고, 국력이 쇠약해져 결국 왕맹에 의해 무너졌다.

만을 강점하게 하고 이어서 자신들이 여순구를 차지하였습니다. 이때 영국은 그 눈치를 채고 위해위를 차지하였으며, 프랑스는 복건성에 항만을 청구하였고, 이탈리아는 삼문만(三門灣)[22]을 요구하였습니다. 이에 앞서 영국이 전라도의 거문도를 점령할 때에 러시아가 절영도(현: 부산 영도)를 빌려 가니, 영국이 러시아가 절영도를 빌려 감을 꺼려서 자신들이 점유한 거문도를 돌려주고 러시아가 빌려 간 절영도에 대해 놀리면서 방해하였습니다.

이와 같은 무대를 보면 백인종의 눈에는 한국과 청국 두 나라가 모두 없는 것이 오래되었을 뿐만 아니라 옆에 있는 일본 역시 어린아이로 간주하여 이러한 망령된 행동을 마음대로 자행한 것입니다. 수년 이래로 청국이 십분 개오하여 이런 망령된 행동은 다시 받지 않으려니와 일본이 저간 소모한 경비가 그 수억은 아닐진대 몽고 동쪽으로 관동 일대와 화목하고 타협하여 상업과 공업의 이익을 도모하지 않을 수 없을 것입니다. 그런즉 북양 일대와 관동 일대를 주의하고 애호함이 일본이 청국보다 열배인데 청국과 일본의 관계가 이와 같이 견인된 오늘날에 가장 근심되는 것은 미국입니다.

왜 그렇게 말하느냐 하면, 미국은 동쪽 반구에 있으며 역사로 말하면 개국한 것이 지금 130년인데, 부유하기가 세계에서 일등으로 손꼽히면서도 미국 밖을 향하여 토지를 약탈하거나 정벌에 종사한 적은 별로 없고 상업과 공업 두 업종만 주로 하던 나라입니다. 그런데 최근 서구 각 나라에 이끌려 상권(商權)과 공업이 대부분 확장되어 세력 균형을 이루지 않은 지방이 별로 없으니 자가의 상업과 공업 기술을 신장하려고 하면 태평양 일대를 벗어나지 않을 것입니다. 그러므로 수년 전에 필리핀에 대하여 만행을 저지르기 시작하였고 지금은 청

---

22) 중국 절강성 영파에 있음.

국 전 지역에서 상업과 공업을 신장하려고 매우 주의할 것입니다.

일본도 오늘날 제일보의 상공업이 역시 이 동청(東淸) 일대에서 발전될 것이니 일본과 미국 두 나라의 우의가 비록 '돈독하고 친밀하다'고 하나 재화와 이익에서의 화목함이란 이치가 없습니다. 만약 청국이 일찍 스스로 개명하여 자국 내에 소유한 이익이 많은 곳과 재원(財源)을 타인에게 양도하거나 뺏기지 않고 청국 민족이 스스로 짊어지고 조직하면 무사하려니와 그렇지 않으면 일본과 미국의 전쟁은 면하기 어려운 점이 있습니다. 태평양에 전쟁이 일어날 가능성이 멀면 10년이고, 가까우면 5년입니다. 이때를 당하면 청국과 일본 두 나라 간에 특별한 관계가 생겨 이른바 500년 업원이 될 것이니 그대는 그것을 알고 있습니까?"

밀아자가 한참을 깊이 생각하다가 갑자기 깨달은 듯 대답하였다. "선생은 이 세상의 현명한 사람이라고 하겠습니다. 만일 일본과 미국이 싸워 태평양의 바람과 구름이 색이 바뀌게 되면 그 전략을 딱 맞게 방책을 짜기가 매우 어렵겠지만 제가 오늘 선생의 앞에서 우매한 지식으로 동양에 앞으로 전개될 정세의 실상을 설명해보겠습니다.

대개 서양 여러 나라가 수백 년 이래로 병(兵)·농(農)·공(工)·상(商)의 각 분야에서 기량을 힘껏 경쟁하여 세력의 균형을 맞추는 것을 위주로 하여 비록 문학과 예악이라도 겸양의 풍조는 전혀 없고 오로지 경쟁의 마음만 길렀습니다. 그러므로 각 나라의 부강이 일취월장이라 할 만합니다. 그중에서도 러시아가 더욱 심하여 표트르 대제의 유지를 하나같이 따르고 실행하여 사나운 짐승이 제멋대로 날뛰듯이 한 세상에 우뚝 솟아 유럽과 아시아 두 대륙에 그 세력이 미치지 않는 곳이 없어 크고 작은 여러 나라가 그 피해를 당하지만 여러 나라들이 감히 화를 내거나 말을 하지 못하는 것은 그 세력의 사나움을 두려워하여 간신히 지낼 따름이기 때문입니다.

만약 여러 나라가 중국 육국시대의 합종책을 취하여 연합하여 러시아를 쳤더라면 어떻게 되었을지 모르는데 소진(蘇秦) 같은 유세객의 진실한 마음의 주선이 없으니 어찌하겠습니까. 아무리 생각해도 특별히 좋은 계책이 없더니 이때를 당하여 동해의 일본이 유신으로 스스로를 다스린 지 30년에 스스로 강대국이라 하지만 서양의 안목에는 반드시 손에 꼽을 강대국은 아니었는데 갑오년 가을바람에 요동 대륙으로 뛰어가서 자기 나라의 17배나 되는 유명한 중화대청국을 한 주먹에 타도하고 하얀 바탕에 붉은 점을 찍은 일장기를 절동(絶東) 대륙 위에 펄럭이며 높이 게양하니 서양이 눈이 휘둥그레져서 눈을 비비며 쳐다본 것은 분명 사나운 강종(强種)이었습니다.

당시 유럽에 일치한 사상은, 지금 우리 서양에 유일하게 러시아가 있어서 늘 서로 불안한데 또 저 동아시아에 다시 일본이 있으니 장차 어떤 계책을 도모해야 할꼬 하면서 특별히 주의를 기울이던 차에 일본과 러시아가 서로를 건드리며 전쟁을 하려고 하며 여러 나라에 성명을 발표하는지라 당일 여러 나라가 몰래 기뻐하며, '두 강대국이 서로 싸우면 한 강대국이 반드시 꺾일 것이니 우리는 힘을 쓰지 않고도 저들을 꺾을 수 있으니 어찌 여러 나라의 행복이 아니겠는가? 일본이 승리하고 러시아가 패해도 여러 나라의 행복이고, 러시아가 이기고 일본이 패해도 여러 나라의 행복이니 조조의 화살을 빌려 조조를 쏘는 격이요, 오랑캐로써 오랑캐를 공격하는 격이다'라고 하며 한결같이 같은 소리로 엄정중립을 말하고 벽 위에서 초나라 싸움만 바라보는 격[23]이었습니다.

과연 한 강대국은 꺾였고, 한 강대국은 승리를 하였으니 만약 승리한 일본이 더욱더 부강하게 되면 여러 나라에 해가 됨이 또한 러시아에 대

---

23) 『사기』「항우본기」

한 근심보다 적지 않을 것이라 하여 노련한 수단으로 워싱턴 강화회담에서 고무라 일본대사를 농락하여 약간의 섬 지역과 부서진 배, 철도 등의 잔존물을 배상에다 배열하여 일본의 군비를 마감하는 체하고 거액의 배상은 모두 폐지하게 하였으니 이는 다른 게 아니라 같은 인종의 사사로운 정이 있는 것입니다.

만일에 일본이 패하고 러시아가 승리하여 워싱턴에서 담판을 열었다면 일본에 요구하는 배상이 어찌 이와 같이 적었겠습니까. 아마도 20억의 배상금을 면하기 어려웠을 것이니 세상일의 불공평을 이를 미루어 알 수 있을 겁니다. 평소에 러시아의 침략 피해가 매우 아프고 미워서 각자 엄정중립하고 서로 구조하지 않았지만 이미 황인종에게 패하고 일이 지나간 뒤 결국엔 어찌 같은 인종의 우의가 없겠습니까. 이는 인정의 자연스러움이요, 세태의 형세입니다.

아, 절로 그러한 형세를 돌아보지 않고 같은 인종의 이웃나라를 박해하는 자는 독부(獨夫)가 되는 근심이 없을 수 없을 것입니다. 지난 초가을에 일본과 러시아가 정전하고 일본 외상이 강화 대사로 워싱턴에 간다고 함을 제가 듣고 조선육군부장 이종건(李鍾健)을 대하여 일본의 실책과 실세(失勢)함을 개인적으로 논할 때, 이번 만주 사건에서 일본은 백전백승하고 러시아는 백전백패하여 러시아가 일본을 향하여 강화를 요구하였으니, 일본이 공법이 있는바 어찌 따르지 않겠습니까마는 러시아가 요양·봉천·철령·개원에서 실패하고 장춘으로 물러났으니 장춘 이북의 한 지역은 곧 하얼빈입니다. 일본이 군사력과 경제력이 탕진되어 남은 것이 없다 할지라도 이미 시작하여 그만둘 수 없는 사정으로 죽을힘을 다해 하얼빈으로 나아가 취하였다면, 동쪽을 돌아보면 길림성 직선으로 블라디보스토크가 오른쪽 겨드랑이 아래에 엎드려 있고, 서쪽으로 돌아보면 시베리아철로로 치치하얼이 왼쪽 겨드랑이 아래에 엎드려 있으니 일본 세력의 우수성이 아니더라도 러시아 백년 대세가 하루아침에 무너졌을 것입니다. 이 이후에 강화를 개최하였더라면 일본의 세력과 이익이 과연 어떠했겠습니까. 반드시 욕심대로 하려고 했을 터인데 졸지에 미국이 나와 중재하여 일이 끝나지 않게 되었으니 이는 일본의 실책입니다.

할 수 없이 강화회담 장소를 정할 때에도 하필이면 천하에 워싱턴이겠습니까? 당일의 형세로 말하면 미국이 비록 중립국 중에서도 중립국으로 어느 쪽으로도 기울거나 편들지 않는다고 하지만 금수의 경쟁에도 늘 주객의 형세가 있는데 인종의 경쟁에 어찌 주객의 형세가 없겠습니까. 일본은 이미 승전국이고, 러시아는 곧 패전국인데 일본이 왜 자신들의 본디 뜻을 따르지 않는단 말입니까. 그런즉 회담 장소를 봉천부에서 개최하는 것이 마땅할 것입니다. 만약 그렇지 않다면 상해는 만국의 도회지이니 어찌 안 된다고 하겠습니까. 처음 각 곳의 신문에 회담 장소가 헤이그로 된다 하기에 전혀 옳지 않다고 하였더니 끝내는 워싱턴이 되었으니 이는 일본의 실세(失勢)입니다. 그런즉 일본의 실책과 실세가 어디서 나왔는가 하면 이는 황인과 백인의 구별로 백인의 방해라할 것입니다. 당시 저의 이런 개인 의견도 역시 동종을 애호하는 사상에서 나와 사랑하지만 도와줄 수 없는 것입니다.

오늘 이 시대를 당하여 동종의 우의를 훼손하거나 동종과 화목을 상실하면 독부(獨夫)가 된다는 앞의 증거가 밝게 드러났습니다. 저 러시아가 유럽에 마음을 잃었기에 황인종인 일본과 전쟁을 할 때, 유럽 반도가 대부분 중립을 지키고 조금도 서로 구휼하지 않은 것입니다.

가령 지금 저 미국이 유럽 여러 나라 중에 한 나라와 전쟁을 하게 되면 그 형세가 독부(獨夫)가 될는지는 판단할 수 없거니와 만약 일본과 전쟁을 하게 된다면 러시아·독일·프랑스 세 나라는 하나가 되어 함께 행동할 것입니다. 오스트리아와 이탈리아 두 나라는 미국·러시아·

독일·프랑스와는 업신여기지 못하는 형세가 있고, 일본은 업신여기기 어려운 우의가 없으니 자연히 백인종에게로 붙을 형세입니다. 스페인은 일찍이 미국과 원한이 있으니 충분히 일본을 몰래 도울 생각이 있겠지만 길이 멀고 또 힘이 약하여 어떤 행동도 없을 것입니다. 오직 영국만이 가장 처신하기 어려울 것입니다. 일찍이 일본과 공수동맹의 협상도 있거니와 최근에 서장·신강과 위해위·양자강, 그리고 상해·홍콩에서 말레이 반도에 이르기까지 그 관계가 매우 어려운 즉, 일본을 배척하기가 지극히 어렵습니다. 비록 그렇지만 구미 여러 나라가 이와 같이 연합하여 일어나 이색의 황인종과 대립할 때에는 수수방관 또한 어려운 것이니 부득이 종이 위의 헛된 문장인 이른바 만국공법을 빙자하고 중립이나 하겠지요.

대개 일본은 자국의 부강이 남에게 뒤지지 않지만 같은 인종의 여러 나라는 대부분 사리에 어둡고 가난하고 허약하여 태평양 연안에서 그 부강한 힘을 연합할 나라가 특별히 없습니다. 그런 중에 가장 가까운 이웃인 청국과 조선이 비록 부강하지는 않으나 수천 년 문헌이 서로 통하고 옥백(玉帛)이 서로 이어지는 동종의 우의로 말하면 환란을 서로 구하고 근심과 즐거움을 함께해야 할 것인데 일본이 청국에 대하여 일찍이 너그럽고 두터운 덕의로 이웃의 우의를 돈독하게 하지 못했을 뿐만 아니라 거만함으로 깔보고 업신여겨 화목의 뜻을 상실하였습니다.

조선에 대해서는 십수 년 이래 이웃의 우의를 돈독히 닦아 과연 선진국의 의무로써 온갖 일에 권고하기도 하고 가르쳐 이끌기도 하여 국체를 온전하게 이루기를 기대하였습니다. 만일 일본이 일단의 야심만 있고 이런 어진 성품과 의로운 기백이 없었던들 이런 잔악무도한 시대에 어찌 한 입에 삼키고자 하지 않았겠습니까. 공법이 있고 대중의 눈이 보고 있어 반드시 쉽지는 않겠지만 간섭하지 않고 있는 것은 곧 일본의 후의입니다. 비록 그렇지만 최근 그 행동이 수상하고 거조가 정당성을 잃어 한국 사회 각계에 의아심이 일게 하고 조선 전국의 백성들에게 인심을 크게 잃었는데, 다년간 우호를 닦던 성실한 마음을 시종일관하지 못하고 중도에 방향을 바꿔 앞의 공이 없어지게 하니 어찌 애석하지 않겠습니까?

조선이 비록 개화되지 못했다고 하나 4천 년 역사를 지닌 예의지국입니다. 나라와 백성들의 창고에 돈은 비록 없으나 어린아이부터 노인까지 마음속에 공분(公憤)은 있습니다. 화공 장비를 갖춘 배나 대포와 같은 날카로운 무기는 비록 없으나 임금에게 충성하고 나라를 사랑하는 본성은 절로 갖추고 있습니다. 그러니 형제와도 같던 일본과 무단히 불공대천의 원수가 되는 것은 곧 조선 사람의 본심이 어질지 못해서 그런 것이 아닙니다. 만약에 일본의 정략이 불공평하면 틀림없이 이 지경에 이르게 될 것입니다. 그런즉 일본이 외부와의 분쟁으로 전쟁을 하게 되는 날에 조선이 과연 같은 당을 사랑하는 마음으로 한 팔을 뻗어 도와줄 수 있겠습니까?

현재 일본이 한 푼의 힘과 한 치의 마음만 조선에 빌려주어 국가의 체제를 온전하게 해준다면 훗날 조선은 온 힘과 온 나라의 마음으로 보상할 것이니 이와 같은 영업과 이와 같은 이익이 어디에 있겠습니까? 일본을 위하여 참으로 안타깝습니다. 비록 그렇지만 일본이 해군과 육군으로 미국에 가서 전쟁을 할는지, 앉아서 대적을 할는지요. 만약 앉아서 대적하여 미국이 유럽과 연합하여 군사를 출동시킨다 하여도 일본에 대하여 무슨 능력을 발휘할 수단이 없을 것입니다. 지금 동양의 형세와 지역적인 관계로 볼 때, 중국의 바다와 중국의 영토를 빌려서 이용하지 않고는 어떻게 해볼 도리가 결코 없을 것이며, 중국의 영토와 항구를 용이하게 빌려서 이용할 도리 또한 결코 없을 것입니다.

왜냐하면, 청국 각계 사회의 지식과 사상이 10년 전만 하여도 일본에게 수모를 당한 분노와 일본을 미워하는 기세로 가득해 응당 육지와 항구를 백인에게 빌려주어 일본을 박해하는 행동이 있었을 것이기 때문입니다. 그러나 지금은 이런 어리석고 유치한 망상이 결코 없을 것입니다. 이는 청국이 일본에 대하여 자비심을 갖거나 용서를 해서 그런 것도 아니고, 겁을 내거나 아끼는 마음에서 그런 것도 아닙니다. 자국의 세력이 부족하여 다른 나라에서 무력을 빌린다거나 자국의 영토를 다른 나라에게 빌려주어 자국의 소원을 이루고자 하면 결국에는 길을 빌려주고 자기 나라까지 멸망당하는 참혹한 화를 면하지 못하는 것이 고금을 통하여 공공연한 예가 되었기 때문입니다.

청국 인사들은 십 년간 해온 학문과 지각이 있는 만큼 이러한 경거망동을 결코 하지 않을 것입니다. 청국에서 이런 경거망동을 하지 않으면 구미가 어느 땅에 의지하여 발을 붙이고 강력한 힘을 일본에게 휘두르겠습니까? 그런즉 일본의 안위가 반대로 청국에 달려 있다 하겠습니다. 이러한 이유로 조금 전 선생께서 청국과 일본 두 나라 사이에 5백 년 업원이 있다고 하신 것입니다. 비록 그렇기는 하지만 헤아리기 어려운 것은 인정이며, 예측하기 어려운 것은 세상일입니다. 일본이 만일 청국에 대하여 자국의 강한 힘만을 믿고 한 번 침범하여 핍박하고, 두 번 침범하여 핍박하고, 세 번 네 번, 다섯 번 여섯 번을 침범한다면 청국은 한 차례 수모를 겪고, 두 차례 수모를 겪고, 세 차례 네 차례, 다섯 차례 여섯 차례에 이르면 다급함에 어쩔 수 없이 이민족에게 멸망될지언정 차마 같은 인종인 일본에게 수모를 당할 수 없다라는 의논이 솟구쳐 전국 각계 사회가 일치단결해서 공동 운명체가 되어 스스로 앞장서서 백인종과 화응하여 일본과 절대적 원수가 될 것이니, 이 역시 인정에 없지 않는 것이라 하겠습니다.

지금 저의 말이 반드시 적실하지는 않겠지만 인정과 사리를 추측하여 헤아리면 또한 이치가 없는 말은 아닐 것이니, 동양의 일의 형편을 헤아려서 계산하면 지난날 일본 명사 다루이 도키치(樽井藤吉)[24]의 『대동합방론(大東合邦論)』이 진결(眞訣)이라 하겠습니다."

---

24) 원문의 '모리모토 도키치(森本藤吉)'는 다루이 도키치(樽井藤吉)의 필명이다.

제6장
중국 정략의 개량
(支那政略改良)

선생이 말했다. "그대의 계산은 머리카락 하나 들어갈 틈이 없다고 하겠으나 어찌 그리 장황합니까. 한마디로 말하자면 청국이 오늘날에 천하정세를 고찰하고 부패한 구습을 모두 씻어버리고 신선한 공도(公道)로 밤낮으로 계속하여 속성과로 부강에 나아갔다면 애초에 일본에게 모욕을 받지 않았을 것입니다. 또 백인에게 힘을 빌리지 않고도 스스로 충분히 행동했을 터인데 그대의 생각은 어찌 잘못된 길을 가는 것으로 천 가지 만 가지 생각이 이에 이르렀습니까?"

밀아자가 손을 맞잡고 사과하면서 말했다. "믿음이 갑니다, 선생의 말씀! 시원합니다, 선생의 말씀! 청국 전체가 개명하여 부강하면 어찌 반드시 동양에서만 일등국이 되겠습니까. 23성 천부(天府)의 땅과 4억만 총명한 백성과 26만 종의 물산으로 이 세상에서 절로 위세를 가지기 충분합니다. 엎드려 바라오니 선생께서 좋은 말로써 청국에 권고하여 급히 문명과 부강을 도모하게 하시면 조선 또한 경쟁하는 마음으로 나란히 앞을 다투는 형세가 될 것이니 속히 도모하시고 또 속히 도모하소서."

선생이 말했다. "그렇다면 연못에 가서 물고기를 부러워하기보다는 물러나 그물을 짜는 것이 더 낫습니다.[1] 오늘 청국이 속성과로 부강에 나아감이 첫 번째 방략인데 아, 인심은 위태하고 도심은 미미함으로[2] 나아가 끝마침에 성적(成績)이 바뀌지 않습니다.

---

1) 출전 『한서(漢書)』.
2) 출전 『서경(書經)』.

청국 10년 이래 일로 말하자면, 갑오년(1894)에 한 번 변하고, 기해년(1899)에 다시 변하고, 갑진년(1904)에 세 번째 변하였는데, 갑오년에는 조선의 전쟁에서 관동이 불타고 국도 부근이 소동으로 놀라 벌금으로 땅을 떼어주는 치욕을 당하였음으로 군인들의 마음이 한 번 변했습니다. 기해년에는 서안부로 파천한 청국 황제를 적국이 공동으로 논의하여 북경으로 환어(還御)하게 함으로써 정부의 마음이 한 번 변했습니다. 갑진년에는 호랑이 같고 사자 같은 러시아의 사나움이 도리어 작고 보잘것없는 일본에게 꺾임으로 조야(朝野)의 마음이 변하여 옛날의 어리석음을 스스로 버리고 근세의 신선함을 각자 취함으로써 관민사회의 학문지식이 눈을 비비고 볼만 할 정도로 발전하였습니다.

바다와 육지 원근의 각종 설비 또한 새로운 모습이나 이른바 부강의 적실한 모습은 드러나지 않았으니 본말(本末)과 종시(終始)가 거꾸로 된 것인지, 진위(眞僞)와 허실(虛實)이 어긋난 것인지 여전히 느긋하여 속성의 기대와 바람은 매우 어렵습니다. 그대는 근래 세상의 도에 간섭하여 학문을 연구하며 물리를 탐구하는 사람이니 지금 이 청국의 혁신방법에 대하여 적당한 방법을 설명해보기 바랍니다."

밀아자가 옷깃을 바로잡고 단정히 앉아 대답하였다. "대개 어느 나라를 막론하고 혁신을 시작하려면 먼저 그 나라의 위치와 성질과 자격과 물산을 고찰하여 지향할 방침을 결정해야 합니다. 그런 뒤에 관직과 법률의 문란한 부분을 바로잡고 문학과 풍속의 고루하고 막힌 부분을 개혁해야 합니다. 그다음에 농업·상업·공업·군사의 실질적인 발명과 내수외교에 있어서 때에 따라 변화에 대처하는 등 천만가지 종류를 모두 개량하여 문명한 지역으로 나아가기를 힘써 도모해야 할 것입니다.

지금 청국의 위치로 말하면 적도에서 위도 20도 밖과 40도 안에 있는 나라로 이는 온대의 나라입니다. 자격으로 말하면 황·왕·제·패(皇

王帝霸)가 각기 국권을 독자적으로 조종하여 흥체존망(興替存亡)이 군주 한 몸에만 있는 것이니 이는 전제국가입니다.

물산으로 말하면 원만한 한 대륙에 비와 햇볕, 추위와 따뜻함이 사물에 적당하여 농업의 이로움이 공업의 이로움보다 낫고, 바다와 육지가 반반이어서 광물과 수산이 경제에 풍족하니 이는 생산이 잘되는 나라입니다.

성질로 말하면 오만하고 자존적이고, 순박함이 풍속을 이루어 미술의 신선함을 연구하지 않으며, 무(武)를 천시하고 문(文)을 귀하게 여기며, 남자는 밭 갈고 여자는 베 짜서 입고 먹는 생활만 도모하니 이는 안일한 나라입니다. 이와 같은 나라는 문헌이 부패하고 민간 풍속이 미련하여 경쟁의 마음과 발달에 대한 욕심이 애초에 생겨나지 않아 내수는 근거가 없고 외교는 민첩하지 못해 마치 엄숙한 늙은이의 나라 같아서 새로 생긴 소년의 나라에 업신여김을 받는 것이 비일비재할 뿐만 아니라, 동쪽에서 패하고 서쪽에서 잃으며, 남쪽에서 넘어지고 북쪽에서 무너지는 등 앞으로 어떤 지경이 될지 모르니 큰 변화와 큰 개혁을 하지 않을 수 없으며 그런 뒤에야 곧 실효가 있을 것입니다.

아무튼 개혁의 순서로 말하자면 첫째는 관제개혁이고, 둘째는 법률개정이고, 셋째는 문학개량이고, 넷째는 풍속질정입니다. 이는 개혁의 4대 강령으로 시세에 급선무가 됩니다. 그런즉 아무튼 관직이 원인된 내력을 먼저 설명하겠습니다.

대개 천지의 동물 중에 오직 사람만이 홀로 신령한 점이 특별히 있음으로 만물의 우두머리에 있습니다. 대개 사람의 본래 소식을 탐구하면 아버지의 정기와 어머니의 피로 이루어진 일종의 동물이 변화하여 나온 것에 불과합니다. 이는 고금과 천하를 막론하고 보통 일치하니 누가 스스로를 잘났다 할 수 있으며, 누가 감히 상대를 업신여길 수 있겠습니까. 임금과 신하, 아비와 자식의 질서와 형제 및 부부의 구별은 과

연 그 신령함으로 윤리를 저절로 이해하여 특별히 명칭을 정한 것에 불과합니다. 그렇다면 어떻게 해서 임금이 있게 되었을까요. 당초에 일반 사람은 각기 자유의 권한이 절로 있은즉, 존비의 명칭이 반드시 없었을 텐데 사람이 점점 많아지자 혼란스럽고 싸움이 일어나는 것은 자연스런 이치이고, 질서를 정하자 싸움이 그치는 일 역시 자연스러운 형세입니다. 이로써 같은 동포 중 한 사람에게 특별히 감독의 권한을 주고 임금의 지위를 제정하여, 백성들의 식량에서 한 푼을 덜어서 바치고 임금의 지위를 높인 것입니다.

그렇다면 어떻게 해서 신하가 있게 되었을까요. 아, 임금은 비록 한 사람이지만 백성은 한 사람이 아니니 여러 백성을 혼자서는 모두 살필 수 없고 멀어서 곧바로 접할 수도 없기 때문에 그 사이에서 직분을 행하는 자를 두게 되었으니 이를 신하라고 합니다. 그러므로 신하들이 모이는 곳이 정부이고, 일을 나누어 담당하기 때문에 관직이라고 하였습니다.

정부에 모인 자가 각기 담당한 관직을 각자 수행함으로써 위로는 임금이 편안하고 아래로는 백성이 편안합니다. 그런즉 임금과 신하와 백성이 모두 아버지의 정기와 어머니의 피로 이루어진 동물로 각자의 권한이 같은 것이 일반적이었지만 이미 질서를 정하고 보면 임금된 자는 높고 귀하여 만백성의 봉양을 받아 누리고 통치의 특권이 있는 사람이요, 백성된 자는 천지간 많은 부동물(不動物)을 관리하여 국가를 만든 사람이며, 신하된 자는 임금과 백성들 사이에서 온갖 업무를 분담해서 처리하는 사람입니다. 그러므로 서양 철학자의 말에 정부는 백성의 공복(公僕)이라고 하는 것이 실없는 말이 아닙니다.

그런즉 지금 이 관직 변경의 입장에서 어떻게 제정하면 시무에 적합할지 최근 조선 역시 정치 개량으로 관직을 변통하는데 선진국에서 제정한 바를 참조하여 내각 10부에 대신·협판·참서·주사와 재판소에

형사·민사와 경무국에 총순·순검과 육군에 장령·위관과 지방에 관찰·참서·군수 등 각 분야의 관직에서 옛 제도를 버리고 신설하여 바야흐로 진취적으로 복무 중에 있습니다. 청국과 조선은 원래 성격도 비슷하고 풍속도 같으며, 같은 문자를 사용하고 수레의 바퀴도 같으니 지금 청국의 관제 또한 조선과 같이 하여 안으로는 각부(閣部) 원사(院司)로부터 밖으로는 총독·순무·제독·도통과 장군·안찰·포정·도대와 지부·지현·학정·사관 등에 이르기까지 각 분야의 관제를 일통(一通)으로 개혁하고 일률(一律)로 제정한 뒤에 국내의 뛰어난 사람을 가려 뽑아 빈자리에 따라 임명하고 각기 맡은 바 직책을 성실한 마음으로 수행하며 조금이라도 어기거나 월권하지 못하게 하면 이른바 문명부강이 높고 멀리 있거나 행하기 어려운 것이 아니니 선생의 의향에는 이와 같이 관제를 개혁하는 것이 어떠한지요? 법률·문학·풍속의 개량도 차례로 설명하겠습니다."

선생이 말했다. "지금 조선이 제정한 관직의 배치가 시세에 적합하여 한 말도 보탤 것이 없습니다만 인재의 선발은 과연 매우 어려운 것입니다. 이 중국의 국토에 공기가 맑음으로 옛 시대에는 현인군자와 영웅준걸이 수시로 배출되어 재덕과 공훈이 가득히 빛났다고 하겠습니다. 그러나 최근에 세상의 풍속이 말세로 흐름인지 뛰어난 재주와 능력이 있는 사람이 드뭅니다. 지금 제정한 여러 관직의 내외 빈자리를 임용하여 채운다는 것은 꼭 그렇게 할 필요는 없을 듯합니다. 만약 이런 관직에 적당한 사람을 임명하여 공적을 성취할 사람을 엄격히 뽑고자 할 경우, 가령 진(秦)·한(漢) 이래 수천 년을 통틀어 헤아린다면 어떨는지요. 말세인 오늘날만으로는 결정할 수가 없습니다. 비록 그렇기는 하나 스스로 낙심하고 처음부터 생각을 하지 않는 것은 스스로 망하는 근본이기에 아무튼 청국 정계에 권고해서 각계 사회의 유지와 각과의 졸업생 중에서 뜻을 다해 엄격히 뽑도록 주선할 것이니 두 번째의 법률개정이나 말해보시지요."

밀아자가 정색을 하며 대답했다. "지금 선생의 말씀이 매우 의아합니다. 대개 중국 천지에 공기의 담박함이 어찌 일찍이 고금이 다르겠습니까? 오늘의 공기가 옛날의 공기요, 옛날의 공기가 오늘의 공기이니, 옛 사람이 호흡하던 공기를 오늘날 사람이 호흡하고, 이 사람이 호흡하는 공기를 저 사람이 호흡하니 인생의 정기가 어찌 일찍이 예와 지금이 다르며, 사람의 재주가 어찌 일찍이 예와 지금이 다르다고 하겠습니까. 시세와 정세는 세월 따라 변하지만 사람의 성품과 사람의 지혜는 예와 지금이 다름이 없는데 선생의 말에 진(秦)·한(漢) 이래 수천 년간의 인물을 통틀어 헤아리면 바야흐로 사람을 얻을 수 있다고 하시니, 그렇다면 주희(朱熹)가 쓴 『자치통감강목(資治通鑑綱目)』[3] 제1권 동주(東周)시대 위열왕(威烈王) 23년 이래로 지금까지 2,400년간으로 적당한 인재를 뽑아 지금 이 내외 관직에 시험 삼아 임용하여 사람마다 그 관직에 적당하다면 이 또한 지금 세상의 인사권자에게 참고가 될 것이니 선생께서 한 번 선발하여 내외직의 빈자리에 임용해보시지요."

선생이 미소 띠며 말했다. "그대의 말이 이러하니 천고의 사람을 잘 선발하여 내외 각 빈자리를 일체로 채워보겠습니다. 지방관제로 말하면 이번에 청국의 판도가 국내 땅 18성(省) 외에 만주 3성과 몽고·서장 2성을 합병하면 23성이나 몽고에는 37부락에 각기 왕이 있고, 서장에는 대신을 별도로 두었으니 이 2성은 꼭 거론할 필요가 없을 것입니다. 만주 3성의 26주(州)와 국내 땅 18행성의 400주는 일체로 그 관직을 서임할 것입니다. 중앙정부도 부(府)·부(部)·원(院)·청(廳)으로 마련할

---

3) 『자치통감강목(資治通鑑綱目)』: 중국 송(宋)나라 때의 학자 주희가 쓴 역사서. 사마광(司馬光)이 BC 403년부터 960년까지의 역사를 쓴 『자치통감(資治通鑑)』을 강(綱)과 목(目)으로 나누어 편찬하였다. 주희가 강을 쓰고 그의 제자 조사연(趙師淵)이 목(目)을 썼다. 모두 59권이다.

것인데 각 국과 각 과가 마땅하게 분립(分立)할 것입니다. 선발한 사람을 과에 맞게 채워나갈 것이지만 매우 번잡해 내외관직을 요령 있게 하여 각 부(府)와 과(課)에 한 자리씩만 채울 것이니 이해하십시오"라고 하고 종이를 책상 위에 펼치고 잠시 깊이 생각하다가 한 번 만에 썼으니 관직과 인명이 다음과 같다.

내각
대신 사마광(司馬光)
참찬 한기(韓琦)
참서관 사안(謝安)
주사 장완(蔣琬)

궁내부
대신 곽광(霍光)
협판 문천상(文天祥)
참서관 육지(陸贄)
주사 급암(汲黯)

법부
대신 신도가(申屠嘉)
협판 장석지(張釋之)
참서관 환전(桓典)
주사 포영(鮑永)

학부
대신 한유(韓愈)

협판 소광(疏廣)

참서관 구양수(歐陽修)

주사 황헌(黃憲)

농상부

대신 방현령(房玄齡)

협판 역이기(酈食其)

참서관 진지(陳祗)

주사 왕탄지(王坦之)

군부

대신 한신(韓信)

협판 이정(李靖)

참서관 유기(劉基)

주사 육항(陸抗)

외부(外部)

대신 부필(富弼)

협판 장건(張騫)

참서관 마원(馬援)

주사 반초(班超)

내부

대신 범중엄(范仲淹)

협판 왕도(王導)

참서관 동중서(董仲舒)

주사 가의(賈誼)

탁지부
대신 소하(蕭何)
협판 유안(劉晏)
참서관 유관(劉寬)
주사 우선객(牛仙客)

공부
대신 왕단(王旦)
협판 이덕유(李德裕)
참서관 등순(鄧純)
주사 광형(匡衡)

경무청
경무사 적청(狄靑)
경무관 이응(李膺)
총순 우후(虞詡)
순검 유장(劉章)

재판소
형사국 포증(包拯)
민사국 엄연년(嚴延年)

육군부
부장 주아부(周亞夫)

참장 서달(徐達)

정령 단도제(檀道濟)

부령 척계광(戚繼光)

참령 경엄(耿弇)

정위 위청(衛靑)

부위 위지공(尉遲恭)

참위 조운(趙雲)

외직

관찰사 양호(羊祜)

참서관 범방(范滂)

군수 두시(杜詩)

총순 종수(種首)

시찰위원 장강(張綱)

전권공사 소무(蘇武)

수원 모수(毛遂)

　밀아자가 쭉 살펴보고 자리를 피해 무릎을 꿇고 낮은 소리로 물었다. "지금 선생께서 천고의 인물을 대략 뽑아 빈자리에 충원하신 바를 보니 정략(政略)에 마음이 없는 것은 아니나 사람과 관직이 적합하지 못한 곳이 적지 않습니다. 이는 다른 것이 아니라 그 사람의 재능을 확실하게 알지 못하거나 관직의 중요한 업무를 꿰뚫지 못했기 때문이라 생각됩니다. 무릇 관직은 품계가 같지 않고, 등급이 같지 않으며, 내외직의 의무가 같지 않고, 상하 관리의 직권이 같지 않고, 문무관의 책임이 같지 않으니, 사람을 등용할 때에 그 사람의 장점과 단점을 헤아리며, 경험이 있는지 없는지를 판별하여 일을 나누어 맡겨야 직무를 감당하지 못할 근심이 없을 것입니다. 그런데 지금 선생께서는 관직을 올리고 내리는 것과 사람의 우열을 견주어서 적합하게 하지 않고 조금 어진 사람을 뽑아 문득 임명하였습니다. 가령 한 부서로 말하더라도 일등국에 이등의 인물을 임명해도 안 되고, 참위의 직책을 부위의 인물로 임명해도 안 되는데 어찌하여 부주의하게도 옛날 낡은 방식대로 하여 쇄신의 도에 한결같이 어긋나게 하십니까?

동양에 나라가 있은 이래로 관직에 인재를 수용하는 법이 근거가 없었던 내력을 진술하겠습니다. 대개 한(漢)·당(唐)·송(宋)·명(明)에 이른바 인물 등용이란 것이 대부분 한 가지로 공이 높으면 현관(顯官)에 임명하고, 신망이 무거우면 청환(淸宦)에 임명하고, 친근하면 요직에 임명하니 이는 어떤 근거도 없습니다. 어떤 경우에는 효렴(孝廉)으로 사람을 취하고, 어떤 경우에는 시부(詩賦)로 사람을 취하니 부(府)·부(部)·원(院)·사(司)에 효렴국(孝廉局)과 시부국(詩賦局)이 있어서 효렴과 시부에 관한 직무와 직책이 있다면 그만이거니와 처음에 효렴과 시부로 그 사람을 뽑고서 이른바 관직에 임명할 때는 전혀 상관없는 자사, 수령, 상서, 시랑 등 장병의 관직과 사법의 관직에 임명합니다. 그 사람은 집에 있을 때에 부모에게 효도하는 것으로 일을 삼고, 시부를 배우는 것으로 학업을 삼느라고 부(府)·원(院)·당(堂)·사(司)와 군(郡)·국(國)·지방과 법률 장정(章程)과 군제(軍制)·기계 등의 실지 과정과 실제 일을 결코 한 번도 견습한 적이 없고, 한 가지도 배워서 졸업한 적이 없는데 직업과 성품의 맞고 안 맞고는 따지지도 않고 임명한 것이니 한심하지 않습니까?

또 최근 한국과 청국 두 나라에 근거도 없고 증거도 없는 입으로 말할 수 없는 완악한 풍속이 있어 해를 거듭하면서 풍습이 되는데도 세상 사람들이 여전히 깨닫지 못하고 오히려 이를 부러워하는 사람이 있으니 어떤 것이겠습니까. 이른바 암혈지사(巖穴之士)니 산림지현(山林之

賢)이니 은일(隱逸)이니 유신(儒臣)이니 하는 것입니다. 이런 부류가 대대로 끊어지지 않으면서 자칭 뜻이 고상하여 문달을 구하지 않는다고 하니 천자께서 그 뜻을 가상히 여기고, 제후가 그 절개를 사모하여 간혹 비단 등의 예물로 여러 번 부르면 그 사람은 자신이 나라를 경영할 방술이 없음을 알고 자취를 숨기고 나오지 않는 것인데 이 사람에게 벼슬을 더하고 시호를 내리며, 그 자식을 드러내고 그 손자를 뽑으니 이 무슨 근거 없는 짓입니까?

그 사람이 집에 있을 때에 제사에 예를 다하고, 어버이께 효도하고, 부부간에 분별이 있고, 형에게 공손하여 그 신분의 질서를 지킴은 가상하다 할 것이요, 집안의 도를 행함은 아름답다 하겠으니 마을과 고을에서 사범(師範)으로 사모하고 우러르며 존경하고 우대하는 것은 괜찮습니다. 그러나 그 사람이 한 일로 말하면 『성리대전』과 『예기』, 『효경』 등 공허한 서적들만 읽었을 뿐 아니라 더욱이 신독(愼獨)을 중하게 여겨 책상을 끌어안고 늙어 죽음으로 세간에 유람하여 정치와 법률과 병(兵)·농(農)·공(工)·상(商)의 실제 경험을 몸으로 겪고 눈으로 목격하고 손으로 만지며 발로 밟지 아니한 사람이니 사물을 다스리는 관직에 어떻게 복무할 것이며, 나라와 백성을 윤택하게 하는 임무를 어떻게 감당하겠습니까? 그런즉 이런 부류의 사람은 죽은 뒤 증직(贈職)은 혹 그렇다고 하더라도 살아 있을 때 실직(實職)을 주어서는 절대 안 됩니다. 백년 이전으로 말하면 이른바 나라를 다스리는 것이 또한 근거가 없고 사람을 등용하는 법 또한 근거가 없었거니와 지금은 나라를 다스리는 것과 사람을 등용함에 있어서 주의하지 않으면 안 됩니다.

서구의 풍속에 무관(武官) 학도를 군직에 보충하고, 율학(律學) 생도를 법관으로 삼는 것은 맡은 임무를 가장 잘하게 하고자 하는 것입니다. 오늘 문관(文官)에게 내일 무직(武職)을 맡기고, 오늘 공부(工部)에 있던 사람을 내일 예관(禮官)으로 보내어 맡은 바를 잘하라고 한다면 가능하겠습니까? 어떤 무식한 부자가 돈을 주고 벼슬을 사서 마음대로 직책을 행하는 것을 세상 사람들이 비웃지만 이는 그렇지 않습니다. 은일의 선비와 부자의 문학과 도덕은 하늘과 땅만큼 차이가 나지만 관직에 있어서 실제적인 경험과 배움이 없기는 피차 마찬가지이니 또 무엇을 비웃겠습니까. 대개 국가에 3공(公)과 6경(卿) 등의 관직을 배치하는 일은 사람 신체에 오장육부가 배치된 것과 비슷합니다. 오장과 육부에 들어간 음식물이 마땅함을 잃으면 그 사람은 반드시 병이 나거나 죽게 됩니다. 마찬가지로 관직의 책임을 맡은 자가 적임자가 아니면 그 나라는 반드시 어지러워지고 망하게 될 것이니 신중히 살피지 않을 수 있겠습니까?

무릇 관직이란 나라의 공공 기물이고, 사람은 그 공공 기물을 지키는 자입니다. 그 사람이 비록 친하고 어진 자라 하더라도 공공 기물을 지키기에 적합하지 않으면 그에게 맡겨서는 안 됩니다. 동양의 풍속은 늘 공공의 기물이 사람을 따르고, 사람이 공공 기물을 지키려고 하지 않으니 이 얼마나 잘못된 풍속입니까. 공공의 기물이 사람을 따르는 것과 사람이 공공 기물을 지키는 것의 상반됨을 설명하겠습니다.

무릇 사람이 관직에 종사하여 그 임무를 수행하는 것은 사람이 공공 기물을 지키는 것이고, 관직이 사람을 따라다니며 영화롭게만 하는 것은 공공 기물이 사람을 따르는 것이라 하겠습니다. 공공 기물이 사람을 따르는 국가에 이른바 정치라는 말이 있을 수 있겠습니까? 아, 슬프다! 오늘 이 풍속을 속히 징계하지 않고는 이 나라의 실제 상황을 만회하지 못할 곡절을 대략 말하겠습니다.

어떤 사람이 시골에서 독서하며 사는 부류에게 물었습니다. '그대의 포부가 적지 않은데 왜 벼슬을 구하지 않습니까?' 그러자 '내가 추수하는 곡식이 이미 수천 석을 넘으니 평생을 지내기에 충분합니다. 살고 있는 집은 아름다운 숲과 샘물이 있고, 물산이 갖추어져 있어 삼공(三

公)의 벼슬과도 바꿀 수 없으니 어찌 벼슬을 구한단 말입니까?'라고 대답합니다. 그렇다면 국가에서 관직을 두는 것이 본디 구황(救荒)하고자 하는 뜻입니까? 또 어떤 사람이 처음 벼슬하는 사람에게 물었습니다. '그대는 지금 어떤 업무 능력으로 이 벼슬을 받았습니까?' 그러자 '지난 번 모 대신이 제가 이리저리 변통할 때에 옛정을 잊지 않고 또 가난함을 구휼하여 특별히 생각하여 도모해주셨으니 은혜가 바다와 같습니다'라고 대답합니다. 그런즉 막중한 관직이 단지 사사로이 가난을 구제하는 물건으로 쓰이고 있지 않습니까? 또 어떤 사람이 복직하는 사람에게 물었습니다. '그대는 무슨 수단으로 이렇게 좋은 자리에 임명되었습니까?' 그러자 '나의 본 직분은 공부(工部)의 참서(參書)인데 마침 빈자리가 없어서 지금 법부의 참서가 되었습니다'라고 답합니다. 그렇다면 이 사람의 재주는 어느 곳에나 다 맞는 것입니까? 아니면 두 과의 졸업 증서라도 있는 것입니까? 또 어떤 사람이 순검(巡檢)에게 물었습니다. '그대는 왜 이 일을 합니까?' 그러자 '가진 자본이 없어서 장사를 할 수도 없고, 많은 식솔들의 생계 대책이 없어 어쩔 수 없이 이 일을 합니다'라고 답합니다. 또 어떤 사람이 병정(兵丁)에게 물었습니다. '그대는 왜 이 일을 합니까?' '비록 한 달에 은 5원으로 온전히 생계를 해결할 수는 없지만 노는 것보다는 낫습니다'라고 대답합니다.

한 마디 말도 지금 나라의 형세가 위태로워 비록 내 힘이 미미하지만 한 터럭의 힘이라도 보태고자 합니다라는 것이 없으니 이 무슨 풍속인지요. 천 사람에게 물으면 천 사람의 말이 이렇고, 만 사람에게 물으면 만 사람의 대답이 이러하니 이 무슨 해괴한 풍습이란 말입니까? 또 다시 그것을 생각해보면 단지 말하는 사람의 말만 잘못된 것이 아닙니다. 듣는 사람이 괴이하다고 여기지 않는 것이 더욱 잘못입니다. 이러니 벼슬을 구하는 법이 자신의 신상에 학문과 재능의 많고 적음은 말하지 않고, 입으로 누구의 손자니, 누구의 자식이니 하거나 집안이 가난하고 어버이가 늙었다는 사설만 늘어놓을 따름이니 이 얼마나 근거 없는 일입니까.

또 어떤 사람이 외직에 배수되면 친구에게 반드시 먼저 묻는 것이, '그 고을의 수입은 얼마며, 토산물은 어떤 물건인가'라는 것입니다. 그 고을의 백성들이 힘쓰는 일과 실정 및 직무의 방향은 전혀 묻지 않으니 이 어떤 인성(人性)입니까? 한 마디로 말하면 사람들이 단지 벼슬이 있는 것만 알고 그에 따른 업무가 있다는 것은 알지 못하며, 단지 녹봉이 있다는 것만 알지 나라가 있다는 것은 모르는 것이니 한심하지 않습니까? 이것은 다른 것이 아닙니다. 처음부터 관직에 적당하지 않은 사람을 안면으로 임용하였으므로 사람들이 관직 관계의 소중함을 모르기 때문입니다. 곧, 사람들의 심성이 어질지 못해서 그런 것이 아니니 안타깝지 않습니까? 만약 60년 전으로만 말한다면 그다지 문제가 안 된다고도 하겠지만 오늘 이때에 이러한 잘못된 습관을 어찌 크게 징계하려고 하지 않는 것입니까?

아, 무릇 신하라는 사람은 벼슬에 나아가 공을 세우기 위해 여덟 가지 덕목[八德]이 있어야 합니다. 충(忠) · 의(義) · 정(正) · 직(直)은 일월의 광명과 같아야 군주를 요순에 이르게 하고, 성실 · 근면 · 공평 · 청렴은 비와 이슬처럼 넉넉해야 사직을 반석에 올릴 수 있되, 간혹 넘치거나 모자라는 절개로 온전한 공을 이루지 못하는 것은 다른 것이 아닙니다. 그 사람의 재주와 덕이 서로 맞지 않기 때문이니 수용자가 그 사람의 재주와 덕을 스스로 판별하지 못하면서 등용하면 안 됩니다. 옛날에 유엽(劉曄)이 조조에게 대답하기를, '제갈량은 치국에 밝아 재상이 되었고, 관우와 장비는 용맹함이 삼군(三軍)의 으뜸이므로 장군이 되었습니다'라고 하였으니 이 말이 과연 분명합니다. 선생과 관우와 장비의 충의는 동일하되 재주와 지혜는 같지 않으니 가령 선생과 관우와 장비로 하여금 그 직책을 바꾸어 맡겼더라면 이는 그 벼슬을 버리는 것이고, 그 사람을 버리는 것입니다.

이 여덟 가지 덕목이 없는 사람도 또한 등용할 만한 재주가 있으니 만약 그 재주를 취하여 그를 등용하면 여덟 가지 덕목이 있는 자와 다르지 않을 것입니다. 옛날에 오기(吳起)는 어머니가 죽었는데 분상(奔喪)⁴⁾을 하지 않았지만 급기야 군장(君將)이 되어 진(秦)을 공격하여 다섯 성을 빼앗았고, 진평(陳平)은 형수에게 실례를 범하였지만⁵⁾ 한나라 신하가 되어 여섯 번이나 기이한 계책을 내어 강한 초(楚)를 섬멸하였습니다. 이들 모두 덕은 부족하지만 재주가 넘치는 자들이니 만약 재주와 행실을 상쇄하여 등용하면 국가의 이익에 과연 어떠하겠습니까.

또 이 충·의·정·직과 성실·근면·공평·청렴이란 여덟 가지 덕목에도 오히려 이익과 해로움이 있으니 상세하게 판별하겠습니다. 악비(岳飛)의 충이 하늘을 뚫지 않은 것은 아니나 진회(秦檜)의 간사함을 억누르지 못해 단지 이름과 의리만 남겼고,⁶⁾ 예양(豫讓)의 의리가 하늘을 감동시키지 않은 것은 아니지만 지백(智伯)의 욕심을 제거하지 못해 몸

---

4) 분상(奔喪): 먼 곳에서 친상(親喪)의 소식을 듣고 급히 집으로 돌아감.

5) 전한(前漢)의 건국 공신이며 정치가인 진평(陳平: B.C. ?~179)은 양무(陽武)의 호유현 사람으로 집안이 몹시 가난했지만 책 읽기를 즐겨했다. 또 그는 키가 크고 인물이 빼어나, 만나는 사람들이 "자네는 가난한데 무얼 먹어 이렇듯 잘생겼는가?"라고 말할 정도였다. 형 진백(陳伯)의 집에서 함께 살았는데 형은 밭갈이를 하면서도 동생 진평이 마음껏 공부하도록 배려했다. 그러나 형의 집에서 더부살이하는 주제에 하는 일도 없이 빈둥거리며 집안을 살피지도 않고 농사일도 돌보지 않으며 그저 방에 처박혀 글을 읽거나 세상사에 관심을 둘 뿐인 진평의 행태를 보다 못한 형수는 차라리 시동생이 없는 편이 더 낫다며 면전에서 구박했다. 그러자 동생을 끔찍하게 아끼는 형 진백은 구박하는 아내를 집 밖으로 내쫓아버렸다.

6) 남송의 명장인 악비는, 금(金)에 의해 북송이 멸망하자 고종과 함께 남쪽으로 퇴각하였다. 이후 절도사가 되어 금의 공격을 막으며 북진하여 잃었던 영토를 수복하고자 했으나 주화파(主和派)의 반감을 사게 된다. 당시 주화파의 우두머리였던 재상 진회(秦檜)는 고종의 신임에 힘입어 주전파(主戰派)인 악비를 옥에 가두고 처형하였다.

에 옻칠하는 고통을 만들었고,[7] 장손무기(長孫無忌)의 바름이 천고에 빛난다고 말할 수 있으나 무조(武曌)가 황후가 되는 것을 막지 못하고 도리어 고종에게 죽임을 당하였고, 주운(朱雲)의 곧음이 일찍이 굳세지 않은 것은 아니지만 장우(張禹)의 머리를 베지 못하고 단지 난간만 부러뜨렸으니[8] 이들 모두 일신의 이름과 절개는 남음이 있으나 국가에 이익은 없었습니다.

7일을 울부짖어 망한 초(楚)를 다시 살린 것은 신포서(申包胥)의 정성이요,[9] 남쪽과 화목하고 북쪽을 정벌하여 기산(祁山)에 여섯 번이나 나간 것은 선생의 수레[軒]입니다. 공이 우주를 덮되 군주가 의심하지 않

---

7) 춘추전국시대 진(晉)나라 사람인 예양은, 처음 범(范)씨와 중항(中行)씨를 섬겼으나 그들에게 중용되지 못하자 지백(智伯)을 섬겼다. 지백은 예양을 극진하게 예우했다. 뒤에 지백이 범씨와 중항씨를 제거하고, 조양자를 공격했는데 오히려 패배하여 죽고 후손마저 끊겼다. 이에 예양은 지백의 원수를 갚기 위해 목숨을 바쳤다. 처음에는 조양자의 변소에 숨어 그를 암살하려 했으나, 이를 눈치 챈 조양자에게 붙잡혔다. 그러나 예양의 충성심에 감탄한 조양자가 그를 풀어주었다. 풀려난 예양은 포기하지 않고 숯을 먹어 목소리를 바꿨으며, 얼굴엔 옻칠을 하여 얼굴을 변형시켰다.

8) 한(漢)나라 성제(成帝)의 스승이자 정승인 장우(張禹)는 성제의 총애를 믿고 안하무인(眼下無人)했으나, 위세가 하늘을 찔러 그 누구도 감히 말하지 못했다. 이때 주운(朱雲)이 성제에게 충간(忠諫)했다. "지금 조정의 대신들은 위로는 폐하를 올바른 길로 이끌지 못하고, 아래로는 백성들에게 무익한 일만 하면서 녹을 축내고 있으니, 도둑이라고 할 수 있습니다. 저에게 참마검(斬馬劍)을 주신다면 간사한 신하 한 명의 목을 베어 신하들을 경계시키겠습니다." 그 자리에 있던 대신들은 놀라 술렁거렸고, 성제가 물었다. "간사한 신하가 누구인가?" 주운은 주저하지 않고 말했다. "장우입니다." 성제는 주운을 당장 끌어내리고 소리쳤다. 무관들이 주운을 끌어내리려 하자, 주운은 끌려 나가지 않으려고 난간을 붙들고 버티며 장우의 목을 베어야 한다는 말만 계속했다. 무관과 주운이 밀고 당기다가 그만 난간이 부러지고 말았다. 이후 난간을 수리하려고 할 때, 성제는 "새로운 것으로 바꾸지 말고 부서진 것을 붙여놓아라. 직언을 한 충성스런 신하의 징표로 삼겠다."라고 하였다.

9) 신포서는 초(楚)나라 소왕(昭王) 때의 대부이다. 초나라가 오(吳)나라의 침략을 받아 국가의 운명이 위태롭게 되자, 신포서가 진(秦)나라에 들어가 애공(哀公)에게 구원병을 요청하면서 7일 동안 먹지도 않고 울면서 초나라의 절박한 상황을 호소하였다. 이에 애공이 그의 정성에 감동하여 구원병을 보내어 초나라를 도와 안정시켰다.

은 것은 곽자의(郭子儀)의 공변됨이요, 한밤에 황금을 물리치며 하늘·땅·너와 내가 아는 것을 두렵게 여긴 자는 청렴함 양진(楊震)이니,[10] 여덟 가지 덕목의 사이에도 국가의 이해가 이와 같거늘 하물며 이 여덟 가지 덕목이 없는 자를 어찌 가려 뽑지 않고 수용할 것이며, 비록 가려 뽑았더라도 어찌 가늠해보지 않고 임무를 맡기겠습니까.

대개 선생을 세상 사람들이 일컫기를 '전무후무한 제갈량'이라 하고, 반영(潘榮)의 말에 '제갈량은 왕을 도울 재주가 있다'고 하였으나, 오늘 임용한 절목을 보면 이 시대 관직의 중요한 의미에 대해서는 오히려 어둡다고 하겠습니다. 인재의 여부를 살피지 않거나 관직의 중요한 의미에 대해 상세하지 않으면 이는 시세에 꽉 막힌 것이니 시세에 꽉 막히고서야 어찌 쇄신의 정략을 펼친다 하겠습니까. 선생께서도 중국에서 태어나고 죽었으니 중국의 풍토가 골수에 박혀 오늘날 시대에도 관직의 중요한 의미에 대해 매우 부주의하신데 만약 선생의 공정함과 달통한 학식으로도 오히려 이와 같다면 하물며 다른 사람들은 어떠하겠습니까. 저는 원래 불학무식하여 천하의 일에 본디 어두워 정치와 관제의 중요한 의미에 대해서 어찌 감히 말하겠습니까마는 동양의 시국이 매우 위태롭고 이왕에 선생께 관직의 변통이 유신에 중요하다고 하였으니 감히 어리석은 견해를 펼쳐서 부본(副本) 한 부를 만들겠습니다.

천고의 사람들이 일생 동안 행한 일 중에서 간혹 한두 일이라도 오늘날 시세에 적당하다면 단점은 버리고 장점은 취하는 뜻으로 특별히 뽑

---

10) 후한(後漢)시대 사람인 양진은 경전(經傳)에 밝고 박람(博覽)해서 당시 '관서공자 양백기(關西孔子·楊伯起)'라고 불렸다. 백기(伯起)는 그의 자이다. 나이 쉰에 비로소 무재(茂才)로 천거되어 형주자사(荊州刺史)와 동래태수(東萊太守)를 지냈다. 하루는, 이전에 그에 의해 형주무재(荊州茂才)로 추천받은 왕밀(王密)이 창읍령(昌邑令)이 되었는데, 밤에 몰래 찾아와 금 10근을 주면서 늦은 밤이라 아무도 모른다고 말했다. 그러자 양진은 "하늘이 알고, 귀신이 알며, 내가 알고, 그대가 안다."라고 하며 거절하였다.

아 임용하겠습니다. 이는 다른 것이 아니라 시국이 절박하여 내외관직의 중요한 업무만 실천할 계책이니 만일 겉으로 건성으로 보면 이는 혹 격에 벗어나겠지만 관직의 요긴한 점을 고찰하면 옳지 않음이 없다 할 것이니 열람하시기 바랍니다" 하고는 잠시 만에 써서 선생의 앞에 올리며, "조금 전 선생께서 쓰신 것은 사람이 관직을 구한 것이지만, 지금 제가 쓴 것은 관직이 사람을 구한 것이니 서로의 거리는 만 리라 하겠습니다. 어쩌면 세상 사람들의 안목에 생소할 듯하나 옛날 잘못된 습관은 버리고 새로운 법식의 공변된 도만 취한 것이니 잘 헤아려 살펴주십시오"라고 말하였다. 선생이 받아서 보니 관직과 인명이 다음과 같더라.

내각
대신 김인서(金人瑞)
참찬 조빈(曹彬)
참서관 신불해(申不害)
주사 맹민(孟敏)

궁내부
대신 병길(丙吉)
협판 소하(蕭何)
참서관 장소(張昭)
주사 곽유지(郭攸之)

법부
대신 송렴(宋濂)
협판 곽광(霍光)
참서관 장석지(張釋之)

주사 서성(徐盛)

학부
대신 이극(李克)
협판 허소(許邵)
참서관 숙손통(叔孫通)
주사 양수(楊修)

농상부
대신 사마천(司馬遷)
협판 조충국(趙充國)
참서관 장영(張泳)
주사 상홍양(桑弘羊)

군부
대신 소진(蘇秦)
협판 조착(鼂錯)
참서관 오기(吳起)
주사 여개(呂凱)

외부
대신 왕맹(王猛)
협판 장량(張良)
참서관 신릉군(信陵君)
주사 이백(李白)

내부
대신 추기(鄒忌)
협판 위무지(魏無知)
참서관 여몽정(呂蒙正)
주사 위상(魏相)

탁지부
대신 왕통(王通)
협판 유목지(劉穆之)
참서관 도간(陶侃)
주사 진평(陳平)

공부
대신 몽념(夢恬)
협판
참서관 조과(趙過)
주사 화신(花信)

경무청
경무사 시내암(施耐庵)
경무관 반영(潘榮)
총순 마속(馬謖)
순검 주처(周處)

재판소
형사국 여조겸(呂祖謙)

민사국 인상여(藺相如)

육군부
부장 왕전(王翦)
참장 이효태(李孝泰)
정령 사마의(司馬懿)
부령 조사(趙奢)
참령 정불식(程不識)
정위 등애(鄧艾)
부위 뇌만춘(雷萬春)
참위 양소(楊素)

외임
관찰사 상앙(商鞅)
참서관 위징(魏徵)
경무보 서문표(西門豹)
군수 왕안석(王安石)
시찰위원 장비(張飛)
전권공사 조자(趙咨)
수원 풍환(馮驩)

선생이 쭉 훑어본 뒤에 탄식하며 말했다. "여기에 쓴 것을 일일이 자세히 살펴보니, 유신시대의 경장정략이라 하겠습니다. 나는 구태가 아직 남아 있어 옛날에 벼슬한 사람 가운데에서 어질고 착하다고 칭찬받는 자들로 살아 있을 때의 전직을 찾아내어 그대로 임명하였습니다. 지금 그대가 써놓은 것은 문벌과 전직은 상관하지 않고 관직을 맡길 중요한 업무에 적합한 재주만 되면 바로 뽑아서 서임하였으니 일은 반을 하고 공은 배가되는 실효가 있어 청국의 정치가 실제 날마다 진보할 것이니 부강의 기초가 마련되겠습니다. 허나 공부의 협판 자리 하나는 무슨 까닭으로 자리만 만들어놓고 채우지 않았습니까?"

밀아자가 대답하였다. "이는 다름이 아니라 그 자리에 맞는 인재로 적당한 사람이 생각나지 않기 때문입니다. 차라리 자리를 만들어놓고 임명을 안 할지언정 경솔하게 천거해서는 안 되겠기에 우선 이렇게 잠시 비워두었습니다. 비록 서민이라도 공부의 협판직에 적당하면 바로 채워 쓸 요량입니다. 또 법률을 제정하는 일은 기초위원을 선정하여 기초를 제정하려니와 이 법률의 본적과 내력을 먼저 설명하겠습니다.

태극이 처음 갈라졌을 때에 음이 하나의 물을 낳고 양이 하나의 물을 낳으니, 음이 낳은 것은 '법'이요 양이 낳은 것은 '률'입니다. 법과 률이 천지의 음양을 본받아 그대로 짝을 이루어 부부가 되었고, 비로소 법률이라고 불렀습니다. 본래 그 성질이 강직하고 공평하여 조금도 비뚤어지거나 구차함이 없고 동시에 스스로 독립하여 상제의 관할을 받지 않았습니다.

그의 직업은 해와 달의 차고 기욺과 추위와 더위의 오고 감을 관리하는 의무가 있습니다. 그러므로 해와 달, 추위와 더위의 차고 기욺, 가고 옴이 각기 범위 밖에 한 걸음을 감히 나가지 않는 것입니다. 목숨 또한 무한하여 천지와 함께 돌아갑니다. 64,800년 만에 두 아이를 낳으니 큰 아이는 '장정(章程)'이고, 작은 아이는 '규칙(規則)'입니다. 두 아이 역시 부모의 풍습에 따라 절로 하늘에 맞서려는 마음을 가져 독립에 얽매이지 않고 국가와 사람과 사물과 일에 간섭하지 않는 것이 없습니다. 사람들이 공경하고 사랑할 경우 즐겨 쓰여 그 나라를 흥하게 하고, 사람들이 함부로 업신여길 경우 떠나가서 돌아오지 않아 그 나라를 쇠망하게 합니다.

그 흥륭 쇠망하던 경험을 말하면 옛날 상(商)나라 마지막 왕 수(受)가 장정(章程)을 함부로 업신여기다가 마침내 600년의 사직을 엎었고, 가까이는 워싱턴이 장정을 공경하고 사랑하더니 그의 나라가 현재 40개의 주를 가진 부강한 국가가 되었습니다. 곧, 어떤 사람을 막론하고 차라리 하늘에 죄를 지을지언정 단연코 장정에 죄를 지어서는 안 됩니다. 하늘에 죄를 얻으면 한 사람이 그 재앙을 받지만, 장정에 죄를 지으면 한 나라가 그 재앙을 받게 됩니다.

또 장정이 하늘과 서로 대항하는 모양을 상세히 말씀드리겠습니다. 가령 전국의 각계 사회가 장정을 묵수하여 조금의 진퇴도 하지 않는 동시에 나라는 곧 유정(維定)한 천수(天數)로 망하게 되고 불인한 환공(桓公)과 영공(靈公)[11] 같은 군주가 되어 위로는 천운(天運)의 압력을 받아 나라가 끊어지려 하고, 아래로는 장정의 견책을 받아 망국의 정치를 행할 수 없으니 앞으로 어찌해야겠습니까?

이때를 당하여 위에서는 운수를 도모할 수가 없어 나라의 제사를 지낼 수 없고, 아래에서는 악행을 하지 않았는데도 망함을 또한 어쩔 수 없으니 또다시 어찌하겠습니까. 부득이 주(周)의 세종[12]과 명(明)의 의

---

11) 제나라 환공은 춘추시대 5패(霸)의 선두가 되었으나 관중 사후 방탕하였으며, 관중이 죽을 때 등용하지 말라고 했던 간신들을 등용해 국정이 어지러워졌다. 자식들의 후계자 싸움으로 그의 시체는 69일이나 방치되어 관에 구더기가 들끓었다고 한다. 역시 춘추시대 진(晉)나라 영공(靈公)은 포악하기로 이름이 높았다. 정경(正卿) 조돈(趙盾)이 바른 정치를 하도록 호소했는데, 오히려 미움을 사는 빌미가 되어 영공은 조돈을 죽이려고 했으며, 조돈은 이웃나라로 망명길에 올랐다. 그 무렵 무도한 영공은 조천(趙穿)이라는 사람에 의해 시해되었다.

12) 후한 말기, 곽위는 장수들의 추대로 후주(後周)의 태수가 되었다. 후에 곽위가 병으로 죽자 양자였던 시영이 그 뒤를 이어 세종이 되었고, 세종은 조광윤을 금군의 최고 장군으로 승진시켰다. 얼마 후 세종 또한 병으로 세상을 떠나자 그의 일곱 살 난 아들이 왕위를 계승하였다. 그 후, 959년 11월, 조광윤은 후주의 진주성이 거란군의 공격을 받고 있으니 군사를 보내달라는 거짓 보고를 하였고, 조정에서는 사실관계도

종[13]이 될 수밖에 없습니다. 주의 세종과 명의 의종은 망하였지만 어진 사람이었으니, 망하였지만 어진 사람이란 것은 무엇입니까. 운수를 피하지 않아서 망한 것이며, 장정을 실천하여 어진 것입니다.

그런즉 장정의 힘이 비록 하늘을 이겨 나라를 망하지 않게 할 수는 없지만 불선(不善)한 것을 억누르고 선하게 할 수는 있는 것입니다. 만약 못나고 어리석은 군주로 하여금 불선(不善)을 억누르고 선하게 할 수 있다면 하늘 역시 쉽게 재앙을 내리지는 않을 것입니다.

또 신하로 말하더라도 조고(趙高)와 양소(楊素)의 무리가 하늘이 정한 큰 운이 있어 높은 지위에 오를 때, 국가의 장정에 어질지 못하고 덕이 없는 사람은 승진하지 못하도록 한 규칙이 있는 것은 어찌된 것입니까. 조고와 양소 등이 비록 지극히 간악하지만 하늘이 정한 운수를 어찌 피하여 재상이 되지 않을 수 있겠습니까. 부득이함에 몰려 마음을 고치고 행실을 닦아 승진하여 높은 지위에 오르고 말았으니 이는 자연의 형세로 하늘이 정한 운수를 피하지 않고 재상이 된 것이며, 장정의 견책을 폐기하지 않고 현철(賢哲)이 된 것입니다. 대개 천고의 제왕이 자손을 위한 향구(享久)의 계책이 늘 어진 선비를 기르는 것과 무기를 갖추고 성을 축성하는 것이니 이는 그 본질을 버리고 그 끝만을 닦는 것입니다. 만약 자손이 덕이 있으면 괜찮지만 어리석다면 어진 신하와 지혜로운 장수와 견고한 성과 날카로운 무기가 도리어 나를 죽이는 물건이 될 것입니다.

성탕(成湯)이 하(夏)의 신하가 아닌 것이 아니지만 걸(桀)왕을 내쫓았고, 무왕(武王)이 은(殷)의 신하 아닌 것이 아니지만 주(紂)왕을 정벌하였으니 성탕과 무왕이 어찌 어질지 않고 의리가 없어서 이렇게 했겠습니까. 자손이 덕이 없으면 늘 이것을 근심해야 하거늘 어찌 그에 대

확인치 않고 대군을 보냈으며, 조광윤은 군사 쿠데타를 일으켜 북송의 황제가 된다.
13) 명나라 의종은 명나라 마지막 황제인 숭정(崇禎)황제이다.

한 생각이 깊지 않을까요. 하물며 석작(石碏) 조참(曹參)의 자손에 또한 석후(石厚)와 조조라는 어리석은 자가 있었으니 또다시 어찌하겠습니까. 당초에 나라를 세우는 규정에 어진 이를 가까이하고 간사한 이를 멀리하며 보장(保障)[14]과 견사(繭絲)[15]에 힘쓰지 말고, 천자의 맏아들과 여러 아들로부터 공경대부와 많은 벼슬아치와 뭇 선비들과 일반 백성에 이르기까지 모두 어릴 때부터 한결같이 장정으로 교육해야 할 것입니다.

어린아이로부터 노인에 이르기까지 읽고 외워 쉽거나 빠뜨리지 못하게 하기를 반드시 잠자고 밥 먹는 것과 같이하여 자연히 귀에 박히고 눈에 익으며, 마음에 젖어들고 뼈에 절어 저절로 일상적인 습관이 되게 해야 합니다. 그리하여 후대의 자자손손이 보고 듣고 행하고 익히는 것이 이 장정에서 벗어나지 않게 되면 임금되고 신하되고 백성됨에 애초에 바르지 못한 싹이 생겨나지 않을 것입니다. 만약 간혹 살피지 않아 범위를 벗어나면 도리어 생소하다는 탄식이 있어 스스로 그렇게 하지 않을 겁니다.

또 간혹 매우 어리석어 망령되이 범위 밖으로 나가면 자연히 세상에 용납되지 못합니다. 임금이 바르지 못하면 신하가 반드시 받들지 않을 것이요, 신하가 바르지 못하면 백성이 반드시 따르지 않을 것이요, 백성이 바르지 못하면 세상이 반드시 응하지 않을 것이니, 대개 신하가 받들지 않고 백성이 따르지 않으며 세상이 응하지 않는다는 것은 다른 것이 없습니다. 평생 듣지 못하고 보지 못하고 알지 못한 것이기 때문으로 만사에 부합되는 이치가 없기 때문입니다. 그런즉 군주의 잔혹한 정치와 신하의 간사한 섬김과 백성의 잘못된 풍속이 생겨날 수가 없고

---

14) 보장(保障): 보호하고 도와주는 것이다.
15) 견사(繭絲): 누에고치에서 실을 뽑듯 백성들을 쥐어짜서 이익을 취하는 정치를 말한다.

받아들여질 수가 없으니 진실로 이와 같다면 억만 년이 지나도 망하지 않는 나라가 될 것입니다. 선생의 의향은 어떻습니까?"

선생이 말했다. "이 법률의 역사를 들으니 마음에 매우 염려가 됩니다. 내가 지난번에 이 법률로 문제를 만들어 갑을문답으로 연구한 것이 있어 오늘 그대에게 한바탕 연설을 할 터이니 정중히 들어주시기 바랍니다.

갑이 물었습니다. '어느 나라를 막론하고 소하(蕭何)가 재상이 되고, 손무(孫武)는 장수가 되고, 관리는 모두 공수(龔遂)이고, 백성은 모두 장공예(張公藝)이면 잘 다스려져서 천하에 대적할 것이 없겠습니까?' 을이 대답했습니다. '옛날 천하로 말하면 부족하나마 괜찮다고 하겠으나 오늘날 천하로 말하면 또한 반드시 그러할지는 모르겠습니다.'

갑이 말했습니다. '천하라는 것이 고금이 다릅니까?' 을이 답했습니다. '옛날에는 사해(四海)로써 천하라고 하였는데, 지금은 오대양으로 천하라고 합니다.' 갑이 말했습니다. '그렇다면 어떤 사람을 등용해야 오늘날 천하에 적이 없겠습니까?' 을이 말했습니다. '범려(范蠡)를 재상으로 하고, 왕융(王戎)을 장수로 하고, 관리는 모두 등통(鄧通)이고, 백성은 모두 석계륜(石季倫)이라면 오늘날 천하에 적이 반드시 없을 것입니다.'

갑이 말했습니다. '맹자가 말하기를, 위와 아래가 서로 이익을 다투면 나라가 위태롭다[16]고 하였는데, 지금 그대가 말한 사람은 모두 재리(財利)에 밝은 사람이니 나라가 위태로울 염려가 없겠습니까?' 을이 말했습니다. '옛날에는 명분과 의리를 고상하게 여겼으므로 초국(楚國)이 청모(青茅)의 공물을 폐함에 천하가 그를 미워하였지만, 지금은 명예와 이익을 고상하게 여기므로 개명국은 부자와 신사가 된 이후에 바야흐

---

16) 『맹자』 「양혜왕」 상. "上下交征利, 而國危矣."

로 투표권이 있고, 부자와 신사라야 곧 대의사(代議士)가 됩니다. 국가가 전쟁에 패하여 망하려 해도 배상금으로 그 망함을 대신 갚으니 이는 동양에서는 듣도 보도 못한 일이나 지금 세상에 실제 그런 나라와 그런 일이 있으니 오늘 재물로 재물을 지키고, 이익으로 이익을 지키는 것이 국사의 제일 중요한 업무가 되었습니다.'

갑이 말했습니다. '명분과 의리는 예의와 겸양을 주로 하고, 명예와 이익은 경쟁을 주로 하니 군자가 정치를 한다면 어디에 근거하는 것이 마땅하겠습니까?' 을이 말했습니다. '예의와 겸양은 영혼은 있지만 실질이 없고, 경쟁은 실질은 있으나 영혼이 없으니, 밝은 세상에서는 영혼을 숭상하고, 개명(開明)의 세상에서는 실질을 숭상합니다.' 갑이 말했습니다. '그렇다면 재정을 다스리고 이익을 추구함이 바야흐로 오늘날 긴급한 업무이나 성현의 가르침에 '부자가 되면 어질지 못하고, 어질면 부자가 되지 못한다'[17]라고 하니 나라를 다스림에 어느 쪽에 힘써야겠습니까?'

을이 말했습니다. '그대는 꽉 막혀서 합리적 변통을 모르는 사람입니다. 무릇 재화라는 것은 나라에는 원기가 되고, 백성에게는 혈맥이 되어 하루인들 없어서는 안 되는 것입니다. '어질면 부자가 되지 못한다'는 성현의 가르침은 다른 것이 아닙니다. 옛날의 부자는 늘 원래 가지고 있는 재물로써 스스로 도모하여 취했으므로 밭이나 닭을 나누어주는 부자를 경계한 것이거니와 오늘날 부자라고 말하는 것은 생식(生殖)과 번창(蕃昌)으로 공익을 삼는 것이니 어질고 지혜가 있은 뒤에 공리(公利)로 치부(致富)할 수 있습니다. 고금이 이와 같이 다를 뿐만 아니라 재물이라고 하는 것은 하늘과 땅 사이에 오직 하나이고 둘이 없는 덕업이 있습니다. 왜 그러냐 하면, 어느 나라를 막론하고 재화를 운용하는

---

17) 『맹자』 「등문공」 상. "爲富不仁, 爲仁不富."

경우에 영험이 무궁하고 조화를 예측할 수 없어야 가난한 사람이 부자가 되고 천한 사람이 귀하게 되고, 약한 사람이 강하게 되고, 굽은 사람이 펴게 되기 때문입니다.'

갑이 말했습니다. '그렇다면 이와 같은 영물이 인간 세상에 가득 차서 없는 곳이 없는데 천한 사람은 왜 협박하여 취하여서 귀하게 되지 않고, 가난한 사람은 왜 강제로 빼앗아 부자가 되지 않습니까?' 을이 말했습니다. '누군들 이런 마음과 욕심이 없겠습니까? 비록 살인 방화와 민가 습격을 통해서라도 취하고 싶지만 세간에 두려운 물건이 한 쌍이 있어 호랑이와 표범처럼 사납고, 귀신같이 영험하여 밤낮으로 쉬지 않고 곳곳으로 따라다니기 때문입니다. 만약 이 물건이 따라다니지 않는다면 많은 집의 부녀와 구슬과 비단과 왼쪽 오른쪽 시장의 금과 은과 곡식을 어찌 일찍이 그 주인이 가질 수 있었겠습니까?'

갑이 말했습니다. '그렇다면 이 두 가지 물건의 이름은 무엇입니까?' 을이 말했습니다. '하나의 이름은 법률이고, 또 하나의 이름은 염치입니다. 이 두 가지 물건이 촘촘하게 인간세상에 두루 다녀서 법률은 사람의 귀와 눈을 지키고, 염치는 사람의 마음을 살피므로 사람이 금수의 지경에 이르지 않게 합니다.' 갑이 말했습니다. '왜 금수의 지경이라고 합니까?' 을이 말했습니다. '저 금수는 본디 야성으로 잔악무도하여 행실이 동류에게도 참지 않습니다. 강하면 반드시 약자를 먹고, 크면 반드시 작은 것을 무너뜨리니, 범은 토끼를 먹고, 이리는 노루를 먹으며, 매는 꿩을 먹고, 소리개는 참새를 먹습니다. 잡아먹히는 자가 비록 슬프고 원통함이 있으나 금수에는 일찍이 법과 관청이 없으니 어디에 가서 고소를 할 것이며, 또한 누가 있어서 구해주겠습니까? 어쩔 수 없이 잡아먹힐 따름입니다. 그러므로 사람에게 법률의 보호와 염치의 경각심이 없다면 금수에 가깝다고 하겠습니다.'라고 하였습니다. 그대의 의

향은 어떤지 다시 생각해보시기 바랍니다."

밀아자가 말했다. "지금 이 법률에 관해 하신 말씀은 선생과 저의 뜻이 별반 차이가 없습니다."

선생이 말했다. "관제의 변통과 법률의 개량은 이미 설명하였거니와 풍속과 문학에서 개선할 방법을 또 말해보시지요."

밀아자가 말했다. "풍속이란 것은 본디 형체가 없고 소리와 냄새도 없는 것으로 사람의 귀와 입으로 출입하며 손과 발로 옮겨가지 않는 곳이 없으며, 있지 않는 때가 없습니다. 개인, 집안, 나라에 머물 때에는 반드시 형태와 자취와 소리와 기운을 축적하는 것입니다. 지금 중국으로 말하면 사람 몸에 붙은 풍속 중에 나빠서 수용하지 못할 것이 넷이고, 나라에 전래한 풍속 중에 아름다워서 버릴 수 없는 것이 둘입니다. 대개 그림을 그릴 때 바탕이 좋아야 한다는 것[18]은 성현께서 경계한 가르침입니다. 사람 몸에 모인 네 가지 나쁜 풍속을 먼저 제거하여 본바탕을 깨끗하게 한 뒤에 유신(維新)의 일을 도모해야 할 것이니 이 네 가지 나쁜 풍속이란 것은 무엇이겠습니까.

변발(辮髮)이 땅에 끌려 외모가 창피하고 동작에 방해됨과, 손톱이 한 자나 되어 사물과 접촉할 때 불리하고, 한가하게 자적하고 평생 동안 전족(纏足)하여 병을 스스로 만들며, 육체에 가하는 형벌을 자행함과 아편 연기에 중독되어 일을 전폐하고 생명을 끊는 것입니다. 이 네 가지 나쁜 풍속은 중국과 서양의 선비가 이미 천번 만번 질타한 것이니 지금 반드시 특별히 논할 것은 아니지만 만약 외국에 이런 네 가지 풍속이 있었다면 이른바 중국 사람의 붓끝과 구설에 어떤 오랑캐라거나 무슨 짐승이라며 지목하고 지칭하며 욕하고 꾸짖었을 겁니다. 대개 이 네 가지 나쁜 풍속을 제거하는 게 어렵지 않은 이유는,

---

18) 『논어』「팔일」. "繪事後素."

하지 않는 것이지 할 수 없는 것이 아니기 때문입니다. 혁신의 정치에 가장 먼저 박멸해야 할 것입니다. 나라에 전래하는 두 가지 아름다운 풍속이란 것은 곧, 삼강오륜입니다. 이 삼강오륜이 연세가 높아 역량이 충분하지 않으니, 지금 이 유신시대에는 모두 개량해야 할 것입니다."

선생이 놀라 물었다. "삼강오륜이란 것은 국가와 인류에 제일의 강상(綱常)이니 누가 감히 손을 대어 개량할 수 있겠습니까?"

밀아자가 웃으며 대답했다. "선생의 말이 아득한 옛날에 가깝습니다. 사람에게 삼강오륜이 없다면 사람이 되지 못하고, 나라에 삼강오륜이 없다면 나라를 이룰 수 없으니 오늘 천 마디 만 마디 말이 그 근본을 따져보면 나라를 다스린다는 한 가지입니다. 지금 나라를 다스리는 처지에 나라를 다스리는 사물을 어찌 개량하지 않을 수 있겠습니까.

먼저 집안을 다스리는 법으로 비유하여 말하겠습니다. 무릇 부부 두 입의 일 년 생활을 헤아리면, 밥·반찬·땔감·물과 옷·신발·갓·띠의 생활용품과 제사를 받들고 손님을 대접하는 등 각 항목의 경비를 합산하여 계산하면 2천 원을 넘지 않고도 충분할 터인데, 아들 낳고 딸 낳아 장가가고 시집간 뒤에 내외손이 또 이렇게 낳아 곧 수십 명으로 많아지면 그때에는 2천 원의 경비로는 감당할 수 없으니 부득이 지출액을 늘여야만 하는 형세가 될 것입니다. 그런즉 삼대[하·은·주] 이전에는 땅은 구주(九州)에 불과하고, 정치는 우(禹)의 다스림 정도를 벗어나지 않으니 이 삼강오륜이 나라를 다스리는 물건으로 충분했지만 지금은 서양과 국경을 접하고 안위가 가까이 붙어 있어 나라에서 백성의 일을 계획함이 삼대의 시대와는 크게 다른데 오직 삼강오륜으로만 다스리려고 하면 이는 두 사람에게 충당되는 물건을 수십 명이 사용하는 것과 다름이 없습니다.

삼강의 아래에 삼강을 더하고 오륜의 아래에 이륜(二倫)을 더하여 육
강칠륜(六綱七倫)으로 나라를 다스리지 않을 수 없습니다. 그래야만 위
로는 사직을 보호하고, 아래로는 민족을 보호할 수 있습니다. 추가한
삼강이륜은 무엇이겠습니까. '나라는 임금의 벼리가 되고(國爲君綱), 백
성은 나라의 벼리가 되며(民爲國綱), 사물은 백성의 벼리가 된다(物爲民
綱)' 이것이 곧 삼강(三綱)입니다. 장군과 졸병이 일륜(一倫)이 되고, 스승
과 생도가 일륜(一倫)이 되니 이것이 곧 이륜입니다.

이것은 이전에 환하게 증명된 것입니다. 옛날 삼황(三皇) 시대에는 인
종이 작고, 사물이 갖추어지지 않았으므로 이 삼강오륜의 설이 없어도
절로 나라가 다스려졌으나 삼대 이후로는 인물의 개명과 사무의 번잡
함이 삼황시대와는 크게 다릅니다. 그러므로 삼강오륜의 의리로 나라
를 다스리지 않을 수 없게 되었습니다. 그런즉 오늘날 사물의 번잡함을
삼대의 시대와 비교하면 육강칠륜도 오히려 모자란다고 할 것이니, 시
대가 지났고 일이 변했다고 하겠습니다. 지금 이후 천년이면 반드시 구
강십일륜(九綱十一倫)으로 개정해야 나라를 다스릴 형세가 될 것입니다.

또 이 문학은 그 내력을 앞항에서 허다하게 논하였습니다. 송(宋)나
라의 이른바 문학이란 것을 논해보면, 대부분 입으로 말한 것이 아니
고, 눈으로 본 것이 아닙니다. 무엇인가 하면, 휘종(徽宗)과 흠종(欽宗)
두 황제는 중국 사람들이 항상 일컫는 이적(夷狄)과 금수(禽獸)라는 금
(金)과 요(遼)에게 잡혔으니[19] 이는 천고에 없는 욕됨이요, 만대 썩지 않
을 한입니다. 군주가 욕되면 신하는 죽는다는 것은 또 중국인들이 말
하던 것인데 어찌하여 죽지 않고 태연하게 살아 있단 말입니까. 또 두

---

19) 북송의 황제인 휘종은 북쪽의 요(遼, 거란)가 세력을 뻗치며 위협하자, 만주의 금
    (金, 여진)과 동맹을 맺었다. 요와의 전투에서 이기기는 했으나 여진족의 세력이 점
    차 커지자 이에 두려움을 느껴 아들 흠종에게 제위를 물려주었다. 그러나 흠종이 제
    위에 오른 지 2년이 지난 1127년 여진족은 수도 개봉을 점령하고 북송을 멸망시켰
    다. 휘종과 흠종은 만주에서 비참한 귀양살이 끝에 죽었다.

황제가 저 오랑캐에게 잡혀가게 된 원인은 다른 것이 아니라 상대는 강하고 나는 약하며, 상대는 실질적이고 나는 허황되기 때문입니다. 그런즉 저 오랑캐가 용맹한 병사와 장수, 견고한 방패와 날카로운 무기의 실물로 우리 중국을 무너뜨리고 우리 임금과 어버이를 잡아갔으면 우리도 저들과 같은 실물을 준비해야 적을 막을 수 있고 원수를 갚을 수 있습니다.

실지의 문학과 실지의 사물을 취하며 전날에 종사하던 이른바 예설(禮說)이니 제례(祭禮)니 상례(喪禮)니 하는 종이 위의 헛된 글의 허식과 허사와 「추성부(秋聲賦)」[20]니 「적벽부(赤壁賦)」[21]니 「취옹정기(醉翁亭記)」[22]니 하는 근거 없고 실없는 문장은 짐짓 동각(東閣)에 올려두어야 합니다. 아무 땅의 삼림으로 배와 수레를 만들면 단단하고 굳세며, 아무 광산의 금과 철로 칼과 창을 만들면 날카롭고 강하며, 아무 짐승의 가죽으로 갑옷과 투구를 제작하면 견고하며 실하고, 아무 땅의 기장과 꼴로 말린 밥을 찌면 좋고, 아무 물건에 대한 세금으로 군비를 지출하면 넉넉하고, 아무 나라의 군제로 병사를 조련하면 정예부대가 되며, 아무 장수의 군사학으로 무관을 교육하면 좋을 것이라는 문자를 저술하여 민족으로 하여금 실질을 가르치고 익히게 했던들 애산(厓山)의 참화[23]는 없었을 것입니다.

당초 인륜을 밝힌다며 저술한 것은 시의에 적합한지는 일체 무시하고 천번 만번 불가한 천년 이천 년 이상 시대 사람의 시비를 제기하여

---

20) 「추성부(秋聲賦)」: 북송의 문학가 구양수(歐陽脩)가 지은 문학작품.

21) 「적벽부(赤壁賦)」: 북송의 문학가 소식(蘇軾)이 지은 문학작품.

22) 「취옹정기(醉翁亭記)」: 북송의 문학가 구양수(歐陽脩)가 지은 문학작품.

23) 애산(厓山)은 현재 홍콩 주변에 있는 섬이다. 1276년 남하한 몽골군에게 남송의 황제인 공제(恭帝)가 항복함으로써 남송은 망하게 된다. 그러나 남송의 일부 유신들은 이에 굴복하여 선단(船團)을 꾸려 해상을 표류하면서 애산이란 섬에서 항전하였다. 하지만 결국 패배하여 그들이 세운 황제와 함께 바다로 몸을 던졌다.

관중론(管仲論)[24]이니 예양론(豫讓論)[25]이니 악의론(樂毅論)[26]이니 가의론(賈誼論)[27]이니 하는 문자만 저작하였으니 이 무슨 해괴망측한 문학입니까? 또 이른바 『송명신록(宋名臣錄)』[28]이란 책에 실린 여러 사람을 보면 어진 이와 군자(君子) 아님이 없는데 이런 어진 이와 군자가 자신의 입으로 평소 일컫던 오랑캐와 금수에게 자국의 군주와 어버이를 납치당하였으니 이 일을 천하후세에 안목을 갖춘 사람이 공정하게 평가한다면 그 시대 어진 이와 군자가 군주를 사랑함은 충의가 부족하여 잡혀가게 했다고 할는지, 적을 방어하는 지혜와 힘이 부족하여 잡혀갔으니 어쩔 수 없다고 할는지, 이 두 가지에서 벗어나지 않을 것이니, 충의가 부족하든 지혜와 힘이 부족하든 간에 어진 이와 군자는 어디에 쓸 어진 이와 군자인지 나는 모르겠습니다.

또 그때 금(金)과 요(遼)가 우리를 적국으로 대하여 서로 오랫동안 버텨 관계가 중대하니 주의하지 않으면 안 되는데도, 저 나라 정치의 선악과 인민의 우열과 병사의 강약과 재정의 많고 적음을 일일이 정탐하

---

24) 관중론(管仲論): 북송의 문학가 소순(蘇洵)이 쓴 관중에 대한 인물평론. 관중은 춘추시대 제나라 재상으로 환공을 춘추 5패(覇)의 첫 번째 패자(覇者)로 만들었다. 그러나 초기 환공의 정적(政敵)인 공자 규(糾)를 섬겼으므로 그에 대한 평가에는 많은 논란이 있다.

25) 예양론(豫讓論): 춘추시대 진(晉)나라 사람인 예양(豫讓)에 대한 인물평론으로 사마천이 쓴 『사기』 「열전」 〈자객편(刺客篇)〉에 나온다. 예양은 지백(智伯)을 섬겼는데 지백은 조양자(趙襄子)에게 몰살당한다. 그러자 예양은 주군이었던 조양자를 위해 아내와 친구도 끊으면서 복수하고자 하였다.

26) 악의론(樂毅論): 중국 삼국시대 위(魏)나라 하후현(夏侯玄)이 연(燕)나라의 명장 악의(樂毅)에 대해 쓴 소론. 악의는 위(魏)나라 사람으로 연나라의 상장군이 되어 혁혁한 공을 세웠으나 제(齊)나라 장수 전단(田單)의 모함을 받아 조(趙)나라로 망명했다.

27) 가의론(賈誼論): 북송의 문학가 소식(蘇軾)이 쓴 가의에 대한 인물평론. 가의(BC 201~BC 169)는 중국 한대(漢代)의 정치개혁가이자 이름난 시인이다. 그의 작품으로 「복조부(鵩鳥賦)」, 「도굴원부(悼屈原賦)」 등이 유명하다.

28) 『송명신록(宋名臣錄)』: 명(明)나라 이정기(李廷機)가 편찬한 것이 있다.

며 도로의 원근과 산천의 험이(險夷)를 그리며, 기계의 정둔(精鈍)과 거마(車馬)의 지속(遲速)을 비교하여 필승의 계책을 도모하는 문자는 하나도 기술하지 않고, 오만하게 있으면서 붓을 잡고 입을 열면 곧 저들은 오랑캐요 금수란 욕뿐입니다. 옛날에 왕윤과 사손서(士孫瑞) 등이 모여 울고 있을때, 조조가 웃으며 말하기를 '어찌 울음으로 동탁을 죽일 수 있겠는가'라고 하였으니 당시 송나라 사람은 과연 욕하는 것으로 오랑캐를 죽일 수 있었겠습니까.

또 송나라 때의 백성으로 말하면, 오랑캐를 막지 못하여 군주와 어버이가 납치되었으니 오랑캐에도 미치지 못하는 인종이라 하여도 과연 지나친 말이 아닐 것입니다. 온 세상에 시끌벅적하게 '송나라 선비, 송나라 선비'라는 여러 어진 이의 문자가 어찌 그리 공허한지요. 그때 백성들에 대한 교육이 이와 같이 실질이 없었던 것이지, 군주에 대한 충성의 마음과 나라를 사랑하는 정성이 과연 부족했겠습니까. 오늘 개선할 때에 이런 문학은 일체 통혁(痛革)하고, 실물 실사의 형체와 자취가 있는 문학으로 개량하시기 바랍니다. 오늘 제가 말한 관제·법률·풍속·문학 네 종류를 선생께서도 한층 더 생각을 보태어 연구하시기 바랍니다. 날은 이미 깊은 밤이고 달은 산머리에 걸렸으니 이제 이별을 고합니다."

선생이 그리운 마음을 이기지 못하여 손을 잡고 같이 걸으며 동구까지 나와 이별할 때에 한 줄기 긴 탄식 소리에 갑자기 몸을 뒤척이니 베개 위에서 펼쳐진 한바탕 꿈이었다.

광무 10년 병오년(1906) 중양절 다음 날에 부산동(扶山洞) 천초각(千初閣)에서 씀.

융희 2년 8월 일 인쇄

융희 2년 8월 일 발행

저술자 유원표

교열자 홍종은

발행자 김상만

인쇄소 북서 안현 보문사

발행소 중서 포병하 37통 6호 광학서포

정가 금50전

부록

『夢見諸葛亮』

洌水 劉元杓 著
唐城 洪鍾穩 校

序

坐二十世紀大韓之天地 不夢法國革命美國獨立 而夢支那三國 不夢倫敦都會栢林壯麗 而夢隆中草堂 不夢拿破翁華盛敦傑男偉一俾斯麥 而夢諸葛孔明 嗚呼 橢木砲石 其可以敵毛槍速射乎 木牛流馬 其可以退汽船火車乎 起諸葛於九原曰 爾相我韓國 卒然當之 周章跋躓必也 問學術於學校 問時勢於報舘 至少當費四五年之腦而後可 然則千百回夢諸葛 不如一夢小學中尺童 今也不足夢而夢 又從而語人曰 諸葛見我夢 夢人之夢歟 哲人之夢歟 吾以是質諸蜜啞子 子曰 然斯夢也 固非我所欲夢也 而今觀乎吾國之內 士大夫所聯袂而談計 有非南屏之借風 則錦囊之秘訣也 非西城之彈琴 則魚腹之鬼陣也 上不知古 下不知今 蚩蚩然自信曰 諸葛作石炭不燃 砲丸不發 談笑指揮之間 而大韓獨立後於此乎 而吾語之以世界文明史則 其目瞪 示之以地球偉人傳則 其眉蹙曰 烏有是哉 烏有是哉 其所孜孜不知休者 惟聖歎三國志是已 吁與斯人朝暮遇 吾不夢諸葛而誰夢 雖然彼蚩蚩者 而夢諸葛綸巾耳 夢羽扇耳 夢四輪車耳 夢祁山五丈原耳 而余之夢不然 乃二十世紀東洋之革命耳 固余夢諸葛而實諸葛夢余耳 嗚呼讀此書者 其尚有夢諸夢[1]者乎 采再拜曰 唯書成囑余序 次其言如右ᄒᆞ노라

時 聖天子 隆熙二年 孟夏 高靈申采浩 書于三洞精舍

---

1) 葛의 오기.

夢見諸葛亮 目錄

「議者謂爲非計」

粵在丙午春에 所帶殘啣을 休免ᄒ고 家族을 團合ᄒ야 農庄에 歸ᄒ니
雖非英雄事業의 功成身退也나 自擬昇平烟月에 擊壤逸民이로다 雖然이
나 東洋事勢와 自國情形을 思量ᄒ면 心膽이 冷落ᄒ고 計籌이 沒策이라
不勝感哀ᄒ야 或中宵無寐時에 庭際에 彷徨도ᄒ고 或隣塾에 委往ᄒ야
學問을 講義도ᄒ더니 仲夏天氣가 漸熱ᄒ야 書墨을 自携ᄒ고 崧陽山下
圖書亭에 往ᄒ야 三夏를 消受홀식 泉石이 淸佳ᄒ고 樹木이 陰翳ᄒ야 塵
累가 點無ᄒ고 淸趣가 自足터라

忽於一日에 新聞紙를 讀罷ᄒ고 無聊而坐라가 案頭에 德國史一篇을
抽出ᄒ야 近世一等英傑須泰仁俾斯麥傳을 閱覽타가 困崇가 自生ᄒ야
北窓淸風下에 抱書而臥ᄒ니 窓外에 白日은 遲遲ᄒ고 庭前에 桐陰은 寂
寂이라 忽然午睡가 方濃ᄒ야 悠悠一夢에 飄飄而去홀식 千水萬山을 經
過ᄒ야 一處에 抵到ᄒ則 山不高 水不深호되 趣味가 淸介ᄒ고 貞松修竹
이 蒼蒼猗猗ᄒ야 渾如高士宅里러라 擧目視之ᄒ니 一座茅廬가 碧水下
淨溪上에 翼然挺立ᄒ고 堂上에 一位先生이 綸巾鶴氅衣로 白羽扇를 自
搖ᄒ고 梁甫吟을 朗吟커늘 蜜啞子ㅣ 熟視半晌타가 不覺驚異曰 此地가
分明是支那湖北省荊州府襄陽縣臥龍崗이요 這先生은 昔日仗義扶漢타
가 病卒軍中ᄒ신 武鄕侯諸葛孔明이시로다 此地에 旣到ᄒ얏스니 不得

不一次拜候矣라专고 衣襟을 整頓专며 步屨을 愼重专야 升堂再拜专고 立于席末专딕 先生이 問曰 足下는 何處人氏며 何地로 來訪专는가 蜜啞子ㅣ 復拜曰 弟子는 大韓國冽水人 蜜啞子이웁고 挽近世道가 騷擾专야 微官을 謝休专고 山林에 棲息专야 性命을 苟全专고 聞達을 不求专웁더니 偶然今日에 此地에 來到专야 淨界를 煩瀆专오니 誠極未安이로소이다 先生이 聞罷에 十分驚喜专야 擧手賜坐专고 慇懃問曰 足下의 聲名을 聞已久矣오 且足下가 東洋大勢와 國家安危로 勞心焦思专야 人情物理를 窮格研究专야 書籍도 著述专고 時局世態를 綜核分曉专야 社會에 演說도专는딕 見其書而未見其人专고 聞其說而未聞其聲专야 十分遺憾터니 未料今日에 如是逢晤专니 足慰平生이로다

蜜啞子ㅣ 拜而謝曰 所謂著述이 無非蟪蛄之語 則何足道哉릿가 大抵 弟子의 天性이 愚沖专야 先生의 貞忠大節과 雄才大略을 恒慕不已专와 出師表를 每讀专야 先生을 生時에 面接面侍宮과 自擬专웁더니 千萬料外에 今日先生쎄 拜謁专야 只尺에 侍坐专오니 三生에 奇緣이라 可謂专리로소이다

先生이 微笑曰 足下는 原來有志人으로 時勢를 旰衡专며 國計를 憂慮专는 者요 且出師表를 旣是多讀云則 該出師表에 言事宮 條理가 當時事勢의 適合與否를 必然詳悉矣리니 該表一編에 或者未詳宮 章句와 駭妄宮 語義가 有专거든 今此對坐宮 時에 發明曉解专야 無諱彈晦宮지어다

蜜啞子拱手對曰 先生긔 拜晤今日에 眷愛을 厚蒙쌛不啻라 又以該表辭義로 問難이 至此专시니 非徒汗悚無地라 罔知所喩이오딕 旣承敎命이온즉 敢陳愚見专웁나니 該表에 云 冒危難专야 以奉先帝之遺意여늘 議者ㅣ 謂爲非計라专엿슨則 不識게라 當時議者謂爲非計之說이 是何情由이온지 議者謂爲非計란 六字를 讀宮 時에 弟子ㅣ 自謂키를 先生이 此次出師에는 必駐兵于五丈原而屯田持久专고 復不欲返師矣리라 預料自度专고 不勝傷感专야 泣下不已者ㅣ 多也ㅣ로소이다

先生이 愀然曰 當年僕之出師時에 司馬懿가 言於諸將曰 孔明이 必駐軍于五丈原矣리라ᄒᆞ더니 一千七百年之今日에 足下ᄂᆞᆫ 議者謂爲非計란 句語를 讀ᄒᆞ고 亦云 必駐兵于五丈原 而屯田持久ᄒᆞ고 不復返師矣리라 預料斷言ᄒᆞ엿다니 可謂他人有心을 予忖度之어니와 不復返師ᄒᆞᆯ 必要와 屯田持久ᄒᆞᆯ 情節을 今可得聞乎아

蜜啞子ㅣ 對曰 嗚呼라 先生이 受先帝伐賊之托故로 鞠躬盡瘁ᄒᆞ야 五出祈山이나 然이나 才弱賊强ᄒᆞ야 不能取勝뿐더러 南討北征ᄒᆞ야 年年出師則國弊民疲가 不見可知也라 滿朝臣僚가 各其局見으로 雖有不然之端이오나 首揆主權之下에 莫敢抵抗ᄒᆞ고 只以私自言論으로 曰是曰非ᄒᆞ온비니 凡專制政治國에 或有抑壓之政 而下僚가 莫敢言ᄒᆞ고 輿論이 空自囂囂者ᄂᆞᆫ 古今天下에 何國을 勿論ᄒᆞ고 擧皆必有ᄒᆞᆫ 者ㅣ라 故로 議者謂爲非計也ㅣ나 然이나 先生이 排却衆議ᄒᆞ고 畢竟六次出師ᄒᆞ시니 此六出祈山時에 能攘除奸兇ᄒᆞ고 興復漢室ᄒᆞ야 還于舊都則 議者謂爲非計之說이 水泡에 歸ᄒᆞᆷ은 且勿論ᄒᆞ고 先生의 宿抱ᄒᆞ신 報先帝忠後主之大義를 可謂成立이라ᄒᆞ려니와 夫難平者ᄂᆞᆫ 事也오 成敗利鈍은 未能逆睹也라 若復返師于漢中之日이면 成都縉紳之衆論은 姑舍ᄒᆞ고 益州一域之民心이 必騷然胥動矣러니 若或民心이 騷動이면 先生이 何能七出祈山哉아 若不能七出祈山 而坐待其亡이면 此ᄂᆞᆫ 孤負先帝之托이요 王業亦亡之秋也라 故로 出師于五丈原 而屯田持久ᄒᆞ야 復不欲出師之役이요 亦不廢伐賊之義也ㅣ니 寧卒逝于軍中이언정 未復中原之前에ᄂᆞᆫ 必不欲返師之意也시니 其所大義大忠이 足貫金石也ㅣ라 故로 泣下不已者ㅣ 是也로소이다

先生이 長歎曰 今聞足下之言則 推測千古를 如睹今日ᄒᆞ야 人情時勢를 昭詳分解ᄒᆞᆫ者니 可謂智者之所見이어니와 以其當時議者로 言之ᄒᆞ면 一般臣僚가 皆追先帝之殊遇ᄒᆞ야 欲報之於後主故로 不懈於內ᄒᆞ고 忘身於外ᄒᆞᆫ 者也요 且當日國計의 危急存亡을 莫不曉解者인디 是誠何心으로 僕의 冒危難ᄒᆞ야 以奉先帝之遺意ᄒᆞᆫ바를 獨不解而還欲沮撓ᄒᆞ야

議者ㅣ 謂爲非計라ᄒᆞ얏ᄂᆞ뇨 噫라 僕이 自許先帝驅馳後三十二年에 庶竭駑純ᄒᆞ고 鞠躬盡瘁홈을 後世唐宋明淸之史筆에ᄂᆞᆫ 一無非計之說者어든 當時目擊之人으로 還有此橫議之說ᄒᆞ야 僕이 亦已上表說明ᄒᆞ엿고 足下도 亦此碍眼ᄒᆞ야 注心而泣下云云則 人情物態가 古今이 有殊而然哉아 僕之前後에 果有過失而然哉아 願足下ᄂᆞᆫ 追究詳核ᄒᆞ야 更加判明이어다

蜜啞子ㅣ 復以和顔怡聲으로 慇勤對曰 此韓淸兩國의 所謂士類之浮文空議로 言之ᄒᆞ면 先生의 知識局量이 可謂曠前絶後라ᄒᆞ되 伊時人情物態의 緊着헌 眞狀實蹟으로 言之ᄒᆞ면 先生게 議者ㅣ 謂爲非計之說이 容或無怪로소이다 弟子ㅣ 雖無知沒覺이오나 第以古今天下에 自然ᄒᆞ온 人情物議를 窮核硏解ᄒᆞ야 昭詳辨判ᄒᆞ오리니 伏願先生은 恕諒細燭ᄒᆞ옵소셔 大抵先生의 一生終始를 詳審ᄒᆞ오면 有仁人君子之心ᄒᆞ고 有英雄豪傑之才ᄒᆞ고 有忠臣義士之節也니 於人物之評엔 再不敢言이로되 以其當年益州之士의 密接ᄒᆞᆫ 眼目으로 言之ᄒᆞ오면 有不然之端也ㅣ라 何則고 夫人之善惡이 生時之見이 與死後之聞으로 大不相同者ᄂᆞᆫ 盖人情物理之自然者也요 聖人匹夫之所共知者也ㅣ라 大抵此日此地에 雖黃童白叟라도 東漢史와 三國誌를 讀헌 者면 先帝의 仁義와 先生의 誠忠을 莫不敬服ᄒᆞ야 感歎不已者온딕 彼當年天下之人은 是何心性인지 先生의 君臣을 不甚敬服은 姑舍ᄒᆞ고 百般攻擊ᄒᆞ고 萬端計圖ᄒᆞ야 期欲擒而殺之ᄒᆞ엿스니 此은 無他라 人之善惡辨別이 必在於死後ᄒᆞ고 不在於生前故也ㅣ라 先生之君臣은 且勿論ᄒᆞ고 昔에 孔子之轍環天下也에 七十二國之侯伯이 一無知其聖而任用터니 今則一天之下가 莫不奠其祠 而講其語也니 以若孔子之聖으로도 生前死後가 如此判異커든 況先生之生前死後者乎아 大抵 先生이 龍臥草堂타가 感先帝之三顧ᄒᆞ고 憤漢室之傾頹ᄒᆞ야 隆中에 一出홈으로 發揮孫吳之略ᄒᆞ야 霸業을 圖受ᄒᆞ며 進盡伊呂之誠ᄒᆞ야 王室을 扶植홀ᄉᆡ 三寸之舌로 孫權을 激勸ᄒᆞ야 曹操를 赤壁에 大破ᄒᆞ고 一旅之師로 益州에 進入ᄒᆞ야 巴蜀에 王業을 鼎峙홀 時에 成都之

取와 南鄭之拔에 神機妙算은 鬼莫測焉이오 夏候를 斬ᄒ야 漢中을 平定ᄒ고 曹操를 逐ᄒ야 三分을 成立ᄒ니 戰勝攻取의 雄才大略과 衛正斥邪의 忠肝義膽이 千古歷史에 光輝가 照輝헐ᄲᅢ 不啻라 托孤之恩을 泣受後에 南入不毛ᄒ야 七擒孟獲ᄒ고 北征中原ᄒ야 六出祈山ᄒ얏스니 人臣之節이 至矣盡矣오 英雄之業이 至矣盡矣로다 故로 先生之死後 今日에도 天下之人이 猶復追慕ᄒ야 感歎不已온즉 抑其先生의 生前當時에ᄂ 天下之人의 親愛敬服之心이 必百倍於今日이 當然ᄒ올터이온딕 先生의 生前景光을 以觀ᄒ오면 天下之人이 一無敬服者ᄂ 姑舍ᄒ고 擧皆欲殺先生之人也ㅣ니 然則 今日天下之人은 心志가 純良ᄒ고 知識이 高明ᄒ야 仁義之人을 能知而敬服ᄒ고 古日天下之人은 心志가 悖惡ᄒ고 知識이 朦昧ᄒ야 仁義之人을 不能知而侵害ᄒ온 者ㅣ닛가 此ᄂ 非他라 俗語에 云ᄒ되 隣巫가 無靈이라ᄌᄌᄒ니 此ᄂ 平常之見에 無過ᄒ 者ㅣ라 雖盖世人物이라도 卽接當時에ᄂ 不過尋常ᄒ 者오 神靈之巫라도 隣居密接이면 便不知其靈也ㅣ니 是乃物理之常情也라 先生當時에 魏之張郃司馬懿와 吳之周瑜徐盛과 南蠻之雍闓孟獲等이 擧皆欲殺先生之人이오나 然이나 此人이 若生於今日ᄒ고 居於此地ᄒ야 東漢書를 讀ᄒ야 先生의 道德誠忠과 仁義韜略을 溯究商量이오면 必也追仰敬服之心이 感然自生ᄒ야 莫不欽頌矣리니 是亦人情之常理也ㅣ라 然則書籍과 事實이 不符ᄒ고 生前과 死後가 不同흠이 人世에 堂堂ᄒ 眞理가 되옴을 可信치안소릿가 先生生前에 所經萬事를 逐條分解ᄒ야 人情物理의 逼切ᄒ 經緯를 詳核卞判ᄒ오리니 先生이 細詳聽納ᄒ야 實志裁量ᄒ옵시면 當時議者ㅣ 謂爲非計之說이 亦容或無怪矣리이다

「容或無怪十章」

大抵東漢之末에 天下가 分崩ᄒ야 群雄이 各立홀시 曹操ᄂ 雄居中原ᄒ야 號令諸侯ᄒ고 孫權은 割據江左ᄒ야 爭衡天下홀졔 先生君臣은 漂

泊東南호야 無着身之處也ㅣ라 故로 聲名이 未著호고 功勳이 蔑劣홀 當時에 先帝는 無武王之德호고 劉璋은 無商紂之惡이온디 藉稱同宗之患難相救호고 率軍入境호야 勒奪基業호얏스니 伊日天下之公論에 先生君臣의 行爲를 讚成者ㅣ 能有之乎잇가 必切齒痛恨者ㅣ 不少홀거시오 又先生이 東吳에 荊州를 借得홀 時에 益州를 收取後에 還償之意로 相約矣러니 背約不還호엿스니 伊時東吳之人이 能含憾而還欲敬服乎哉잇가 當年先生之事爲가 如是則議者之謂爲非計가 猶屬歇后也ㅣ라 雖然이나 今日窮究者의 公論으로 言之호오면 益州當年에 曹操가 先取漢中호고 虎視成都홀시 張任令苞之才智가 乃非夏侯淵徐晃張郃等之敵手인즉 早晚에 劉璋의 疆土가 必歸於他人之勢也ㅣ니 先生之主義則 寧冒不韙而自取언정 不可使他人取之者也오 又以荊州事로 言之호면 雖曰借得於人이나 是亦漢家土地也니 漢家土地를 數尺寸이라도 不可予授於他姓之義가 自在則勢不得已호야 還不給者也ㅣ라 此二件事의 背信無義者를 先生이 非不知也ㅣ로되 旣爲漢臣호야 寧受天下之疾妬언정 不失臣分之大義쎤더러 此乃外交政略也ㅣ니 凡外交政略은 無論何國何時호고 如斯호 狡獪手段을 使用호는 者ㅣ라 或者未開之人은 愚迷호 偏見으로 時局에 變遷과 交涉에 機關를 未察호고 予莫의 執中으로 曰可曰否호온者ㅣ니 然則當日議者謂爲非計之說이 容或無怪者也오

且先生이 收取兩川之日에 先帝을 勸호야 漢中王位에 卽홀 時에 不先表奏於天子호고 先自卽位後에 奏聞天子호엿스니 是何事君之道耶아 當初漢室이 傾頹호야 王綱이 不振키로 董卓曹操之徒가 挾天子以令諸侯[2]호얏스니 以其挾天子以令諸侯를 六字로 證驗호오면 漢朝가 雖曰衰微無形이나 一脉皇室은 尙此存焉者也ㅣ니 旣是漢室存在之地에 先卽王位호고 後奏天子홀 事가 能可容於春秋之義理耶아 成都當日에 衆論이 罷

---

2) 侯의 오기.

罷ᄒᆞ야 疆場風塵에 涉險被創ᄒᆞ든 魏延黃忠之心이 全혀 攀龍鱗附鳳翼之一欸也ㅣ니 恐或大衆이 一散이면 難可復合之勢가 自有ᄒᆞ야 迫不得已 不顧先後之次序ᄒᆞ고 有此輕遽이온비니 今不可重言이로되 以皇室所重으로 言之ᄒᆞ면 當年獻帝蒙塵時에 兇彼李㴑郭汜之不學無識과 極逆大懟로도 渠之官爵職帖을 猶不能私自繕持ᄒᆞ고 必乃劫奏天子ᄒᆞ야 所謂 勅旨를 使之勒下하엿고 且孫權之自專自制於江東으로도 驃騎將軍荊州牧之節鉞이 亦自漢朝賜下ᄒᆞ얏스니 此皆一線漢朝之餘脈과 一位獻帝之 皇室이 猶有生存故也오 且袁術之稱帝於壽春時에 天下가 切齒痛恨ᄒᆞ며 稱號爲逆賊者ᄂᆞᆫ 堂堂漢室이 猶有在彼之故也ㅣ라 天下公義가 如是 森嚴ᄒᆞ온딕 當日建安正朔之下와 高帝宗社之存에 臨大事決正義를 何如 是不審愼者乎아 或曰 欲先奏於天子이나 曹操가 君側에 在ᄒᆞᆫ則 必不能 蒙允이기 不先啓奏也ㅣ라 若以卽位之事로 表文을 上送이라가 曹操가 矯詔ᄒᆞ야 尙書院으로 不允之勅을 書下ᄒᆞ면 非徒大事之狼狽也ㅣ라 是 後에 自立爲王이면 是ᄂᆞᆫ 分明이 拒逆皇命이니 不如先卽王位ᄒᆞ고 後當 報奏가 可也라ᄒᆞ나 此ᄂᆞᆫ 遁辭也ㅣ라 當初先帝가 皇室宗親으로 左將軍 豫州刺史之職啣을 承受ᄒᆞ얏고 且與董承馬騰으로 衣帶詔를 密受ᄒᆞ얏슨 則 此日曹操荀彧等之矯詔ᄂᆞᆫ 卽壅蔽聰明이오 乃非天子之本意也니 光明 正大ᄒᆞ게 擧實啓奏ᄒᆞ야 得蒙天子之心中에 黙認黙許則 此ᄂᆞᆫ 眞蹟이오 實事也ㅣ니 雖有矯詔之書下라도 是ᄂᆞᆫ 無愧於天下ᄒᆞ고 無欠於後世者也 ㅣ라 凡厥萬事가 崇實爲本이니 若失其本而先後倒錯이면 必不免公議之 所迫이니 當日天下之所謂讀書者流의 紛紜公論이 果何如哉아 然則 當 日議者之謂爲非計之說이 亦一容或無怪者也오

　且先生이 鳳雛의 死報를 接受ᄒᆞ고 卽日起身ᄒᆞ야 雒城에 前往ᄒᆞᆯ식 荊 州一域의 至重且大ᄒᆞᆫ 戎務를 不得不關羽의게 專任ᄒᆞᄂᆞᆫ되 一思再思에 憂慮未定者ᄂᆞᆫ 當時要領의 目的은 東和孫權ᄒᆞ고 北拒曹操也ㅣ라 如此切 緊且重ᄒᆞᆫ 方略을 先生이 自不先言ᄒᆞ고 畢竟關羽의 自口說道를 聞ᄒᆞᆫ 後

에 符信을 始乃交與ᄒᆞ얏스니 伊時眞狀을 推想ᄒᆞ면 荊州地形이 南連沅湘ᄒᆞ고 北通漢沔ᄒᆞ야 四面受賊之地ᄣᅮᆫ더러 以關羽才器로 言之ᄒᆞ면 雄壯威猛이 雖曰無敵於天下也나 智謀韜略이 尙此未及於先生은 先生도 亦已稔知者也ㅣ라 故로 十分憂慮ᄒᆞ야 趑趄不已者이온則 厥後漢中을 旣定ᄒᆞ고 百務를 擴張홀 時에 馬超로 葭萌을 鎭守ᄒᆞ고 趙雲으로 四川에 派駐ᄒᆞ얏스니 當日事機로 言之ᄒᆞ면 曹操敗歸之後에 西北一帶가 風塵이 稍靖인則 必無深慮인디 如是特念ᄒᆞ야 重將을 派送ᄒᆞ시고 伊時陸口守將魯肅이 死ᄒᆞ야 呂蒙이가 代辦視務ᄒᆞ얏슨則 此ᄂᆞᆫ 不可不深慮홀時인디 少不動念ᄒᆞ야 折天柱於荊楚之間ᄒᆞ얏스니 此一事ᄂᆞᆫ 弟子ㅣ 平生에 所未解者也라 當時孫皎潘璋之軍은 白帝上流에 逗留ᄒᆞ고 樊城要害에ᄂᆞᆫ 曹仁之重兵이 駐劄ᄒᆞ얏슨則 可謂腹背受敵이라 當此時ᄒᆞ야 先生이 智謀之士에 法正鄧芝中一人과 詳細之將에 王平馬岱中一人을 擇定ᄒᆞ야 出駐于南郡公安等地ᄒᆞ야 參謀翊贊ᄒᆞ얏드면 呂蒙이 何能兵不血刃 而取得荊襄ᄒᆞ오릿가 此ᄂᆞᆫ 先生之大失策者也오 且先帝之東征一事로 言之ᄒᆞ면 當初劉關張三人이 桃園結義時에 盟約이 至重則 關羽毁敗後에 復讐一擧가 不可無者也라 以先帝之明으로 呑吳失策을 非不知也로되 義理所在에 不可晏然ᄒᆞ야 有此大擧也ㅣ니 先生이 若以私分公義之別로 極力反對ᄒᆞ야 抵死苦諫ᄒᆞ얏드면 必有回天之望也오 且以戰略으로 言之ᄒᆞ면 征吳之兵七十萬이 非不壯也오 四十餘營排置가 非不密也로되 千里連營ᄒᆞ야 原隰不擇者ᄂᆞᆫ 兵家之所忌也ㅣ라 先生이 若早自査探ᄒᆞ야 刻別操束이런들 豈至此境이오며 且陸遜之登壇을 未料ᄒᆞ야 竟使先帝로 蹉跌於猇歸ᄒᆞ얏스니 後來史氏之言에ᄂᆞᆫ 雖曰此皆天之自然之數也오 非人力之所及이라ᄒᆞ오나 當時에 身經目擊人으로 先生의 若此홀 智識政略을 論評ᄒᆞ게되면 尙此感服ᄒᆞ야 得無一言半辭者乎잇가 然則 當時議者之謂爲非計之說이 亦一容或無怪者也오

　且先生이 成都에 邦國을 建立ᄒᆞ고 制度를 擴張홀시 軍國事務에 移風

易俗홀 方法과 內修外交에 至重且大혼 機關이 先生一身上에 全擔헌지
라 當此時ㅎ야 刷新更張之度와 因時制宜之政을 必實踐乃已홀지니 如
此實踐之地에 百度政令을 何能家喻戶說ㅎ야 至再至三ㅎ오리요 政令
이 一出에 一國이 服從혼 然後에야 事半功倍의 實效을 可奏홀지니 故로
此政令服從一欵이 國制萬機中第一靈魂이될터이요 此靈魂을 養成홀 材
料는 法律一種에 無過홀지라 夫法律者는 古亦有今亦有ㅎ고 彼亦有此
亦有ㅎ되 或輕或重者는 國家의 性質과 時代의 情態를 隨ㅎ야 制定혼 者
ㅣ라 然이나 其國이 或存或亡者는 無他라 制定혼 法律을 不能信用혼 原
因이니 法律制定은 猶此容易ㅎ되 法律信用이 最是極難者也ㅣ라 故로
或者英主智臣이 創業時代나 更張時代를 當ㅎ야 法律을 制定홀시 輕重
은 不顧ㅎ고 信用을 專主ㅎ나니 專主信用之地에는 世人이 미양 峻酷다
指稱ㅎ되 此는 未達혼 識見이라 昔에 孔子ㅣ 魯司寇로 視務ㅎ실 時에 亂
政大夫少正卯를 誅ㅎ셧스니 此는 法律을 信用혼 者ㅣ라 假使魯國에 少
正卯와 如혼 亂政大夫가 十人이 有ㅎ량이면 十人을 誅ㅎ실것시오 百人
이 有ㅎ량이면 百人을 誅ㅎ실지니 雖孔子之仁이라도 政治를 當局ㅎ면
法律을 信用ㅎ시고 法律을 信用ㅎ시면 有罪者ㅣ 必死ㅎ느니 此는 萬代
不易之典也ㅣ라 弟子ㅣ 恒稱ㅎ되 政治方法은 孔子와 商鞅이 恰似타ㅎ느
니 商鞅之治秦也에 渭水盡赤云則 殺人之衆을 可知也ㅣ라 孟子에曰 不
嗜殺人者ㅣ 能一之라ㅎ엿스니 若或商鞅이 不辜을 嗜殺ㅎ야 渭水가 盡
赤이면 秦國이 安得不亡ㅎ고 還得富强於天下리오 必然少正卯와 如혼
亂政罪人을 多殺ㅎ야 渭水가 盡赤혼 者ㅣ 分明無疑也로라 假使亂政罪
人을 不殺ㅎ고도 秦國이 能大治而得爲富强이라ㅎ면 此는 孔子게셔 少
正卯를 誅ㅎ고 魯國이 大治란말삼이 亦此誣說이될지라 噫라 唐宋酸儒
之迂論에 秦法이 峻酷ㅎ야 二世而亡이라ㅎ나 此는 沒覺之說이라 胡亥
趙高가 商鞅의 制定혼 法律을 實地信用ㅎ야 一遵無違ㅎ얏스면 二世의
不亡을 姑舍ㅎ고 三世四世로 至于萬世토록 遵而信用ㅎ얏드면 今日陝

西省西安府에 秦國社稷이 儼然存在치안소릿가 是以로 先生의 治蜀之
初에 信用法律ᄒᆞ야 操束百務ᄒᆞ고 嚴立科條ᄒᆞ야 刷新一國ᄒᆞ심을 後世
公論에 莫不讚頌者ㅣ라 雖然이나 益州當日時勢를 溯究推測ᄒᆞ오면 劉璋
의 姿品이 十分暗弱ᄒᆞ야 在職二十餘年에 政令이 紊亂ᄒᆞ고 法律이 腐敗
ᄒᆞ야 上下社會에 政治思想은 且置ᄒᆞ고 國家精神이 頓乏ᄒᆞ야 其如張松
之輩ᄂᆞᆫ 曹操를 故尋ᄒᆞ야 自國을 欲賣코져ᄒᆞ며 法正은 時勢를 藉托ᄒᆞ고
內應을 設備ᄒᆞᆷ으로 自國이 乃亡ᄒᆞ고 先生이 圖取ᄒᆞᆫ 者ㅣ라 當此時ᄒᆞ야
若此弊局을 革新치안코ᄂᆞᆫ 莫可爲也오 革新之地에 法律을 信用치안코
ᄂᆞᆫ 莫可爲也언만 嗚呼라 何國을 勿論ᄒᆞ고 滌祛키 最難者ᄂᆞᆫ 習慣이오 割
斷키 不易者ᄂᆞᆫ 痼瘼이라 故로 法正之言에 法律이 過重타ᄒᆞᆷ도 必非渠自
一人之私意也오 受議於朝野之輿情이오리니 然則當時議者之謂爲非計
가 亦一容或無怪者也오

　且先生의 軍律施措ᄒᆞᆫ바를 見ᄒᆞ오면 切有相左之處이온則 當時人士之
批評이 必無타 不能ᄒᆞᆯ지로다 華容道에서 曹操를 自意放釋ᄒᆞᆫ 關羽ᄂᆞᆫ 軍
令違越之罰을 不施ᄒᆞ고 街亭에서 敗軍ᄒᆞᆫ 馬謖은 梟警의 擧措를 竟行ᄒᆞ
얏스니 此二件事의 輕重으로 言之ᄒᆞ오면 街亭之敗ᄂᆞᆫ 不過喪地損兵ᄒᆞᆫ
者어니와 華容道에 曹操放釋ᄒᆞᆫ 事ᄂᆞᆫ 大有不然ᄒᆞᆫ 者ㅣ라 何則고 當時漢
室之大逆이 曹操也오 當日天下之大賊이 曹操也인데 如此ᄒᆞᆫ 大賊을 旣
是逢着ᄒᆞ고 以其私恩報酬로 無難放釋ᄒᆞ얏스니 關羽의 背公循私ᄒᆞᆫ 罪
를 言之ᄒᆞ면 非但十倍於馬謖이라 必不容於天下後世者이올터이온데 先
生이 軍律施措之地에 關羽ᄂᆞᆫ 乃無一罰ᄒᆞ고 馬謖은 竟處死刑ᄒᆞ얏스니
古今天下에 如此不公平ᄒᆞᆫ 軍律은 必無ᄒᆞᆯ지라 以若先生之正大ᄒᆞᆫ 政令
으로 軍律施措也에 如是不公平ᄒᆞᆫ 處辦이 有ᄒᆞ온則 弟子ㅣ 不勝訝惑ᄒᆞ
야 千回思量ᄒᆞ고 萬回思量타가 伊日實地情況을 推測ᄒᆞᆫ 後에야 一端疑
点이 始自消解ᄒᆞᆫ 者ㅣ라 何以然也오 先帝가 敗軍於楚ᄒᆞ고 油江口에 寓
居ᄒᆞᆯ 時에 兵不滿千ᄒᆞ고 將不過關張趙雲也ㅣ라 此時를 當ᄒᆞ야 勢不得

已關羽에게는 暫時權道를 使用ᄒ신비요 其後에 國體가 完成ᄒ고 法律이 制定ᄒ얏슨則 馬謖의게는 軍律를 準用혼 者ㅣ라 然이나 此는 弟子ㅣ 先生과 關羽의 一生心志를 諒悉故로 苟且塞責혼 窮算이옵거니와 當時 先生麾下의 鹵莽혼 將卒은 必以當場所見으로 是也非也ᄒ야 先生과 關羽之間에 必然眙略가 不少ᄒ야 如是不公平이라 云云홀지니 然則 當時 議者之謂爲非計之說이 亦一容或無怪者也오

且先生의 治蜀政略이 可謂盡善盡美也라 故로 劉曄之言에 諸葛亮은 明於治國而爲相이라ᄒ온지라 大抵治國의 準的은 必也國泰平ᄒ고 民安樂而已오 無他別岐異蹟이온딕 第以東漢地誌로 言之ᄒ오면 益州位置가 在於全國之西南一隅ᄒ야 初平年間에 十八路諸侯之會集于虎牢關時에 도 益州官吏는 一不來參ᄒ얏고 黃巾之亂에 天下ㅣ 騷然ᄒ되 益州는 一依安堵ᄒ야 初無相關이옵고 其後袁紹袁術과 呂布劉表等之攻戰競爭에 도 一無干涉혼지라 故로 益州一境을 足謂昇平區域이라ᄒ옵더니 忽自先生入蜀以後로 卽有曹操漢水之戰ᄒ야 雖有勝捷이나 然이나 以其昇平民情으로 言之ᄒ면 雖百戰百勝이라도 戰役一歎은 必也民之不願者이온 딕 又有先帝之東征ᄒ야 調發益州子弟七十萬이온則 當時該土父老之心이 果歡悅而送之者耶아 埋怨而送之者耶아 況一敗塗地에 半不生還ᄒ얏스니 若以今日歐美各邦에 開明民族의 國家精神으로 言之ᄒ면 宜乎忠君愛國之義務라ᄒ려니와 伊時草昧未開之俗과 所謂昇平區域之民으로 有此慘惻之患則 嗷嗷之狀이 果復何如哉며 且未幾에 又有先生南征之役而五月渡瀘ᄒ얏고 繼有六出祁山之役 而年年出師혼지라 故로 曹眞司馬懿孫禮郭淮之兵이 每在不遠ᄒ야 咸陽以南과 漢中以北에 殺氣가 連天ᄒ고 狼烟이 不息ᄒ야 劍山刀水之慘과 風餐露宿之苦가 無日無之者ㅣ又此十有餘載이온則 無論何國ᄒ고 其爲父母者ㅣ 生子生孫ᄒ야 敎之以義方ᄒ야 死於王事는 人道之大經大法이어니와 無論何人ᄒ고 生男生女ᄒ야 男婚女嫁ᄒ며 煖衣飽食으로 安土重遷은 人心之常情也ㅣ라 然則

當日梁益之地에 所謂國泰平民安樂은 影響도 不見호 者ㅣ니 當時議者
之謂爲非計之說이 亦一容或無怪者也오

且先生이 出師北征호시 以魏延으로 爲先鋒則 可謂善用將이온딕 用
其人而不用其言者と 何也오 當時蜀中將士가 無非碌碌호되 至魏延호
야と 才器過人호고 善養士卒호야 可謂鉄中之錚錚者也ㅣ라 其言에 潛
出于陳倉古道호야 紆廻子午谷而進호면 無過十日에 長安을 可取이른
計策이 當時形勢에 足謂神機妙筭이온딕 先生이 不能用호야 長安을 未
圖호얏스니 此と 千古兵家之遺憾也ㅣ라 然則 宋蘇軾之言에 孔明은 長
於治國이오 短於用兵이란 批評이 未知其謂此者乎ㅣ져 且渭橋之戰에
誤中仲達之預筭호야 銳氣가 大挫호고 輜重을 大損호얏스니 此と 先生
用兵之一大欠事也오 且街亭之戰에 不信先帝之遺托호고 任用馬謖而敗
績호야 天水上郡等三郡을 還失호얏스니 此三郡者と 積費心力호고 千
辛萬苦而所得者로 一旦失棄호얏슨則 此と 先生用人之一大欠事也라
凡天下事가 勿論大小호고 一動一靜에 利害가 必隨호ㄴ니 右項三事가
反是有利라도 塗抹末由어든 此危急存亡之秋에 兵餉之消耗와 民力之
積費と 無筭이온딕 毫無所得 而復歸漢中하얏스니 噫라 不伐賊이면 王
業이 亦亡者은 先生君臣間黙會者어니와 三分蜀漢이 自不安裕而維持호
고 年年兵役에 動輒無利호얏스니 當時所謂坐談立說로 論難時勢者ㅣ
能含口結舌 而不欲利害言哉아 然則 當日議者之謂爲非計之說이 亦一
容或無怪者也오

且先生之言에 駐與行에 勞費가 正等커늘 不及早圖之호고 欲以一州
之地로 與賊持久를 未解云云이시니 此言이 未嘗不國家事勢를 深筭窮
計호야 萬不得已호 停當之辭意온則 再不可辨論이오되 建興以後 十年
之間에 七次動兵호야 六出祁山이온즉 其所窮兵黷武가 可謂莫此甚矣
오 古所未有者也ㅣ니 民疲財竭은 姑舍호고 輜重粮餉之運輸와 橋梁途
路之徭役을 只此益州一域으로 籌辦而供之者이오니 益州가 雖曰天府

之土나 原來險阻傾仄호야 車馬가 不順호고 山多水小호야 糜費가 浩繁
쏜더러 卄載兵餉에 國帑民産이 無復餘地는 不言可悉이온즉 無論朝野
호고 風塵餘生이 少無息肩 而年年兵革에 齒牙가 辛酸호야 姑息苟安之
心이 人各有之則 應募赴集之節에 一退二退호야 與賊持久가 勢所必然
也온 況趙雲楊群馬玉之殤과 實叟靑羌等之突將無前者ㅣ 已損三分之
二也오니 推究情節이오면 百戰老骨의 奮發思想이 自然消索호야 無心
戀戰홀際 此에 先生이 又曰賊이 適疲於西호고 又務於東인則 機會를
可乘이라호오나 伊時上下社會에 獻身的精神을 發揮호야 決死隊로 從
軍홀 者ㅣ 能有幾人乎哉아 然則當時議者之謂爲非計之說이 亦一容或
無怪者也오

　且先生이 泣受托孤之詔於永安宮後에 卽還成都호야 國之萬機를 無異
代理而親自監督홀시 縱橫文武之術호고 出入將相之任호야 食不甘味호
고 寢不安席호야 二十丈之治罪者면 先生이 亦親自考察호시기로 乃有
楊顒之諫而言越權之非호얏고 且有仲達之問而喜食少事煩호얏스니 先
生之本意則 恐付托不效호야 以傷先帝之明故로 期於鞠躬殄瘁호야 死而
後에 已로 輸此匪躬之節이언마는 勿論何國호고 千官百職의 責任이 各
自不同호야 各有其務이온대 先生은 一國庶務를 毋論巨細호며 不顧越
權호고 莫不親自統監이신則 何人이든지 自是之癖과 自責之心은 皆各
有之온대 當時僚屬이 自度我才가 不及先生이라호고 忍作尸位而無一怨
咨者ㅣ 能有幾人乎哉아 必然重言復言等 罵罵嗷嗷가 明若觀火也니 當
時議者之謂爲非計之說이 亦一容或無怪者也오

　且先生은 國之元老也요 托孤大臣이라 故로 軍國重要事件은 必先決
於先生쏜더러 百官黜陟이 全在於相府이온 故로 出師時에 侍衛之臣에
費褘董允의 忠貞之節과 將軍向寵의 性行淑均을 枚枚表奏호얏스니 知
人之鑑은 姑舍호고 進善之忱이 可謂懃懃懇懇이로다 大抵先漢之末에
石顯之毒과 後漢之末에 張讓之惡으로 兩漢社稷이 乃至邱墟者는 非徒

蜀漢之殷鑑이라 先生도 亦已洞悉者이온데 先生의 秉軸當時에 又有黃皓之宦豎ᄒ야 眩惑君聰에 騷亂中外케ᄒ얏스니 此는 弟子ㅣ 恒所未解者也오 且定蜀當時에 魏延之功이 居首ᄒ야 爵位之尊이 成都에 魁偉홈으로 當時縉紳이 莫不敬仰ᄒ얏스니 敬其爵仰其位는 天下古今에 自有ᄒ 公格이어늘 驕彼楊儀는 么麽相府郎屬으로 自負文官之殘格ᄒ고 敢生武夫蔑視之心ᄒ야 一不訪見ᄒ고 見且不拜ᄒ얏스니 魏延之心에 能無含憾而痛憎哉릿가 先生이 不此之審ᄒ고 臨終에 三軍節度를 盡屬於楊儀而返師케ᄒ야 竟使魏延으로 特生惡憾之情 而乃作叛亂ᄒ얏스니 呂祖謙之言에 知人料敵이 亮不逮猛(秦王猛也)이란 評判이 果非過言일지라 大抵先生의 一世終始로 泛然言之ᄒ오면 有王佐之才ᄒ야 三代上人物이시련이와 以其人情으로 吹毛覓疵於當日之事이오면 議者之謂爲非計之說이 亦一容或無怪者也로소이다.

「先生歷史演義」

今此弟子之言에 臚列ᄒ온 容或無怪란 十條가 全혀 迫近ᄒ 人情과 逼眞ᄒ 物義를 反覆分解ᄒ고 推測窮核ᄒ야 先生의 疑訝未解ᄒ시든 議者謂爲非計之說를 判曉分解하온비오 先生의 若干欠節을 故尋露出홈이아니오니 伏望先生은 恕諒照燭ᄒ옵소셔

先生이 聽罷에 愀然長歎曰 今者足下의 十條辨論을 聞而思之則 節節皆然하야 唐宋明淸之史筆士論에 未曾有ᄒ 發明之說인즉 可謂千載之下에 公論이 不泯이라ᄒ리로다 雖然이나 足下가 此支那天地의 全體來歷를 尙未通曉ᄒ 者ㅣ 不少ᄒ즉 第詳言之ᄒ야 以折足下之未解處ᄒ리라 大槪治國之道가 堯舜以後로 始自就緒홀시 堯舜以後二千年은 未嘗不大朴이 未散ᄒ야 萬物萬事가 綱領만 粗備홈으로 所謂文學인즉 經書의 大綱만 有ᄒ고 緯書의 節目이 無ᄒ고로 人之凡百事爲가 亦此泛忽疎濶ᄒ야 不求深解로 爲貴러니 其後二千年은 人衆이 稠密ᄒ고 事物이 複雜

흔즉 自然이 各項程度가 開曉詳明之域으로 進就키로 經書에 註解가 層
生ᄒ고 緯書의 細則이 漸備ᄒ야 至於今日ᄒ야ᄂ 窮格精硏흔 智識과 綜
核詳敏흔 意思가 紛生曾出ᄒ니 此乃自然之勢也온 況此數百年來로 泰
西新風潮가 漸此來襲ᄒ야 形外之物과 物外之智가 日復爭生ᄒ야 士農
工商兵五條의 實地事蹟과 君臣民三道의 義務權限과 內治外交의 良法
美規等 各項書籍이 可謂汗牛充棟ᄒ야 一世風氣가 豁然大變흠으로 至
於日本은 劈破六百年之舊習府幕ᄒ고 移用歐美之憲法政治ᄒ야 維新無
過四十年에 如彼文明富强ᄒ야 今執東亞之牛耳者인則 今日足下之追究
思想과 窮測硏精흔 言論이 此境에 至ᄒ야 僕의 一千七百年未解ᄒᄃ 議
者의 謂爲非計란 疑点을 如是分辨흔 者ㅣ라 假使僕도 生於今日ᄒ고 當
此時局ᄒ야 主務를 擔任ᄒ랑이면 革舊刱新ᄒ야 黜虛崇實ᄒ고 移風易
俗ᄒ야 富國强民흔 方略을 注心注力ᄒ야 因時制宜에 所損益을 講究必
行흘지니 此所損益者ᄂ 已往에 孔子게셔 時代의 變遷을 隨ᄒ야 曾已履
行也ㅣ시니 前世聖人의 履行ᄒ시ᄃ 所損益을 安得不師範而不欲變哉
리오 若變而履行이면 所謂稗斯麥加富爾之勳業과 拿破崙華盛頓之全功
을 何足道哉리오 然則彼一時此一時가 亦歐亞之大勢大運이라홀지니라
蜜啞子ㅣ 拱手對曰 先生之言이 旣有如此ᄒ시면 弟子ㅣ 復以當年事實로
質辨而告之矣리니 詳細照燭ᄒ옵소셔 大抵後世之論에 蜀漢後主가 庸眛
蚩劣ᄒ야 頓無人主之資格이라ᄒ되 弟子ᄂ 自以爲仁孝之君이오 又云可
爲之君이라ᄒ옵ᄂ니 何則고 先帝之遺詔에 先生을 事之如父ᄒ라신 敎
諭를 歿身不忘ᄒ야 終始一遵ᄒ얏스니 是謂仁孝之君也요 且一國運命을
專任於先生後에ᄂ 復無一言而又無一疑ᄒ얏스니 是亦可爲之君也ㅣ라
以仁孝之質로 兼可爲之格則 足爲漢之中主乎아 否乎아 若使後主로 中
主資格에 未及ᄒ얏드면 百惡이 從生而先生의 身勢가 樂毅가 可慮也오
先生의 門戶가 趙朔을 未免矣리니 以是言之ᄒ면 漢之二十六主之中에
桓靈之以上이오 天下萬國之百代帝王中에 中主資格이 綽綽有餘흔지라

先生이 旣是中主를 遭遇호며 可爲之勢를 自任호고도 漢室를 興復지못
호심은 其失策된 委折과 誤路된 原因이 乃有호 者ㅣ니 昭晰分解호야 詳
細說明호올이다 先生當年에 中主可爲之君이 在上호야 萬機庶務를 相
府에 專任호고 一事二事를 一從相府奏本호야 莫不裁可호얏슨則 可謂
憲法政治也ㅣ라 然則 萬代에 稀罕호 際會을 當호얏스니 宜乎上下에 議
院을 設備호고 憲政規制를 擴張호야 許靖琬蔣董允郭攸之等으로 議員
의 言權을 自由케호며 官吏의 團體를 組織호야 侍中長史參軍의 職務를
各其範圍內에 維持호야 實地服從케호고 益州民族을 實業社會에 指導
호야 農商工兵의 國民義務를 自擔케호고 各種利源을 發明開進호야 國
計民業을 擴張케하량이면 益州之地가 赤道緯線三十度에 在호야 雨暘
이 均適호고 氣候가 平順홀쑨不啻라 越嶲以南에 土地가 膏沃호야 植性
이 適宜호則 農産之業을 擴張호면 無窮호 植利를 取홀거시오 劍閣以西
에 金銀銅鐵이 隨處皆有인則 採鑛之業을 組織호면 無量호 稅額을 立筭
홀거시오 廣漢犍爲等地에 産出호는 綢緞絹帛은 天下售用에 居半이된則
蚕桑社會을 組織홀거시오 四川之藥材와 紙屬은 天下之莫不愛用者也
ㅣ니 無窮호 財程을 計圖홀 者也오 東北으로 漢沔을 連호며 河南에 接홈
으로 商賈가 輻湊호 者ㅣ니 營業家을 組織호면 惠商이 大進홀터이오 東
南으로 巴水가 楊子江에 合流호얏슨則 舟楫을 使用호면 湘楚의 水利와
吳越의 美術을 取用홀터이니 如此호 利益을 保管호야 無筭호 財源을 取
集호량이면 無過一紀호야 國體가 肥胖호고 民力이 充實홀 者ㅣ오 且以
成都形勝으로 言之호면 前面一千四百里之地가 無非膏沃호야 天産地殖
이 天下之所歆羡者也ㅣ니 省內聰俊子弟를 募集호야 兵農工商의 實業敎
科를 擴張호야 日復敎講케호고 漢中上庸과 蜀郡閬中에 庠序를 組織호
고 智育德育의 學科를 敎授호야 通國人民으로 文明程度에 發進케호량
이면 國力之鞏固와 民智之發展은 不必贅言이오니 輪船鐵道의 迅馳之
力과 電線郵遞의 敏速之機는 伊時에 不曾有호 者ㅣ나 右項諸條는 不爲

也언정 非不能이온되 何必祁山에 六出ᄒ야 寸效를 未奏ᄒ고 五丈에 終身ᄒ야 漢祚가 遂絶ᄒ얏스리오 此는 無他ㅣ라 先生의 學問이 泥古ᄒ야 名義만 堅持ᄒ고 合變의 思想이 不及ᄒ심으로 鞠躬盡瘁ᄒ야 死而後에 已ᄒ올 誠忠쑌而已오니 由是觀之ᄒ오면 先生의 仗義扶漢之地에 治國政略이 若此히 失策과 誤路가된지라 若使今日哲學家로 先生의 一生을 評論ᄒ라ᄒ오면 不過獨善其身이오 獨忠其身이라ᄒ올 者也ㅣ오 復以近日各邦에 刻薄ᄒ 政治家나 法律家로 評論ᄒ라ᄒ오면 先生이 當年에 無量ᄒ 權利와 地位만 享有ᄒ야 但一身生前에 帝室保管만ᄒ얏지 死後百年에 國命計圖는 一切虛空ᄒ 天數에 付屬ᄒ얏다하올지니 先生은 熟思之ᄒ옵소셔

先生이 微笑曰 足下之言이 似是而非也ㅣ로다 近今歐美各國에 文明之業과 發達之風이 大熾ᄒ야 現彼兵農工商의 實地事務와 法律政治의 革新改良과 敎育殖産의 發明啓進이 無國無之ᄒ야 生存競爭의 天演公理를 實踐爭就ᄒ거니와 彼歐洲도 二千年之前에는 不過以野蠻部落으로 草昧蚩劣이 蠢然ᄒ 一部動物로 人類社會의 形式만 僅存ᄒ 者인則 較此支那二千年之人種이면 還不及者ㅣ 遠矣러니 四五百年以來로 風氣가 漸闢ᄒ야 各項程度가 略略具備타가 自十七世紀以後로는 優勝劣敗의 原理를 覺悟ᄒ야 愛國的精神과 社會的思想을 發揮ᄒ야 各其富强之術를 硏究ᄒ야 國家를 鞏固케홈으로 硏益求精ᄒ고 利上加利ᄒ는 風敎가 今日極度에 至ᄒ 者ㅣ어니와 此支那로 言之ᄒ면 聖哲英俊이 未嘗不代不乏絶이로되 自嬴秦兼幷以後로는 天下가 爲一家ᄒ야 漢唐宋明之迭相爲國者ㅣ 千有餘年에 一人이 爲一國之主ᄒ고 一國이 爲天下之主而已오 無他對等角立之國也ㅣ라 故로 不求獨立而自爲獨立國也오 自爲獨立故로 亦不知獨立之名義也ㅣ오 不知獨立之名義故로 尤不知獨立之爲難者 而其國이 亡而不存則已어니와 存而不亡則 長時我自獨立이오 對我列立ᄒ 獨立敵國이 別無ᄒ 故로 人人國國이 優勝劣敗의 顯証을 曾無經

驗者ㅣ니 當初에 特別ᄒᆞᆫ 愛國誠과 劇測ᄒᆞᆫ 競爭心이 對誰特生이리오 尤且僕之生前時代에ᄂᆞᆫ 此等名色이 影響도 萌生치안닐쑌不啻라 所謂通商交涉어니 公領使价이니 立憲共和이니 上下議院이니ᄒᆞᄂᆞᆫ 許多名目이 伊時에ᄂᆞᆫ 通地球에 夢想도 不及ᄒᆞᆫ 者인ᄃᆡ 今足下之言에 卒然曰 僕의 治蜀之政을 兵農工商에 實業發達과 人民敎導에 智育德育을 勤務치아님으로 失策과 誤路가 되얏다ᄒᆞ니 何其迂濶之甚者乎아

蜜哑子ㅣ 正色對曰 時ᄂᆞᆫ 極不然者ㅣ로소이다 泰西歷史로 以言之면 埃及과 希臘이 雖曰古之文明國이나 風俗制度ᄅᆞᆯ 査考ᄒᆞ면 支那古時의 相同ᄒᆞᆫ 者러니 二千一百年前에 羅馬王該撒이 辣丁文字ᄅᆞᆯ 始製ᄒᆞ야 至今에 遺傳ᄒᆞᆫ則 泰西文學家之鼻祖가될 者ㅣ오 一千五十年前에 英王亞勒腓之邦始ᄒᆞᆫ 鍊瓦屋이 今日에 利用이되얏스니 甄屋家之始祖ㅣ라 可稱ᄒᆞᆯ 者也ㅣ오 百年前에 瓦妬ᄂᆞᆫ 蒸汽家之始祖也ㅣ오 士施ᄂᆞᆫ 電信家之始祖也ㅣ오 孟德斯鳩ᄂᆞᆫ 法律家之始祖也ㅣ오 盧梭ᄂᆞᆫ 政治家之始祖也ㅣ오 其他千種萬物之創始者가 創而無用則已어니와 至今爲利用者ㅣ면 當初發明家ᄂᆞᆫ 莫非爲始祖者ㅣ니 以其發明之初로 言之ᄒᆞ면 天荒을 啓破ᄒᆞ고 文明을 開導ᄒᆞ야 人世에 利用厚生ᄒᆞᆯ 原料ᄅᆞᆯ 邦出ᄒᆞᆫ 者也ㅣ오 今日萬國之所謂新發明新事業이란 各項種類의 日復爭出者ᄂᆞᆫ 擧皆創始ᄒᆞᆫ 鼻祖의 遺術을 追慕繼襲ᄒᆞ야 硏益求精ᄒᆞᆫ 者인則 以其創始發明家로 觀之ᄒᆞ오면 或二千年一千年前과 或二百年一百年前時代之人也ㅣ니 然則先生이 成都에서 法律ᄅᆞᆯ 制定ᄒᆞ얏스니 此ᄂᆞᆫ 法律家之始祖也ㅣ오 南屛山에서 東南風을 借得ᄒᆞ얏스니 此ᄂᆞᆫ 氣學家之始祖也ㅣ오 交趾에서 火蛇炎獸ᄅᆞᆯ 使用ᄒᆞ얏스니 此ᄂᆞᆫ 化學家之始祖也ㅣ오 祈山에서 木牛流馬ᄅᆞᆯ 製造ᄒᆞ얏스니 此ᄂᆞᆫ 工業家之始祖也ㅣ오 川中에셔 連發弩ᄅᆞᆯ 邦造ᄒᆞ얏스니 此ᄂᆞᆫ 機械家之始祖也ㅣ라 凡哲人이 挺生ᄒᆞ야 利物ᄅᆞᆯ 發明ᄒᆞᆫ든지 事業ᄅᆞᆯ 成立ᄒᆞᆫ 者ㅣ가 東西가 何限이며 古今이 何限이리오 然則先生의 法律政治製定事와 數四件發明物之邦始로 言之ᄒᆞ오면 亦足爲支那發明家之始祖矣니

如此혼 發明智識으로 鞠躬盡瘁之誠을 兼ᄒ얏ᄉ오니 當年益州之地에 厚
用利生의 實地事務를 擴張ᄒ야 國富民强을 計圖홈이 何嘗可於今 而不
可於古라ᄒ리오 先生之言에 伊時에ᄂ 此等事業이 夢想도 不及者ㅣ라ᄒ
심은 無他ㅣ라 先生學問이 泥古ᄒ야 死而後에 已ᄒᆯ 貞忠一念만 堅持
ᄒ심으로 如彼發明事業을 先生生前에만 一時利用ᄒ시고 百代國家에 公
益될 必要를 硏究치아니심으로 公衆을 指導ᄒ고 社會에 傳及지아닌 者
也ㅣ니 以若先生之天縱大智로 忠於君上도ᄒ시려니와 忠於天下ᄒᄂ 大
義를 發揮ᄒ야 梁益之間에 實利實業을 培養ᄒ얏드면 先生死後에 國家
도 不亡ᄒ려니와 當年民智啓發ᄒ 事業이 支那政治界에 嚆矢가되야 今
日淸國張之洞遠世凱等諸人의 富國强民ᄒᄂ 憲政家에 始祖가 될지니 先
生當年에 造蜀政略이 엇지 失策과 誤路가 아니라ᄒ올잇가

先生이 聽罷에 歎曰 信哉라 足下之言이여 人世萬事가 過去未來가 不
同ᄒ고 生前死後가 判異함을 今始大覺이로다 言罷에 卽命童子ᄒ야 茶
果를 排進할ᄉ 蘇州竹筍菜와 松江鱸魚膾와 洞庭橘龍井茶가 十分淸淡
ᄒ야 可謂仙家之料理러라

蜜啞子整襟危坐 而問於先生曰 先生이 五丈原에셔 歸天ᄒ신 後에ᄂ
人世와 相阻ᄒ야 世間事를 寂然無知ᄒ실터이온데 今日先生問答이 無非
先生歸天以後歷代歷史뿐 不啻라 至於近今歐美歷史를 無不提論ᄒ옵신
則 不識케라 天上에도 人間書籍이 上去ᄒ오며 且先生이 天界에 遊歷ᄒ
신줄노 知料ᄒ옵ᄂᆫ듸 此舊宅에 依然自在ᄒ옵시니 未知其故ᄒ와 玆敢
仰質ᄒ오니 勿惜賜答ᄒ옵소셔

先生이 愀然曰 僕이 本以靑州琅琊縣에셔 誕生ᄒ야 長成之際에 適有
黃巾之亂 而天下ㅣ 騷亂키로 安靜之地를 擇取ᄒ야 避亂을 計圖홀ᄉ 若
以地誌로 言之ᄒ면 自琅琊縣東北으로 四百餘里가 登州府也오 一登州
府海港은 卽今煙台港也ㅣ니 該港에셔 乘船東渡ᄒ랴이면 不過一日에 可
到朝鮮國黃海道長淵地也ㅣ니 朝鮮은 原來禮義之邦이오 君子可居之地

라 箕聖遺風이 尙存ㅎ야 民俗이 純厚흔則 苟全性命ㅎ고 不求聞達之方
이 莫過於是언마는 不此之爲者는 四百年漢室에 二十世宗社를 不忍相
棄쏜더러 盱衡宇內則 正是四郊多壘로다 靑徐幽冀兗豫之間은 血川肉地
에 無可着足之處也ㅣ오 惟荊益交界之地에 新野檀溪之間이 稍得靖謐ㅎ
고 且司馬徽石廣元之一代名儒가 咸集ㅎ야 論道經邦에 坐觀時變흘쏜더
러 昆季宗族이 亦居楊荊之地故로 不顧數千里跋涉之役ㅎ고 挈眷投往ㅎ
야 躬耕讀書者ㅣ 已有年所矣러니 適被昭烈皇帝之三顧ㅎ야 一言道合에
遂懷風雲而起ㅎ야 出將入相三十年에 絶代흔 漢祚四十三年을 繼續ㅎ
고 身死歸天矣러니 未幾에 五胡가 亂華ㅎ야 神州가 陸沈則 五胡는 異族
也ㅣ오 神州는 祖國也ㅣ라 雖靈魂이라도 祖國疆土가 淪陷於異族之手를
不忍坐聞키로 復返下界ㅎ야 居此舊宅 而乃至今日則 這間經過흔 兩晉
六朝와 隋唐五季와 金元明淸之一千六百年歷史가 自然不求而親自目睹
者ㅣ也오 且朱明隆慶年間에 歐人이 始到中洲大陸흔 以後로 各項書籍이
飜譯刊行ㅎ야 十八省에 無處不有ㅎ얏고 四十年以來에 歐美有名紳士에
林樂志花之安丁威良之徒가 長住滬上ㅎ야 著述흔 書籍이 亦復萬千인즉
泰西事蹟을 自然閱覽故로 五洲形勢와 人種辨別과 古今得失을 若干通
曉흔 者ㅣ로라

蜜啞子ㅣ曰 然則 先生은 可謂當世通儒시로다 人世所稱博士云者는 古
人의 書籍만 讀而達之者어니와 先生은 一千六百年歷代를 身親經過ㅎ
야 前後事實을 親目所睹인則 豈非當世之通儒乎잇가 今日弟子ㅣ 通儒之
側에 陪侍ㅎ왓스온즉 平生所懷者를 今欲質辨於先生之前ㅎ오니 伏望先
生은 參商垂燭ㅎ시와 勿惜賜答ㅎ소셔

「東土文學虛實」

大抵天覆地載之間에 所有者는 動物과 다못 不動物兩種而已也ㅣ오 動
物之中에 人生은 直生物이오 禽獸는 橫生物이니 橫生物은 無足與論이

어니와 以其直生ᄒᆞᄂᆞᆫ 人으로 言之ᄒᆞ면 特히 天賦ᄒᆞᆫ 靈覺一点이 自有홈
으로 萬物之首班에 乃居ᄒᆞᆫ 者 l 라 故로 天地間萬物이 皆是人之所管領
者也 l 오 天地間萬物이 莫非服從於人者也 l 니 然則 人於萬物에 其特有
ᄒᆞᆫ 權利가 可謂天地에 充盈타ᄒᆞ리로다 盖人이 天地間萬物을 管理홈으
로 自然이 事爲가 生ᄒᆞᆫ 者也 l 오 事爲를 記存홈으로 自然이 文字가 生ᄒᆞᆫ
者 l 니 然則 有物이면 必有事 l 오 有事 l 면 必有文者ᄂᆞᆫ 自然之勢 l 오 不
易之典이라 故로 無論何國ᄒᆞ고 有物有事有文이라야 方可謂國家를 成
立이라ᄒᆞᆯᄉᆡ 物與事ᄂᆞᆫ 國家를 培養ᄒᆞᄂᆞᆫ 原素也 l 오 文은 事物에 隨從ᄒᆞ
야 服役ᄒᆞᄂᆞᆫ 付屬品에 不過ᄒᆞᆫ 者 l 라 是以로 物勝於事ᄒᆞ고 事勝於文이
면 國必興旺ᄒᆞ고 文勝於事ᄒᆞ고 事勝於物이면 國乃衰亡者ᄂᆞᆫ 天地間定
理也 l 라 東西萬邦을 歷數考閱ᄒᆞ건ᄃᆡ 誰가 敢히 此間에 誣言을 容存ᄒᆞ
리오 故로 書籍만 盈溢ᄒᆞ고 事物이 微少ᄒᆞ거나 文華만 貴重ᄒᆞ고 實業에
背馳ᄒᆞ고ᄂᆞᆫ 國家을 保存ᄒᆞᆫ 者 l 未有ᄒᆞᆫ지라 嗚呼 l 라 支那와 朝鮮이 壤
地가 相接ᄒᆞ고 文物이 相通ᄒᆞ야 性相近ᄒᆞ고 習相同ᄒᆞᆫ 風氣가 便同一家
인則 休戚相關에 彼此不可泯黙이옵기 今以支那의 所遭ᄒᆞᆫ 時運과 罔涯
ᄒᆞᆫ 國勢를 略言之ᄒᆞ올이다 大抵文勝於事ᄒᆞ고 事勝於物이면 國必自廢
者ᄂᆞᆫ 不必贅論이어니와 原來文字란거슨 事與物이 相接ᄒᆞᄂᆞᆫ 地에 居其
間ᄒᆞ야 紹介之ᄒᆞ고 保証之ᄒᆞᄂᆞᆫ 功效만 有ᄒᆞᆯᄯᆞ름이오 質的ᄒᆞᆫ 形體가 有
ᄒᆞ야 獨立의 能力이 無ᄒᆞᆫ 者인ᄃᆡ 或者昧弱ᄒᆞᆫ 邦國엔 質的ᄒᆞᆫ 事物은 鎖
索ᄒᆞ고 空虛ᄒᆞᆫ 文氣가 橫肆ᄒᆞ야 浮虛ᄒᆞᆫ 論議와 華靡ᄒᆞᆫ 詞章으로 自相競
爭타가 畢竟國家를 消滅ᄒᆞᄂᆞ니 是可忍言哉아 今此支那로 言之ᄒᆞ면 大
陸面積이 五百三十五萬方里 l 오 雄健ᄒᆞᆫ 民族이 四億二千萬이오 二十六
萬種의 物品이 有ᄒᆞᆫ 邦國이언마ᄂᆞᆫ 文弱이 滋甚ᄒᆞ고 富强이 無期ᄒᆞᆫ 根因
을 考據ᄒᆞᆯ진ᄃᆡᆯ 所謂三唐爲始ᄒᆞ야 文性이 物質에 過去홈으로 人世의 眞
格을 減損ᄒᆞ얏고 所謂兩宋以後로ᄂᆞᆫ 事物의 精神은 全失ᄒᆞ고 文字의 顔
面만 徒取ᄒᆞ야 國格의 元氣를 喪敗ᄒᆞ얏스니 孰怨誰尤ᄒᆞ리오 先生은 原

來 支那에 生長ᄒ야 文學에 從事ᄒ심으로 俗常에 潛濕이되야 此文字의
弊害됨을 省悟키 難ᄒ 者인則 今日弟子ㅣ 此文字가 能히 人世의 元氣를
撲滅ᄒ야 畢竟國家로 喪亡케ᄒ며 能히 人情으로 失眞케ᄒ야 風俗을 慌
誕케ᄒᄂ 的点을 詳言之ᄒ오리다 大抵 文字의 性質되옴을 審察ᄒ즉 原
來 虛靈을 爲主ᄒ고 浮衍에 從事홈으로 詐僞를 不嫌ᄒ며 奇怪를 樂爲ᄒ
야 正大ᄒ 動靜과 眞實ᄒ 情態가 每樣乏少홈으로 若遇聖人而服事則 其
功蹟이 偉大타ᄒ려니와 若逢常人而使用홀 時에ᄂ 其弊富를 不可言이로
다 至於君臣之間에도 眞正本心을 喪失케ᄒ며 虛僞妄誕을 敢行케ᄒᄂ
니 其虛僞敢行ᄒᄂ 証據를 略言之ᄒ리다 大抵 秦漢以後 二千年에 爲人
臣者之疏奏를 以見ᄒ오면 莫不以堯舜之德으로 勸其君이나 然이나 堯
舜以後四千年에 一君도 堯舜된 者ㅣ 無ᄒ고 一國도 唐虞된 者ㅣ 無흔즉
天不復生堯舜ᄒ고 國不復爲唐虞者ᄂ 雖尺童이라도 知悉無餘者이온ᄃ
猶以堯舜之德으로 勸奏者ㅣ 是眞情之勸耶아 文具之勸耶아 若眞情之勸
이면 是ᄂ 無精神沒知覺者也ㅣ니 無足可論이어니와 若文具之勸이면 是
ᄂ 大不然者也ㅣ라 凡人臣事君之地에 正實衷曲을 盡輸畢湊ᄒ야 小無
妄誕이 可也어늘 不顧君上之姿稟ᄒ며 不量時代之變遷ᄒ고 只以文具之
例套로 疏以奏之ᄒ며 章以勸之ᄒ니 此等虛無慌誕이 豈其人性之本然哉
아 必文字之所使者也ㅣ니 此文字之爲弊가 果何如哉며 且爲人臣者ㅣ 或
曰陛下ㅣ 德同堯舜ᄒ고 治洽唐虞ㅣ라ᄒ니 此亦不然者也ㅣ라 何則고 堯
舜은 配天聖人이오 唐虞ᄂ 至治之國也ㅣ라 故로 後世百王이 莫不以堯
舜唐虞로 爲君德之師範ᄒ야 宵旰一念이 恒時不弛ᄒ옵거든 德不及堯舜
ᄒ고 治不及唐虞者를 不以實情陳疏ᄒ고 還以浮文空說로 証奏泛稱ᄒ야
堯典舜謨와 禹敬湯徽等至德을 驟奏暴頌ᄒ야 使其君上之心으로 如雷
灌耳ᄒ고 常目在之케ᄒ야 自負自謂키를 堯舜唐虞의 準的를 我已成就로
다ᄒ야 前進思想를 不復從生케ᄒ니 誤君誤國이 孰甚於此오 然則此文
字의 弊害가 復何如哉아 今以支那時局으로 言之ᄒ면 堯舜之不復降生

은 且勿論호고 還恐堯舜之復生이로다 何則고 堯舜之繼天立極也에 帝宮이 不過土階三等이오 民業이 不出鑿飮耕食也ㅣ니 今日五洲가 連絡호고 萬邦이 複雜호야 强食弱肉호눈 競爭時代에 土階之貧으로 何能接濟天下호며 耕鑿之業으로 何能勻勢萬國이리오 故로 斷不望堯舜之復生이로라 或云 聖人之道가 因時制宜也ㅣ니 若使堯舜으로 當此今日이시면 必革舊刱新호스 亦致富强이시리라호나 是눈 不然者也ㅣ라 若欲革舊刱新而得致富强이면 何待堯舜以後에 可乎아 雖彼泰西之野蠻으로도 曾已革新호야 文明富强이 如彼極度에 達호얏스니 今以堂堂中華之俊乂로 革舊刱新호야 事物의 實業을 服務호고 文字의 浮虛를 棄斥호량이면 無過六十年에 歐美를 凌駕호고 世界에 特立홀 者ㅣ라하리로다 嗟乎ㅣ라 此文病의 成崇[3]가 旣遠且久호야 痼疾된 病菌이 風俗에 傳染이되얏슷즉 雖扁鵲華佗[4]ㅣ라도 此文病은 醫治키 難혼지라 先生이 前日에 二十四字로 周郞의 吐血病도 醫治호얏스니 此文病의 來歷을 次第詳告호오리니 願先生은 對症投劑의 良方을 思究호옵소서 當初先漢이 文武之別를 判置홀 時에 此病崇가 始生호얏고 其後東漢이 孝廉招選홀 時에 此病根이 完成호얏고 其後李唐貞觀年間에 偃武備文호며 所謂十八學士를 設置홀 時에 病菌이 風俗에 傳染이되야 通域에 痼疾을 成호얏스니 此痼疾된 症勢를 又此說明호오리다 往古李白之醉倒唐宮也에 高力士눈 脫靴호고 楊太眞은 奉硯호고 天子가 親求文을 호얏스니 弟子ㅣ 意謂키를 此時에 唐國社稷에 切迫혼 安危가 有호야 李白의 酒醒키를 待俟치못호고 時急히 計策을 得聞코져호야 如此格外의 擧措가 有혼가호얏더니 及其所書者를 見혼즉 所謂淸平詞三首也ㅣ니 豈不駭然罔測乎아 或云李白이 大醉也ㅣ라호되 此눈 非徒李白之醉也ㅣ라 是唐帝之大醉也ㅣ오 此눈 非徒唐帝之醉也ㅣ라 是朝廷之大醉야ㅣ오 此눈 非徒朝廷之醉也ㅣ라 是天下之

---

3) 崇의 오기.

4) 陀의 오기.

大醉也ㅣ오 此는 非徒天下之醉也ㅣ라 是後世之大醉也ㅣ니 後世大醉云
者는 如此罔有紀極之事를 不以爲怪而疾之打之ᄒᆞ고 猶載於書籍ᄒᆞ야 歆
羡稱奇ᄒᆞ니 此非後世之大醉者乎아 故로 今日東土兩國의 文病者가 大
醉不醒ᄒᆞ야 假臥不起ᄒᆞ고 八十載祖國之疆域은 任他外人之凌踏ᄒᆞ며
四億萬自國之同胞는 任他異族之虐殺ᄒᆞ고 小不動念ᄒᆞ니 若此ᄒᆞᆫ 文病者
의 大醉를 將用何藥而救療ᄒᆞ오릿가 古語에 云호ᄃᆡ 魚在水中故로 魚不
知水ㅣ라ᄒᆞ얏슨則 此支那通國이 無非文病大醉人인 故로 必然自己의 自
病을 自不知ᄒᆞ야 今日萬國의 文明之氣가 天地에 充溢ᄒᆞ고 銃砲之聲이
海陸를 震盪ᄒᆞ는 熱閙場中에셔 猶此酗酒만ᄒᆞ오니 何日何時에 實物을
積蓄ᄒᆞ고 實事를 履行ᄒᆞ야 人格을 成就ᄒᆞ며 國體를 成樣ᄒᆞ오릿가

　先生이 聞罷에 微笑曰 今日足下之言이 此支那가 事物의 實地는 不足
ᄒᆞ고 文華의 虛飾이 有餘홈으로 人格과 國體를 喪失이라ᄒᆞ되 以大眼目
으로 此支那를 考評홀진ᄃᆡᆫ 又有不然ᄒᆞᆫ 者ㅣ라 足下之言에 物勝於事ᄒᆞ
고 事勝於文이면 國必興旺ᄒᆞ고 文勝於事ᄒᆞ고 事勝於物이면 國必消亡
이라ᄒᆞ얏스니 此는 支那文弊에 痼瘼된 現狀만 料度ᄒᆞᆫ 者ㅣ오 天地의 原
理는 窮究치아니ᄒᆞᆫ 者ㅣ로다 大抵物이란거슨 形質이 有ᄒᆞᆫ 者也ㅣ오 事
이란거슨 形質을 隨ᄒᆞ야 進止ᄒᆞ는 者也ㅣ오 文이란거슨 事物之外에 自
在ᄒᆞ야 影響만 作ᄒᆞ는 者ㅣ니 事與物은 原來虛實과 善惡이 有ᄒᆞᆫ 者ㅣ니
人生의 損益과 邦國의 興亡을 能作ᄒᆞᆫ다ᄒᆞ려니와 至於影響된 文字란것
슨 雖或風敎를 腐敗케ᄒᆞ며 人道를 蠱昧케ᄒᆞᆫ다ᄒᆞᆫᄃᆞᆯ 國體民旅[5]의게 大
損害를 作홀 能力이야 焉有ᄒᆞ리오 盖事物이 未備ᄒᆞᆫ 天地에는 或者肆橫
ᄒᆞ는 弊端이 有ᄒᆞᆫ다ᄒᆞ여도 事物이 擴張實進ᄒᆞ는 地에는 所謂文字란거
슨 不過事物의 動靜을 隨ᄒᆞ야 服役홀따름이오 半点도 獨立의 權能이 無
홀지니 何必憂慮홀비리오 此等微弊의 所從來를 言之ᄒᆞ량이면 三唐宋

---

5) 族의 오기.

元明淸間에 所謂士林의 無據훈 行爲로 可憎훈 鏡花水月의 紙上空文으로 曰是曰非ᄒᆞ야 今此世道를 冥頑케ᄒᆞ얏스나 滅國의 憂患은 乃無훈 者ㅣ니 雖今日이라도 人道의 眞境을 覺悟ᄒᆞ고 事物의 正道에 入ᄒᆞ야 大踏步로 進行홀싸름이라 不然則 當此時代ᄒᆞ야 滅國滅種之患이 亦是天然公例라ᄒᆞᄂᆞ니라 夫人身의 元氣가 充實ᄒᆞ면 邪氣가 侵入치못ᄒᆞ고 國家에 正道가 開明ᄒᆞ면 私氣이 自然銷索ᄒᆞᄂᆞ니 今此支那가 雖曰 文華劣等國이나 物品의 實地와 事爲와 實行을 開導ᄒᆞ랴이면 人間腐俗에 所謂詩賦表策이니 序記箴銘이니ᄒᆞ든 無據之文은 自然風飛雹散과 烟消霧收에 歸홀것시오 紙上空文의 所謂禮樂文物이니 典章法度이니ᄒᆞ든 虛妄之說은 自然水流雲空과 雪消氷解를 作홀 者ㅣ니 有何憂慮홀바ㅣ리오 物學의 正道가 大開ᄒᆞ고 物理의 實業이 確立之日에ᄂᆞ 所謂文章道德이란 空誕之說도 亦是自滅홀 者ᄂᆞ 泰西에서도 已所經驗훈 者ㅣ니 第以泰西之所經過者를 暫言之ᄒᆞ리라 泰西古俗을 以觀ᄒᆞ면 一年四時에 犧牲酒果로 祭其神而求福ᄒᆞ얏고 星辰의 變遷을 指点ᄒᆞ야 一歲吉凶을 判斷ᄒᆞ얏고 鍊丹之工으로 神仙術을 學ᄒᆞ며 道學之論이 有ᄒᆞ야 弱賴土偲嗜魯之徒가 心性情之說로 分黨ᄒᆞ얏고 衣冠의 儀式은 長袖幅巾과 廣笠大帶를 用ᄒᆞ얏고 詩詞騷章에ᄂᆞ 杜娛道와 胡邁之輩가 文章으로 擅名ᄒᆞ얏고 軍制를 以觀ᄒᆞ면 旗鼓弓刀를 熾張훈 者ㅣ니 其俗尙의 燦然彬彬之風이 果與支那로 少不相違ᄒᆞ더니 忽自近古以來로 裵昆德哥道秀之徒가 黜虛崇[6]實之說을 刱出ᄒᆞ야 醒世警俗ᄒᆞ얏스며 柳頓瓦妒等의 窮理格致之學이 紛生層出ᄒᆞ야 頑波古風이 自歸消滅ᄒᆞ고 文明富强의 國體를 成立훈 者ㅣ라 噫라 此支那域內에 原來正道와 異端이란 二派가 有ᄒᆞ야 自相攻鬪者ㅣ 已經數千年에 尙無止戢훈 者ㅣ니 正道一派ᄂᆞ 曰仁義道德이니 禮樂文物이니 三綱五倫이니 孝悌忠信이니ᄒᆞᄂᆞ 名義로 人世를 主持훈 者

---

6) 崇의 오기.

也ㅣ오 異端一派는 曰黃老之學이니 刑名之術이니 諸子ㅣ니 列子ㅣ니ㅎ는 種類로 世道에 干涉흔 者ㅣ라 此二家의 曰是曰非와 曰可曰否라ㅎ는 論難도 亦是廖廖寂寂흔 紙上空文而已오 長短廣狹의 實物된 形體나 靑黃赤白의 質定흔 色相이 無흔 者ㅣ라 故로 各其消長盛衰의 影響은 略有ㅎ되 優勝劣敗의 形質은 乃無ㅎ야 墨陣筆鋒만 尙此輝煌ㅎ야 互相嫉妬ㅎ느니 此亦具眼者로 見之ㅎ면 其評判이 何如홀는지 未知어니와 僕之所見으로 言之ㅎ면 正道란 一派는 主大義者ㅣ니 帝王家之不可無者也ㅣ오 異端이란 一派는 主哲學者ㅣ니 政治家之不得闕者也ㅣ나 然이나 纍纍民族의 衣食住等實物實事와 實工實業의 一派大道가 出來ㅎ여야 支那種族社會에 一大幸福을 享有홀터인데 何等大聖人이 有홀는지 何等開明社會가 出홀는지 此等聖人이나 此等社會가 當道ㅎ는 日에는 所謂正道이니 異端이니 文病이니ㅎ든 各種社會가 各其本位를 追尋ㅎ야 秩序를 整頓홀 者ㅣ니 二十世紀下半紀에는 必然支那國旗가 天下列强班次中 最上位에 揷홀터이오 支那民族이 天下各般社會中最優等에 居홀 者ㅣ니 今雖朦昧蚩劣이나 屈伸消長은 定理가 自在ㅎ니 掘起홀 萌芽가 已現홈으로 梁啓超之言에 天下民族이 俱困ㅎ야도 淸國民族은 尙存흔다 홈이 氣味를 先見흔 者ㅣ니라

　蜜啞子ㅣ駭然對曰 支那之文學이 無非紙上空文이라ㅎ얏더니 今日先生之言論이 亦是唇上空談이오 便同夢中譫語로소이다 此支那의 民族之多와 物産之豊이 未始不甲於六洲로되 自負自是之癖으로 自傲自滿ㅎ야 內治外交에 少不動念故로 海巷[7]之開가 今爲七十餘年이오 外交之始가 今爲五十餘年이로딕 人才는 八股詩로 所擇ㅎ고 國防으로 刀石을 尙用홈으로 進步는 姑勿論ㅎ고 降縮이 還多ㅎ야 越南香港은 英法에 付屬ㅎ고 琉球臺灣은 日本에 讓與ㅎ고 西藏新疆은 英國에 見侵ㅎ고 蒙古半部

---

7) 港의 오기.

는 俄國에 頡頏ᄒ고 旅順口膠洲灣威海衛等 各海岸이 無非外人之占領
者ㅣ오 內地所謂鐵道鑛坑이 莫非外人之干涉者ㅣ오 輪船銃砲와 各項器
械名色이 一無自國之所産者也ㅣ오 擧皆注文於異邦者인딕 二十世紀 下
半紀에는 有何依憑으로 國體가 偉大ᄒ고 民格이 成就ᄒ올잇가 今日支
那가 如此悲慘을 當ᄒᆫ 者ᄂᆞᆫ 其原因이 確有ᄒᆫ지라 其原因을 拔本去根치
아니면 二百世紀라도 必無可望이외다 聖訓에云 物有本末ᄒ고 事有終
始라ᄒ얏스니 若以支那로 期欲發達인딕 先次其原因된 三種惡性을 確
然拔去後에야 就緒之望ㅣ 有ᄒᆯ 者ㅣ니 此三種惡性은 謂何오 一은 不欲
爲也ㅣ오 二ᄂᆞᆫ 不欲知也ㅣ오 三은 不知自知也ㅣ니 此三惡性은 無論何
人ᄒ고 家國을 自滅ᄒᆞᄂᆞᆫ 原素가될 者ㅣ라 悠悠蒼天이 天下人種의게 性
情을 均是給與ᄒ실 時에 東土人種에게는 有何仇讐ᄒ야 如此ᄒᆫ 惡性情
을 換給ᄒ신빈온지 此萬年無疆之國이 今至自滅 而尙此不悟ᄒ온즉 先
生이 或者天界에 上去ᄒ시거든 上帝게 稟明ᄒᆞᆸ셔 淸國朝鮮兩國에 上
等社會人種의 三惡心性情을 改良ᄒ야주시도록 周旋ᄒᆞᆸ소셔 不然則
二十世紀下半紀에 興旺特立은 且置ᄒ고 還是淪滅을 未免일지니 特加
存念ᄒᆞᆸ소셔

先生이 聞罷에 忽然眉宇에 慍色이 些浮ᄒ야曰 僕이 生前死後數千載
에 脣上空談과 夢中讝語른 言稱을 未聞ᄒ얏는딕 今日足下之言이 至此
過格ᄒ니 然則 此支那前頭預筭를 誤料ᄒ며 脣上空談된 裡[8])由를 明言之
ᄒᆯ지여다

蜜啞子ㅣ 亦慍意가 不無ᄒ야 不覺遽色而疾對曰 東土人士의 學問程
度가 莫非紙上空文이라ᄒ든 實証을 先此說明ᄒᆞᆸ고 先生의 脣上空談
을 亦復繼達ᄒ오리다 東土人士의 所謂學問이란거시 三經四傳禮記春
秋等 黃卷冊子를 讀之誦之而已오 復無實地試驗의 身所經過者일쑨不

<hr>

8) 理의 오기.

홈라 彼黃卷子의 時代를 言之ᄒᆞ면 皆二千年三千年四千年以上인즉 伊日時代에ᄂᆞᆫ 大朴이 未散ᄒᆞ고 事物이 未備홈으로 不過以口舌로도 能히 齊民制國ᄒᆞ얏고 物力의 實用은 未達홀 時代라 故로 齊桓晉文의 紏合諸候[9]ᄒᆞ야 一匡天下란 事業을 以觀ᄒᆞ오면 攘夷狄尊王室이란 正大ᄒᆞᆫ 義理와 空虛ᄒᆞᆫ 名義뿐이오 賠償의 質物이나 土地의 財源을 受與者ㅣ아니어니와 今日時代ᄂᆞᆫ 不然ᄒᆞ야 虛禮空式은 姑置ᄒᆞ고 實物實事만 取用홈으로 或者ㅣ 人이 國家를 并呑ᄒᆞᄂᆞᆫ 時에 白馬素車로 輿櫬面縛ᄒᆞ야 俯伏納降이란 虛式과 稱帝稱臣의 極尊極卑ᄒᆞ든 浮禮ᄂᆞᆫ 一切不取ᄒᆞ고 還爲反是ᄒᆞ야 法國이 安南을 拉食ᄒᆞ면셔도 其國號ᄂᆞᆫ 皇帝國을 添稱ᄒᆞ얏고 日本이 琉球를 并呑ᄒᆞᄂᆞᆫ되도 其國君을 一等親王待遇로 封爵ᄒᆞ얏스니 以外樣觀之ᄒᆞ면 安南琉球兩國이 尊貴ᄒᆞ게되얏스나 以內情言之ᄒᆞ면 滅國을 未免ᄒᆞᆫ 者ㅣ니 名義의 虛實이 若此ᄒᆞ고 物力의 眞僞가 若此ᄒᆞ온되 東土人士ᄂᆞᆫ 少不覺悟ᄒᆞ고 机床에 黃卷冊子만 坐讀ᄒᆞ면셔 何是禮樂은 如斯如斯 何代文物은 如斯如斯 何人名節은 如斯如斯 何人道德은 如斯如斯ㅣ라ᄒᆞ야 日夜誦道ᄒᆞᆯ들 一分錢一升米가 從何出來乎아 手足을 活動ᄒᆞ야 綱屨織席을ᄒᆞ거나 身體를 運動ᄒᆞ야 種苽種菜를ᄒᆞ면 此ᄂᆞᆫ 實地事業이라 畢境[10]口腹에 入送홀 實物이 自生홀뿐 不啻라 小者ᄂᆞᆫ 身家를 保存ᄒᆞ고 大者ᄂᆞᆫ 邦家를 保存ᄒᆞ리로다 故로 開明國人種은 空文은 不讀ᄒᆞ고 小學校中學校에 卒業ᄒᆞᆫ後 專門課에 入學ᄒᆞ야 實地物理를 通曉ᄒᆞ고 實物事業의 利用物品을 極究發明ᄒᆞᄂᆞ니 是以로 自身自家의 營産營業도되야 生前富貴도ᄒᆞ려니와 自然히 物品에 從生ᄒᆞᄂᆞᆫ 稅額이 國庫로 轉入ᄒᆞ야 富强의 材料를 積聚ᄒᆞᄂᆞ니 此ᄂᆞᆫ 天然ᄒᆞᆫ 公式이오 弟子의 私論이아닌則 東土人士의 學文事爲가 엇지 紙上空文된 的據가아니오릿가 且先生言論에 二十世紀下半紀엔 淸國이 發興이란말슴이 唇上空語되올 証據

---

9) 侯의 오기.

10) 竟의 오기.

가 三條가 有ᄒᆞ오니 詳聞之ᄒᆞᆸ소셔

　清國이 統一以來三百年에 東西南北의 分列ᄒᆞᆫ 各邦이 無非藩屛의 屬國이라 故로 聖節冬至等名節에 各邦이 方物과 咨文을 賷送ᄒᆞ고 使价를 入送ᄒᆞᄂᆞᄃᆡ 所謂方物이른거슨 該國土産에 物品幾種而已오 復無巨額貨物의 來納이온즉 皇家에서 頒賜ᄒᆞᄂᆞᆫ 物種과 賞銀賞緞等價値로 相較ᄒᆞ면 還不及者ㅣ 多矣로ᄃᆡ 咨文에 皇位를 尊崇ᄒᆞ고 臣分이 賤卑흠을 特爲 嘉尙ᄒᆞ야 利害ᄂᆞᆫ 不顧ᄒᆞ며 虛節만 貴重ᄒᆞ야 倨傲ᄒᆞᆫ 詔勅으로 優恤而已 則 此習이 何處로 從出흐고ᄒᆞ면 昔에 周室이 微弱ᄒᆞ야 諸侯가 不欲來朝 ᄒᆞᆯ 時에 齊威王이 獨往入朝ᄒᆞ야 天下ㅣ 稱善흔 者ㅣ라 以其齊威王의 事爲를 若以虛實로 較評흘진딘 其時周室의 微弱흔 本点은 錢穀甲兵이 乏少흔 根因인則 齊王이 若以錢穀甲兵의 實物을 輸送ᄒᆞ야 周室을 鞏固케 ᄒᆞ량이면 齊王은 雖不入朝라도 周室은 完實흔 者ㅣ니 其虛實과 眞假가 果何如哉오 噫彼古日은 名節을 高尙ᄒᆞ고 財力을 卑賤ᄒᆞ기로 齊王事爲 가 不過至此흔 者어니와 當今時代ᄂᆞᆫ 與古逈殊ᄒᆞ야 虛實과 眞僞를 另擇 ᄒᆞᄂᆞᆫ 時代인則 東土人士의 固執不通흔 證據가 一也ㅣ오

　且人生의 生寄死歸之間에 不可歇后者ᄂᆞᆫ 物種이라 故로 聖人이 立世 ᄒᆞ샤 利用厚生의 有形흔 物種을 刱出ᄒᆞ시고 後人은 遺意를 承襲ᄒᆞ야 或 發明之ᄒᆞ며 或硏究之ᄒᆞ야 必乃利益만 計圖ᄒᆞᆫ 者ㅣ라 故로 穴居土處 ᄒᆞ고 食實衣羽ᄒᆞᄃᆞᆫ 荒茫흔 人世가 今則梁肉之食과 錦繡之服과 臺榭之 居와 船車之乘이 卽非從天而降下者也ㅣ오 人生이 格究講透ᄒᆞ야 地面 之利와 地中之利를 取得ᄒᆞ며 智識을 運用ᄒᆞ고 手足을 活動ᄒᆞ야 製造의 利益을 發生흔 者ㅣ니 此ᄂᆞᆫ 天下萬邦이 普通흔 規列[11]가된則 誰富誰貧 과 孰强孰弱의 差等이 必無흘터인ᄃᆡ 泰西ᄂᆞᆫ 何其富强ᄒᆞ고 東土ᄂᆞᆫ 何其 貧弱ᄒᆞ고 天氣土質과 人品物産이 或有異同而然哉아 若以支那之天氣

---

11) 例의 오기.

土質과 人品物産으로 比諸泰西者ㅣ면 無一不足者이언마는 何由로 聖
人의 利用厚生하랴시든 心法를 不遵ᄒᆞ고 自暴自棄ᄒᆞ야 國家焉荒頹ᄒᆞ고
人力焉殘弱ᄒᆞ야 今日泰西의게 無限ᄒᆞᆫ 凌辱을 甘受ᄒᆞᄂᆞᆫ지 可謂不可思擬
로다 若或聖人의 心法을 一分이라도 講究實行ᄒᆞ얏드면 神農氏가 農業
을 剏始ᄒᆞᆫ지 至于今日에 土地四十九味의 發明과 土質分析之法과 肥料
製作之術과 黃壤赤埴의 宜不宜辨別흠은 格物新篇等物理學과 刈扱耕
耘의 各項器械가 必自支那로 先出ᄒᆞ얏지 何嘗經傳도 不讀ᄒᆞᆫ 泰西에서
從出ᄒᆞ얏스며 若或聖人의 心法을 一分이라도 受而實行이런들 軒轅氏
가 舟車干戈를 剏出ᄒᆞᆫ後 今日에 蒸汽車火輪船과 克虜伯向龍銃之發明
이 亦自支那로 先出ᄒᆞ얏지 何必經傳도 不讀ᄒᆞᆫ 泰西人이 製作ᄒᆞ얏스리
오 痛且可疾者ㅣ라 此東土人士의 宅心이며 脣舌노만 聖人聖人ᄒᆞ고 聖
人의 經傳은 文書만 讀之誦之ᄒᆞ얏다가 所謂八股詩風月句의 聯珠對에
移用ᄒᆞ기와 詩賦騷詞의 章句粧飾ᄒᆞ기와 科文과 疏章에 引證說明ᄒᆞᄂᆞᆫ되
만 利用ᄒᆞ고 聖人의 口傳心授ᄒᆞ신 道德과 利用厚生ᄒᆞ랴는 本志는 實用
치아니ᄒᆞ얏스니 今日受侮於歐人이 豈不自取者乎아 此ㅣ 實地背馳ᄒᆞᆫ 證
據가 二也ㅣ오

　現今讀書士類의 所讀이 何書也ㅣ오 每是論孟庸學等四書也ㅣ니 此四
書冊子의 本志來歷을 詳言之ᄒᆞ오리다 四書主義를 以觀ᄒᆞ오면 전혀 性
命之道로 倫理를 發明ᄒᆞ얏고 且治平의 大志가 亦此包有흔 者ㅣ라 倫理
則古今이 無異ᄒᆞ고 遐邇가 無別也ㅣ니 人類의 不可不所讀也어니와 治
平之義는 不得注意홀 者ㅣ라 大抵孔子孟子는 萬古聖人이시라 以其聖人
之心力으로 欲行王道於天下ᄒᆞ야 或轍環天下ᄒᆞ시며 或遊於齊梁ᄒᆞ사 舌
弊脣焦ᄒᆞ시되 畢竟은 吾道不行ᄒᆞ셧스니 以其聖人在時로 言之ᄒᆞ면 距
今이 二千四百年以上也ㅣ니 可謂上古時代也ㅣ라 上古時代의 純朴民俗
에도 道且不行이라ᄒᆞ얏고 且以輕重眞假로 言之ᄒᆞ오면 聖人이 生存ᄒᆞ
사 親身親手로 盡心力而行之로되 道且不行ᄒᆞ얏ᄂᆞᆫ되 聖人沒後二千餘年

된 澆季時代之今日에 聖人의 姿稟은 萬分不及혼 腐儒輩가 如干四書卷을 讀혼 者ㅣ면 自負自謂키를 前日某國某國은 皆以覇道로 治國이니 吾所不取也ㅣ라 余若臨事이면 當以如斯如斯홀 王道로 平治天下ㅣ라ᄒᆞ니 嗚呼ㅣ라 此等無知沒覺輩가 當初에 四書를 不見이런들 如是혼 範外妄想이 必無ᄒᆞ야 平常혼 一分子의 民格은 維持홀것슬 不幸이 其父母者ㅣ 愛子之情에 自蔽ᄒᆞ야 人品과 書類의 適不適은 不顧ᄒᆞ고 四書를 教而讀之ᄒᆞ야 如此혼 橫想으로 一生를 自誤케혼 者ㅣ니 可不惜哉며 又此四書가 魯衛齊梁之國에셔 政治上事物上에 實地施行ᄒᆞ야 的確無疑케 經驗ᄒᆞ신 文書가아니오 聖人當時에 天道人事의 正理를 闡明ᄒᆞ시며 人性物情의 關係됨을 裁量ᄒᆞ옵셔 或對人而問答ᄒᆞ시며 或按時而記述ᄒᆞ신 者ㅣ니 究其本則 當時聖人의 意見書에 不過혼 者ㅣ라 假使堯舜이 今日를 當ᄒᆞ사 此四書를 見ᄒᆞ시드라도 此日時代와 此日人品에 此書가 合當홀ᄂᆞ지 不合當홀ᄂᆞ지 必未質定이실터인데 至於官職政治法律戰陣과 農業織造商賈鑛産 及漁業光學氣學理學等 千萬之節에 學問所持者ᄂᆞ 不過此四書之讀也ㅣ오 人材存拔이 如此四書之讀不讀에 不過혼 者也ㅣ오 某學專門卒業이나 某科實地施驗이른 工課之說은 初不擧論닌즉 如是혼 無據孟浪혼 証據가 三也ㅣ라

此三條証據의 習慣이 腦髓에 充塞ᄒᆞ야 頑俗을 成石혼 外에 復有奇怪罔測之俗ᄒᆞ야 所謂上等者流ᄂᆞ 麻衣相書이니 紫微斗數이니 堪輿地術이니 兼靑囊秘訣이니ᄒᆞᄂᆞ 術數를 偏恃ᄒᆞ야 一家吉凶을 全托而無他營爲者也ㅣ오 所謂下等者流ᄂᆞ 巫女之皷와 盲者之經에 神堂佛堂과 江鬼山靈의게 焚香咀呪로 一身禍福을 全托而無他思想이온즉 七尺之躬를 猶不能自主獨立ᄒᆞ야 半任於術數ᄒᆞ고 半任於巫盲者인즉 此等人種의게 國家獨立思想이 從何出來ᄒᆞ오며 又復所謂白蓮敎이니 哥老會이니 小刀會이니ᄒᆞᄂᆞ 悖類雜種이 一不改悛ᄒᆞ고 作孽萬端이온되 今日先生之言에

二十世紀人[12]下半記에 淸國이 列邦首班에 居흔다ㅎ시니 此言이 脣上空談이아니면 謂何라ㅎ오릿가

「黃白關係眞狀」

先生이 聽罷에 兩鬢이 竦然ㅎ야 執手撫背曰 足下의 三條証據흔 一場說辭가 支那實況에 的當흔 公談이라홀지라 雖然이나 此亦過去情況이니 無足可言이어니와 將來就緒를 復加思量ㅎ라 今此支那가 雖曰頑迷ㅎ나 十年以來로 風敎의 變移흔거슬 見ㅎ량이면 二十世下半紀에 成就홀 明証이 已爲發現흔 者ㅣ라 大槪無論何國ㅎ고 地方이 三千里오 民族이 四千萬이되고보면 物之不齊는 物之情이라 每樣人性과 風敎가 均一치못흔 者ㅣ라 故로 日本民族之明敏으로 明治維新之初에 守舊派와 開化派가 各其自是흔 性格으로 互相固執ㅎ야 戰爭不息타가 風氣가 漸闢ㅎ고 實業이 漸通後에야 頑固守舊가 自相覺悟ㅎ야 一致開化ㅎ얏슨則 此地廣人衆흔 支那全土의 革舊刱新이엇지 一朝一夕에 容易타ㅎ리오果然支那本質로 言之ㅎ면 貴國兪吉濬詩에 云(晉代淸談驚百世 宋儒眞學貫三才 胡來畢境無長策 交與神州拱手回)라ㅎ얏스니 胡來者는 卽今滿洲三省과 內外蒙古人이라 此等邊界蠻族에게 當當흔 中華全體를 淪喪ㅎ고도 尙此心志를 不變ㅎ며 紙上空文만 崇[13]尙흔 者ㅣ니 無足可恃로딕 挽近兵劫을 屢經흔 後에 政府公論과 士林義理가 豁然大變흔지라不變則已어니와 變則通也ㅣ니 通以後三十年이면 無所不成이 亦理之所在也ㅣ며 日本名士大垣丈夫之說에도 淸國이 萬一變而開化ㅎ면 四十年이 不過ㅎ야 東洋에 一等强國이된다ㅎ얏스니 此亦明見의 預籌일샌더러 無論何邦ㅎ고 當此今日ㅎ야 孰欲不變이며 孰能不變이리오 足下가 若不信僕言이면 僕이 此支那의 當變而不變者와 當變而變者와 變而

---

12) 人자는 衍文임.

13) 崇의 오기.

不善變者와 變而善變者를 逐條辨明ㅎ야 其利害를 陳說홀터이오 且足
下가 此東土의 書籍과 歷史를 每不偏信云則 往古春秋列國時나 漢魏唐
宋時代의 事蹟은 一切勿論ㅎ고 足下生世以後五十餘年之內에 耳聞目
睹혼 事로만 次第說明ㅎ노라 自道光二十二年으로 至咸豐十年ㅎ야 支
邦14)海岸에 開港이 凡十六所ㅣ라 歐美로 流來ㅎ는 新鮮훈 文物과 公平
훈 風俗이 南淸一帶에 潮流似入來ㅎ얏스니 然則 支那開闢훈 後에 新面
目과 別乾坤을 換起홀 第一回의 機會也ㅣ로라 當此時ㅎ야 廣東金田村
에서 洪秀全楊秀淸石達開謝朝歸等이 民黨으로 暴動ㅎ야 十六省을 犯
ㅎ며 三百餘城을 陷ㅎ고 十五年을 相持ㅎ얏스니 可謂酷烈훈 民亂이라
當時에 民力과 民權이 極点에 達ㅎ얏슨則 宜乎四千年政府의 壓制와 虐
待밧든 惡習을 脫却ㅎ고 堂堂훈 民格을 維持ㅎ야 憲法國自由民이 될 思
想이 有홀터인대 不此之爲ㅎ고 腐敗훈 名義와 無據훈 義理를 提起ㅎ야
長髮과 華服으로 淸國을 排斥ㅎ고 明朝를 回復훈다ㅎ다가 還被漢人之
出討ㅎ야 曾國藩左宗棠李鴻章彭玉麟等의 陳舊腐敗훈 孫吳兵法과 十八
般武藝之下에 剿滅훈빅되얏스니 此는 民族社會의 可變홀 時機와 當變
홀 際會를 自失훈 者ㅣ니 此는 當變而不變者也ㅣ오 其後林則徐가 粤督
으로 鴉煙洋艦二隻을 焚沈훈 後에 英法軍艦이 天津을 來衝홀식 伊時滿
漢兵馬가 數十萬에 過훈 者로 一番交戰이 無ㅎ고 一時潰散ㅎ야 天子가
下殿走에 群臣이 不見其影ㅎ얏스니 豈非天下後世之羞恥哉아 是後廟堂
之上에 大議가 質定되야 南北洋에 大臣을 設置ㅎ야 水軍을 擴張ㅎ야 旅
順威海의 砲臺를 築固ㅎ야 渤海天津을 翼衛ㅎ고 關東各鎭에 五十七營
의 洋槍隊를 新設ㅎ야 陸軍과 馬隊를 洋員으로 敎育ㅎ고 水師學堂武備
學堂의 卒業生徒를 需用ㅎ얏고 歐美各國에 全權公使를 派送ㅎ야 外交
를 通涉ㅎ얏슨則 其無量훈 經費가 可謂京垓에 過훈 者ㅣ라 此는 當變而

---

14) 那의 오기.

變者也ㅣ오 如斯혼 財力을 糜費ᄒ고도 其所經略혼 者ᄂ 不過皮毛만 粧飾ᄒ고 骨節에 貫通이못되얏ᄉ則 豈不可惜哉아 甲午日淸戰爭으로 觀之ᄒ면 聶士成葉志超豊陞阿魏汝貴等의 牙山平壤之戰이 可謂土崩瓦解ᄅ 作혼者ㅣ오 九連城鳳凰城海昌營口之戰과 守嚴析木盖平金州之戰에 一無勝捷ᄒ고 莫不淪陷ᄒ얏ᄉ니 宋慶馬玉昆은 四十年强場老將이라 戰鬪閱歷과 智謀才器가 엇지 山縣有朋長谷川好道大島義昌北山平早의게 不及혼 者ㅣ리오만은 連戰連敗ᄒ야 遼東半部에 紅心白[15)質旗가 無處不挿ᄒ얏ᄉ며 金州灣旅順口ᄂ 天下險要ᄲᆫ더러 其時守將黃士林趙懷業張光全魏汝成等은 當時合肥李相의 心腹親愛之將으로 寄付之責이 自別혼 딩 九点種聲이 未歇ᄒ야 一片旭章旗가 砲臺上에 颺颺ᄒ얏ᄉ니 後世軍人家에셔 此日歷史ᄅ 以觀ᄒ면 何如타ᄒ며 且以水戰言之라도 黃海艦隊에 靜遠鎭遠靖遠濟遠의 戰鬪艦과 廣甲廣乙操江來遠의 巡洋艦이 自七八千噸으로 乃至萬噸以上之巨艦인딩 管帶之將에 丁汝昌鄧程先方伯謙은 進不欲戰ᄒ고 退不能守ᄒ야 伊東祐享으로 全功을 成就케ᄒ얏ᄉ則 大抵此次戰役에 損兵折將혼 國恥ᄂ 姑舍ᄒ고 多年積蓄혼 軍火汁物의 損害가 二十餘億에 達ᄒ얏ᄉ니 當時의 天下有志혼 其眼者로 見之ᄒ량이면 엇지 愴痛悲泣지아니리오 假使錦繡의 衣服과 珠玉의 寶物을 丈夫가 持之則 其價値의 貴重과 奢侈의 特別을 必知ᄒ야 愛護而保管ᄒ려니와 孩兒가 持之則 其價値之重과 奢美之別을 不知ᄒ야 或遺失而不知惜ᄒ고 或破缺而不知保ᄒᄂ니 如彼혼 莫大重奇ᄅ 變其物而不變其人ᄒ고 變其法而不變其用ᄒ얏ᄉ니 此ᄂ 變而不善變者也ㅣ오 且馬關之約에 遼河以南과 臺灣一島ᄅ 割讓ᄒ며 二億의 賠金을 定款ᄒ얏ᄉ니 此ᄂ 淸國이 外交ᄅ 開혼以後에 初有혼 損害로다 當此時ᄒ야 北淸一帶에 眼目이 瞠然ᄒ고 南淸各般社會에 言論이 沸騰혼지라 故로 戊戌年政變이 自

---

15) 白의 오기.

然釀成이되얏스나 西太后李蓮英之內權과 綏祿榮祿의 狡獪를 孰敢抵
當ᄒ리오 淸帝의 素志를 成就치못홀쑨不啻라 楊銳譚嗣同等 六臣의 慘
死와 梁啓超康有爲의 亡命만 作ᄒ얏슨則 此等慘死와 此等亡命은 無論
東西何國ᄒ고 改革時代에ᄂ 原有ᄒ 前例也ㅣ니 無足可恨이어니와 千可
殺萬可殺은 滿州派之冥頑과 貴族黨之凶毒이라 萬不當千不當ᄒ 義和
團을 招集ᄒ야 排外이니 斥洋이니ᄒ야 慘酷홀 行動이 有홈으로 無端ᄒ
八國聯合兵이 渤海上에덥헛스니 是何風雲이며 是何怪變인지 金城湯池
의 天津이 陷落됨은 夢想에도 不到ᄒ 者ㅣ로다 嗟呼ㅣ라 自天津으로 北
京에 至ᄒᄂ 二百六十里와 自北京으로 通州에 至ᄒᄂ 五十里之間에 金
錢財貨의 損害ᄂ 計筭으로 不得成言이어니와 官人軍人民人의 殤害가
二百二十餘萬에 至ᄒ얏스니 此等慘禍ᄂ 天地肇判以來에 初有ᄒ 劫會
也ㅣ라 此日歷史를 後世人이 忍何目睹홀ᄂ지 況西安府에 播遷ᄒ 淸帝
를 各國이 同議ᄒ고 北京으로 依舊還御케ᄒ얏스니 此ᄂ 尤極不可思擬
홀者ㅣ라홀거시 顧我東土二十一代史記에 如此ᄒ 義理와 公論은 影響도
不見ᄒ 者ㅣ로다 當此時ᄒ야 所謂中華天地之內에셔 自尊自傲ᄒ며 義理
이니 道德이니ᄒ든 頑固派의 鐵石心腸도 氷消雪散이되고 百折不回ᄒ야
固執不通ᄒ든 端郡王과 董福祥도 心驚膽裂ᄒ야 垂頭喪氣ᄒ고 甘肅으
로 奔竄丏乞ᄒ얏슨則 樞密院元老에 鹿傳林王文詔等의 如干橫議左論이
엇지 廟閣에 容嘴가되리오 噫此空前絶後ᄒ 大劫會를 經過ᄒ後 五個年
之今日에 淸廷上下에 心性과 物議가 換易無餘ᄒ 者ㅣ 可謂的實無疑로
다 若或淸國이 大變遷이아니드면 大禍를 觸犯ᄒ야 淸國一邦만 大不幸
쑨아니라 東洋全局이 震蕩消殘홀 酷点이 有홀번ᄒ 者ㅣ니 足下가 雖曰
察時에 明快타ᄒ나 此等大勢ᄂ 必不能預度者인즉 今爲足下一言之ᄒ리
라 大抵 支那三千年以來에 所謂經綸家와 智謀家와 用兵家의 第一要点
은 敵國의 虛實을 窺察ᄒ야 出其不意ᄒ고 攻其無備로 爲兵家之妙筭ᄒ
나니 亦復想之則 此出其不意와 攻其無備之法이 非但支那兵家之妙筭

이라 無論何國何時ᄒ고 擧皆兵家에 妙筭이되리로다 然則淸國이 心性과 物議가 變遷치아니ᄒ얏드면 上年滿洲日俄之戰에 日本의 虛實을 窺察ᄒ고 必然出其不意와 攻其無備之妙算으로 兵不厭詐之說을 提出ᄒ야 一段野心으로 東洋平和도 不顧ᄒ고 萬國公法도 不顧ᄒ고 嚴正中立도 不顧ᄒ고 無名出師ᄒ야 日本에 甲午之讐를 報酬ᄒ지니 苟如是면 東半球에 極烈慘毒ᄒ 百年風雲이 不知至何境일터인데 千幸萬幸으로 淸國의 中外人心이 十分開明ᄒ고 十分變遷ᄒ야 此等冥頑의 蠻行을 不作ᄒ者ㅣ로다 萬一義和團匪以前에만 日露가 滿洲에서 開仗이되얏드면 決코 此等擧措가 必無라 不能ᄒ지니 假使此擧措가 有ᄒ량이면 前頭秩序가 如左ᄒ리로다

東西洋數千年內에 戰鬪歷史를 考據ᄒ량이면 甲國이 乙國에 往ᄒ거나 乙國이 甲國에 往ᄒ야 戰爭ᄒ 者와 或甲乙兩國이 一齊動兵ᄒ야 彼此所到之處에서 開仗ᄒ 事ᄂ 有ᄒ되 甲國乙國이 各自動兵ᄒ야 異域別地에 特來開戰ᄒ 事ᄂ 惟十六世紀時代에 英法二國이 各其兵備를 北亞墨尼加에 輸送ᄒ야 戰鬪ᄒ 事가 有ᄒ고 八九年前에 西班牙와 美利堅이 各其兵備를 非律賓에 發遣ᄒ야 戰鬪ᄒ 事가 有ᄒ나 然이나 彼英法二國으로 言之ᄒ면 曾前에 各其民族을 墨尼加에 移植ᄒ야 領地를 作ᄒ 者也ㅣ오 西班牙와 美利堅도 該非律賓을 或保護之ᄒ고 或領有之ᄒ 者어니와 當初에 一無相關ᄒᄂ 絶域異地에다가 兵備를 各送ᄒ야 開仗ᄒ 事ᄂ 惟上年淸國滿洲地에서 日露兩國이 開戰ᄒ 事쑨이로다 當時에 東西列邦은 局外中立으로 毫髮不動ᄒ얏고 日露兩國만 各自發兵ᄒᄉ 露國은 尙此 西伯利亞鐵道와 東淸鐵道로 軍備를 輸出ᄒ 者어니와 日本은 可謂越三國之出兵이오 水陸之役을 兼ᄒ 者ㅣ로다 四五軍團의 五六十萬되ᄂ 各種軍備를 遼河一地에다 入送ᄒ얏스니 雖有定算이나 豈不危險哉아 必全國軍額과 全國財力을 盡輸無餘矣리니 以呂祖謙之將鑑博義로 言之ᄒ면 眞可謂浪戰이라 批評ᄒ 者ㅣ로다 大抵日兵이 駕海二三千里ᄒ며 或

四五千里ᄒᆞ야 滿洲에 入來ᄒᆞᆫ 陸軍의 作路를 觀之ᄒᆞ면 朝鮮海口에ᄂᆞᆫ 仁川甑南浦龍岩浦로 下陸ᄒᆞᆫ 者也ㅣ오 盛京海口로ᄂᆞᆫ 小孤山寶蘭店金州灣營口로 下陸ᄒᆞᆫ 者인則 其水陸之苦와 運輸之費ᄂᆞᆫ 不言可知로다 幸有可賀可讚者ᄂᆞᆫ 大小戰鬪數十次를 連戰連勝ᄒᆞᄂᆞᆫ디 至於九連城得利寺沙河之戰ᄒᆞ야ᄂᆞᆫ 可謂前古稀有ᄒᆞᆫ 酷戰인則 其精神筋力의 疲弊야 夫復何言哉아 當時露軍이 雖曰連敗也ㅣ나 其全軍의 主力이 南北으로 奉天과 旅順에 分在ᄒᆞ야 尙爲勁悍ᄒᆞ기로 日兵이 不能一皷破之ᄒᆞ고 軍力을 亦此分貳ᄒᆞ야 南攻北伐ᄒᆞᄂᆞᆫ디 眼鼻莫開ᄒᆞᆫ 者ㅣ로다 當時旅順은 姑未拔ᄒᆞ고 奉天은 姑未捷ᄒᆞᆫ 日에 萬一淸國政府에 王大臣의 心術이 十年前갓치 未開ᄒᆞ고 端郡王과 李秉衡之徒가 當局用事ᄒᆞ얏드면 必然齊襄公之報九世之讐ᄂᆞᆫ 春秋에 是之也ㅣ니 甲午之讐를 不可不報라ᄒᆞ야 一邊으로 北淸을 煽動ᄒᆞ되 萬國公法과 東洋平和와 嚴正中立은 挽近西洋外交家의 狡猾ᄒᆞᆫ 誣說인則 無足可道者也ㅣ오 出其不意와 攻其無備ᄂᆞᆫ 兵家之第一要法이니 時不可失이오 兵不厭詐也라ᄒᆞ야 一邊으로 袁世凱를 征東大都督을 封ᄒᆞ야 關內關外兵馬를 統制케ᄒᆞᆯ식 一派ᄂᆞᆫ 征南之勢로 岺春暄董福祥으로 數三師團을 摠督ᄒᆞ야 盖平守岩等地에서 衝突ᄒᆞ고 一派ᄂᆞᆫ 征北之勢로 姜桂題馬玉昆으로 數三師團을 領率ᄒᆞ야 海城遼陽方面에서 遊弋ᄒᆞ야 南北에 分在ᄒᆞᆫ 日兵의 背後를 或襲擊或遊擊ᄒᆞ며 或進戰或退守ᄒᆞ량이면 日兵을 全數破潰치ᄂᆞᆫ 못ᄒᆞ나 日兵의 南北部가 各各腹背受敵으로 困在垓心ᄒᆞᆯ 境遇을 難免ᄒᆞ리로다 如此코보량이면 露兵의 氣勢가 卒地倍勝ᄒᆞ야 旅順守將은 北京에 駐紮ᄒᆞᆫ 俄公使의게 傳書鳩를 飛送ᄒᆞ야 氣脈을 相通ᄒᆞ고 奉天守將은 彼得京城에 打電ᄒᆞ야 高索克兵을 陸續出來ᄒᆞ야 騰騰ᄒᆞᆫ 銳氣로 聲勢가 益壯矣리니 日兵이 千萬料外에 此等困難과 此等危險을 當ᄒᆞ야 前遮後應ᄒᆞ며 左衝右突ᄒᆞ야 首尾不及ᄒᆞᆯ 悲慘을 當ᄒᆞ얏스리니 第一의 輜重衣甲에 運輸와 粮餉軍火의 繼續이 尤極罔涯ᄒᆞᆫ 者ㅣ라 然則 山縣靑木의 韜略과 野津乃木의 智謀가 方便

이 無術호지라 當此時호야 英國이 日本과 當初協商홀 時에 攻守同盟의
契約이 有혼지라 自然淸廷에 强勁혼 交涉을 提出호야 公法을 違背호고
第三國되는 蠻行을 質問호며 印度의 陸軍과 香港의 水兵을 不時發送호
야 威海衛로 來會홀거시오 法國에셔는 多年公法에 拘碍호야 有意莫遂
호든 今日이 可謂好機會를 得혼 者ㅣ로다호야 西貢의 陸軍과 加達馬島
의 軍艦을 一時 幷發호야 廈門海峽에셔 逼留호며 第四國의 態度를 呈出
홀터이오 德義澳美四國은 各其東洋에 巡洋艦隊를 指揮호야 渤海方面
으로 聚集호고 均霑利益을 希望호야 合同條約을 預備홀거시오 日本은
此日此機를 當혼則 自然이 國內所存혼 後備隊預備隊를 罔夜組織호야
商船軍艦을 不計호고 裝載輸送호야 天津으로 直向홀터이오 淸國은 甘
肅四川은 遠莫致之로되 山東河南의 軍旅와 荊襄의 鄕勇을 飛檄召集호
야 保定府로 來合홀터인則 當此時호야 朝鮮國은 如此혼 龍戰虎鬪之間
에 在호야 瓮隙에 湯罐갓치 粉碎홀는지 缺唇에 土蓮갓치 脫出홀는지 未
可質定이어니와 萬一에 東洋和局이 如是缺裂호면 百年風雲이 何時可
息일는지 血川肉地에 平和를 誰議호며 黃人白種의 契活이 無期로다 於
戲라 天降生民호샤 必無盡劉之理也ㅣ로다 故로 淸國이 數年以來로 一
變二變호고 三變四變호야 內修外交에 停當혼 道理와 宇宙大勢의 至極
혼 關係를 十分覺悟호야 嚴正中立의 約章를 遵守호야 日本으로 滿洲에
셔 全功를 建立케혼 者니 如此혼 淸國를 何云不變이라호며 何云未開라
호리오 況近日西太后의 意志가 突變호야 今皇帝와 內情이 和冲호야 政
事를 和議호는되 憲政實行홀 詔勅이 中外에 頒布가되고 袁世凱張之洞
鐵良孫家鼐等이 憲法를 實施호야 上下議院를 制定호고 一般國事를 混
融協義케호며 政治의 改善과 官制의 變通과 法律의 改良과 貨弊[16]의 整
釐와 軍制의 組織等諸般事務에 日日服役호야 可謂勞心焦思라홀터이오

---

16) 幣의 오기

南淸北淸에 地方區域마다 有志紳士가 學校를 設立ᄒ야 小學中學專門 課의 敎授를 熱心勤務ᄒ고 出洋學徒를 外國에 派送ᄒ야 理學化學의 眞 境을 講習ᄒ고 社會上有志者와 外國에 亡命客은 演說과 筆論으로 自國 魂魄을 喚起케ᄒ고 在外ᄒ 康有爲梁啓超孫逸仙派의 革命主義가 全國 에 膨脹ᄒ야 上下社會의 精神機關이되얏스니 如是ᄒ 諸般景況으로 言 之ᄒ면 何謂不變이며 變而無效라ᄒ리오 此ᄂ 變而善變者也ㅣ라 故로 僕之所料에 支那가 窮而變ᄒ고 變而通ᄒ얏스니 蒸蒸日上ᄒ야 三十年 이면 世界魁邦이되리라ᄒ 者ㅣ니 足下ᄂ 熟思之ᄒᆯ지여다

蜜啞子ㅣ聽畢에 拜謝曰 先生의 一場說話을듯사온즉 此支那의 變遷 程度가 數年以來에 可謂括目相對로소이다 外交路略이 尤極嫺熟ᄒ야 今番日俄之役에 一無失手ᄒᆷ을 先生이 極口讚揚ᄒ오시니 此ᄂ 弟子도 未嘗不贊頌不已ᄒᆸ거니와 先生之言에 東洋局勢를 一一逐條ᄒ야 運籌 結筭ᄒ신바를 聞ᄒ온則 可謂決勝千里가 如在指掌ᄒ야 間不容髮이올지 니 尤不敢贊一辭나 然이나 旣以日俄滿洲事로 問題를 提出ᄒ실진된 此 滿洲에 旣是四箇問題가 有ᄒ온데 何意로 一箇問題만 說明ᄒ시고 三箇 問題은 不言ᄒ시니잇가 滿洲에 四箇問題가 有ᄒ 內에 一問題ᄂ 先生이 已爲發明이신則 其餘三問題ᄂ 弟子ㅣ 次第說明ᄒ오리다

彼滿洲의 位置가 在於赤道緯線四十度之外와 六十度之內ᄒ야 長이 三千里오 經線은 廣이 四千里가되ᄂ 地方인딩 氣候ᄂ 寒多熱少ᄒ되 土 性이 甚膏沃ᄒ야 黑龍一省은 未必可稱이로되 吉林奉天兩省은 種殖之 利가 不下於直隷山西等省也라 故로 愛新覺羅氏之經營天下也에 一般 經費를 此土所産에 地面之利殖으로 策應者也오 四五十年以來로 朝鮮 西北之民이 官吏에 貪虐을 不勝ᄒ야 帽兒山下十二道溝와 松花江內間 島에 流寓ᄒ 者와 懷仁通化兩縣之邊界로 移居ᄒ 者가 擧皆彼土에 地面 之利에 一種으로만 依賴資生ᄒ되 其殖産이 猶此綽綽ᄒ 者ㅣ니 其土利 之豊裕를 可知也ㅣ오 以地中之利로 言之ᄒ면 金銀銅鐵鉛煤等六種이

無處不有ᄒᆞ야 無量ᄒᆞᆫ 財源이될테인대 自開闢以來로 居民의 智識이 茁
昧ᄒᆞ야 每以遊牧漁獵으로 營産營業만ᄒᆞ엿지 鑛業一事에ᄂᆞᆫ 初不生心ᄒᆞ
야 無量ᄒᆞᆫ 財貨를 無端이 埋藏於地中者ㅣ니 現世有志於經邦者ㅣ 孰不
流涎者리오 以淸國으로 言之ᄒᆞ면 雖曰開明이라ᄒᆞ나 此等營業社會가
姑未發達故로 視若尋常中滿人一派ᄂᆞᆫ 其主見이 尤異ᄒᆞ야 此土가 原來
發祥古國인則 山脈地穴을 鑿截破缺이 有損於蔭德일ᄲᆞᆫ더러 自南遷肇基
以後로 愛重南華ᄒᆞ고 恝視漠北之情이 自生ᄒᆞ야 不甚注意ᄒᆞᄂᆞᆫ 者也ㅣ오
漢人一派ᄂᆞᆫ 生長中華ᄒᆞ야 彼地情節을 未得詳知ᄲᆞᆫ더러 原來華人之學問
과 思想은 自來로 中原이니 神州이니ᄒᆞᄂᆞᆫ 地方만 貴重홀줄노알고 胡地
이니 塞外이니ᄒᆞᄂᆞᆫ 地方은 金塊玉崗이라도 甚不貴重ᄒᆞᄂᆞᆫ 故로 昔年에
上海香港瓊州等海岸을 外人이 請求홀 時에 一般廟議가 一致巡同ᄒᆞ야
一請二請에 莫不聽施者ᄂᆞᆫ 無他라 此等邊外之地ᄂᆞᆫ 無足掛齒로 義理와
意向이 貫徹ᄒᆞᆫ 者ㅣ라 故로 彼滿洲가 支那에 對ᄒᆞ야 屈指홀 所重之地가
아니되ᄂᆞᆫ 形勢이니此ᄂᆞᆫ 滿洲之一問題也ㅣ오

俄國이 鳥臟嶺以東으로 國土를 廣占ᄒᆞ야 曠漠ᄒᆞᆫ 西伯利亞를 沒數이
領地을 作ᄒᆞ야 版圖에 入籍ᄒᆞ얏스니 一端荒蕪ᄒᆞᆫ 原野에 港灣이 無ᄒᆞᆫ則
非但國計에 欠点이라 可謂有志者의 急先注意홀 者ㅣ로다 故로 咸豊七
年에 吉林省의 所屬ᄒᆞᆫ 海蔘威港을 盡力割取ᄒᆞᆫ 者ㅣ니 伊時無智ᄒᆞᆫ 淸人
은 亦以邊外不關之地로 容易히 許給ᄒᆞᆫ 者ㅣ로다 雖然이나 此港은 凍港
이오 卽非溫港인則 臨時軍港으로 權停用之ᄒᆞ야 若干礮臺燈臺ᄂᆞᆫ 設備
ᄒᆞ나 造船工廠의 武備所나 船舶輻湊의 阜塢가 別無ᄒᆞᆫ즉 自然이 奉天以
南으로 牛莊이나 旅順等地에 溫港을 經營ᄒᆞᆫ 者ㅣ로다 萬一에 旅順大連
等溫港을 腕力으로 勒取ᄒᆞᄂᆞᆫ 同時에ᄂᆞᆫ 哈爾賓以南으로 數千里되ᄂᆞᆫ 土
地가 自然이 此範圍에 牽引이될지니 臆念이 到此則 豈可一日忘置哉아
當此時ᄒᆞ야 千萬料外에 甲午年日淸戰爭이 忽起ᄒᆞ야 春帆樓條約에 遼
東半島가 日本에 歸ᄒᆞᆫ지라 以若俄人의 壑慾과 俄國의 事勢로 何能忍耐

哉 l 리오 三千丈業火가 腦裡에 衝出호야 當日로 東洋艦隊를 不時組織
호고 德法兩國을 甘餂聯合호야 橫濱海上에셔 大抗論을 提出호야 遼東
半島를 還付淸國호얏슨즉 內容은 何如튼지 外樣으로 觀之호면 俄國의
當日擧措가 可謂天下之公道也 l 오 公法之正義로라 無過數年호야 敏滑
호 手段으로 俄淸銀行을 設立호며 溝耖子鐵道를 建築호고 旅順口를 租
借호後 軍港으로 擴張홀시 老鐵山黃金山에 礮臺와 燈臺를 建設호얏스
니 然則旅順以北으로 許多호 鑛山과 森林과 鐵道等이 俄國의 所有를 作
乎아 否乎아 當日勢力으로 觀之호면 一紀가 無過호야 左臂를 伸張호면
朝鮮全國이 其掌心에 入홀터이오 右臂를 伸張호면 淸國黃河以北이 亦
其掌心에 入홀지라 況聯合軍으로 燕京에 入호얏든 十一萬의 軍隊가 東
淸鐵道保護를 藉托호고 滿洲에 逗留홀 時에 駐俄日公使栗野愼一郎의
談判호든 唇舌이 幾乎弊焦홀지로되 俄國이 一向食言호고 一向添兵호니
此는 眼下에 東洋三國이 不有홈은 且置호고 歐美列邦의 公論도 亦是耳
朶邊에 過去호 者 l 라 當此時호야 淸國一帶에 文病大醉者의 挑源春夢
은 勿論호려니와 日本에 具眼有志者의 腸肚가 盡裂耶아 不裂耶아 裂者
는 死矣오 不裂者는 生矣니 其生者는 爲何오 十載星霜에 呑聲飮恨쓴인
지 四十萬의 常備兵과 二十五萬噸의 軍艦을 組織擴張호다더니 海洋島
外雪夜中에 決死隊가 獻身호며 鴨綠江上火炮中에 近衛團이 爭先터니
二箇年이 未過호야 二百高地鐵條網에 降旗가 걸녓스며 長春以南大道
上에 凱歌를 불녓스니 此는 滿洲之第二問題也 l 오

旅順大連의 歷史로 言之호면 光緖登極以後로 淸國에셔 日本의 强盛
홈을 忌憚호야 巨額으로 特別이 築固호 者러니 甲午遼河之役에 日兵이
血流力戰홈으로 馬關條約時에 淸國에셔 光明正大이 日本에 割讓호거
늘 俄國이 干涉기를 淸國에 土地를 强占이 不可타 詰迫호야 淸國에 還付
케호고 租借로 改稱호고 自己가 强占호얏슨則 俗所謂收養女로 子婦를
作호 者 l 로다 伊時에 淸國에 所遭로 言之호량이면 割讓과 租借가 名稱

은 雖異ㅎ나 非吾之所有키ㄴ 一也ㅣ오 日本의 所遭로 言之ㅎ면 俗所謂 捉蟹放水가 될쑨더러 受侮於人이 莫此爲甚이로다 忍忿耐辱혼 者ㅣ 十年今日에 三十萬民族을 死傷ㅎ고 二十億金錢을 糜費ㅎ야 露兵을 大破ㅎ고 旅順을 取得ㅎ얏ㅅ니 當此今日에 雖有一百野心之露國인들 執敢 開嘴於日本ㅎ야 日是曰非哉아 壯哉라 日本이여 快哉라 日本이여 大丈夫의 光明正大혼 事業이오 獨立國의 磊磊落落혼 功勳이로다 然則日本이 今此旅順을 將何以措處乎아 名稱이 不可無인則 淸國에 租借라ㅎㄴ지 日本의 領地로ㅎㄴ지 吾輩의 未可質定이어니와 大抵俄國이 旅順口를 借用홀 時에 盖平海城遼陽奉天開原長春哈爾賓齊齊哈爾에다가 直線으로 勢力範圍를 自作ㅎ야 西伯利亞貝加里湖까지 連絡ㅎ얏ㅅ則 其心術를 推測ㅎ면 隱然이 滿洲中心을 貫徹ㅎ야 自國勢力線을 作혼 者ㅣ어니와 今此日本은 旅順을 使用ㅎㄴ 方法을 何如히 酌定ㅎㄴ지 大連灣海洋島로 朝鮮海峽을 衝過ㅎ야 玄海로 門司港에 連絡ㅎ랴ㄴ지 朝鮮國에 京義京釜兩鐵路가 成立이되야ㅅ즉 大孤山과 守岩을 通過ㅎ야 安東縣 沙河子로 龍灣線에 連接ㅎ랴ㄴ지 姑未聞知어니와 萬一에 俄國의 野心과 갓치 陸地에다 勢力線을 擴張ㅎ랴이면 朝鮮國은 自然이 其勢力中心에 處ㅎ야 保護國이될지니 朝鮮으로 保護를 作ㅎ고보면 朝鮮의 狼狽ㄴ 姑舍ㅎ고 日本의 偉大혼 聲名과 正大혼 功業이 一朝에 烏有를 作ㅎ야 蠻行의 俄國과 難兄難弟가 될지니 苟如是則 乙未年日淸約章에 朝鮮自主란 句語와 癸卯年日本詔勅에 獨立擔保란 金石之文을 日本政府에셔ㄴ 雖欲抹殺이나 此金石之文이 天下萬國之人의 耳目을 經過ㅎ고 韓淸兩國人의 肺腑에 捺印이 되얏ㅅ니 此肺腑에 捺章된 金石之文은 雖上帝라도 卒莫洗滌홀지라 然則韓淸人士가 日本을 恩人으로 歡迎耶아 仇讐로 疾視耶아 近今西勢東漸ㅎ야 黃種白人이 種族을 各自愛護ㅎ야 各其樹黨ㅎㄴ 此時에 黃種의 韓日淸三國人心이 裂缺ㅎ야 不相和睦이면 是ㄴ 骨肉相殘과 無異혼 者ㅣ니 韓日淸政府의 意志方略이 如何홀ㄴ지 微嫌

과 細利ᄂ 切勿思念ᄒ고 大勢와 巨利를 各自計圖홀 者ㅣ 今日也ㅣ니 此
ㅣ 滿洲之三問題也ㅣ로소이다.

先生이 聞罷에 長嘆曰 方今天下事를 思量ᄒ면 可謂寧欲無言이로다
近日東西各邦의 所謂交涉이니 親睦이니 協商이니 密約이니ᄒᄂ 諸般行
爲을보량이면 其言語ᄂ 無非菩薩이로딕 其手段ᄂ 擧皆虎豹로다 噫라
泰西古史ᄂ 且勿論ᄒ고 東洋近史로 言之ᄒ면 非律賓이 原來西班牙의
所屬이러니 美國에셔 佛心을 大發ᄒ야 羈絆을 벗기고 獨立을 식여쥰다
ᄒ더니 體面을 不顧ᄒ고 雙手로 懽取ᄒ야 自家器物을 作ᄒ얏고 法國은
安南의 內亂을 戡定ᄒ다ᄒ고 率軍入境ᄒ더니 公法은 不顧ᄒ고 保護國
으로 認定ᄒ얏고 淸國에셔 日本에 讓與ᄒ 遼東半島를 俄國이 公談을 提
出ᄒ야 淸國에 還付ᄒ다ᄒ더니 租借로 改補勒據ᄒ얏고 日本이 馬關條
約第一條에 淸國에 關係된 朝鮮을 獨立으로 確定ᄒ더니 近日에 京釜鐵
路와 京義鐵路를 建築ᄒ야 隱然이 勢力을 擴張ᄒ얏슨즉 今日旅順以東
으로 陸地線路가 擴張ᄒᄂ 同時에 朝鮮이 엇지 其範圍를 特脫ᄒ다ᄒ리
오 嗚呼라 世間에 所謂萬國公法이란것도 亦是有名無實ᄒ 紙上空文으
로 淸國에 所宗ᄒᄂ 詩書經傳과 恰似케되얏스니 無論何國ᄒ고 自家를
自助ᄒ야 自强力을 維持치아니ᄒ면 保國지못홈은 現世에 公例가된 者
ㅣ라 足下도 亦朝鮮人인則 今日朝鮮이 日本에 羈絆됨을 엇지 痛恨치아
니리오마ᄂ 自强力으로 自立지못ᄒ고 보면 何厚何簿[17]이 無홀거시 假使
滿洲之役에 日敗俄勝ᄒ얏드면 俄國은 朝鮮에 有何佛心으로 獨立과 自
主를 侵害치안코 幸福을 享有케ᄒ오리오 昨年에 龍岩浦勒占ᄒᄃ 行爲
를보량이면 必然全國을 如膾呑下홀 者이니 夫復何言이리오 今以現世
景況으로 言之ᄒ면 五大洲內六十九國之中에 大之若英法俄德等諸國은
每以兵力民力과 物力財力으로 各保其國ᄒᄂ 者ㅣ오 小之若瑞丁荷白等

---

17) 簿의 오기인 듯.

諸國은 每以道德力學問力으로 公法을 謹守ᄒ야 各保其國ᄒᄂ 者ㅣ어니와 朝鮮은 有何實力이며 有何能力ᄒ야 自保其國홀ᄂ지 四千年自主之國으로 中間에 如干蒙古契丹等之侵害가 有ᄒ얏스나 此ᄂ 彼此均勢之地에 暫次優劣로 競爭혼 者ㅣ어니와 今彼日本은 全體가 特色이 有혼 活物인즉 如干優劣로 較準홀 者ㅣ아니니 國家運命은 且置ᄒ고 民族의 前塗가 十分憂慮홀 者ㅣ라 韓半島靑年은 猛省而速進步홀지어다 蜜啞子ㅣ 聞歇에 不勝傷感ᄒ야 嗚咽對曰 天生蒸民而必有司收[18]은 定혼 理致온ᄃ 今日東亞가 値何否運ᄒ야 大聖人大英雄이 姑此不生ᄒ야 無罪生靈으로 慘惻혼 劫灰에 陷溺케되오니 天何無心이 胡至此極乎잇가

先生이曰 足下가 何其懵然耶오 英雄이 何云不生이리오 今彼日本에 英雄이 輩出ᄒ야 政治家에 大隈重信伊藤博文等諸人과 軍人家에 山縣有朋大山岩等諸人이 無非盖世英雄이라 其英雄事業을 較準ᄒ량이면 德國裨斯麥과 義國加富爾에 過혼 者ㅣ로다 何則고 裨斯麥은 日耳曼을 聯邦ᄒ야 微弱혼 德國으로 今日强大혼 國體를 成立ᄒ얏고 加富爾ᄂ 累世腐敗ᄒ얏든 義大利로 少年國體를 幻成ᄒ얏스니 此二人의 事業이 未始不英雄之班에 居魁홀 者ㅣ라 雖然이나 凡國家의 成蹟은 一則風氣를 肇判혼 者ㅣ오 二則實力을 積蓄혼 者ㅣ니 裨斯麥과 加富爾ᄂ 各其自國의 由來ᄒ든 風氣와 民志와 實物과 學問의 基地를 資憑ᄒ야 事半功倍의 中興事業을 成立홈인則 支那古人의 范蠡功勳에 不過혼 者也ㅣ오 伊藤大隈山縣大山岩等諸人으로 言之ᄒ면 本國에 傳來ᄒ든 風氣와 民俗이 歐洲가 아니오 物質과 學問이 歐洲가 아닌則 文明이란 苗脈과 富强이란 基本은 一絲半点도 素無혼 者인데 風氣를 肇作ᄒ고 物力을 積蓄ᄒ야 生地突出노 國體를 成立ᄒ야 歐美列强과 對等並峙ᄒ얏스니 此ᄂ 刱業之勳이라 支那古人에 商鞅의 維新과 恰似혼 者ㅣ로다 或云 日本이 往日에

---

18) 牧의 오기.

如吉田松陰과 月照僧의 英雄이 時勢를 造ᄒᆞ얏고 時勢ㅣ 造ᄒᆞᆫ 後에 그時勢가 三條實美와 岩倉具視等諸英雄을 造ᄒᆞ얏슨則 今日伊藤山縣等諸英雄도 亦是時勢가 造ᄒᆞᆫ 英雄이라ᄒᆞᆯ지라 大抵人間營業家로 譬之ᄒᆞ면 若干多少의 資本이 有ᄒᆞᆫ 者ㅣ 能滑ᄒᆞᆫ 手段을 使用ᄒᆞ야 積小成大ᄒᆞ기ᄂᆞᆫ 尙此容易타ᄒᆞ려니와 資本이 毫無ᄒᆞᆫ 赤手空拳으로 東貸西取ᄒᆞ고 搆虛架空ᄒᆞ야 實業家를 成立키ᄂᆞᆫ 極難ᄒᆞᆫ 者ㅣ니 國家란거ᄉᆞᆫ 風氣와 民智가 其資本이되야 當局事爲人의게 多少基本을 作ᄒᆞᄂᆞᆫ 者인데 日本四十年前에 風氣의 文明資本과 民智의 實業資本이 有ᄒᆞ야 當局人의게 事爲資本을 贈與ᄒᆞ얏ᄂᆞᆫ가 可謂無本錢大商이라ᄒᆞᆯ지라 故로 伊藤桂太等諸元老ᄂᆞᆫ 皆是當時無資本英雄이라ᄒᆞ지아니치못ᄒᆞᆯ지니라

蜜啞子ㅣ 憤然對曰 先生之言이 何其不審者乎잇가 夫英雄之道ᄂᆞᆫ 光明正直으로 爲經線ᄒᆞ고 能大能小로 爲緯線ᄒᆞ야 磊磊落落ᄒᆞᆯ 時에ᄂᆞᆫ 如光風霽月ᄒᆞ고 糾糾密密ᄒᆞᆯ 時에ᄂᆞᆫ 如鬼神莫測ᄒᆞ야 萬里前途에 勝敗를 質定ᄒᆞ며 百年國計에 利害를 判斷ᄒᆞᆯ시 勿論何事ᄒᆞ고 臨事에 先次主点과 客点을 分判質定ᄒᆞᆫ 後에 主点으로 爲綱ᄒᆞ고 客点으로 爲目ᄒᆞᄂᆞ니 主点客点의 綱與目이 未爲分立ᄒᆞ면 非徒無利라 害必接踵ᄒᆞᄂᆞᆫ 者ㅣ라 故로 大英雄의 大事業은 主点客点의 綱目이 分明分立ᄒᆞ되 人所難見ᄒᆞᆫ 者ㅣ로다 昔에 張良이 天下에 驅馳ᄒᆞ야 漢室를 刱業ᄒᆞᆫ 事로 一世가 英雄이라 稱道ᄒᆞᄂᆞᆫ 者ㅣ나 以其英雄된 張良의 心志와 事蹟을 考評ᄒᆞ량이면 劉氏를 爲ᄒᆞ야 項羽를 擒ᄒᆞ고 天下를 定ᄒᆞ야 功勳을 樹홈이 莫大ᄒᆞᆫ 行動이로되 此ᄂᆞᆫ 客点에 不過ᄒᆞᆫ 事ㅣ오 秦國을 滅ᄒᆞ야 祖國의 仇讐를 報復홈이 卽主点이된 者ㅣ라 夫英雄이 臨事ᄒᆞ야 主点客点을 混融未判이면 不得謂眞英雄이라ᄒᆞᆯ지라 彼日本之當局諸人을 眞英雄이라 稱道ᄒᆞᆯᄂᆞᆫ지 假英雄이라 稱號ᄒᆞᆯᄂᆞᆫ지 未可質定이어니와 今日東洋에셔 國家를 改革ᄒᆞ야 文明에 進就ᄒᆞ며 事物를 擴張ᄒᆞ야 富强을 計圖ᄒᆞᄂᆞᆫ 千事萬事가 究其實則 皆是客点에 不過ᄒᆞᆫ 者也ㅣ오 西勢東漸ᄒᆞ야 强食弱肉ᄒᆞᄂᆞᆫ 一欵이 的

是主点이된다홀지라 然則東洋人種이 一致團結ᄒᆞ야 西勢東漸의 强食弱
肉ᄒᆞᄂᆞᆫ 禍患을 防禦홈이 第一主点에 綱이됨은 雖尺童이라도 瞭知홀터
인데 以若日本之當世英雄으로 何若是懵然ᄒᆞ야 主客의 辨別과 綱目의
次序를 茫然不知ᄒᆞᄂᆞᆫ지 昔年에 日本의 豊臣氏가 無端이 朝鮮을 襲擊ᄒᆞ
ᄂᆞᆫ 事를 今日에 公言之ᄒᆞ량이면 蠻行이라홀터이오 近前에 琉球를 呑倂
ᄒᆞᄃᆞᆫ 事를 今又言之ᄒᆞ면 亦是狼心이라홀지로다 雖然이나 誰某든지 我
家勢力이 自足ᄒᆞ량이면 蠻行과 狼心을 엇지 顧忌ᄒᆞ야 我의 壑慾을 不充
ᄒᆞ오리오마ᄂᆞᆫ 每樣勢力이 不及ᄒᆞ거나 時局에 牽引이되거나 公義에 抵
觸이되야 火慾을 發展치못ᄒᆞᆫ 者ㅣ라 秦始皇과 拿破崙의 征伐當時에 傍
觀者와 被滅者가 孰能開口ᄒᆞ야 蠻行이니 狼心이니 抗議ᄒᆞᆫ 者ㅣ 有ᄒᆞ며
我亦蠻行狼心을 非不知也ㅣ로ᄃᆡ 時至則行之ᄒᆞᆫ 者ㅣ니 孰敢對手抵敵
홀 者ㅣ리오 然則日本이 當初에 西鄕隆盛의 征韓之議를 受用ᄒᆞ야 發兵
伐韓ᄒᆞ야 幸而取勝커든 長驅大進ᄒᆞ야 遼陽奉天을 占領ᄒᆞ고 兵分二隊
ᄒᆞ야 北守興安嶺ᄒᆞ며 西攻山海關ᄒᆞ얏드면 成敗利鈍은 未能逆睹로ᄃᆡ
磊落英雄의 快潤手段은 될터인ᄃᆡ 不此之爲者ᄂᆞᆫ 主点客点이 分明ᄒᆞᆫ則
秩序를 不可不審愼이오 時局關係가 重難ᄒᆞᆫ則 利害를 不可不較計ᄒᆞᆫ 者
ㅣ라 故로 今日日本이 東洋에 偉大ᄒᆞᆫ 勢力을 保存ᄒᆞ고 英雄의 名號를 得
稱ᄒᆞᆫ 者ㅣ나 然이나 今日朝鮮에 對ᄒᆞ야 萬一蠻心을 使用ᄒᆞ야 國權을 侵
害ᄒᆞᄃᆞᆫ지 利益을 勒奪ᄒᆞᄃᆞᆫ지 格外擧措가 有ᄒᆞ량이면 是ᄂᆞᆫ 殺人에 以梃
與刃이 無異ᄒᆞᆫ 者ㅣ라 當今日本勢力으로 兵馬를 整頓ᄒᆞ야 朝鮮과 雌雄
을 判決홈이 過非極難인데 索隱行怪로 苟且費神ᄒᆞ야 人權을 凌踏ᄒᆞ며
國體를 侵削ᄒᆞ야 千年古邦으로 消瀜殘滅케ᄒᆞ량이면 外面은 粧飾이될
듯ᄒᆞ나 內容은 激衝自起케홈이니 若或如是홀지경이면 公眼所睹와 公憤
所發에 友愛가 頓絶ᄒᆞ리로다 然則蚌鷸를 自作ᄒᆞ야 漁人을 苦待ᄒᆞᄂᆞᆫ 格
이니 可不痛哉며 可不惜哉아 嗚呼ㅣ라 四百年以來로 歐洲各邦에 民族
의 活動力과 航海力이 大發ᄒᆞ야 東南諸洲의 船舶이 無所不至ᄒᆞ야 奪人

國滅人權을 有若義務ᄒᆞ야 無算ᄒᆞᆫ 利益을 任意吸取ᄒᆞᆯ식 土地鑛産이며 鐵路森林等許多關係로 或公法을 依憑ᄒᆞ며 或兵甲을 使用ᄒᆞ야 百般侵害가 無人不經ᄒᆞ고 無國不當이로되 東洋民族은 雖一國이라도 歐洲一隅에 入去ᄒᆞ야 寸土尺地를 窺窬치못ᄒᆞ고 歐洲一人에 對ᄒᆞ야 分權鉄利를 侵奪치못흠은 五大洲上에 人獸草木이 所共知者也라 千萬料外에 日本民族이 自修獨立ᄒᆞ야 歐洲第一强國俄羅斯를 往年滿洲境上에셔 大破驅逐ᄒᆞ고 土地를 割取ᄒᆞ며 賠罰를 定款ᄒᆞ얏스니 可諸千古에 稀罕ᄒᆞᆫ 事業이오 萬邦에 紀念ᄒᆞᆯ 表蹟이라 所當東亞百國이 一齊歡迎ᄒᆞ고 一時崇拜ᄒᆞ야 栢悅之忱을 表示ᄒᆞᆯ터인데 姑此不爲者ᄂᆞᆫ 東南諸國의 識見이 朦朧ᄒᆞ고 靈覺이 未快ᄒᆞ야 尙無發起ᄲᅮᆫ더러 日本의 動靜이 殊常ᄒᆞ고 秩序가 失當ᄒᆞ야 隣國에 疑雲을 自起케ᄒᆞᆫ 者ㅣ라 何以言者오 去番에 小村外相이 華盛頓에 委往ᄒᆞ야 和約을 結定ᄒᆞᆯ 時에 樺太半部를 約章에 立딕ᄒᆞ얏스니 此ᄂᆞᆫ 白人種의 所有物일ᄲᅮᆫ더러 戰敗國의 罰秩인則 容或無怪로되 至於韓國內에 優越權이란 條款은 可謂無據ᄒᆞ고 失當ᄒᆞᆫ 者ㅣ로다 韓國이 原來 俄國의 所屬國이아니어든 俄國의 求和ᄒᆞᄂᆞᆫ 罰款中에 韓國이 有何相關이올지 昔年馬關條約時에ᄂᆞᆫ 韓國이 本是淸國에 關係가 有ᄒᆞᆫ 邦國인 故로 該約章에 干涉이된다ᄒᆞ려니와 韓國과 俄國은 可謂風馬牛之不相及이온딕 由何故而挪入於此約章인지 日本이 韓國에 對ᄒᆞ야 眞情所大慾이 有ᄒᆞᆯ진딕 今彼日本勢力으로 何如이 周旋ᄒᆞ든지 自家가 自己手段으로 自由自行ᄒᆞᆯ터인데 何嘗苟且이 數萬里外에 歐羅巴之白人種의 約款中에 添入이되리오 弟子의 心中에ᄂᆞᆫ 十分疑訝이온則 先生의 心中과 天下人의 心中에ᄂᆞᆫ 何如ᄐᆞᄒᆞ올ᄂᆞᆫ지오 且美國大統領이 彼和約에 仲裁之主가 되얏스니 萬一에 韓國이 歐美間에 處在ᄒᆞᆫ 邦國이런들 必是愛黨之義로 大驚小怪ᄒᆞ야 萬無應從일터인데 韓國은 係是黃人種中에 一分國인 故로 吾不相關이라ᄒᆞ야 必是任他而不問者이라 嗟呼悲夫라 弟子之所大望이 絶且斷矣로다 頃者에 日本이 滿洲에셔 勝捷ᄒᆞ든 日에

弟子ㅣ 聞報而獨喜自負ᄒ야 日人보다 百倍舞蹈ᄒ온바ᄂᆞᆫ 日本政府가 將
來政略을 順序로 就緒ᄒ랑이면 東洋平和가 萬年無窮ᄒᆯᄃᆞ노 自度ᄒ고
喜不自勝ᄒ 者ㅣ라 何則고 日本往古歷史ᄂᆞᆫ 且勿論ᄒ고 四十年維新以來
史로만 觀之라도 國內民族이 自相不睦ᄒ야 各其黨派로 身命을 等棄ᄒ
며 攻擊爭鬪ᄅᆞᆯ 自爲能事ᄒ얏스니 此ᄂᆞᆫ 國內競爭이라 稱號ᄒᆯ 者ㅣ라 及
其甲午年에 淸國과 開仗이되얏스니 是ᄂᆞᆫ 外交競爭이라 名稱ᄒᆯ지로다
外交競爭이 旣生ᄒ 後에ᄂᆞᆫ 向日同室操戈ᄒ고 按劍相視ᄒᄃᆞᆫ 國內競爭
이 一朝에 自相和解ᄒ야 混成聯合으로 一塊愛國黨이되얏스니 此ᄂᆞᆫ 人
情之順序也ㅣ오 物理之之[19]自然也ㅣ라 又於再昨年에 俄國과 開仗을ᄒ
고보면 是ᄂᆞᆫ 人種競爭이라 可稱ᄒ리로다 人種競爭이 旣生ᄒ고보면 楚
越이 同舟에 仇讐가 同心이라 往日[20]淸日兩國의 外交競爭이란 仇讐心
情이 一朝에 水流雲空에 歸ᄒ야 亦是混成聯合으로 一塊愛種黨을 成出
ᄒ얏스니 此亦時勢之自然이오 人情之順序로다 況此日俄之戰에 佃們과
同色되ᄂᆞᆫ 黃人種이 得勝ᄒ고 異色되ᄂᆞᆫ 白人種이 喪敗ᄒ 者ㅣ리오 故로
聞報而手舞足蹈ᄒ 者ㅣ라 然則 日本의 將來政略이 何에 在ᄒᄂᆞᆫ지 弟子
臆料로 自筭키ᄂᆞᆫ 現今亞洲之內同我黃色人種中에 安南國이 三十年來로
白種法國에게 束縛을 被ᄒ야 萬丈苦海에 陷落이되얏슨則 豈不戚哉아
同我黃種이 愛黨之心이 孰不無之ᄒ며 愛黨之義ᄅᆞᆯ 孰不不知리오마ᄂᆞᆫ
現彼淸國은 南酬北應에 眼鼻莫開則 念不及他者也ㅣ오 今我朝鮮은 兵
微將寡ᄒ야 我躬不閱인즉 他尙何說哉아 當此今日에 佃們之同種日本이
特地挺生ᄒ야 文明富强이 魁傑于東洋ᄒ 者ㅣ라 數百年蟄屈ᄒ 黃人種
之代表로 數百年行惡ᄒᄃᆞᆫ 白人種之先鋒俄國을 大打擊을ᄒ얏스니 幸莫
大焉이오 慶莫大焉이라 然則 日本之此擧가 顧我黃色人種界에 第一義
務가된 者ㅣ니 若以第二義務로 言之ᄒ랑이면 軍艦을 東京灣이 進舶ᄒ

19) 之ᄂᆞᆫ 衍文.

20) 日의 오기.

고 陸軍을 臺灣島에 出駐ᄒᆞ고 大使을 巴里京에 派送ᄒᆞ야 大議로 詰駁ᄒᆞ고 公法으로 裁制ᄒᆞ야 安南의 苦況을 拯救ᄒᆞ고 法國의 官吏를 斥遣ᄒᆞ량이면 日本의 勳業이 何如타 名稱키 不能ᄒᆞᆯᄲᅮᆫ不啻라 現今德國之膠洲灣과 英國之威海衛ᄂᆞᆫ 日本의 赫赫ᄒᆞᆫ 公義와 堂堂ᄒᆞᆫ 威信에 自然慴服이되야 自相解歸ᄒᆞᆯ터이니 日本이 第一步에ᄂᆞᆫ 俄國을 大破ᄒᆞ고 第二步에ᄂᆞᆫ 法國을 斥遣ᄒᆞ고 第三步에ᄂᆞᆫ 英德이 解歸ᄒᆞᆯ터이면 日本의 巍巍ᄒᆞᆫ 功勳이 天地에 充盈도ᄒᆞ려니와 從玆以後로ᄂᆞᆫ 東洋列國이 咸服感應ᄒᆞ야 至於利益上權利上에 日本이 開口則 莫不應從矣리니 日本의 威信과 勢力이 果如何哉아 東西球天地肇判以後에 第一等大事業이되옴은 雖三尺小兒라도 莫不知悉이오 莫非預料者이온ᄃᆡ 千萬意外로 滿洲勝捷ᄒᆞᄃᆞᆫ 當時에 最近最親ᄒᆞᆫ 仁弱同種의 朝鮮을 向ᄒᆞ야 新條約을 搆結ᄒᆞ야 人心을 驚動ᄒᆞ고 國權을 削取ᄒᆞ얏스니 先生의 稱道ᄒᆞ시든 日本에 大英雄이라ᄒᆞ시든 院老의 事爲가 果如是者乎잇가 譬喩之ᄒᆞ면 萬金資本家가 於賈於商에 適足得利ᄒᆞᆯ터인대 不此之爲ᄒᆞ고 貧寒ᄒᆞ고 幼穉ᄒᆞᆫ 同腹舍弟의 家에 來ᄒᆞ야 廚中에 單一個의 食鼎을 奪取ᄒᆞᄂᆞᆫ 格이오니 是何忍行이며 是何忍言哉아 今此弟子之言을 當世所謂開明家나 知識家에셔 批評ᄒᆞ량이면 日本이 泰西에 對ᄒᆞ야 此等妄擧을 行ᄒᆞ면 泰西가 豈可黙視ᄒᆞ리오 必也英德法俄가 無筭ᄒᆞᆫ 兵力을 輸出ᄒᆞᄂᆞᆫ 日에ᄂᆞᆫ 孤立無依ᄒᆞᆫ 日本이 何能支保哉아ᄒᆞᆯ지나 此ᄂᆞᆫ 不學無知ᄒᆞᆫ 識見이라 日本이 眞有是擧ᄒᆞ야 聲蹟과 物望이 東半球에 充滿ᄒᆞ량이면 爲先淸國朝鮮安南緬甸暹羅等列國에 愛種社會가 成立ᄒᆞ야 日本으로 社長을 薦定ᄒᆞ고 一團黃種이 一致同情으로 東西를 劃界ᄒᆞ야 黃白이 分立ᄒᆞ리니 歐洲白種이 設或輪船大砲와 馬步陸軍을 無數使用ᄒᆞᆫ다드리도 黃種은 小無懼怯ᄒᆞᆯ것시 緬甸安南朝鮮三國은 兵備가 不多ᄒᆞᆫ즉 心神力만 團合ᄒᆞᆯ것시오 淸國과 暹羅ᄂᆞᆫ 其水陸兵力이 足히 一隅를 抵當ᄒᆞᆯ 者ㅣ오 至於日本은 今後數年으로 兵備를 組織ᄒᆞ량이면 軍艦이 大小幷ᄒᆞ야 一百五十隻四十萬噸은 自足ᄒᆞᆯ터

이오 陸軍으로 言之ᄒ면 現役隊에 步騎砲工과 後備預備와 衛生隊與憲
兵隊를 合而計之ᄒ면 八九十萬이라도 自足出張일터인즉 何懼之有哉리
오 若或黃白人種이 交誼가 裂缺ᄒ야 東西에 分立ᄒ고 英德俄法이 聯合
大擧ᄒ야 千隻軍艦과 百萬陸軍이 一時出來ᄒ다ᄒ야도 無足可畏ᄒ 者
ㅣ라 何則고 苟或黃白人이 犄角之勢를 成ᄒᄂ 日에ᄂ 白人의게ᄂ 五箇
欠節이 有ᄒ되 黃人의게ᄂ 一箇欠節도 不有ᄒ온즉 以其白人之明으로
何欲生釁於東洋者哉아 的確ᄒ 五箇欠節을 次第說明ᄒ오리다 黃白人
種이 東西로 分立ᄒᄂ 日에ᄂ 印度全國이 何欲含黙而不動哉아 必然乘
時掘起ᄒ야 獨立이니 自主이니ᄒ고 大騷擾를 作ᄒ터인則 此ㅣ 白人種
의 一欠節也ㅣ오 印度가 擾動ᄒ고보면 附近列國에 阿富汗俾魯士等도
必不安靜ᄒ야 白人事爲에 障碍物을 作ᄒᆞᆯᄲᅮᆫ不啻라 南自新加坡香港으로
至上海楊子江內地ᄒ야 白人의 勢力線과 財力線의 連絡ᄒ 者ㅣ 亦此恐
惶情態가 不無ᄒᆞᆯ 者ㅣ니 此ㅣ 白人種의 二欠節也ㅣ오 太西가 雖曰 富强
ᄒ고 西伯利亞大鐵道가 雖曰完備라도 數三萬里長程에 陸軍百萬을 運
出ᄒ량이면 必然經年閱歲ᄲᅮᆫ더러 輜重軍火의 運搬經費를 何以定筭이며
首尾錯雜에 秩序未定은 不言可知也ㅣ오 且主客之勢의 以逸待勞ᄂ 在
所難免矣리니 此ㅣ 白人의 三欠節也ㅣ오 軍艦千隻이 言辭에ᄂ 容易ᄒ나
使用에ᄂ 極難者ㅣ라 凡船舶이 雖曰水上에 泛在物이나 戰鬪用時에 大
陸海邊의 完實ᄒ 根據地가 無ᄒ면 便是無用物이니 歐亞가 各分ᄒ고보
면 白人의 軍艦이 東洋에서 何處를 指向ᄒ야 軍港根據地를 作ᄒ다ᄒ리
오 此ㅣ 白人種의 四欠節也ㅣ오 泰西가 雖曰 至富至强이라ᄒ야도 萬若
水陸間에 日本과 開戰을ᄒ량이면 淸國大陸에 何處든지 依托ᄒ야 接足
지안코ᄂ 動作과 方便이 不能ᄒᆞᆯ 者ㅣ라 故로 淸國이 今雖未開ᄒ야 外人
의 侮蔑을 當ᄒᄂ 者ㅣ니 東洋之上에 何國을 勿論ᄒ고 相來相戰ᄒᄂ 時
에ᄂ 其勝敗가 淸國의 運動如何에 全係타ᄒᆞᆯ터인즉 此ㅣ 白人의 五欠節
也ㅣ라 白人에게ᄂ 此五個欠節이 有ᄒ고 黃人에게ᄂ 此五個欠節이 不

有흔딕 彼日本의 內閣政略이 西勢東漸ᄒ야 强食弱肉ᄒᄂᆫ 主点은 不顧
ᄒ고 目前蠅頭之利의 客点만 是耽ᄒ야 韓淸兩國에 睦義를 大失ᄒ고 東
洋半球에 大業을 失時ᄒ니 大英雄이라난 院老의 性情은 實所未解로소
이다

　先生이 聞罷에 笑曰 夫難測者ᄂᆫ 英雄의 動靜이라 英雄이 謀事에 必先
察時機ᄒ야 時機가 不至면 自不妄動ᄒᄂ니 故로 劉皇叔은 閉門種菜ᄒ
야 以待時至ᄒ시고 王景略은 擊退桓溫ᄒ야 以待燕病ᄒ얏스니 日本諸
英雄之動與靜은 眞箇推測키 難흔 者ㅣ라 去甲午乙未兩年에 朝鮮維新
事務에 對ᄒ야 日本이 全心致志ᄒ더니 乙未冬에 李範晉李允用之作孽로
朝鮮과 俄國이 忽地에 密接이되얏슨則 當時忿懣을 孰能忍耐리오마ᄂᆫ
少不動念ᄒ고 遷延經過타가 實力이 完成ᄒ고 時機가 來到後에 仁川海
上에셔 初砲를 發ᄒ고 鐵嶺後麓에셔 終砲를 止ᄒ얏슨則 日本의 智識으
로 此日에 西勢東漸이 主点됨을 何嘗不知리오마ᄂᆫ 必有所待ᄒ야 姑此
不動이어니와 至於韓淸兩隣에 行動이 殊常흠은 僕도 亦此未解者어니
와 後日에 日本이 西勢의 主点으로 有事之時에ᄂᆫ 淸國과 業冤되ᄂᆫ 原因
이 有홀터인데 此ᄂᆫ 世皆未察者인則 今姑言之ᄒ리라 當初에 俄國이 旅
順口를 領有홀 思想이 腹中에 膨脹ᄒ되 列邦에 公眼이 自在흔則 世人의
攻駁을 獨當치아닐思想과 別衆흔 欠節을 掩護홀 計策으로 故意로 德國
을 激動ᄒ야 先次膠洲灣을 强占케ᄒ고 繼續ᄒ야 自己가 旅順口를 領有
흔 者ㅣ니 伊時에 英國은 그 눈치를 據得ᄒ고 威海衛를 權借ᄒ며 法國은
福建省에 港灣을 請求ᄒ고 義國은 三門灣을 提唱ᄒ얏스니 玆前에 英國
이 朝鮮國全羅道巨文島를 自占흘 時에 俄國이 絶影島를 借得흔則 英國
이 俄國의 絶影島借得흠을 忌憚ᄒ야 自己所占흔 巨文島를 還退ᄒ고 俄
國의 借得흔 絶影島를 沮戲ᄒ얏스니 若此흔 舞臺를보량이면 白人種의
眼目에ᄂᆫ 韓淸兩國이 總히 不有흔 者ㅣ 久矣쎤더러 在傍흔 日本도 亦是
孩提로 看作ᄒ야 此等駁妄을 任意恣行흔 者ㅣ어니와 數年以來로 淸國

이 十分開悟ᄒ야 此等恣行은 更不受ᄒ려니와 日本이 這間消耗ᄒᆫ 經費가 其麗不億인대 不可不蒙古以東으로 關東一帶를 和衷妥協ᄒ여야 商工의 利益을 計圖ᄒᆯ지니 然則 北洋一帶와 關東一帶를 注意ᄒ고 愛護홈이 日本이 十倍於淸國인則 淸日의 關係가 如此牽引된 今日에 最有憂患者ᄂ 美國이 是也一라 何以言者ㅣ오 美國歷史로 言之ᄒ면 東半球에 處在ᄒ야 開國이 今爲一百三十年에 富裕가 世界에 一等으로 屈指ᄒ되 洲外를 向ᄒ야 土地를 占奪ᄒ거나 征伐에 從事ᄒ거나 此等危險은 別無ᄒ고 商工二業만 全主ᄒᆫ 邦國인대 挽近歐洲各邦에 商權과 工業이 擧皆 擴張이되야 均勢아니된 地方이 別無ᄒᆫ즉 自家의 商業과 工術를 伸張ᄒ려ᄒ면 太平洋一帶에 無過ᄒᆫ 者ㅣ라 故로 數年前에 菲律賓에 對ᄒ야 비로소 蠻行을 肆用ᄒ얏고 至今에 全淸一帶에 商工을 伸張ᄒ랴고 到底注意ᄒᆯ터인데 日本도 今日에 第一步의 商工業이 亦此東淸一帶에서 發展이될지니 日美兩家의 交誼가 雖曰敦密이나 財利上和衷은 理無所在也ㅣ라 若使淸國으로 早自開明ᄒ야 自國內에 所有ᄒᆫ 利藪와 財源을 他人의게 讓奪치안코 淸國民族이 自擔組織이면 無事ᄒ려니와 不然則 日美戰爭은 在所難免이니 太平洋上에 無邊風雲의 變色이 遠則十年이오 近則五年矣ㅣ라 此時를 當ᄒ고보면 淸日兩國間에 特別ᄒᆫ 關係가 生ᄒ야 可謂五百年業冤이될지니 足下가 能知之否아

蜜啞子ㅣ 沈思良久에 恍然覺悟而對曰 先生은 可謂人世上明哲이로소이다 萬一日美가 搆釁ᄒ야 太平洋의 風雲이 變色ᄒ량이면 其戰略을 指的ᄒ야 運籌키 極難ᄒ되 弟子ㅣ 今日先生之前에서 愚昧ᄒᆫ 智識으로 東洋前頭情形의 實況을 說明ᄒ오리다 大抵歐洲列邦이 數百年以來로 兵農工商의 各項伎倆을 極力競爭ᄒ야 均勢키로 爲主홈으로 雖文學禮樂이라도 謙讓之風은 毫無ᄒ고 全혀 競爭之心만 養成ᄒᆫ 者ㅣ라 故로 各其富强이 可謂日就月將ᄒᆯᄉᆡ 個中에 俄國이 尤極甚焉ᄒ야 彼得帝의 遺旨를 一遵實行ᄒ야 其跋扈鷙猛이 一世에 特峙ᄒ지라 歐亞兩洲에 其勢力

이 無處不及ㅎ야 大小列邦이 各被其害호딕 諸國이 敢怒而不敢言者는
畏其勢力之勁悍ㅎ야 艱辛捱過而已혼 者ㅣ라 假使列國이 支那六國時代
에 合從之術을 取用ㅎ야 連合而伐俄ㅎ얏드면 如何홀는지 且無蘇秦之
遊說者의 實心周旋에 奈何오 左思右度에 別無良策터니 當此時ㅎ야 東
海中의 日本이 維新自治三十年에 自號爲强大國이라ㅎ되 歐洲眼目에는
未必屈指者인되 甲午秋風에 遼東大陸에 躍上ㅎ야 自家에 十七倍되는
有名혼 中華大淸國을 一擧打倒ㅎ고 白質紅心의 日章旗를 絶東大陸上
에 揚揚高揭ㅎ는지라 歐洲一方이 莫不瞠目ㅎ야 拭目相視則 分明혼 剽
悍强種이라 當時歐洲에 一致혼 思想이 今我泰西에 有一俄國ㅎ야 每相
不安인되 又彼亞東에 復有日本인즉 將何計圖리오ㅎ야 別般注意ㅎ든츠
에 日俄가 自相搆釁ㅎ야 將欲開仗ㅎ며 聲明于列邦ㅎ는지라 當日列邦이
莫不暗喜曰 兩强이 相拍이면 一强이 必摧矣리니 我不用力而渠自相摧가
豈非列邦之幸福耶아 日勝俄敗도 列邦之幸也ㅣ오 俄勝日敗도 列邦之幸
也ㅣ니 可謂借曹操之箭ㅎ야 射曹操也ㅣ오 以蠻夷로 攻蠻夷也ㅣ로다ㅎ
야 一致同聲으로 嚴正中立ㅎ고 壁上에 楚戰만 觀看혼 者ㅣ로다 果然 一
强은 摧折ㅎ고 一强은 得勝ㅎ얏스니 若使得勝혼 日本으로 益富益强이
면 列邦에 患害됨이 亦不下於俄患이라ㅎ야 老獪能猾혼 手段으로 華盛
頓媾和談判席에서 小村日使를 籠絡ㅎ야 若干海島地段과 破船鐵道等殘
物로 賠償에다 排列ㅎ야 日本軍費를 磨勘ㅎ는체ㅎ고 鉅額의 賠款은 全
廢케ㅎ얏스니 此는 無他ㅣ라 同色의 私情이 不無혼 者ㅣ라 萬一에 日敗
俄勝ㅎ고 華盛頓에셔 談判을 開催ㅎ얏드면 日本에 賠償이 엇지 如此略
小ㅎ리오 二十億의 徵金은 在所難免홀지니 世事의 公不公은 推此可知
로다 平日에 俄國의 侵害가 殊極痛憎ㅎ야 各自嚴正中立而不相救助는
홀지나 旣是逢敗於黃種ㅎ고 事過後結局之地에 엇지 同種之誼야 必無
ㅎ리오 此는 人情의 自然이오 世態의 形勢로다 噫라 自然혼 形勢를 不
顧ㅎ고 同種隣邦을 剝害ㅎ는 者는 獨夫되는 患이 必無키 不能혼 者ㅣ라

上年初秋에 日俄가 停戰ᄒ고 日本外相이 媾和使로 華盛頓에 前往ᄒ다 홈을 弟子ㅣ 聞之ᄒ고 朝鮮陸軍副將李鍾健을 對ᄒ야 日本의 失策과 失 勢홈을 私論ᄒᆯᄉᆡ 今番滿洲之役에 日本은 百戰百勝ᄒ고 俄國은 百戰百 敗ᄒ야 俄國이 日本을 向ᄒ야 講和ᄅᆞᆯ 請求ᄒᆫ즉 日本이 公法所在에 安得 不從이리오마ᄂᆞᆫ 俄國이 遼陽奉天鐵嶺開原에 失敗ᄒ고 退在長春ᄒ얏ᄉᆞᆫ 則 長春以北으로 一區域은 卽哈爾賓이라 日本이 軍力財力이 蕩盡無餘 홀지라도 旣張之舞인則 畢盡死力ᄒ야 哈爾賓을 進據ᄒ고보면 東顧則 吉林直線으로 浦鹽斯德이 右腋下에 伏在ᄒ얏고 西顧則 西伯利亞鐵路로 齊齊哈爾가 左腋下에 伏在ᄒ니 日本勢力之特崇은 姑舍ᄒ고 俄國百年 大勢가 一朝에 土崩瓦解ᄅᆞᆯ 作홀지라 斯後에 媾和ᄅᆞᆯ 開催ᄒ량이면 日本 의 勢力과 利益이 果何如哉오 必從心所欲일터인ᄃᆡ 忽被美國之徑出仲 裁ᄒ야 事不克終ᄒ얏스니 此ᄂᆞᆫ 日本之失策也ㅣ오 旣是媾和談判地ᄅᆞᆯ 議 定홀진ᄃᆡᆫ 天下에 何嘗華盛頓이 可乎아 當日形勢로 言之ᄒ면 美國이 雖 曰中立國之中에도 尤此中立國인즉 可謂無偏無黨이라홀지나 禽獸競爭 에도 每有主客之勢也ㅣ니 人種競爭에 豈無主客之勢리오 日本은 旣是 戰勝國이오 俄國은 乃是戰敗國인즉 日本이 何不欲從我素志哉아 然則 談判席을 宜乎開催於奉天府也ㅣ오 若不然則上海ᄂᆞᆫ 萬國都會處也ㅣ니 何曰不可ㅣ리오 初也各處新聞에 談判地가 海牙府로된다ᄒ기 萬萬不可 ㅣ라ᄒ얏더니 終乃華盛頓에서되얏스니 此ᄂᆞᆫ 日本之失勢也ㅣ라 然則 日 本의 失策과 失勢가 從何出來오ᄒ면 此ᄂᆞᆫ 黃白人의 區別로 白人에게 掣 肘ᄒᆫ비라ᄒ리로다 當時弟子의 如此私論홈도 亦是同種을 愛護ᄒᄂᆞᆫ 思 想으로 從出ᄒ야 愛莫助之ᄒ는 者ㅣ라 今日時代ᄅᆞᆯ 當ᄒ야 同種의 友誼ᄅᆞᆯ 毁傷ᄒ거나 同種과 敦睦을 相失ᄒ면 獨夫되ᄂᆞᆫ 前証이 昭著ᄒᆫ 者ㅣ라 彼 俄國이 失心於歐洲키로 黃種日本과 開仗之日에 歐洲半球가 擧皆中立 ᄒ고 少不相恤ᄒᆫ 者ㅣ라 假令今彼美國이 歐洲諸國中에 一國과 開仗이 되면 其形勢가 獨夫가될ᄂᆞᆫ지 未可質判이어니와 若與日本으로 開仗이

되고보면 俄德法三國은 一體同歸홀 것시오 奧義二國인則 美俄德法에는 恝視치못ᄒᆞᄂᆞᆫ 形勢가 有ᄒᆞ고 日本은 難恝홀 情誼가 無ᄒᆞᆫ則 自然히 白種에게로 附從홀 形勢也ㅣ오 西班牙ᄂᆞᆫ 曾與美國으로 有寃則 足히 日本을 陰助홀 思想이 有홀지나 路遠且弱ᄒᆞ야 如何홀 擧動이 必無홀터이오 惟獨英國이 最是難處ᄒᆞᆫ 者ㅣ라 曾與日本으로 攻守同盟의 協商도 有ᄒᆞ려니와 近今에 西藏新疆과 威海衛楊子江과 上海香港으로 至于馬來半島ᄒᆞ야 其關係가 重難ᄒᆞᆫ則 日本을 排斥키 極難ᄒᆞᆫ 者ㅣ라 雖然이나 歐美諸國이 如此히 聯合發動ᄒᆞ야 異色의 黃種과 角觝ᄒᆞᄂᆞᆫ 時에 袖手傍觀이 亦此有難ᄒᆞᆫ 者ㅣ니 不得已ᄒᆞ야 紙上空文의 所謂萬國公法을 藉憑ᄒᆞ고 中立이나 홀ᄂᆞᆫ지오 大抵日本이 自國의 富强은 不下於人ᄒᆞ되 同色列國은 擧皆冥頑貧弱ᄒᆞ야 太平洋沿岸에 其富强力을 聯合홀 者ㅣ 別無中에 最近隣國되ᄂᆞᆫ 淸國과 朝鮮이 雖未富强이나 數千年文獻相通ᄒᆞ고 玉帛相續ᄒᆞᆮ 同種의 情誼로 言之ᄒᆞ면 可謂患難²¹⁾相救ᄒᆞ고 憂樂同共홀터인데 日本이 淸國에 對ᄒᆞ야 曾前에 寬厚ᄒᆞᆫ 德義로 隣誼를 敦睦지못홀쑨不啻라 慢忽輕侮로 和意를 相失ᄒᆞᆫ 者也ㅣ오 至於朝鮮은 十數年來로 隣誼를 敦修ᄒᆞ야 果以先進國之義務로 凡百事爲에 或勸告之ᄒᆞ며 或敎導之ᄒᆞ야 國體를 期於玉成코져ᄒᆞᆫ 者ㅣ로다 萬一에 日本이 一端野心만 有ᄒᆞ고 無此仁性義魄이런들 當此虎狼時代ᄒᆞ야 何不欲一口呑下ㅣ리오 公法所在와 衆目所睹에 未必容易ᄂᆞᆫᄒᆞ려니와 任他自存者ᄂᆞᆫ 乃是日本之厚義ㅣ로다 雖然이나 近日에 其行動이 殊常ᄒᆞ고 擧措가 乖當ᄒᆞ야 韓國上下社會에 疑訝가 不無케ᄒᆞ고 全國民族의게 人心을 大失ᄒᆞ얏스니 以其多年修好ᄒᆞᆮ 誠心으로 何不始終如一ᄒᆞ고 中途改轍ᄒᆞ야 前功이 烏有를 作ᄒᆞ니 豈不慨惜哉아 朝鮮이 雖曰未開也ㅣ나 四千年禮義舊邦인則 國帑民庫에 金錢은 雖無ᄒᆞ나 老肚少腸의 公憤은 自在홀터이오 火舟大砲의 利

---

21) 難의 오기.

器는 雖無ᄒᆞ나 忠君愛國의 本性은 自在인즉 昆季갓튼 日本과 無端히 不共戴天之讎를 作ᄒᆞᆯ지니 此는 卽非朝鮮之本心이 不仁而至此者也ㅣ오 日本政略이 若不公平이면 必至此境矣리니 然則日本이 外釁으로 有事之日에 朝鮮이 果以愛黨之心으로 欲出一臂補助力耶아 現今日本이 一分之力과 一寸之心만 朝鮮에 貸借ᄒᆞ야 國體를 健全케ᄒᆞ량이면 後日朝鮮의 十分之力과 一國之心을 償還ᄒᆞᆯ지니 如此ᄒᆞᆫ 營業과 如此ᄒᆞᆫ 利益이 於商於賈에 豈有ᄒᆞ리오 竊爲日本ᄒᆞ야 眞情可惜이로다 雖然이나 日本이 水陸發兵ᄒᆞ야 美洲에 前往開仗ᄒᆞᆯᄂᆞᆫ지 坐而對敵ᄒᆞᆯᄂᆞᆫ지 若或坐而對敵ᄒᆞ야 美國이 歐洲를 聯合出來ᄒᆞᆫ다ᄒᆞ야도 日本에 對ᄒᆞ야 如何ᄒᆞᆫ 能力을 使用ᄒᆞᆯ 手段이업슬거시 以今東洋形勢와 地方關係로 觀之ᄒᆞ면 支那海面과 支那大陸을 借得利用치안코는 如何ᄒᆞᆯ 道理가 必無ᄒᆞᆯ거시오 支那에 大陸과 海港을 容易히 借得ᄒᆞ야 利用ᄒᆞᆯ 道理가 又此必無ᄒᆞᆯ 者ㅣ라 何則고 淸國의 上下社會에 智識과 思想이 十年以前만ᄒᆞ야도 日本에 受侮ᄒᆞᄂᆞᆫ 憤恨과 日本을 疾惡ᄒᆞᄂᆞᆫ 勢格으로 言之ᄒᆞ면 應當陸地와 海港을 白人의게 借給ᄒᆞ야 日本을 撲害ᄒᆞᆯ 擧措가 有ᄒᆞ련이와 今則此等의 愚孩ᄒᆞᆫ 妄想이 斷無ᄒᆞᆯ거슨 無他라 日本에 對ᄒᆞ야 慈悲와 衷恕가 有ᄒᆞᆷ도아니오 惧怯과 愛惜이 有ᄒᆞᆷ도아니라 自國에 勢力이 不足ᄒᆞ야 他國武力을 借入ᄒᆞ거나 自國土地를 他人의게 借給ᄒᆞ야 自己所願을 成就코겨ᄒᆞᄂᆞᆫ 者는 末境에 假道滅虢의 慘禍를 未免ᄒᆞᆷ은 古今에 公例가된지라 故로 淸國人士의 十年以來學問과 知覺이 此等妄擧가 必無ᄒᆞᆯ지니 淸國이 此等妄擧가 無ᄒᆞ고보면 歐美가 何地를 依據ᄒᆞ야 着足ᄒᆞ고 强力을 日本에 肆用ᄒᆞ리오 然則 日本의 安危가 反在於淸國이라ᄒᆞ리로다 由是로 俄者先生之言에 淸日兩國間에 五百年業寃이 有ᄒᆞ다ᄒᆞ심이로소이다. 雖然이나 莫測者는 人情이오 難測者는 世事也ㅣ라 日本이 萬一淸國에 對ᄒᆞ야 强勁을 自負ᄒᆞ고 一倍凌逼ᄒᆞ며 二倍凌逼ᄒᆞ야 三倍四倍로 至于五倍六倍를 ᄒᆞ량이면 淸國이 一次受侮ᄒᆞ고 二次受侮ᄒᆞ야 三次四次로 至於五次六次가되고

보면 迫不得已ㅎ야 寧亡於異族이언뎡 不忍受辱於同種日本이란 議論이 湧動ㅎ야 全國上下가 一體幷命ㅎ야 自爲前驅ㅎ고 和應白人ㅎ야 日本과 絶對的仇讐가될터이니 此亦人情에 不能無者ㅣ라ㅎ리로다 今此弟子之言이 未必的符로되 人情과 事理를 推測窮算ㅎ면 亦非無理之說이온則 東洋事勢를 通而計算ㅎ오면 往日日本明士三本藤吉의 大東合邦論이 眞訣이라ㅎ리로소이다.

「支那政略改良」

先生이曰 足下之所算이 可謂間不容髮일지나 何其煩瑣耶오 蔽一言ㅎ고 淸國이 今日에 天下情勢를 顧察ㅎ고 腐敗ㅎ 舊習은 一切滌去ㅎ며 新鮮ㅎ 公道로 日夜繼續ㅎ야 速成科로 富强에 進就ㅎ랴면 初不受侮於日本矣오 且不借力於白人ㅎ고 自足行動일터인데 足下의 思想은 何其誤路作行으로 千思萬念이 至此者乎아

蜜啞子ㅣ 拱手稱謝曰 信者ㅣ로다 先生之言이여 快哉로다 先生之言이여 淸國全體가 開明富强이되랴면 何必東洋에만 一等國이되리오 二十三省天府之土와 四萬萬英淑之民과 二十六萬種之物産으로 自足雄視於六大部洲矣리니 伏願先生은 善爲說辭로 勸告于淸國ㅎ야 亟圖文明富强케ㅎ시면 朝鮮도 亦以競爭之心으로 幷驅爭先之勢가되올지니 速圖之ㅎ시고 又速圖之ㅎ옵소셔

先生이曰 然則 臨淵羨魚가 不如退而結網이니 今日淸國이 速成科로 富强에 進就홈이 第一方略인데 噫라 人心은 惟危ㅎ고 道心은 惟微로 進就克終에 成績이 不易ㅎ거시 淸國十年以來事로 言之ㅎ면 甲午年에 一變ㅎ고 己亥年에 再變ㅎ고 甲辰年에 三變ㅎ엿는데 甲午之變은 朝鮮之役에 關東이 焚蕩ㅎ고 畿甸이 震驚ㅎ야 割地罰金之辱을 當홈으로 軍人之心이 一變ㅎ얏고 己亥之變은 西安府에 播遷ㅎ 淸帝를 敵國이 公議ㅎ고 北京으로 還御케홈으로 政府之心이 一變ㅎ엿고 甲辰之變은 如虎如

獅호 俄國之剛猛이 還挫於蕞爾日本홈으로 朝野之心이 一變호야 舊日頑
瞑를 自相抛棄호고 近世新鮮을 各自取用홈으로 官民社會의 學問知識
이 可謂括目相對라홀거시오 海陸遠近에 各項設備가 亦是新面目이라홀
지나 所謂富强의 的点은 姑此不顯호즉 本末終始가 倒錯이 有홈인지 眞
僞虛實에 相左가 有홈인지 尙此緩晩호야 速成의 期望은 極難홀지라 足
下는 挽近世道에 干涉이 有호야 學問을 硏究호며 物理를 窮核호는 者인
즉 今此淸國의 革新方法에 對호야 的當호 方法를 說明홀지여다

　蜜啞子ㅣ 正襟跪坐而對曰 大抵勿論何國호고 革新을 經始홀진된 先
次該國의 位置와 性質과 資格과 物産을 攷察호야 指向의 方針을 質定홈
後에 官職과 法律의 紊亂者를 釐正호며 文學과 風俗의 固閉者를 改革한
後에 農商工兵의 實地發明과 內修外交의 隨時應變等 千種萬品을 莫不
隨改隨良호야 文明之域으로 務圖進就홀지니 今以淸國의 位置로 言之
호면 赤度緯線二十度之外와 四十度之內에 在훈 邦國인則 此는 溫帶之
國이오 資格으로 言之호면 皇王帝覇가 各其國權을 獨自操縱호야 興替
存亡이 君主一身上에만 惟在훈 者인즉 此는 專制之國이오 物産으로 言
之호면 圓滿훈 一塊大陸에 雨暘寒暖이 物性에 適宜호야 農利가 勝於工
利호고 海陸이 相半호야 鑛物水産이 經濟에 自足호니 此는 生産之國이
오 性質로 言之호면 倨傲自尊호고 純朴成風호야 美術의 新鮮을 不究호
며 賤武貴文호고 男耕婦織호야 身口의 計活만 是圖호니 此는 安逸之國
이라 如是훈 邦國이 文獻이 腐敗호고 民俗이 頑忍호야 競爭之心과 發達
之欲이 初不生動호야 內修가 無據호고 外交가 不敏호야 以若儼然老大
之國으로 新出少年之邦에 受侮受辱이 非一非再쏜더러 東敗西喪호며
南蹶北頹호야 將不知何境인즉 不可不大更張大改革後에 乃有實效일지
니 第以改革順序로 言之호면 一則官制變更이오 二則 法律釐正이오 三
則文學改良이오 四則風俗質定이니 此는 改革의 四大綱이오 時勢에 急
先務가될지라 然則第以官職의 原因된 來歷을 先次說明호오리다 大抵

天地間動物之中에 惟此人物이 獨히 靈覺点이 特有홈으로 萬物의 首班에 乃居혼 者ㅣ니 盖人物의 本消息을 探究홍량이면 不過以父精母血로 一種動物이 化出혼 者ㅣ오 古今과 天下를 勿論하고 普通一致혼 者이니 孰能自誇하며 孰敢相侮리오 至於君臣父子의 秩序와 兄弟夫婦의 區別은 果其靈覺의 所使로 倫理를 自解하야 特別이 名稱을 制定혼데 無過혼 者ㅣ라 然則 何爲而君고 當初에 一般의 人物이 各其自由의 權이 自相有之則 尊卑의 名稱이 必無하련마는 人物이 漸庶則 亂而爭鬪는 理所自然이오 秩序을 編次則爭鬪가 止息은 勢所必然이라 是以로 一體同胞에 一人으로 監督之權을 特與하고 君位를 制定홀식 民食中으로 一分之利를 鐲除하야 君食으로 進封하고 君位를 崇養혼 者ㅣ로다 然則何爲而臣고 噫라 君雖一人이나 民非一民인즉 衆民를 獨不能總察이오 遠不可卽接이라 居其間而行職者ㅣ 乃謂之臣이로다 故로 臣之會所曰 政府也ㅣ오 事之分掌曰 官職也ㅣ니 會於政府者가 分掌혼 官職을 各其服役홈으로 君安於上하고 民逸於下也ㅣ라 然則君也臣也民也가 皆是父精母血의 化成혼 動物로 各有自權은 均是一般이로되 旣是秩序를 制定하고보면 爲君者는 至尊至貴하야 萬民의 奉養을 受享하고 統治의 特權이 自有혼 者ㅣ요 爲民者는 天地間萬億의 不動物을 管理하야 國家를 成立혼 者ㅣ요 爲臣者는 君民間에 介在하야 百務를 分掌而處理하는 者ㅣ니 故로 西哲之言에 政府는 百姓의 公僕이라홈이 乃非誣言이로다 然則 今此官職變更之地에 何以制定이면 時務에 適合홀는지 近日朝鮮이 亦以政治改良으로 官職을 變通하는데 先進國의 制定혼바를 依用하야 內閣十部에 大臣協辦參書主事와 裁判所에 刑事民事와 警務에 摠巡巡檢과 陸軍에 將領尉官과 地方에 觀察參書郡守等 各項官職을 袪舊制而新設하야 方在進就服務中이온즉 淸國朝鮮이 原來性相近俗相同하고 書同文車同軌혼 者ㅣ니 今日淸國의 官制도 亦依朝鮮政例하야 內自閣部院司로 外至摠督巡務提督都統과 將軍按察布政道坮와 知府知縣學政士官等 各項官制를

一通改革ᄒᆞ고 一律制定ᄒᆞᆫ後 國內의 俊乂를 精選ᄒᆞ야 隨闕叙任ᄒᆞ고 各 其所掌職責을 實心視務ᄒᆞ야 小不違越ᄒᆞ량이면 所謂文明富强이 卽非高 遠難行이오니 先生의 意向에ᄂᆞᆫ 如此히 官制改革흠이 何如ᄒᆞ온지 法律 文學風俗의 改良도 鱗次說明ᄒᆞ오리다

先生이曰 今者朝鮮의 制定ᄒᆞᆫ 官職의 排置가 時勢에 適合ᄒᆞ야 無可贊 一辭로딕 至於人材之選用ᄒᆞ야ᄂᆞᆫ 果是極難者ㅣ라 此支那幅員에 空氣 가 淡淑흠으로 古日時代에ᄂᆞᆫ 賢人君子와 英雄俊傑이 隨時輩出ᄒᆞ야 才 德功勳이 可謂熙熙彬彬이로되 挽近에 世降俗末흠인지 特異ᄒᆞᆫ 茂才殊 能이 罕有其人인즉 今此制定ᄒᆞᆫ 千官百職의 內外闕를 塡差叙任이 恐未 其必이라 如欲此等官職에 適當其任ᄒᆞ야 功績을 成就흘 者를 準選흘 진딕 假使秦漢以來數千年을 通而計之면 何如흘ᄂᆞᆫ지 今日澆季時代에ᄂᆞᆫ 未可質言이로다 雖然이나 自分必落ᄒᆞ고 初不動念은 自亡之本也니 第 當勸告于淸國政界ᄒᆞ야 各般有志社會와 各科卒業生徒中에 極意準選토 록 周旋흘거시니 第二款의 法律釐整을 又此言之ᄒᆞ라

蜜啞子ㅣ 正色對曰 今此先生之言이 甚訝惑이올시다 大抵支那乾坤에 空氣와 淡素가 何嘗古今이 有異ᄒᆞ오릿가 今日空氣가 古日空氣요 古日 空氣가 今日空氣인즉 古人의 呼吸ᄒᆞᆫ 空氣를 今人이 呼吸ᄒᆞ고 此人이 呼吸ᄒᆞᆫ 空氣를 彼人이 呼吸ᄒᆞ나니 人生의 鍾氣가 何嘗古今이 殊異ᄒᆞ 며 人生의 才藝가 何嘗古今이 不同타ᄒᆞ오릿가 時勢와 事機ᄂᆞᆫ 年月을 隨 ᄒᆞ야 變易ᄒᆞ되 人性과 人智ᄂᆞᆫ 古今이 無異ᄒᆞ온데 先生之言에 秦漢以來 數千年間의 人物을 通而計之ᄒᆞ면 方可得人이라ᄒᆞ시니 然則 紫陽綱目 第一卷東周威烈王二十三年以來로 至于今日二千四百年之間으로 可合 ᄒᆞᆫ 人才를 揀選ᄒᆞ야 今此內外官職을 試叙ᄒᆞ야 人人마다 該官職에 適當 곳ᄒᆞ량이면 此亦今世銓官家에 鑑誡가될터이니 願컨딕 先生은 一次選 拔ᄒᆞ야 內外職에 隨闕叙任ᄒᆞ옵소서

先生이 微笑曰 足下之言이 旣是如此ᄒᆞ니 千古人員을 諒宜存拔ᄒᆞ

야 內外各窠를 一體塡充홀터인데 地方官制로 言之ㅎ면 今者淸國版圖
가 內地十八省外에 滿洲三省과 蒙古西藏二省을 合幷ㅎ면 二十三省이
나 蒙古에는 三十七部落에 各有其王이오 西藏에는 大臣을 別置ㅎ얏스
니 此二省은 不必擧論이오 滿洲三省에 二十六洲[22]와 內地十八行省에
四百州는 一體로 其官職을 叙任홀거시오 中央政府도 府部院廳으로 磨
鍊홀진딘 各局各課가 宜乎分立홀터이요 選拔之人을 宜乎逐課逐塡홀터
인딘 甚涉煩瑣인즉 內外官職을 摘其要領ㅎ야 每府每課에 一窠式만 塡
差矣리니 恕諒ㅎ라ㅎ고 紙箋을 床上에 開布ㅎ고 沈思半晌타가 一筆書
之ㅎ니 官職과 人名이 如左ㅎ더라

內閣
大臣 司馬光
參贊 韓琦
參書官 謝安
主事 蔣琬
宮內府
大臣 霍光
協辦 文天祥
參書官 陸贄
主事 汲黯
法部
大臣 申屠嘉
協辦 張釋之
參書官 桓典
主事 鮑永

---

22) 州의 오기.

學部

大臣 韓愈

協辦 疏廣

參書官 歐陽修

主事 黃憲

農商部

大臣 房玄齡

協辦 酈食其

參書官 陳祇

主事 王坦之

軍部

大臣 韓信

協辦 李靖

參書官 劉基

主事 陸抗

外部

大臣 富弼

協辦 張騫

參書官 馬援

主事 班超

內部

大臣 范仲淹

協辦 王導

參書官 董仲舒

主事 賈誼

度支部

大臣 蕭何

協辦 劉晏

參書官 劉寬

主事 牛仙客

工部

大臣 王旦

協辦 李德裕

參書官 鄧純

主事 匡衡

警務廳

警務使 狄靑

警務官 李膺

摠巡 虞詡

巡檢 劉章

裁判所

刑事局 包拯

民事局 嚴延年

陸軍部

副將 周亞夫

參將 徐達

正領 檀道濟

副領 戚繼光

參領 耿弇

正尉 衛靑

副尉 尉遲恭

參尉 趙雲

外職

觀察使 羊祜

參書官 范滂

郡守 杜詩

摠巡 種首

視察委員 張綱

全權公使 蘇武

隨員 毛遂

蜜啞子ㅣ 周覽畢에 避席跪坐라가 低聲問曰 今者先生의 千古人員을 領略揀選ᄒᆞ야 逐窠塡充ᄒᆞ신바를보온즉 非不有心於政略이로되 人員 과 官職이 相適지못ᄒᆞ 者ㅣ 不少ᄒᆞᆫ즉 此ᄂᆞᆫ 無他라 該人의 才能을 確知 치못ᄒᆞ거나 官職의 要務를 洞悉치못ᄒᆞ신 根因이로소이다 凡官職이 品 秩이 不同ᄒᆞ고 等級이 不同ᄒᆞ고 內外職의 義務가 不同ᄒᆞ고 上下官의 職 權이 不同ᄒᆞ고 文武官의 責任이 不同ᄒᆞ온즉 用人之地에 宜乎其人의 長 短을 權衡ᄒᆞ며 生熟을 辨別ᄒᆞ야 分掌敍任이라야 溺職之患이 必無ᄒᆞᆯ터 이온데 今者先生은 官職의 高歇과 人員의 優劣을 較準ᄒᆞ야 相適케아니 시고 擇其稍賢者 而輒拔敍任ᄒᆞ엿스니 假使一部之內로 言之라도 一等 局에 二等之材를 敍任이라도 不可也ㅣ오 參尉之責을 副尉之材로 敍任 이라도 不可也ㅣ어늘 胡不注意ᄒᆞ고 因循舊例ᄒᆞ야 刷新之道에 一切相 背케ᄒᆞ시니잇가 東土有國以後로 官職之上에 需用人材之法이 無憑無據 ᄒᆞ든 來歷을 陳述ᄒᆞ오리다 大抵漢唐宋明에 所謂用人이란거시 擧皆一 致로 功高則任顯官ᄒᆞ고 望重則任淸宦ᄒᆞ고 親近則任要職ᄒᆞ니 是何無 據이오며 或以孝廉으로 取人ᄒᆞ고 或以詩賦로 取人인즉 府部院司에 孝 廉局과 詩賦局이 有ᄒᆞ야 孝廉詩賦의 職務와 職責이 有ᄒᆞ량이면 已어니 와 初以孝廉詩賦로 取擇其人ᄒᆞ얏다가 所謂官職敍任에ᄂᆞᆫ 風馬牛之不 相及ᄒᆞᆫ 刺史守令이나 尚書侍郎이나 將兵之官과 司法之官에다가 塡任

을 ᄒᆞ엿슨즉 其人이 在家時에 孝於父母로 爲工ᄒᆞ고 學其詩賦로 爲業ᄒᆞ노라고 府院堂司와 郡國地方과 法律章程과 軍制機械等의 實地科程과 實的義務ᄂᆞᆫ 必然一無見習이고 一無卒業이온데 職業과 人品의 適不適은 不計ᄒᆞ고 叙任ᄒᆞᆫ 者ㅣ니 可不寒心哉아 且挽近韓淸兩國에 無據無憑ᄒᆞ고 口不可道ᄒᆞᆯ 頑俗이 有ᄒᆞ야 積歲成習홈으로 世世人人이 尙未覺悟ᄒᆞ고 猶此欽羨者ㅣ 有之ᄒᆞ니 何者ㅣ오 所謂岩穴之士이니 山林之賢이니 隱逸이니 儒臣이니ᄒᆞᄂᆞᆫ 此等者流가 代不乏絶ᄒᆞ야 自稱高尙其志 而不求聞達이라ᄒᆞ기로 天子ㅣ 嘉其義ᄒᆞ고 諸侯ㅣ 慕其節ᄒᆞ야 或以玄纁玉帛으로 三徵七辟ᄒᆞ면 該人이 自知經邦之無術ᄒᆞ고 遁其跡而不出者ᄂᆞᆫ 加其秩而諡其號ᄒᆞ며 顯其子而拔其孫ᄒᆞ니 是何無據之事乎아 其人이 居家에 禮於祭ᄒᆞ고 孝於親ᄒᆞ고 別於婦ᄒᆞ고 恭於兄인즉 其身分之節은 可謂嘉矣ㅣ오 家道之行은 可謂美矣也ㅣ니 隣里鄕黨에셔 師範而慕仰ᄒᆞ며 尊敬而優待ᄂᆞᆫ 可커니와 其人의 所業을 言之ᄒᆞ오면 性理大全과 禮記孝經等 空空寂寂ᄒᆞᆫ 文書만 誦讀ᄒᆞᆯ쑌不啻라 尤且愼獨爲重ᄒᆞ야 抱案終老키로 世間에 遊覽ᄒᆞ야 政治法律과 兵農工商의 實地試驗을 身經目擊ᄒᆞ고 手摩足蹈치아인 者ㅣ니 事物接濟之官을 何以服務ᄒᆞ며 裕國澤民之役을 何以堪行이리오 然則 此等者流ᄂᆞᆫ 死後贈職은 猶或然矣나 生前實職은 萬不可者也ㅣ라 百年以前으로 言之ᄒᆞ면 所謂治國이 亦是無稽ᄒᆞᆫ 者ㅣ니 用人之法이 亦此無據ᄒᆞ련이와 今日則治國과 用人을 不可不注意ᄒᆞᆯ 者ㅣ로다 太西之俗에 武官學徒로 補軍職ᄒᆞ고 律學生徒로 爲法官者ᄂᆞᆫ 以欲克善其任之故也ㅣ니 今日文官者ㅣ 明爲武職ᄒᆞ며 今日工部者ㅣ 明爲禮官ᄒᆞ고 欲克善其任이면 能可得乎아 或者無知富家翁이 納錢買官ᄒᆞ야 自意行職者를 世人이 或譏誚ᄒᆞ되 是ᄂᆞᆫ 不然者也ㅣ라 隱逸士와 富家翁의 文學道德은 天淵不牟로되 至於官職에 實工實學업기ᄂᆞᆫ 彼此一般也ㅣ니 又何譏誚리오 大抵 國家에 三公六卿等 官職排置가 人身의 五臟六腑의 排置홈과 恰似ᄒᆞᆫ 者ㅣ니 臟腑에 入送物이 失當ᄒᆞ면 其人이 必

病且死矣오 官職에 任責者가 不適이면 其國이 必亂且亡矣리니 可不審
愼이올릿가 夫官職者는 國家之公器也오 人也者는 守器之物也니 其人
이 雖親且賢者라도 不合於守器者면 不可使任守之어늘 東土之俗은 민
양 以器隨人ᄒᆞ고 不欲以人守器ᄒᆞ니 是何乖俗耶아 以器隨人과 以人守
器의 相反되옴을 說明ᄒᆞ오리다 夫人이 其官職에 服從ᄒᆞ야 其任務를 責
成ᄒᆞᄂᆞᆫ 者는 以人守器也오 官職이 人을 隨從ᄒᆞ야 榮華케만ᄒᆞᄂᆞᆫ 者는 以
器隨人이라ᄒᆞᆯ지니 以器隨人ᄒᆞᄂᆞᆫ 國家에도 所謂政治란 言論이 可有ᄒᆞ오
릿가 嗚呼悲夫라 今日此俗을 不早懲創코ᄂᆞᆫ 此國實況을 挽回치못ᄒᆞᆯ 委
折을 大略言之ᄒᆞ오리다 或者ㅣ 鄕居讀書者流의게 問曰 子之抱負가 不
少ᄒᆞᆫ데 何不求仕오ᄒᆞ면 答曰 我之秋收穀이 已過數千石則 足過平生이
오 所居家宅에 林泉之勝과 物産之備가 不換三公이니 胡爲乎求仕哉라
ᄒᆞ니 然則國家之說官置職이 本欲救荒之意耶아 且或者ㅣ 初仕人에게 問
曰 子ㅣ 今何工業으로 得叙此官고ᄒᆞ면 答曰 這番某大臣이 門生區處之
時에 不忘舊誼ᄒᆞ고 且恤貧寒ᄒᆞ야 特念圖差ᄒᆞ시니 德澤이 河海也ㅣ라ᄒᆞ
니 然則 莫重官職이 酒是私用活貧之物耶아 且或者ㅣ 復職人에게 問曰
子ㅣ 有何手段ᄒᆞ야 如此好窠를 得爲叙任고ᄒᆞ면 答曰 我之本職은 工部
參書러니 適無窠闕ᄒᆞ야 今爲法部參書也라ᄒᆞ니 然則 此人之才術은 無
處不合者耶아 曾有兩科卒業証書耶아 且或者ㅣ 巡檢의게 問曰 子ㅣ 何
爲此役고ᄒᆞ면 答曰 手無資本ᄒᆞ니 莫能商販ᄒᆞ고 多數眷屬이 糊口가 沒
策ᄒᆞ야 無奈何而爲此也라ᄒᆞ며 或者ㅣ 問於兵丁曰 子ㅣ 何爲此役고ᄒᆞ
면 答曰 月銀五圓이 雖非全計活이나 猶勝於遊也라ᄒᆞ고 一言도 方今國
勢가 孤危則雖吾微軀라도 欲效一髮之力이란 者ㅣ 乃無ᄒᆞ니 是何通習
인지 問之於千人則 千人之言이 如是ᄒᆞ고 問之於萬人則 萬人之言이 如
是ᄒᆞ니 是何怪俗耶아 亦復想之則 非徒言者之言이 非也라 聽者之不以
爲怪者가 尤極非也로다 是以로 求仕之法이 自己의 身上에 學問才藝의
多寡ᄂᆞᆫ 稱道치안코 口舌로 某之孫某之子와 家貧親老란 說辭만 善誦ᄒᆞᆯ

다름이니 是何無據이오며 且或拜外任者는 友人을 對ᄒᆞ야 必先問曰 此
邑의 原官況은 幾何며 土産은 何物耶아ᄒᆞ고 該邑의 民務情節과 職務方
向은 都不相問ᄒᆞ니 是何人性耶아 統而言之ᄒᆞ면 人人이 只知有其官이
오 不知有其務也오 只知有其祿이오 不知有其國也니 可不寒心哉아 此
는 無他라 自初로 官職에 不當之人을 情面에 關係ᄒᆞ야 任而叙之홈으로
人人이 不知官職關係之所重也오 卽非人人의 心性이 不仁而然者也ㅣ니
可不惜哉아 若以六十年以前으로만 言之라도 尙云無欠이어니와 今日
此時에 此等謬習을 安可不欲大懲創哉아 噫라 凡人臣者ㅣ 出世也에 功
有八德ᄒᆞ니 忠義正直은 如日月之光明ᄒᆞ야 致君上於堯舜ᄒᆞ고 誠勤公廉
은 如雨露之涵濡ᄒᆞ야 奠社稷於盤石也로되 或有過不及之節ᄒᆞ야 不成
全功者는 無他라 其人의 才與德이 不相適之故也ㅣ니 需用者ㅣ 不自辨
其才德而用之면 不可ᄒᆞ 者ㅣ로다 昔에 劉曄이 對曹操曰 諸葛亮은 明於
治國而爲相ᄒᆞ고 關公張飛는 勇冠三軍而爲將이라ᄒᆞ엿스니 此言이 果是
明觀也라ᄒᆞ나이다 先生과 關張이 忠義는 同一ᄒᆞ되 才智則不同ᄒᆞ니 假
使先生과 關張으로 其職責을 換任ᄒᆞ얏더면 此는 棄其官이오 棄其人也
ㅣ로소이다 且無此八德之人에도 亦有可用之才ᄒᆞ니 若取其才而用之면
與有八德者로 無異ᄒᆞᆯ지라 昔에 吳起는 母死에 不奔喪터니 及爲君將也
에 擊秦拔五城ᄒᆞ얏고 陳平은 失禮於嫂矣러니 及爲漢臣에 六出奇計ᄒᆞ
야 以滅强楚ᄒᆞ얏스니 此皆德不足 而才有餘者也ㅣ니 若存拔才行而用之
ᄒᆞ면 其於國家之利에 果何如哉며 又此忠義正直과 誠勤公廉이란 八德
에도 尙有利害ᄒᆞ니 詳判之ᄒᆞ오리라 岳飛之忠이 未嘗不貫天이나 然이
나 不能抑秦檜之奸 而徒存名義ᄒᆞ얏고 豫讓之義가 未嘗不感天이로되
不能除智伯之慾 而只作漆身之苦ᄒᆞ얏고 長孫無忌之正이 可謂千古輝赫
이나 不能斥武曌之爲后 而還死於高宗ᄒᆞ얏고 朱雲之直이 未嘗不勁剛이
나 不能斬張禹之首 而只折欄檻ᄒᆞ얏스니 此皆一身의 名節은 有餘ᄒᆞ나
國家에 利益은 未有ᄒᆞ얏도다 七日哭泣ᄒᆞ야 亡楚를 還存者는 申包胥之

誠也오 南和北征ᄒ야 祁山에 六出者ᄂᆞ 先生님의 靳也오 功盖宇宙ᄒ되
君上이 不疑者ᄂᆞ 郭子儀之公也오 暮夜却金ᄒ야 四知를 竊恐者ᄂᆞ 楊夫
子之廉也니 八德之間에도 利害於國家가 如此커든 況無此八德者를 安
得不精選而需用이오며 雖精選이라도 安得不權衡而叙任哉아 大抵先生
을 世人이 稱道ᄒ야 前無後無諸葛亮이라ᄒᆞ옵고 潘榮之言에 孔明은 有
王佐之才라 ᄒ얏스되 今日叙任之節을 觀之ᄒ오면 現今時代의 官職要
義에ᄂᆞ 尙此全昧ᄒ시도소이다 人材의 可否를 未察ᄒ거나 官職의 要義
에 未詳ᄒ오면 此ᄂᆞ 時勢에 昧塞ᄒ 者니 時勢에 昧塞ᄒ고야 엇지 刷新政
略을 就緒ᄒ다ᄒ올릿가 先生도 支那에서 生寄死歸ᄒ엿슨즉 支那風土
가 骨髓에 貫徹이되와 當今時代에도 官職要義를 甚不注意ᄒ신디니 以
若先生之公正과 達識으로도 尙有如此이온 況他人乎哉릿가 弟子ᄂᆞ 原
來不學無識ᄒ와 天下事에 素昧이온즉 政治와 官制要義를 尤何敢言ᄒ
오리오만ᄂᆞ 東土時局이 可謂岌業이옵고 已往先生게 官職變通이 維新
에 要領이라ᄒ엿스온즉 敢陳愚見ᄒ야 副本一摺을 制定ᄒ올터이온데 千
古人員의 一生事爲間事에 或一事二事라도 今日時勢에 適當만ᄒ량이오
면 棄短取長之義로 特拔摘用ᄒ올터이온則 此ᄂᆞ 非他라 時局이 切迫ᄒ
야 內外官職의 要務만 實踐ᄒ올 計策이오니 萬一外樣으로 泛看ᄒ오면
斯或格外이오나 官職의 要緊点을 窮察ᄒ오면 非此莫可라ᄒ올지니 覽
閱ᄒ소셔ᄒ고 一時書之ᄒ야 先生之前에 進呈ᄒ며 曰호디 俄者先生所
書者ᄂᆞ 人이 官職을 求ᄒ 者어니와 今者弟子所書者ᄂᆞ 官職이 人을 求ᄒ
者오니 可謂相距萬里也라 應當世人의 眼目에 生踈ᄒᆯ듯ᄒ오나 舊日謬習
은 斥去ᄒ고 新式의 公道만 取用ᄒ 者오니 另諒參燭ᄒ옵소셔 先生이 受
而覽之ᄒ니 官職과 人名이 如左ᄒ더라

內閣

大臣 金人瑞

參贊 曺彬

參書官 申不害

主事 孟敏

宮內府

大臣 丙吉

協辦 蕭何

參書官 張昭

主事 郭攸之

法部

大臣 宋濂

協辦 霍光

參書官 張釋之

主事 徐盛

學部

大臣 李克

協辦 許邵

參書官 叔孫通

主事 楊修

農商部

大臣 司馬遷

協辦 趙充國

參書官 張泳

主事 桑弘羊

軍部

大臣 蘇秦

協辦 鼂錯

參書官 吳起

主事 呂凱

外部

大臣 王猛

協辦 張良

參書官 信陵君

主事 李白

內部

大臣 鄒忌

協辦 魏無知

參書官 呂蒙正

主事 魏相

度支部

大臣 王通

協辦 劉穆之

參書官 陶侃

主事 陳平

工部

大臣 夢恬

協辦

參書官 趙過

主事 花信

警務廳

警務使 施耐庵

警務官 潘榮

摠巡 馬謖

巡檢 周處

裁判所

刑事局 呂祖謙

民事局 藺相如

陸軍部

副將 王翦

參將 李孝泰

正領 司馬懿

副領 趙奢

參領 程不識

正尉 鄧艾

副尉 雷萬春

參尉 楊素

外任

觀察使 商鞅

參書官 魏徵

警務補 西門豹

郡守 王安石

視察委員 張飛

全權公使 趙咨

隨員 馮驩

先生이 一遍覽畢에 歎曰 此所書者를 一一詳閱則 可謂維新時代에 更
張政略이로다 僕은 果然習氣가 尙存ᄒ야 舊日仕宦之人에 仁善稱譽者
로 當年前職을 推尋ᄒ야 仍任叙差矣러니 今此足下之所書者는 門地와
前職은 不顧ᄒ고 當職要務에만 適合之材가되면 輒拔擬叙ᄒ얏스니 事
半功倍의 實效가 有ᄒ야 淸國政治가 實地程度로 蒸蒸日上홀지니 富强
의 基礎가 質定이되련니와 工部協辦一窠는 何故로 作窠勿補ᄒ얏나뇨

蜜啞子ㅣ對曰 此는 無他라 人材之於該窠에 適當之人이 思想이 不生이온즉 寧作窠勿補이언정 不可疎忽輕擧이옵기 姑此貯闕이오나 雖庶民이라도 工協職責에 適當만ᄒ량이면 卽欲充書計料이오며 且法律制定事ᄂᆞᆫ 起草委員을 選定ᄒᆞ야 起草制定ᄒᆞ런니와 此法律의 本籍來歷을 先次說明ᄒᆞ오리다 太極肇判時에 陰이 生一物ᄒᆞ고 陽이 生一物ᄒᆞ니 陰生者ᄂᆞᆫ曰法이오 陽生者曰律也ㅣ라 法與律이 體天地之陰陽ᄒᆞ야 仍而作配爲夫婦ᄒᆞ고 始爲之號曰 法律이라ᄒᆞᆫ 者ㅣ라 原來性質이 正直公平ᄒᆞ야 小不邪曲而苟且ᄒᆞ고 且自在爲獨立ᄒᆞ야 不受上帝之管轄ᄒᆞ고 其所職業은 日月의 盈昃과 寒暑의 往來를 管理ᄒᆞᄂᆞᆫ 義務가 有ᄒᆞᆫ 者ㅣ라 故로 日月寒暑의 盈[23]昃往來가 各其範圍外에 一步를 莫敢出ᄒᆞᆫ 者ㅣ로다 壽亦無量ᄒᆞ야 與天地同歸ᄒᆞᆯᄉᆡ 至六萬四千八百年ᄒᆞ야 二子를 生ᄒᆞ니 長子名曰章程이오 次子名曰 規則이라 二子ㅣ 亦以父風母習으로 自有抗天之心而不覇獨立ᄒᆞ야 於國於人과 於物於事에 莫不干涉ᄒᆞᆯᄉᆡ 人或敬愛則 樂爲之用ᄒᆞ야 使其國興隆ᄒᆞ고 人或褻慢則 去而不返ᄒᆞ야 使其國衰亡ᄒᆞ나니 其興隆衰亡ᄒᆞᄂᆞᆫ 經驗을 言之ᄒᆞ량이면 古之商受가 褻慢章程타가 卒覆六百年之宗社ᄒᆞ고 近之華盛頓이 敬愛章程터니 現致四十國之富强인즉 毋論何人ᄒᆞ고 寧得罪於天이언정 斷勿獲罪於章程이로다 得罪於天이면 一人이 受其殃이오 得罪於章程이면 一國이 受其殃ᄒᆞᄂᆞᆫ 者ㅣ라 且以章程이 能與天相抗ᄒᆞᄂᆞᆫ 形止를 詳陳ᄒᆞ오리다 假使全國의 上下社會가 章程을 墨守ᄒᆞ야 少不進退ᄒᆞᆫ은 同時에 國祚則維定ᄒᆞᆫ 天數로 喪亡을 際會ᄒᆞ야 不仁若桓靈이 爲君ᄒᆞ야 上被天運之壓而國祚가 欲絶ᄒᆞ고 下觸章程之堅 而不能行亡國之政則 將奈何오 當此時ᄒᆞ야 上不違數 而享不得ᄒᆞ고 下不行惡 而亡亦不得矣니 又復奈何오 不得已爲周世宗明懿宗也ㅣ로다 周世明懿ᄂᆞᆫ 亡而猶賢者ㅣ니 亡而猶賢者ᄂᆞᆫ 何也오 不避運數而亡

---

23) 盈의 오기.

也오 實踐章程而賢也니 然則章程之力이 雖未勝天而使國不亡이나 猶此
抑不善而爲善者也ㅣ니 若使庸君暗主로 抑不善而爲善이면 天亦不能容
易降禍者也ㅣ오 且以人臣言之라도 趙高楊素之徒가 天定흔 泰運이 有
ᄒ야 勻台之位에 陞進ᄒᆯᄉᆡ 國家章程에 不仁無德者ㅣ 不能陞遷ᄒᄂᆫ 規
則이 有흔則 奈何오 趙高楊素等이 雖極奸惡이나 天定之數야 安得謀避
而不爲宰相乎哉아 迫不得已ᄒ야 改心修行ᄒ야 陞遷爲勻台코 乃已ᄒᆯ
지니 此ᄂᆫ 自然之勢로 天定之數ᄅᆯ 不能逃避爲宰相也오 章程之堅을 不
能廢棄爲賢哲也로다 大抵千古帝王의 爲子孫享久之策이 每以養賢培良
과 繕甲築城也니 此ᄂᆫ 棄其本而修其末也로다 若使子孫으로 有德則可
커니와 不肖則賢臣智將과 堅城利甲이 還爲殺我之物也라 成湯이 非不
夏臣而放桀ᄒ시고 武王이 非不殷臣而伐紂也시니 成湯武王이 豈其不仁
無義 而乃有是擧哉아 子孫이 不德則 每有是患也어ᄂᆯ 何其思慮之不深
哉오 況復石碏曹參之子孫에 亦有石厚曹操之不肖ᄒ니 又復奈何오 當初
樹國之制ᄅᆯ 勿以親賢遠奸과 保障繭絲로 爲務ᄒ고 但自天子之元子衆子
로 以至公卿大夫百尹庶士及黎民이 皆自童穉로 一體以章程敎育ᄒ야 自
幼至老而講之誦之ᄒ야 不得間闕키ᄅᆯ 必與寢食一體則 自然耳慣目熟ᄒ
고 心漬骨油ᄒ야 自成俗常 而後之子子孫孫의 所見所聞과 所行所習이
不過此章程一套則 爲君爲臣爲民에 初不生不肖之萌芽也요 若或不審
而橫出範圍則 還有生疎之歎 而自不果也요 又或有大憝ᄒ야 妄出範外則
自然世不相容ᄒ야 君之不肖ᄂᆫ 臣必不承也요 臣之不肖ᄂᆫ 民必不從也요
民之不肖ᄂᆫ 世必不應也ㅣ니 蓋此臣不承民不從世不應者ᄂᆫ 無他라 平生
之所未聞所未見所未知者故로 萬無符和之理也ㅣ라 然則君政之虐戾와
臣節之奸逆과 民俗之匪悖가 無由可生이요 無濱可容也니 誠如是則 萬
億年不亡之國을 作成ᄒᆯ지니 先生意向에 若何흔 者ㅣ니잇가

先生이曰 此法律의 歷史ᄅᆯ드른즉 於心에 甚히 戚戚焉ᄒ도다 僕이 曾
往에 此法律로 問題ᄅᆯ 作ᄒ야 甲乙問答으로 硏究흔 者ㅣ 有ᄒ더니 今日

足下의게 一場演說홀터이니 叩肅聞之홀지어다 甲이 問曰 勿論何國ㅎ고 蕭何가 爲相ㅎ고 孫武ᄂᆞᆫ 爲將ㅎ고 吏皆龔遂요 民皆張公藝면 能大治而無敵於天下乎아 乙이 答曰 若以古日天下로 言之면 蔑而可矣로되 以今日天下로 言之면 亦未知必也ㅣ니라 甲曰 天下之稱이 古今이 有異乎아 乙曰 古則以四海로 謂天下러니 今則以五洲로 謂天下也니라 甲曰 然則可用何人이라야 能無敵於今日之天下乎아 乙曰 范蠡로 爲相ㅎ고 王戎으로 爲將ㅎ고 吏皆鄧通이오 民皆石季倫則 必無敵於今日之天下矣리라 甲曰 孟子ㅣ曰 上下交征利면 而國이 危矣라ㅎ셧ᄂᆞᆫᄃᆡ 今子之所言者ㅣ 皆是財利之人이니 能無國危之慮否아 乙曰 古則名義ᄅᆞᆯ 高尙故로 楚國이 靑茅之貢을 廢ㅎᆷ이 天下ㅣ惡之러니 今則名利ᄅᆞᆯ 高尙故로 開明國은 富紳以後에 方有投票權ㅎ고 富紳이라야 乃爲代議士ㅎ며 國家가 戰敗將亡에도 必以賠償으로 代贖其亡ㅎ나니 此ᄂᆞᆫ 東土에 未之聞未之見ᄒᆞᆫ 事이나 現世實國의 實事인則 今日以財格財ㅎ고 以利格利가 國事之第一要務也ㅣ니라 甲曰 名義ᄂᆞᆫ 主禮讓ㅎ고 名利ᄂᆞᆫ 主競爭이니 君子ㅣ 爲政이면 當居何오 乙曰 禮讓은 靈而無實ㅎ고 競爭은 實而無靈ㅎ니 熙皞之世에ᄂᆞᆫ 崇靈ㅎ고 開明之世에ᄂᆞᆫ 崇²⁴⁾實이니라 甲曰 然則理財格利가 方今急速之務나 然이나 聖訓에 爲富不仁이요 爲仁不富라ㅎ시니 忍何國政之所務哉아 乙曰 子ᄂᆞᆫ 昧塞而不知合變者ㅣ로다 凡財貨者ᄂᆞᆫ 於國에 爲元氣ㅎ고 於民에 爲血脉ㅎ야 不可一日闕者인데 爲仁不富란 聖訓은 無他라 古日財富ᄂᆞᆫ 每以原有之財ᄅᆞᆯ 自相謀取故로 誠其割畔讓鷄之財富이시거니와 今日財富云者ᄂᆞᆫ 生殖蕃昌으로 爲公益者也니 仁智然後에 能有公利而致富也라 古今이 如此逈異쏜더러 財也者ᄂᆞᆫ 天壤間獨一無二ᄒᆞᆫ 德業이 有ᄒᆞᆫ 者ㅣ라 何則고 勿論何國ㅎ고 財貨行止之地에 靈驗이 無窮ㅎ고 造化가 不測ㅎ야 貧者爲富ㅎ고 賤者爲貴ㅎ고 弱者爲强

---

24) 崇의 오기.

ᄒ고 屈者爲伸者ㅣ니라 甲曰 然則如是ᄒ 靈物이 彌滿於人世ᄒ야 無處
不有인데 賤者ㅣ 何不劫取而爲貴ᄒ고 貧者ㅣ 何不勒奪而爲富乎아 乙曰
孰無是心是慾이리오 雖殺人放火와 打家劫舍라도 靡不窮爲로되 世間에
一雙可畏之物이 有ᄒ야 猛如虎豹ᄒ고 靈如鬼神ᄒ야 日夜不息ᄒ고 隨
處相逐ᄒᄂ지라 若無此物之相逐이면 千門萬戶之婦女玉帛과 左市右肆
之金銀米穀이 何曾其主之所將者ㅣ리오 甲曰 然則此二物之名은 爲誰오
乙曰 一之名은 法律이오 一之名은 廉恥也ㅣ라 此二物이 密密周行于人
間ᄒ야 法律은 護衛人之耳目ᄒ고 廉恥ᄂ 警省人之心情故로 人이 不至
禽獸之域이니라 甲曰 胡云禽獸之域고 乙曰 彼禽獸ᄂ 本以野性으로 劇
殘無仁ᄒ야 行不忍於同類홀시 强必食弱ᄒ고 大必陷小ᄒ야 虎食兎狼食
獐ᄒ며 鷹食雉鳶食雀인즉 當食者ㅣ 雖有哀寃之痛이나 禽獸之中에 曾
無法部衙門ᄒ니 從何處而告訴ᄒ며 亦有誰而救活ᄒ랴 無奈何而就食而
已로다 故로 人無法律之護衛와 廉恥之警省이면 其違禽獸ㅣ 不遠矣라
홀지니 足下意向은 何如홀ᄂ지 復加思量홀지어다 蜜啞子ㅣ曰 今此法律
言者ㅣ 先生과 弟子의 意志가 別無差異로소이다 先生曰 官制의 變通과
法律의 改良은 旣以說明이어니와 風俗과 文學의 改善홀 方法을 又此言
之홀지니라

　蜜啞子ㅣ曰 風俗이란것시 本是無形質無聲臭者로 人의 耳口에 出入ᄒ
며 手足에 轉移ᄒ야 無處不往ᄒ며 無時不存ᄒ야 於身於家於國에 住着
홀 時엔 必乃形跡과 聲氣를 積蓄ᄒ은 者ㅣ니 現今支那로 言之ᄒ면 人身
에 住着홀 風俗에 惡而不可容者ㅣ四也오 國中에 傳來홀 風俗에 美而不
可捨者ㅣ 二也라 大抵繪本好素ᄂ 聖訓所誡인즉 人身에 住集홀 四惡俗
를 先次掃除ᄒ야 本地를 澄淸케홀 後에 維新事物을 計圖홀 者ㅣ니 此四
惡俗者ᄂ 謂何오 辮髮이 拽地ᄒ야 外貌가 昌披ᄒ고 動作에 有礙홈과 爪
甲이 盈尺ᄒ야 接物에 不利ᄒ고 遊逸에 自適홈과 一生을 縮足ᄒ야 廢
疾을 自作ᄒ며 肉刑을 自行홈과 鴉烟이 成癮ᄒ야 事爲을 全廢ᄒ고 生命

을 斷送ᄒᆞᆫ은 者ㅣ니 此四惡俗은 中西士類가 已爲千擊萬打ᄒᆞᆫ 者ㅣ니 今
不必特論이어니와 若於外國에 此等四俗이 有ᄒᆞ얏더면 所謂華人之筆端
과 口舌에 何等夷狄과 何等犬羊으로 指目指稱ᄒᆞ야 疾之罵之者乎ㅣ져
大抵四惡俗의 掃除之非難은 不爲也ㅣ언뎡 非不能也ㅣ니 革新之政에 最
先撲滅ᄒᆞᆯ 者也ㅣ오 國中에 傳來ᄒᆞᄂᆞ 二美俗이란 者ᄂᆞ 卽三綱五倫也ㅣ니
此三綱五倫이 年歲가 隆高ᄒᆞ야 力量이 不敷인즉 今此維新時代에 一體
改良乃已로소이다 先生이 驚問曰 三綱五倫者ᄂᆞ 國家와 人類에 第一綱
常이니 孰敢着手而能改良爲哉아 蜜啞子ㅣ 笑而對曰 先生之言이 近於
蒼古로소이다 人無三綱五倫이면 不得成人이오 國無三綱五倫이면 不得
成國ᄒᆞ나니 今日千言萬辭가 究其本則 理國一款ㅣ라 今理國之地에 理
國之物를 安得不改良耶哉아 先以理家之法으로 譬言之ᄒᆞ오리다 凡夫
婦二口의 一年生活之度가 粮饌柴水之用과 衣履冠帶之費와 奉祀接賓
等 各項經費를 合算計之면 無過二千圓에 自足策應일터인데 生男生女
ᄒᆞ야 男娶女嫁後에 內外孫이 亦此生出ᄒᆞ야 乃至數十口之多則當此時ᄒᆞ
야 二千元之經費로ᄂᆞ 莫可策應인즉 勢不得已加額支出ᄒᆞ여야 必爲磨勘
일지라 然則三代以前에ᄂᆞ 地不過九州요 政不出禹貢인즉 此孑孑ᄒᆞᆫ 三
綱五倫이 足爲理國之物이어니와 今則歐美가 接域ᄒᆞ고 安危가 隔紗ᄒᆞ
야 國計民事가 與三代時로 大不同인데 惟欲以三綱五倫으로만 仍爲之
用이면 是ᄂᆞ 二口之用을 仍用於數十口者로 無異也ㅣ니 不可不三綱之下
에 加三綱ᄒᆞ고 五倫之下에 加二倫ᄒᆞ야 以六綱七倫으로 理其國이라야
必上保社稷ᄒᆞ고 下保民族일지니 此三綱二倫之加者ᄂᆞ 爲何오 國爲君綱
이오 民爲國綱이오 物爲民綱이 卽三綱也ㅣ요 將卒로 爲一倫ᄒᆞ고 師生
으로 爲一倫이 卽二倫也니 此ᄂᆞ 前証이 昭在ᄒᆞ도다 古三皇時代에ᄂᆞ 人
種이 稱小ᄒᆞ고 事物이 未備故로 此三綱五倫之說이 無ᄒᆞ고도 自爲理國
矣러니 三代以後로ᄂᆞ 人物之開와 事務之煩이 與三皇時代로 大不同者
也라 故로 不得不以三綱五倫之義로 理其國也로다 然則今日事物之煩

劇을 較諸三代之時면 六綱七倫도 猶屬薄弱홀 者ㅣ니 可謂時移事變이
로다 今後一千年이면 必以九綱十一倫으로 改定코야 理國홀 形勢가 되
리로소이다

又此文學은 其來歷을 前項에 許多言論혼 者어니와 趙宋時代의 所謂
文學이란것슬 言論ᄒ오면 擧皆口不可道也ㅣ요 目不可見혼 者ㅣ라 何則
고 大抵徽欽二帝가 華人의 恒稱ᄒ든 夷狄禽獸란 金遼의게 被擄가되얏
스니 此ᄂ 千古未有之辱이오 萬代不朽之恨이라 主辱臣死란것슨 又是
華人之口道者인대 胡不遁死ᄒ고 靦然自在이오며 且二帝가 彼夷狄의게
被擄된 原因인즉 無他라 被强我弱ᄒ고 彼實我虛혼대 無過혼 者ㅣ라 然
則 彼夷狄이 雄兵猛將과 堅甲利兵의 實物로 殺我中華ᄒ야 擄我君親인
즉 我도不可不如彼혼 實物을 準備ᄒ여야 可히 抵敵이요 可以報讐홀지
니 不得不實地의 文學과 實地의 事物을 取用ᄒ며 前日에 從事ᄒ든 所
謂禮說이니 祭禮이니 喪禮이니ᄒ든 紙上空文의 虛式虛事와 秋聲賦이
니 赤壁賦이니 醉翁亭記니ᄒ든 無據無實之文은 姑爲東閣ᄒ고 某地森
林으로 船車를 製作ᄒ면 堅確ᄒ고 某鑛金鐵로 劍戟을 造作ᄒ면 利鋼ᄒ
고 某獸皮革으로 甲冑를 製造ᄒ면 堅實ᄒ고 某上梁秫로 糇粮을 炊蒸ᄒ
면 良好ᄒ고 某物稅額으로 軍費를 支撥ᄒ면 贍足ᄒ고 某國軍制로 兵士
를 操鍊ᄒ면 精銳ᄒ고 某帥兵學으로 將弁을 敎育ᄒ면 善良ᄒ리란 文字
를 著述ᄒ야 使其民族으로 實地敎講이런들 涯山之慘이 必無홀터인ᄃᆡ
當初明倫之所謂著述혼것슨 時宜에 適合은 一切背馳ᄒ고 千不可萬不可
혼 一二千年以上時代之人의 是非를 提起ᄒ야 管仲論이니 豫讓論이니
樂毅論이니 賈誼論이니ᄒᄂ 文字만 著作ᄒ엿스니 是何奇怪罔測之文學
乎아 且所謂宋名臣錄이란 冊子中에 所載諸人을보오면 無非仁人君子인
데 此等仁人君子가 自口로 平日稱指ᄒ든 夷狄禽獸의게 自國君親을 擄
送ᄒ엿슨즉 此事를 天下後世에 具眼者가 公言評判ᄒ량이면 其時仁人
君子가 愛君혼은 忠義가 不足ᄒ야 任他擄去라홀ᄂ지 防賊ᄒᄂ 智力이

不足ᄒ야 擄去無奈라홀는지 此二者에 不出홀 者ㅣ니 忠義가 不足ᄒ든지 智力이 不足ᄒ든지혼 仁人君子는 用諸何處홀 仁人君子인지 吾所未知也ㅣ오 且伊時金遼가 對我敵國으로 相持가 旣久ᄒ고 關係가 重大혼 者ㅣ니 不得不注意ᄒ야 彼國之政治의 善惡과 人民의 優劣과 兵士의 强弱과 財政의 贍否를 一一偵探ᄒ며 道路의 遠近과 山川의 險夷도 畵繪ᄒ며 器械의 精鈍과 車馬의 遲速을 較準ᄒ야 必勝之策을 計圖ᄒ는 文字는 一無記述ᄒ고 倨傲自在ᄒ야 執筆開口則彼는 夷狄이오 禽獸이란 罵辱쑨而已니 昔에 曹操가 王允士孫瑞等의 會泣에 對ᄒ야 笑曰 能哭殺董卓乎아ᄒ얏스니 當時宋人은 果辱殺夷狄者乎아 且以宋時人民으로 言之라도 夷狄을 未能禦防ᄒ야 君親이 被擄가되고보면 夷狄에도 尙不及혼 人種이라ᄒ여도 果非過言일지니 一世에 誼藉ᄒ야 宋儒宋儒란 諸賢의 文字가 何如히 空虛ᄒ기로 伊時人民敎育이 若此히 無實ᄒ야 忠君心愛國誠이 果如是乏少ᄒ얏는지 今日改善之際에 此等文學은 一切痛革ᄒ옵고 實物實事의 有形有跡혼 文學으로 改良ᄒ옵소셔 今日弟子의 言誦혼바 官制法律風俗文學四種을 先生게셔도 一層加意ᄒ시와 硏究ᄒ옵소셔 天已夜半ᄒ고 月橫山頭ᄒ니 玆以告別ᄒ나이다 先生이 不勝戀戀ᄒ야 握手聯步ᄒ고 出洞叙別홀시 一聲長歎에 忽然翻身ᄒ니 枕上一夢이러라

光武十年丙午 重陽翌日 扶山洞 千初閣 畢書

夢見諸葛亮 終

隆熙二年八月 日 印刷

隆熙二年八月 日 發行　　　　　　　定價 金五十錢

著述者 劉元杓

校閱者 洪鍾檼

發行者 金相萬

印刷所 北署安峴 普文社

發行所 中署布屛下 三十七統 六戶 廣學書舖

출전 인물 간략 정보

한국인

신채호(1880~1936) : 독립운동가이자, 역사가이며, 언론인. 본관은 고령(高靈), 호는 단재(丹齋). 근대전환기 신민회(新民會) 활동을 통해 계몽운동을 했다. 중국 망명 후에는 무장투쟁에 의한 독립운동노선을 견지하면서 상해임시정부에 비판적이었으며, 1920년대 중반 이후 무정부주의 단체에서 활동했다. 금협산인(錦頰山人) · 무애생(無涯生) · 열혈생(熱血生) · 한놈 · 검심(劍心) · 적심(赤心) · 연시몽인(燕市夢人) 등의 필명으로 활동했으며, 역사연구를 통해서 한국근대역사학의 방법론과 인식을 성립시켰다.

유길준(兪吉濬, 1856~1914) : 한말의 개화사상가. 본관은 기계(杞溪), 자는 성무(聖武), 호는 구당(矩堂) · 천민(天民). 근대 한국 최초의 일본과 미국 유학생으로 수많은 저작물을 발표하여 개화사상을 정립했고, 정치의 전면에 나서 전근대적인 한국을 개혁하고자 했다. 미국 유학 및 유럽 여행을 마치고 동남아시아와 일본을 거쳐 1885년 인천을 통해 귀국한 그는 체포되어 7년간 연금생활을 했다. 그동안 『서유견문(西遊見聞)』을 썼고, 1895년에 활자화되었으며, 1892년 11월에 석방되어 자유의 몸이 되었다.

이범진(李範晉, 1853~1911) : 조선 말기의 문신. 본관은 전주(全州). 아버지는 경하(景夏)이고, 범윤(範允)의 형이다. 민비가 친러정책을 표방했을 때 농상공부대신이 되었으며, 1895년 7월 궁내부대신서리가 되었으나 을미사변이 일어나자 파면되었다. 그해 10월 친일정권에 포위되어 있던 고종을 궁궐 밖으로 피신시키고 친일정권을 타도하여 새 정권을 세우려던 춘생문 사건(春生門 事件)을 일으켰으나 실패하자 러시아 공사의 주선으로 상하이로 망명했다. 1905년 을사조약이 체결된 뒤 일제가 소환하자 이에 불응하고 황제의 밀사(密使) 명목으로 상트페테르부르크에 머물면서 국권 회복에 힘썼다. 1910년 한일병합이 체결되자 권총으로 자결했다.

이윤용(李允用, 1854~?) : 본관은 우봉(牛峯), 자는 경중(景中). 이완용의 형이다. 흥선대원군의 사위가 되었으나 아내가 죽은 후 김기태(金箕台)의 딸과 재혼했다. 대원군이 몰락한 후에는 민비의 총애를 받았다. 1895년 10월 12일 친일정권에 포위되어 있던 고종을 궁궐 밖으로 피신시켜 친일정권을 타도하고 새 정권을 세우려던 춘생문 사건(春生門 事件)을 일으켰으나 실패했다. 1896년 러시아 공사 베베르, 이완용·이범진 등과 함께 2월 11일 아관파천을 일으켜 고종을 러시아 공사관으로 옮기고, 새 내각이 들어서자 군부대신이 되었다. 일본정부로부터 훈장과 남작 작위를 받았다.

이종건(李鍾健, 1843~?) : 조선 말기 무신. 자는 치행(致行), 본관은 전주(全州). 병조판서 규철(圭徹)의 아들이다. 1900년 법규교정소 의정관으로 『대한국국제(大韓國國制)』 제정에 참가한 뒤, 농상공부대신·군무국총장·강원도관찰사·군부대신 등을 지냈다. 한일병합 후 일본정부로부터 남작 작위를 받았다.

홍종온(洪鍾穩) : 『편편기담경세가(片片奇談警世歌)』(普文館)를 저술했고, 평양전보사장(平壤電報司長)을 지냈다.

중국인

가의(賈誼, BC 201~BC 169) : 한대(漢代)의 정치개혁가이자 시인. 낙양 사람. BC 174년 조정에서 쫓겨나 장사왕(長沙王)의 태부(太傅)로 임명되어 떠날 때 「복조부(鵩鳥賦)」를 썼고, 굴원을 애도하는 「도굴원부(悼屈原賦)」를 지었다.

강계제(姜桂題) : 청대 신건육군(新建陸軍)의 보병대 좌익 익장 겸 제1대대 통솔관.

강유위(康有爲, 1856~1927) : 청나라 말기의 학자이자 정치가. 광동성 남해 출신으로 남해(南海)선생으로 불렸다. 어려서 부친을 여의고 조부에게 시문과 경학을 배웠으며, 18세 때는 주차기(朱次琦)에게 주자학과 양명학을 배웠다. 34세 때인 1891년에 주자학을 비판한 『신학위경고』를 발행했으나, 청일전쟁이 일어난 1894년에 발매 금지 처분을 당했다.

걸(桀) : 하나라 말기의 폭군. 그의 독재와 폭정으로 하나라는 망하게 된다.

경엄(耿弇) : 후한의 장수. 자는 백소(伯昭), 부친은 황(況). 어려서부터 배우기를 좋아했는데, 특히 장수(將帥)의 일을 좋아했다.

공수(龔遂) : 한대(漢代)의 목민관. 그에 관해서는 『몽구(蒙求)』에 「공수권농(龔遂勸農)」이 실려 있다.

곽광(霍光) : 한대(漢代) 곽거병의 이모(異母) 동생. 대장군으로 어린 소제(昭帝)를 보필하였다. 소제가 죽은 뒤 창읍왕 하(賀)를 옹립하였다가 음행이 많다하여 폐위하고 선제(宣帝)를 영립(迎立)했다.

곽사(郭汜) : 후한(後漢) 장액(張掖) 사람. 또 다른 이름은 다(多)이다. 동탁(董卓)의 교위(校尉)로 있다가 동탁 사후 이각과 함께 여포를 물리치고 한때 천자를 위협해 정권을 잡기도 했으나 오습(伍習)에게 죽음을 당했다.

곽유지(郭攸之) : 삼국시대 촉(蜀)의 남양(南陽) 사람. 유비를 섬겼다.

곽자의(郭子儀, 697~781) : 당대(唐代)의 대신(大臣). 안록산의 난을 진압한 주요 장군이다. 무공(武功)으로 여러 번 천거되어 선우부도호(單于副都護)·진원군사(振遠軍使)·천덕군사(天德軍使) 겸 구원태수(九原太守)를 지냈다.

곽회(郭淮) : 삼국시대 위(魏)나라 양곡(陽曲) 사람. 자(字)는 백제(伯濟). 건안(建安) 연간에 효렴(孝廉)으로 천거되어 옹주자사, 정서장군 등을 역임했다. 양곡후(陽曲侯)에 봉해졌다.

광서제(光緒帝, 1871~1908) : 청나라 제11대 황제. 그러나 사실상 실권은 서태후가 장악하고 있었다. 일본의 메이지유신을 본받은 변법자강책을 받아들여 1898년 무술변법을 했으나 수구파 군벌의 쿠데타로 실패했고, 서태후에 의해 영대(瀛臺)에 감금되었다. 1908년에 죽었다.

광형(匡衡) : 한대(漢代)의 관료. 어려서 집이 가난하였으나 배움을 부지런히 하였다. 벼슬은 태자소부(太子少傅)를 지냈고 낙안후(樂安侯)에 봉해졌다.

구양수(歐陽修, 1007~1072) : 북송 때의 문학가이자 사학가. 자는 영숙(永叔), 호는 취옹(醉翁) 혹은 육일거사(六一居士). 예부시랑(禮部侍郎) 겸 한림원시독학사(翰林院侍讀學士)에 배수되었고, 추밀부사(樞密副使), 참지정사(參知政事) 등을 역임했다. 그동안 누차 군소배의 참소를 입어 11년이나 지방에 있었다. 당송팔대가(唐宋八大家)의 한 사람이다.

급암(汲黯) : 한대(漢代)의 관료. 자는 장유(長孺). 유협(游俠)을 좋아했고, 기절(氣節)을 숭상했다. 경제(景帝) 때 태자 세마(洗馬), 무제(武帝) 때 알자(謁者), 후에 동해태수가 되었다.

김인서(金人瑞, 1610경~1661) : 명말(明末) 청초(淸初)의 문학비평가. 본명이 장채(張采)였으나 양자로 가서 개명했다. 호는 성탄(聖歎)이다. 1661년 학생운동에 연루되어 처형당했다.

냉포(冷苞) : 후한 말의 무장. 유장(劉璋)을 섬겼다. 유비가 익주를 공격하자 유괴, 등현, 장임 등과 함께 싸웠으나 패하였고, 유비의 장수 위연에게 잡혔다.

노숙(魯肅) : 삼국시대 오(吳)의 일급 모사가(謀士家). 주유의 천거로 손권에게 발탁되었다. 적벽대전 때는 주유와 제갈량의 사이를 왕래하며 두 나라 사이에 충돌을 없애기 위해 힘을 다해 대전을 승리로 이끌었다. 주유가 젊은 나이로 죽자, 오나라 병권을 장악했다.

녹전임(鹿傳霖) : 청나라 정흥 사람. 자는 지헌(芝軒), 시호는 문단(文端). 의화단 사건으로 팔국연합군이 북경에 들어와 황제가 서안부(西安府)로 파천(播遷)하자 군사를 거느리고 서안의 행재소로 가서 근왕(勤王)했다. 벼슬은 대학사에 이르렀다.

뇌만춘(雷萬春) : 당나라 사람으로 장순(張巡)의 편장(偏將). 영호조(令狐潮)가 옹구(雍丘)를 에워싸자 성 위에 서서 영호조에게, "복뇌(伏弩)를 쏘아라. 6발로 얼굴에 맞힐 때까지 움직이지 않겠다"라고 하였다. 영호조는 목우인(木偶人)이라는 의심이 들어 간첩을 놓아 알아보고는 매우 놀랐다고 한다.

단군왕(端郡王) : 청나라 단군왕 애신각라 재의(載漪, 1856~1922).

단도제(檀道濟) : 위진남북조시대 송(宋)나라 무제(武帝)의 건국을 도운 장군. 무제(武帝)의 북벌에 참가하여, 여러 차례 공을 세웠으나 유의강(劉義康)의 음모에 의한 모반죄로 죽었다.

담사동(譚嗣同, 1865~1898) : 청나라 말기의 정치사상가. 자는 복생(復生), 호는 장비(壯飛). 어려서부터 문장에 능통하고 의협심이 강했다. 1898년 7월 광서제(光緖帝)가 친히 그를 불러 4품 벼슬인 군기장경(軍機章京)에 임명했다. 강광인·양심수·임욱·양예·유광제 등과 함께 '무술6군자(戊戌六

君子)'라고 불린다.

도간(陶侃) : 동진(東晉)의 명장으로 도잠(陶潛)의 조부이다. 강직했고, 직무에 부지런했다. 또한 공손하여 행동이 예절에 맞고 인륜의 도리를 좋아했다고 한다.

동복상(董福祥) : 청나라 말기 장군. 청일전쟁 때 감숙성 제독이 되었다. 무술정변이 일어나자 영록이 그를 불러, 북경에 들어가서 방어하기도 했다. 의화단 사건으로 팔국연합군이 북경에 들어오자 서안 행궁에 따라갔다.

동승(董承, 154~200) : 후한 헌제(獻帝)의 장인으로 거기장군(車騎將軍)에 올랐다. 헌제의 밀서를 받아 조조를 죽이려고 계획하였으나 하인 진경동의 밀고로 발각되어 온 가족이 처형되었다.

동윤(董允, ?~246) : 삼국시대 촉의 장군인 동화의 아들. 자는 휴소(休昭). 부자 2대에 걸쳐 제갈량과 돈독한 관계를 맺었고 신임이 두터웠으며 충성을 다한 명신이자 충신이다. 유선(劉禪)이 제위에 오르자 황문시랑으로 승진하고, 제갈량의 북벌 때 비의, 곽유지와 함께 궁중의 업무를 맡았다.

동중서(董仲舒, BC 179경~BC 104경) : 한나라 무제(武帝) 때의 재상이자 학자. 조정에서 유학자가 아닌 학자들을 모조리 쫓아낼 것을 건의하여 유교가 한나라 사상적 바탕이 되는 계기를 마련했다.

동탁(董卓, ?~192) : 후한 말의 정치가. 자는 중영(仲穎). 영제가 죽은 뒤, 원소(袁紹) 등을 익주에 보내놓고 어린 황제를 죽이고 헌제를 즉위시켰다. 정권을 잡은 뒤, 성격이 포악하여 백성들을 마구 죽였는데, 이로 인하여 원소가 일으킨 군대의 공격을 받았다. 부하이자 양자인 여포(呂布)에 의해 목숨을 잃는다.

등애(鄧艾, 197~264) : 삼국시대 위나라 장수. 원래의 이름은 범(範)이며, 자(字)는 사재(士載). 등후(鄧侯)에 봉해졌다. 경원(景元) 중에 촉을 정벌한 공으로 태위(太尉)가 되었다. 응대하는 순발력이 뛰어났으나 말을 할 때는 늘 '애-애-' 하였다고 한다.

등지(鄧芝, ?~251) : 삼국시대 촉한의 문신. 자는 백묘(伯苗). 적미의 난을 진압한 명장 등우의 자손. 식견이 뛰어나고 구변도 좋아서 동오 손권의 환심을 샀다. 유비 사후 화친사절로 오나라에 여러 번 다니면서 촉과 오의 우의를 다지는 데 큰 공을 세웠다. 양무정후(陽武亭侯)에 봉해졌다.

등통(鄧通) : 한대(漢代)의 관리. 문제(文帝)의 총애를 받았으며, 벼슬은 상대부를 지냈다. 촉군엄도(蜀郡嚴道)의 동산(銅山)을 하사받고, 스스로 주전(鑄錢)하여 천하에 '등씨전(鄧氏錢)'을 유포시켰다. 경제(景帝)가 등극한 후 면직되었고, 남의 집에 얹혀살다가 죽었다.

마대(馬岱) : 촉한(蜀漢)의 장수. 서량태수(西凉太守) 마등(馬騰)의 조카. 제갈량의 신임을 받아 여러 전투에 참여하였고, 그때마다 실수 없이 임무를 수행하였다. 제갈량 사후, 양의와 위연의 대립에서 양의의 명령을 받고 도망치는 위연을 추격하여 그의 목을 베었다.

마등(馬騰) : 마원(馬援)의 후손. 자는 수성(壽成). 서량태수(西凉太守)를 지냈다. 영제(靈帝) 말엽, 정서장군(征西將軍) 괴리후(槐里侯)에 책봉되었다.

마속(馬謖, 190~228) : 촉한(蜀漢)의 장수, 자는 유상(幼常). 제갈량과 형제처럼 지내던 마량(馬良)의 아우다. 관직은 참군(參軍). 228년 봄, 제갈량으로부터 요충지 가정(街亭)을 지키라는 명을 받고 임무를 수행하던 중 제갈량의 군율을 어기고 위의 명장 장합과 싸워 대패했다. 이로 인해 군율에 의해 처형되었다.

마옥곤(馬玉昆, ?~1908) : 청나라 장군. 자는 경산(景山). 송경(宋慶)을 따라 염군(捻軍)을 진압했다. 점차 승진하여 총병(總兵)에 올랐다. 갑오전쟁 때 의군(毅軍)을 이끌고 조선에 와서 평양 전투에 참가했다. 또한 자희태후와 광서제가 서안부로 도피하는 것을 호송했다.

마원(馬援, BC 14~49) : 후한의 장군. 왕망이 세운 신(新)에서 벼슬을 했으나 왕망의 정책에 반대하는 반란이 전국 각지에서 일어나자 왕망의 정적(政敵)들과 손을 잡았고, 결국에는 후한을 세운 광무제의 신하가 되었다. 화남(華南)지방의 태수가 되어 남쪽으로 지금의 북베트남에 이르는 지역까지 중국의 지배권을 확립했다.

마초(馬超, 176~222) : 삼국시대 촉(蜀)의 장군. 자는 맹기(孟起). 서량태수(西凉太守) 마등(馬騰)의 큰아들. 아버지가 조조에게 속아 죽자 양주에 근거하여 독립적인 세력을 구축하고 기마대를 소유하여 211년 한수(韓遂)와 함께 장안을 뺏고 동관(潼關)까지 진군하여 용명을 날렸다. 뒤에 유비군에게 항복했다.

맹민(孟敏) : 후한(後漢)의 관리. 가난하여 공부도 못하고 젊은 시절 시루 장수를 하며 살았다. 뒤에 삼공(三公)의 지위에 올랐다. '파증불고(破甑不顧)'라는 고사의 인물이다.

맹획(孟獲) : 남만(南蠻)의 왕. 익주에 침입했다가 제갈량의 침공을 당한다. 그를 일곱 번 잡았다가 일곱 번 놓아준(七縱七擒) 제갈량의 은의(恩義)에 감복하여 진심으로 항복하게 되었고, 제갈량은 그로 하여금 남만의 땅을 다스리게 하였다.

모수(毛遂) : 춘추전국시대 조(趙)나라 평원군의 식객. 진나라가 조나라 수도 한단을 공격하려 할 때, 평원군을 따라 초나라에 가서 구원병 요청 및 초나라와 동맹을 맺는 데 큰 활약을 하였다. '모수자천(毛遂自薦)', '낭중지추(囊中之錐)'의 주인공이다.

몽념(夢恬) : 진(秦)나라 장수. 진시황의 명에 의해 만리장성을 쌓았다.

무조(武曌) : 측천무후(則天武后, 624~705) : 중국 역사상 유일한 여제(女帝). 무후, 무측천이라고도 한다. 당나라 고종의 비(妃)로 들어와 황후(皇后)의 자리에까지 올랐으며, 40년 이상 중국을 실질적으로 통치했다. 생애 마지막 15년(690~705) 동안은 국호를 당(唐)에서 주(周)로 변경하고 천수(天授)라는 연호를 썼다.

무왕(武王) : 주(周)나라의 초대 왕. 성은 희(姬), 이름은 발(發). 문왕(文王)의 아들로 은왕조를 멸망시키고 주왕조를 열었다. 호경(鎬京)에 도읍하였으며, 봉건제도를 창설하였다.

문천상(文天祥, 1236~1282) : 남송(南宋) 말기의 재상. 자는 송서(宋瑞)·이선(履善), 호는 문산(文山). 원과의 강화를 위해 원의 진중(陣中)에 파견되었을 때 포로가 되었으나 탈출하여 각지를 전전했다. 남송이 멸망한 후 원나라에서 벼슬하는 것을 거절했다. 도종(度宗)의 장자 익왕(益王)을 도와 남송 회복에 노력했지만 실패하여 처형되었다.

반영(潘榮) : 원(元)나라 학자. 자는 백성(伯誠). 절재선생(節齋先生)이라고도 일컬어진다. 은거하며 학문에 힘썼다. 경학(經學)에 밝았지만, 특히 역사학에 뛰어났다.

반장(潘璋) : 동오(東吳)의 장군, 자는 문규(文珪). 벼슬은 북평장군(北平將軍), 양양태수(襄陽太守)를 지냈다. 관우를 사로잡고 관우의 청룡도를 상으로 받았다. 그러나 복수에 나선 관흥에게 죽는다. 우장군(右將軍)에 책봉

되었다.

반초(班超, 32~102) : 한대(漢代)의 장군. 반고(班固)의 동생으로 일찍이 학문의 길을 포기하고 군무(軍務)에 뜻을 세웠다. 중앙아시아에 대한 중국의 지배권을 재확립했다. 서역의 도호(都護)가 되었고, 파미르 고원을 가로질러 카스피해 연안까지 정복했다.

방백겸(方伯謙) : 청나라 북양해군중영부장(北洋海軍中營副將). 청일전쟁에 참전했다.

방통(龐統, 178~213) : 삼국시대 유비 막하의 부군사(副軍師). 자는 사원(士元), 호는 봉추(鳳雛). 적벽의 화공(火攻)을 앞두고, 연환계(連環計)를 성공시키고자 조조에게서 염탐차로 파견된 장간(蔣幹)을 앞세우고 건너가 조조를 설복하여 배와 배를 모두 쇠사슬로 묶어놓게 하였다.

방현령(房玄齡, 578~648) : 당(唐)나라 초기의 재상. 수(隋)나라 말기 이세민이 위수 북쪽을 점령했을 때부터 그에게 투신하여 그의 건국사업을 도왔다. 이세민이 즉위한 후 15년간 재상의 지위에 있으면서 두여회 · 위징 등과 함께 '정관지치(貞觀之治)'라는 황금시대를 만들었다. 자식들이 모두 황실과 맺어졌지만 권세가 커질 것을 염려하여 재상직을 사퇴했다.

범려(范蠡) : 춘추시대 월(越)나라 대부. 자는 소백(少伯). 춘추 말기에 초(楚)나라 완(宛)에서 태어났다. 월나라가 오(吳)나라에 패하였을 때, 월나라 대부로서 오나라에 3년간 인질로 잡혀 있었다. 그 후 석방되어 월나라로 돌아가서 월왕 구천을 도와 각고의 노력으로 부국강병을 시행하여 결국 오나라를 멸망시켰다.

범방(范滂, 137~169) : 후한(後漢) 환제(桓帝) 때의 청조사(淸詔使). 자는 맹박(孟博). 지방 수령들의 비행(非行)을 적발하는 임무를 담당했다. 이응(李膺), 두밀(杜密)과 함께 청렴한 선비로 꼽혔다.

범중엄(范仲淹, 989~1052) : 북송(北宋) 때의 정치가이자 학자. 강소성 소주 출생. 자는 희문(希文), 시호는 문정(文正). 인종의 친정이 시작되자 간관이 되었으나 곽황후의 폐립문제를 놓고 찬성파인 재상과 대립해 지방으로 쫓겨났다.

법정(法正) : 삼국시대 유비의 모사(謀士). 자는 효직(孝直). 익주(益州) 유장(劉璋)의 수하였으나 주인이 암약하여 섬길 만하지 못한 것을 한탄하여 장송(張松)·맹달(孟達)과 함께 외부에서 영웅을 불러들일 것을 획책하였다. 유비의 서촉 진공을 위하여 극력 진력하였기 때문에 성사된 뒤 촉군태수(蜀郡太守)가 되었다.

병길(丙吉, ?~BC 55) : 한(漢)나라 선제(宣帝) 때의 승상. 자는 소경(少卿). 노국(魯國) 사람. 율령(律令)을 배워 처음에는 옥리(獄吏)가 되고, 나중에 정위감(廷尉監)에 올랐다. 무고(巫蠱)의 옥사 때 유순(劉詢, 宣帝)의 목숨을 구했다.

봉추(鳳雛) : 방통(龐統)을 볼 것.

부필(富弼, 1004~1083) : 송나라 재상. 낙양(洛陽) 사람. 자는 언국(彦國), 시호는 문충(文忠). 왕안석(王安石)과 의견이 일치하지 않아 박주(亳州)로 나갔는데, 다시 청묘법(靑苗法)을 억제하려다 탄핵을 받아 벼슬이 강등되었다.

비의(費禕, ?~253) : 촉(蜀)의 중신. 자는 문위(文禕). 제갈량이 「출사표」에서 내정을 맡길 사람으로 비의, 곽유지, 동윤 등을 지적해 시중(侍仲) 일을 맡아보았다. 제갈량이 죽은 뒤에는 승상이 되어 촉을 잘 유지했다. 그러나 253년 연회석상에서 자객에게 암살되었다.

사마광(司馬光, 1019~1086) : 북송의 학자이자 정치가. 왕안석의 급진적인 개혁에 반대하는 구법당(舊法黨)을 이끌었으며, 죽기 직전에 왕안석 일파의 신법당(新法黨)을 조정에서 제거하는 데 성공했다. 문하시랑(門下侍郎)에 임명되어서는 왕안석이 시행한 개혁정책을 대부분 폐지했다. 『자치통감』을 편찬했다.

사마의(司馬懿) : 삼국시대 위(魏)의 장군. 자는 중달(仲達). 조조 밑에서 승상부 주부(丞相府 主簿)로 있으면서부터 두각을 나타내기 시작하여 큰 공적을 쌓았다. 오장원 전투에서는 천문을 보아 지연작전으로 제갈량이 죽기를 기다리기도 했다. 위주(魏主) 조예(曹叡)가 죽은 뒤 조방(曹芳)이 서고, 조상(曹爽)이 병권을 쥐게 되자 병을 핑계하여 속이고는 갑자기 거사하여 모든 권력을 손아귀에 쥐었다. 뒤에 사마염(司馬炎)이 나라를 뺏은 뒤 선제(先帝)라 시호하였다.

사마천(司馬遷, BC 145~BC 86 이전) : 전한(前漢)의 역사가. 자는 자장(子長). 낭중(郎中) 벼슬을 거쳐 부친을 이어 태사공이 되었다. 무제(武帝) 때, 흉노에 항복한 이릉(李陵)을 변호하다가 무제의 격노를 사서 궁형(宮刑)

을 당하고, 잠실(蠶室)에 갇혔다. 이때 석실(石室) 금궤(金櫃)의 서적들을 섭렵하면서 『사기』를 저술하였다.

사마휘(司馬徽, 173~208) : 후한 말기의 인물. 자(字)는 덕조(德操), 호(號)는 수경(水鏡). 사람들은 그를 수경선생(水鏡先生)이라 불렀다. 인물감정가로 유명하다. 유비가 유표(劉表)에게 의지하여 신야(新野)에 있는 동안 만난 은사(隱士)이다. 유비와의 대화에서 와룡(臥龍) · 봉추(鳳雛) 중 하나만 얻어도 왕업을 이루리라는 수수께끼를 던져주었다.

사손서(士孫瑞, 129~195) : 동한 말의 대신. 자는 군영(君榮). 헌제 때에 상서복야를 지냈다. 초평 2년(191년) 왕윤 등과 함께 동탁을 죽일 것을 모의하였다.

사안(謝安, 320~385) : 동진(東晋)의 재상. 자는 안석(安石). 처음에는 발탁을 받고도 출사하지 않고 은둔생활을 하다가 마흔이 넘어서 중앙정계에 투신했다. 정서대장군(征西大將軍) 환온(桓溫)의 휘하에서 사마(司馬)로 활약했으나, 후에 제위를 찬탈하려는 환온의 야망을 저지했다. 환온이 죽은 뒤 재상이 되었다.

상앙(商鞅, ?~BC 338) : 춘추시대 진(秦)나라의 정치가. 법가(法家). 성은 공손(公孫), 이름은 앙(鞅). 위(衛)나라 왕의 서자였다. 처음에 위(魏)나라 공숙좌(公叔座)의 아래에서 사관(仕官)으로 있다가, 공숙좌가 죽자 진(秦)나라로 가서 효공(孝公)에게 채용되었다.

상홍양(桑弘羊, BC 152~BC 80) : 전한(前漢)시대의 정치가. 무제(武帝) 때 치속도위(治粟都尉)가 되어 대농승(大農丞)을 거느렸다. 소제(昭帝)가 어린 나이에 즉위하자 곽광(霍光) · 김일제(金日磾) 등과 함께 정치를 보위하여 어사대부(御使大夫)가 되었다. BC 80년 곽광과 정견의 차이를 나타낸 뒤, 상관걸(上官桀) 등과 모반을 꾀하다가 처형당했다.

서달(徐達, 1332~1385) : 명대(明代)의 장군. 주원장을 도와 몽골족의 원(元)을 무너뜨렸다. 명이 창건된 후 고비 사막을 가로질러 후퇴하는 몽골군을 추격했으며, 칭기즈칸이 수도로 정했던 카라코룸을 불태웠다. 그가 죽자 주원장은 그를 중산왕(中山王)에 봉하고 명의 사당에 그의 영정을 모셔두게 했다.

서문표(西門豹) : 전국시대 위나라의 명신. 위문후(魏文侯)에 의해 업군(鄴郡)의 태수에 임명되었다. 태수로 부임한 뒤, 무당과 미신을 타파하고, 백성들과 구거(溝渠) 20여 개를 건설하여 매년 홍수로 범람하고 있던 장수의 물을 끌어들여 관개(灌漑)에 이용했다.

서성(徐盛) : 손권 막하의 용장. 자는 문향(文嚮). 용맹이 뛰어났고 특히 수전에 능했다. 손권을 위해 누차 큰 공을 세웠으며, 군기가 엄해 조비(曹丕)의 남침에 저항할 때는 손권의 조카인 손소(孫韶)까지도 죽이려고 했다. 안동장군(安東將軍) 무호후(蕪湖侯)에 봉해졌다.

서태후(1835~1908) : 청나라 함풍제(咸豊帝)의 황후. 자희황태후(慈禧皇太后)라고도 한다. 동치제(同治帝)의 어머니이자 광서제(光緒帝)의 양어머니로서 청제국을 거의 반세기 동안 지배했다.

서황(徐晃, ?~227) : 삼국시대 조조의 용장. 자는 공명(公明). 큰 도끼(大斧)를 잘 썼다. 이각과 곽사의 무리들이 어가를 낙양으로 옮길 때 양봉(楊奉)의 수하로서 용명을 떨쳐, 이를 본 조조가 서황을 꾀로 사로잡아 수하에 넣었다. 사마의를 따라 제갈량을 막으러 가는 도중, 맹달(孟達)을 치다가 그가 쏜 화살에 이마를 맞아서 죽었다.

석계륜(石季倫) : 석숭(石崇, 249~300) : 진(晉)나라의 부호. 계륜(季倫)은 그의 자. 서진(西晉)의 개국공신인 석포(石苞)의 아들. 혜제 때 형주자사라는 관직에 오른 이후부터 권력을 이용한 무역을 통해 큰돈을 벌었다. 만년에는 낙양성 북쪽의 하양에 금곡원(金谷園)이라는 별장을 짓고 천하의 문인들을 초빙하여 연회를 벌였다.

석광원(石廣元) : 삼국시대 남양(南陽)의 숨은 인재. 제갈량, 최주평(崔州平), 맹공위(孟公威), 서서(徐庶) 등과 함께 공부했다. 난세에 세상에 나오기를 꺼려 술과 글로 세월을 보냈다.

석달개(石達開, 1831~1863) : 태평천국운동의 최초 지도자 5명 가운데 한 사람으로 익왕(翼王)에 봉해졌다. 이민족이었던 만주족이 세운 청조(淸朝)의 배척을 공공연히 주장했으며, 20세기 초반에 외국의 지배에 대항한 중국 민족반란의 영웅으로 존경을 받았다. 뒤에 관군에게 잡혀 처형당했다.

석작(石碏) : 춘추시대 위(衛)나라 대부. 그의 아들 후(厚)가 공자 주우(州吁)와 밀접한 관계를 맺고 환공(桓公)을 죽이고 주우가 왕을 참칭(僭稱)하자, 그들을 진(陳)나라로 유인하여 죽인 뒤에 공자진(公子晉)을 맞아들여 왕으로 세웠다.

석현(石顯) : 전한시대 제남(濟南)의 부유한 지주 집안에서 태어났으나 궁형을 받고 환관이 되었다. 원제(元帝)가 등극하자 황제를 농락하며 권력을 독점하여 실질적인 환관정치의 막을 연 인물이다.

석후(石厚) : 춘추시대 위(衛)나라 대부인 석작(石碏)의 아들. 공자 주우(州吁)와 밀접한 관계를 맺고, 주우가 환공(桓公)을 죽이고 왕으로 참칭하는 데 공헌했다. 그후 자신의 아버지 석작의 계책으로 진(陳)나라에서 주우와 함께 죽임을 당했다.

섭사성(聶士成, ?~1900) : 청나라 장군. 자는 공정(功亭). 무동(武童)으로 원갑삼(袁甲三)의 군대에 투신했다. 동치(同治) 연간에 태평군(太平軍)과 염군(捻軍)을 진압하고, 파총(把總)을 거쳐 제독(提督)으로 승진했다. 팔국연합군과의 전투 때 천진의 군진(軍陣)에서 죽었다.

섭지초(葉志超) : 청나라 장군. 자는 서청(曙靑). 일찍 무관직에 투신하여 회군(淮軍)에 들어가 연군(練軍)의 통령(統領)으로 승진하고, 정종진(正宗鎭) 총병(總兵)이 되었으며 베트남 토벌전에 참가했다. 갑오전쟁 때, 육병(陸兵)을 거느리고 충청남도 아산만에 상륙했다.

성탕(成湯) : 고대 중국의 은나라를 창건한 왕. 이름은 천을(天乙)이다.

소광(疏廣) : 전한(前漢)의 학자. 자는 중옹(仲翁). 맹경(孟卿)에게 『춘추』를 배웠고, 박사태중대부(博士太中大夫)가 되었다. 5년 동안 황태자를 가르치다 병을 핑계로 사직했다.

소무(蘇武, BC 143 전후~BC 60) : 한나라 두릉(杜陵) 사람. 자는 자경(子卿). 젊어서 부친의 음덕으로 형제가 나란히 낭중이 되었다. BC 99년에 중랑장(中郎將)으로 흉노에 사신으로 갔다가 선우에게 억류되었다. 약 19년간 북해가에 살다가 소제(昭帝) 때 비로소 한나라로 돌아왔다.

소식(蘇軾, 1036~1101) : 송나라 때의 문장가. 자는 자첨(子瞻), 호는 동파(東坡). 순(洵)의 장자(長子)로 아버지 순(洵), 동생 철(轍)과 함께 당송팔대가(唐宋八大家)의 한 사람이다. 항주의 지사로 있을 때 서호(西湖)의 가운데를 남북으로 가로지르는 30리 둑을 쌓았다. 항주사람들은 그것을 '소제(蘇堤)'라고 했다.

소진(蘇秦) : 전국시대의 세객(說客)으로 종횡가(縱橫家)의 한 사람. 자는 계자(季子). 동주(東周)의 낙양에서 태어나 장의(張儀)와 함께 제(齊)의 귀곡자(鬼谷子)에게 웅변술을 배웠다. 연(燕)의 문후(文候)에게 기용되어 동방 6국을 설득하고 합종동맹(合從同盟)을 체결해 진에 대항했다.

소하(蕭何, ?~BC 193) : 전한(前漢)의 초대 재상. 한신(韓信)·장량(張良)과 함께 한삼걸(漢三傑)이라고 일컬어진다. 진(秦)나라의 하급관리로 있으면서 유방이 무위무관(無位無官)일 때부터 접촉을 가졌다. 유방이 진나라 토벌의 군사를 일으키자 종족 수십 명을 거느리고 객원으로서 따르며 모신(謀臣)으로 활약했다.

손가내(孫家鼐) : 청나라 경사대학당의 관학대신을 역임했다.

손교(孫皎) : 동오(東吳) 손권의 숙부 손정(孫靜)의 셋째 아들. 자는 숙랑(叔朗). 재물을 가벼이 여기고 사람 사귀기를 즐겼으며 관직에 머무르며 정보(程普)를 대신하여 하구(夏口)를 지켰고, 관우를 잡는 데도 공이 있었다. 호군교위(護軍校尉)에서 공을 세워 도호(都護), 정노장군(征虜將軍)이 되었다.

손례(孫禮) : 위(魏)의 장수. 자는 덕달(德達). 조진(曹眞)의 심복으로 기산 싸움에서 군량미를 수송하는 척하고 제갈량을 유인하여 치려는 계획을 세웠으나, 이에 역이용당하여 크게 패하였다.

손무(孫武) : 전국시대 제나라의 병법가. '손자(孫子)'라는 경칭으로 일컬어진다. 그의 병법을 담은 『손자병법』이 전한다.

손문(孫文, 1866~1925) : 청나라 말기 정치가. 자는 일선(逸仙), 호는 중산(中山). 삼민주의(三民主義)를 제창하고 신해혁명 후에 임시대총통으로 추대되었으나 원세개에게 정권을 양보하고 일본으로 망명하여 중화혁명당을 조직하였다.

손빈(孫殯) : 전국시대 제(齊)나라의 병법가. 손무(孫武)의 후손으로, 방연(龐涓)과 함께 귀곡선생에게 병법을 배웠으나 방연의 모함으로 두 다리를 잘린다. 그러나 후에 방연은 손빈의 전략에 의해 죽게 된다. 손무가 완성하지 못한 『손자병법』을 손빈이 완성했다고 한다.

송경(宋慶) : 청나라 장수. 원갑산(袁甲山)의 부장으로 태평천국의 난을 진압할 때 공을 세웠다. 청일전쟁에서는 75세의 고령으로 조정의 명을 받고 출전했다.

송렴(宋濂, 1310~1381) : 명대(明代) 초기의 문학가. 자는 경렴(景濂), 호는 잠계(潛溪), 시호는 문헌(文憲). 명초에 강남유학제거(江南儒學提擧)로 초빙되어 태자에게 경서를 가르쳤고, 후에 칙명을 받들어 『원사(元史)』 편찬을 총괄했다.

숙손통(叔孫通) : 한나라 고조 때의 유학자. 처음에는 진(秦)나라 2세 황제를 섬겨 박사(博士)를 지내다가 위태로움을 알고는 고향에 돌아와 항량(項梁)과 항우(項羽)를 섬겼다. 나중에 다시 유방(劉邦)을 따라 박사가 되고, 직사군(稷嗣君)으로 불렸다.

순욱(荀彧, 163~212) : 조조의 모사(謀士). 자는 문약(文若). 본시 원소에게 있었으나 조조가 청주의 황건적 잔당을 치고 위세를 떨쳤을 때, 그의 막하에 참여하였다. 조조를 위해 평생을 진력하였으나 후에 조조의 노염을 사자 자살했다.

시내암(施耐庵, 1296~1370 추정) : 원말명초(元末明初)의 소설가로 『수호전』의 저자. 이름은 자안(子安), 내암은 자이다. 35세에 진사가 되어 2년간 관직에 몸담았지만 상급 관리와 사이가 좋지 않아 관직을 버리고 고향인 소주로 돌아와 문학창작에 전념했다.

신농씨(神農氏) : 중국 고대 전설 속의 제왕(帝王). 성은 강(姜). 백성들에게 농경(農耕)을 가르쳤으며, 시장을 개설하여 교역의 길을 열었다고 한다. 농업의 신·의약의 신·역(易)의 신·불의 신으로 숭앙된다.

신도가(申屠嘉, ?~BC 155) : 양(梁)나라 사람으로 한나라 고조, 혜제, 문제, 경제를 보좌하였다. 정직하고 충성심이 강한 사람으로 재상을 지냈으며, 조착(曹錯)을 처형하자는 제안이 경제에게 거절당하자 화가 나서 피를 토하고 죽었다. 시호는 절후(節侯)이다.

신릉군(信陵君, ?~BC 244) : 전국시대 말기 위(魏)나라의 정치가. 문하에 식객 3천 명을 두었으며, 제나라 맹상군, 초나라 춘신군, 조나라 평원군과 함께 전국시대 말기 사군(四君)으로 유명하다.

신불해(申不害) : 전국시대 법가. 원래 정나라의 미천한 관리였는데 법가의 술을 배워 한(韓)의 소후(昭侯)에게 간하자 소후는 그를 상국에 임명하여 안으로는 정치와 교육을 정비하고 밖으로는 제후들과 친선관계를 유지했다.

신포서(申包胥) : 초(楚)나라 소왕(昭王) 때의 대부. 초나라가 오(吳)나라의 침략을 받아 국가의 운명이 위태롭게 되자, 신포서가 진(秦)나라에 들어가 애공(哀公)에게 구원병을 요청하면서 7일 동안 먹지도 않고 울면서 초나라의 절박한 상황을 호소하였다. 이에 애공이 그의 정성에 감동하여 구원병을 보내어 초나라를 도와 안정시켰다.

악비(岳飛, 1103~1141) : 남송의 명장. 금(金)에 의해 북송이 멸망하자 고종과 함께 남쪽으로 퇴각하였다. 이후 정원장군절도사(靖遠將軍節度使), 무승(武勝)·정국(定國) 2진(鎭)의 절도사가 되어 금의 공격을 막으며, 북진하여 잃었던 영토를 수복하고자 했으나 주화파(主和派)의 반감을 사게 된다. 당시 주화파의 우두머리였던 재상 진회(秦檜)가 고종의 신임을 등에 업고 악비를 옥에 가두고 처형하였다.

악의(樂毅) : 전국시대 연(燕)나라 장군. 소왕(昭王) 때 상장군(上將軍)이 되어 제(齊)의 70여 성을 부수고 창국군(昌國君)에 봉해졌다. 소왕이 죽고 혜왕(惠王)이 즉위하자, 제나라 장수 전단(田單)이 '악의가 임금이 되려 한다'고 모함했다. 이로 인해 본국으로 소환되자 악의는 조나라로 도망갔다.

양계초(梁啓超, 1873~1929) : 청나라의 학자이자 정치가. 강유위의 제자. 청일전쟁에서 일본에게 패한 뒤, 강유위와 함께 올린 상서가 광서제의 관심을 끌게 되어 백일혁명(百日革命)을 추진하는 계기가 되었다. 그러나 개혁운동이 실패로 끝나자 일본으로 망명했다. 망명 중에 언론활동을 통해 봉건적인 인습을 타파하고 입헌군주제를 세우자는 신민설(新民說)을 주장해 중국의 젊은이들에게 큰 영향을 주었다.

양소(楊素, 542년경~606) : 수나라의 재상. 자는 처도(處道). 북주(北周)의 재상인 양부의 아들로 태어났다. 북주가 북제(北齊)를 평정할 때, 안현공(安縣公)에 봉해졌다. 북주의 재상이었던 양견(楊堅)에게 재능을 인정받아 그 휘하에서 일했다. 양견이 외손자 정제(靜帝) 우문연(宇文衍)을 내쫓고 수나라를 세우자 개국 1등공신이 되었다.

양수(楊修, 175~219) : 삼국시대 조조 수하의 재사(才士). 자는 덕조(德祖). 여섯 재상을 낸 명문 출신으로 박학하고 견식이 넓으며 언변이 좋았다. 그러나 늘 조조보다 생각이 앞서 조조는 그를 아끼면서도 시기하는 마음을 가졌다. 한중을 공격할 때 조조가 계륵(鷄肋)이라 한 말뜻을 미리 알고 짐을 꾸렸다가, 군심을 동요시켰다는 죄목으로 군법으로 처형되었다.

양수청(楊秀淸, ?~1856) : 태평천국운동의 지도자. 본명은 사룡(嗣龍). 원래 숯장수였던 그는 태평천국운동이 일어나기 바로 직전 무리에 가담해 순식

간에 높은 지위에 올랐다. 홍수전이 왕조의 창건을 선언하고 스스로 천왕임을 선포하면서 양수청을 동왕(東王)으로 봉하고 사령관에 임명했다. 그러나 양수청이 점차 홍수전의 대권을 침범하자 홍수전에 의해 그의 일가족과 지지자들을 포함한 수천 명이 처형되었다.

양예(楊銳) : 청나라 말기 유신파의 핵심인물. 담사동(譚嗣同), 임욱(林旭), 유광제(劉光第), 강광인(康廣仁), 양심수(楊深秀) 등과 함께 광서제를 중심으로 유신변법을 시도했으나 서태후에 의해 모두 붙잡혀 북경 채소시장에서 참수당했다. 이들 6인을 '무술육군자(戊戌六君子)'라 한다.

양옹(楊顒) : 삼국시대 촉한에서 주부(主簿) 벼슬을 했다. 매사에 철두철미했던 제갈량이 승상의 지위에 맞지 않게 아래 사람들이 관리하는 장부를 꼼꼼히 살펴보자 이를 집안일에 비유하여 말해 제갈량으로 하여금 과오를 깨닫게 했던 인물이다.

양의(楊儀) : 삼국시대 촉한(蜀漢)의 문신(文臣). 자는 위공(威公). 백성과 군사의 피로를 덜고자 석 달씩 교대하는 제도를 건의하자 제갈량은 이를 받아들여 시행하였다. 제갈량의 유해를 모시고 귀국하였으나, 이후 정치적으로 관직이 삭탈되는 등의 일을 겪으면서 스스로 목을 베어 죽었다. 벼슬은 후군사(後軍師)에 이르렀다.

양진(楊震) : 후한(後漢) 사람. 자는 백기(伯起). 경전(經傳)에 밝고 박람(博覽)해서 당시 '관서공자양백기(關西孔子楊伯起)'라고 불렸다. 나이 쉰에 비로소 무재(茂才)로 천거되어 형주자사(荊州刺史)와 동래태수(東萊太守)를 지냈다. 하루는, 이전에 그에 의해 형주무재(荊州茂才)로 추천받은 왕밀(王密)이 창읍령(昌邑令)이 되었는데, 밤에 몰래 찾아와 금 10근을 주면서 늦은 밤이라 아무도 모른다고 말했다. 그러자 양진은 "하늘이 알고, 귀신이 알며, 내가 알고, 그대가 안다."라고 하며 거절하였다.

양태진(楊太眞, 719~756) : 중국 당나라 현종(玄宗)의 귀비(貴妃). 태진(太眞)은 그녀의 이름이다.

양호(羊祜) : 사마씨(司馬氏)의 대장. 자는 숙자(叔子). 조서(詔書)를 받아 오(吳)와의 국경을 지켰다. 그가 위독하자 진제(晋帝) 사마염(司馬炎)은 친히 그의 병석을 찾아 위로하였으며, 죽은 뒤로는 태부(太傅)를 추증하고 거평후에 봉했다.

엄연년(嚴延年, ?~BC 58) : 전한(前漢) 동해(東海) 하비(下邳) 사람. 자는 차경(次卿), 엄팽조(嚴彭祖)의 형. 젊어서 법률을 공부했고, 명제(明帝) 때 군리(郡吏)가 되었다. 선제(宣帝) 때 시어사(侍御史)로 승진했다.

여개(呂凱) : 촉한(蜀漢)의 무장. 맹획이 옹개와 함께 반란하였을 때, 영창성(永昌城)을 지켜 항전하였고, 제갈량이 당도하자 준비하였던 평만지장도(平蠻指掌圖)를 바치고, 행군 교수로 향도(嚮導)가 되어 토벌군을 인도하였다. 벼슬이 운남태수(雲南太守) 양천정후(陽遷亭侯)에 이르렀다.

여몽(呂蒙, 178~219) : 삼국시대 오(吳)의 명장. 자는 자명(子明). 편장군(偏將軍)에 임명되었으며, 노숙(魯肅)의 뒤를 이어 동오(東吳)의 전 군사권을 맡았다. 관우를 곤경에 몰아넣어 붙잡아 죽였다. 손권이 승전하고 크게 잔치를 벌인 자리에서 관우의 영혼에 씌어 피를 토하고 죽었다고 한다. 남군태수(南郡太守) 잔릉후(孱陵侯)에 책봉되었다.

여몽정(呂蒙正, 946~1011) : 북송의 정치가. 자는 성공(聖功). 어려서 매우 곤궁하였으나 분발하여 학업에 힘써 장원으로 급제하였다. 이후 태자태사(太子太師)에 제수되었으며 채국공(蔡國公)에 봉해졌다. 태종과 진종 두 왕조를 거치면서 세 차례나 재상을 역임하였다.

여상(呂尙) : 은나라 말의 현인. 세상을 피하여 위수에서 낚시하고 지냈으나 주나라 문왕에게 발견된다. 당시 문왕이 "조부 태공이 당신을 기다린 지 오래되었다"라고 하여 '태공망(太公望)'이라 불렀다. 후에 무왕을 보좌하여 은을 무찌른 공으로 제후(齊侯)에 봉해졌다.

여조겸(呂祖謙, 1137~1181) : 남송의 학자. 자는 백공(伯恭), 호는 동래선생(東萊先生). 태학박사 · 비서랑 · 직비각저작랑(直秘閣著作郎) 겸 국사원편수관(國史院編修官)을 역임했다. 주희(朱熹) · 장식(張栻)과 함께 명성을 떨쳤으며, 당시에 '동남3현(東南三賢)'으로 불렸다. 절동학파(浙東學派)의 비조(鼻祖)이다.

여포(呂布, ?~198) : 후한 말의 무장. 자는 봉선(奉先). 삼국지 최고의 장수로 활쏘기와 말타기에 능하였다. 본래 형주자사 정원(丁原)의 의자(義子)였는데 동탁이 적토마를 주며 매수하자 정원을 죽이고 동탁에게 붙었다. 192년 왕윤이 초선을 희생시켜 베푼 연환계(連環計)에 걸려 또다시 아비라 부르던 동탁을 죽였다. 뒤에 조조와 유비의 연합군에게 붙잡혔다.

역이기(酈食其, ?~BC 204) : 한나라 고조가 되는 유방의 모사(謀士). 평소 독서를 즐겼지만 집안이 가난해서 마을 성문을 관리하는 감문리로 있었다. 각지에서 민란이 일어나자 유방을 만나고 자신의 뜻을 펼치기 시작한다. 진류 현령을 속여 진류성을 유방에게 바치고 제왕(齊王) 전광(田廣)을 설득하여 항복하도록 하였다.

예양(豫讓) : 춘추전국시대 진(晉)나라 사람. 처음 범(范)씨와 중항(中行)씨를 섬겼으나 그들에게 중용되지 못하자 지백(智伯)을 섬겼다. 지백은 예양을 극진하게 예우했다. 뒤에 지백이 범씨와 중항씨를 제거하고, 조양자를 공격했는데 오히려 패배하여 죽고 후손마저 끊겼다. 이에 예양은 지백의 원수를 갚기 위해 목숨을 바쳤다. 처음에는 조양자의 변소에 숨어 그를 암살하려 했으나, 이를 눈치챈 조양자에게 붙잡혔다. 그러나 예양의 충성심에 감탄한 조양자가 그를 풀어주었다. 풀려난 예양은 포기하지 않고 숯을 먹어 목소리를 바꿨으며, 얼굴엔 옻칠을 하여 얼굴을 변형시켰다.

오기(吳起, ?~BC 381) : 춘추시대 위(衛)나라 사람. 노나라에 가서 증자(曾子)에게 배웠으며, 용병에 능했다. 제(齊)나라 군사가 노나라에 쳐들어왔을 때 제나라 여자인 자기의 아내를 죽이고 노나라의 장수가 되었다. 싸움에는 이겼지만 오히려 아내를 죽인 것 때문에 비난을 받자 위(衛)나라로 달아났다.

옹개(雍闓) : 한(漢)의 십방후(什方候) 옹치(雍齒)의 후손. 남만왕 맹획과 뜻이 맞아 촉한(蜀漢)에 반기를 들고 모반하였다가 제갈량의 반간계(反間計)에 빠져 수하 장수 악환(顎煥)의 손에 죽고, 동지들은 모두 항복하였다.

왕단(王旦, 957~1017) : 송나라 재상. 자는 자명(子明). 진종(眞宗) 함평(咸平) 때 동지추밀원사(同知樞密院使)와 참지정사(參知政事)를 지냈다. 거란이 침범하자 진종을 따라 단주(澶州)에 이르렀는데, 동경유수(東京留守) 옹왕(雍王)이 갑자기 병에 걸려 급히 돌아가자 유수의 직책을 대행했다.

왕도(王導, 276~339) : 진(晉)나라 원제(元帝) 사마예(司馬睿) 때의 승상. 왕람(王覽)의 손자. 자는 무홍(茂弘), 시호는 문헌(文獻). 조야(朝野)에서 중보(仲父)라 불렸다. 동각좨주(東閣祭酒)를 지냈다.

왕맹(王猛, 325~375) : 오호십육국 시대 전진(前晉)의 승상이자 대장군, 정치가, 군사가로 명성을 떨쳤다. 자는 경략(景略). 북해군(北海郡) 극현(劇

縣) 출신이다.

왕안석(王安石, 1021~1086) : 북송의 문학가이자 정치가. 자는 개보(介甫), 호는 반산(半山). 신법(新法)이라는 혁신정책을 단행하여 많은 성과를 냈지만 대중적인 불만이 높아가고 심한 기근까지 겹치자 내외의 압력에 밀려 물러났다. 다시 재상이 되었지만 황제로부터 전권을 위임받지도 못하고, 아들까지 죽자 재상직에서 물러났다. 당송팔대가의 한 사람이다.

왕윤(王允) : 후한의 중신. 사도(司徒) 벼슬에 있으면서 동탁을 제거하고자 조조에게 집안의 보도인 칠성검(七星劍)을 주어 자객으로 보내기도 했다. 자신의 집 가기(歌妓) 초선(貂蟬)의 충성에 감격하여 그의 몸을 희생시켜 연환계(連環計)로 동탁과 여포의 사이를 갈라, 결국 동탁을 죽이는 데 성공했다.

왕융(王戎, 234~305) : 위진(魏晉)시대 죽림칠현(竹林七賢)의 한 사람. 자는 준충(濬沖). 왕혼(王渾)의 아들. 어려서부터 영특했고 풍채가 비범했으며 청담(淸談)을 즐겼다.

왕전(王翦) : 전국시대 말기 진(秦)나라 사람. 진시황에 의해 발탁되었다. 조나라와 연나라를 잇달아 멸망시켰으며, 황명으로 군사 60만을 이끌고 초나라를 공격하여 초나라 장수 항연(項燕)를 죽이고 초나라 왕 부추(負雛)를 사로잡았다. 이 공으로 통무후(通武侯)에 봉해졌다.

왕통(王通, 584~617) : 수대(隋代)의 학자. 자는 중엄(仲淹). 20세 때 경세(經世)의 뜻을 갖고 수도인 장안으로 가서 수나라 문제(文帝)를 알현했다. 이때 12조의 태평책(太平策)을 올렸으나 공경(公卿)들의 반대로 받아들여지지 않았다. 이에 고향인 용문현으로 돌아가 저술에 전념하면서 제자를 가르쳤다.

왕평(王平) : 북위에서 촉한으로 옮긴 맹장. 자는 자균(子均). 제갈량 밑에서 큰 공을 세우고 천수를 누렸다.

우선객(牛仙客, 675~742) : 당나라 관리. 처음에 현의 소리(小吏)가 되었다가 군공(軍功)을 쌓아 조주사마(洮州司馬)로 옮겼다. 현종 때 하서절도판관(河西節度判官)이 되었다. 후에 재상이 되자 일마다 찬성했다고 한다. 빈국공(豳國公)에 봉해졌다.

우후(虞詡) : 후한(後漢) 안제(安帝) 때 낭중(郎中). 어려서 부모를 잃고 조모 밑에서 자라면서 「서경(書經)」에 능통하였으나 할머니를 모시는 관계로 벼슬에 나가지 않았다. 후에 관리가 되었다.

원세개(遠世凱, 1859~1916) : 청말의 군사지도자이며 개혁파 각료. 자는 위정(慰亭), 호는 용암(容庵). 1912-1916년 중화민국 초대 대총통을 지냈다. 초기 이홍장이 지휘하던 안휘군(安徽軍)에 들어가면서 경력을 쌓기 시작했는데, 이 군대는 1882년 조선에 파견되었다. 1885년 조선 주재 총리교섭통상사의에 임명되었으나 청일전쟁이 일어나는 것을 막지는 못했다.

원소(袁紹, ?~202) : 후한의 장수. 자는 본초(本初). 사예(司隸) 교위(校尉)로 있을 때, 종제(從弟)인 원술(袁術), 대장군 하진(何進)과 함께 환관의 무리를 무찌르다가 하진이 도리어 죽음을 당하게 되자 무력으로 궐기하여 궁성을 불사르고 2천여 명이나 되는 환관을 몰살시켰다. 후계권을 두고 아들들이 편이 갈려 다투는 가운데 병들어 피를 토하고 죽었다.

원술(袁術, ?~199) : 후한시대 남양(南陽)의 태수. 자는 공로(公路). 4대가 삼공을 낸 명문이다. 원소의 종제(從弟)인데 일설에는 친형제라고도 한다. 사소한 일로 서로 불목(不睦)하게 지냈다. 천자가 될 것을 꿈꾸고 20만 대군을 일으켜 중앙 진출을 꾀하였으나 크게 패하였다. 원소에게 의지하려 하였으나 도중에 다시 유비한테 패하고는 피를 토하고 죽었다.

위상(魏相, ?~BC 59) : 전한(前漢) 사람. 자는 약옹(弱翁). 소제(昭帝) 때 현량(賢良)으로 천거되고, 무릉령(茂陵令)이 되었다. 후에 하남태수(河南太守)로 옮기자 지방의 호족들이 두려워했다. 선제(宣帝)가 즉위하자 대사농(大司農)에 임명되고 어사대부(御史大夫)로 옮겼다.

위연(魏延, ?~234) : 유비 막하의 용장. 자는 문장(文長). 본래 유표(劉表)의 장수였으나, 적벽대전 후 장사를 차지하러 온 유비에게 한현의 목을 베어 바치고 항복하였다. 제갈량 사후, 양의와의 다툼에서 패해 도망치다가 마대의 군사에게 붙잡혀 죽었다.

위지공(尉遲恭, 585~658) : 당나라 장군. 천민출신으로 무예가 뛰어났다.

위징(魏徵, 580~643) : 당나라 초기의 정치가. 자는 현성(玄成). 어렸을 때 가족을 잃고 출가하여 도사(道士)가 되었다. 이건성(李建成)의 태자세마(太子洗馬)가 되어 이세민(李世民)을 죽이라고 간언했으나, 이세민은 즉위 후 그의 인물됨을 높이 평가하여 간의대부(諫議大夫)로 중용했다. '정관지치(貞觀之治)'를 이루는 데 큰 역할을 했다.

위청(衛靑, ?~BC 106) : 전한 무제(武帝) 때의 장군. 자는 중경(仲卿). 아

버지 정계(鄭季)가 평양후(平陽侯)의 가첩(家妾) 위온(衛溫)과 정을 통해 그를 낳았으므로 어머니의 성씨를 따랐다. 처음에 평양공주의 가노(家奴)로 있었는데, 누이 위자부(衛子夫, 衛皇后)가 무제의 총희(寵姬)여서 관직에 진출해 태중대부(太中大夫)가 되었다.

유관(劉寬) : 후한(後漢) 환제(桓帝) 때의 정승. 자는 문요(文饒). 온화하고 인자하며 성질이 너그러워 좀체 화를 내지 않았다.

유기(劉基, 1311~1375) : 원말명초의 문인. 자는 백온(伯溫). 유호(劉濠)의 증손. 절강성 출신. 시풍은 질박하면서도 호방했다. 산문에도 뛰어나 원나라 말기 사회의 여러 가지 모순과 부조리를 풍자한 글을 많이 썼다.

유목지(劉穆之) : 남조(南朝)시대 송(宋)의 정치가.

유비(劉備, 161~223) : 촉한(蜀漢)의 초대 황제. 자는 현덕(玄德). 전한 경제(景帝)의 황자(皇子) 중산정왕(中山靖王) 유승(劉勝)의 후손. 관우·장비와 도원결의를 맺었으며, 삼고초려로 제갈량을 맞아들였다. 형주의 탈환과 관우의 복수를 위해 오나라를 공격했으나 대패하여 백제성(白帝城) 영안궁에서 63세로 죽었다. 시호는 소열황제(昭烈皇帝).

유안(劉晏, 715~780) : 당나라 중기의 관료. 자는 사안(士安). 어려서부터 총명하고 공부를 좋아하여 일곱 살 때부터 신동이란 소리를 들었다. 특히 경제에 밝아 관료 생활의 대부분을 경제와 관련된 일로 보냈다.

유엽(劉曄) : 조조 막하의 모사(謀士). 자는 자양(子陽). 곽가(郭嘉)의 천거로 조조의 막하에 들었다. 여러 싸움에서 공을 세우고, 뒤에 벼슬이 대홍로, 동향후에 이르렀다.

유장(劉璋, ?~219) : 후한 촉중(蜀中) 서천(西川)의 영주. 자는 계옥(季玉). 아비 유언(劉焉)의 뒤를 이어 익주목이 되었으나 유비에게 익주를 빼앗긴다.

유장(劉章) : 전한의 관료. 제도혜왕(齊悼惠王)의 아들로 주허후(朱虛侯)에 봉해졌다. 여태후 사후, 태위 주발과 승상 진평과 함께 여씨 일족을 주살하고 유항(劉恒)을 황제로 옹립하였다.

유표(劉表) : 후한 말의 장수. 자는 경승(景升). 대장군의 하급관리인 북군중후(北軍中候)가 되었다. 영제가 죽자 왕예(王叡)를 대신하여 형주자사가 되었다. 이때 산동에서 동탁 토벌군을 일으켰는데 유표 역시 양양에서 군사를 합하였다.

육지(陸贄) : 당나라 학자. 자는 경여(敬輿), 소주 가흥 출신. 18세에 진사
에 급제하였고, 한림학사, 중서시랑, 동평장사를 역임하였다.

육항(陸抗) : 삼국시대 오(吳)의 재상. 자는 유절(幼節). 대사마 형주목(荊
州牧)을 지냈다. 오의 마지막 황제 손호(孫皓)가 즉위하자 승상이 되었는데,
그가 사치 방탕을 일삼아 백성의 원성이 높자 장문의 상소를 올려 이를 간하
였다.

이극(李克, BC 455~BC 395) : 전국시대 초기의 법가(法家) 사상가. 위
(魏)나라 문후 때 재상을 지냈으며, 위나라의 변법 개혁과 부국강병을 지휘했
다. 저서로 중국 최초의 법전이라고 할 수 있는 『법경』 여섯 편이 있다.

이덕유(李德裕) : 당나라 때 재상.

이백(李白, 701~762) : 당나라 시인. 자는 태백(太白). 호는 청련(青蓮).
시선(詩仙)이라고도 일컬어진다. 어머니가 태백성(太白星)을 태몽으로 꾸고
낳았다고 하여 자를 태백이라 하였다.

이연영(李蓮英) : 청나라 말기 환관. 대태감(大太監)의 벼슬을 했다. 매우
기민하고 주도면밀하여 서태후의 총애를 받았다.

이윤(伊尹) : 은(殷)나라 초기 재상. 이름이 이(伊)고, 윤(尹)은 관직 이름
이다. 지(摯)라고도 한다. 탕(湯)왕에게 등용되어 하(夏)나라를 멸하고 은나
라를 건국하는 데 큰 공을 세웠다.

이응(李膺) : 후한 환제(桓帝) 때의 선비. 자는 원례(元禮). 성품과 행실이
고상하고 풍골이 준수하여, '천하의 모범 인물은 이원례'라는 말이 있었다. 선
비들은 그에게 인정받는 것을 '등용문에 오른다'라고 하였다.

이정(李靖, 571~649) : 당나라 장군. 이세민을 도와 수나라 말기의 군웅
(群雄)을 토벌하고 당나라를 개국한 공신이자 명장이다.

이홍장(李鴻章, 1823~1901) : 청나라 말기의 정치가이자 관료. 자는 소전
(少荃), 호는 의수(儀叟). 1870년 직례총독(直隸總督)에 임명되어 이 직책을
25년간 맡았다. 태평천국운동에 공을 세우고, 양무운동의 중심인물로 군대와
산업의 근대화에 힘썼으나, 청일전쟁의 패배로 실각하였다.

인상여(藺相如) : 전국시대 조나라 관료. 원래 조나라의 환자(宦者) 영무
현(令繆賢)의 사인(舍人)이었다. 혜문왕(惠文王) 때 진소왕(秦昭王)이 진나

라의 성 15개로 화씨벽(和氏璧)과 바꾸자고 요구했다. 이때 영무현의 천거로 왕명을 받들고 진나라로 가서 기지를 발휘하여 구슬과 함께 무사히 돌아왔다. 이 공으로 상대부(上大夫)가 되었다.

임칙서(林則徐, 1785~1850) : 청나라 말기의 정치가. 흠차대신(欽差大臣)이 되어 밀수한 아편을 불태우고 수입 금지를 명하여 아편전쟁을 유발하였다.

자막(子莫) : 노(魯)나라의 현자(賢者).

장강(張綱) : 후한 순제(順帝) 때의 광릉태수(廣陵太守). 장영(張嬰)이 광릉에서 반란을 일으켰으나 조정에서 진압하지 못하자, 장강이 혼자 수레를 타고 적진 속에 들어가 장영과 그 무리를 타일러서 항복을 받았다고 한다.

장건(張騫, ?~BC 114) : 전한(前漢) 때의 외교가. 자는 자문(子文). 인도 통로를 개척하여 동서 간의 교역과 문화가 발전하게 되었다.

장공예(張公藝) : 당나라 사람. 9대가 한 집에 살아서 북제(北齊)와 수(隋), 당(唐)이 모두 그 문에 정표(旌表)를 내렸다고 한다. 『소학』 외편 선행조에 그에 관한 내용이 있다.

장량(張良, ?~BC 186) : 전한시대 사람. 자는 자방(子房), 시호는 문성(文成). 조부와 부친이 연이어 한(韓)나라의 재상을 지냈다. 진(秦)나라가 조국 한나라를 멸망시키자 자객을 시켜 박랑사(博浪沙)에서 진시황을 암살하려 했지만 실패했다. 후에 유방(劉邦)의 모신(謀臣)이 되었다.

장비(張飛, ?~221) : 삼국시대 촉(蜀)의 무장(武將). 자는 익덕(翼德). 유비·관우와 도원결의를 맺었다. 술이 과하고 부하에게 혹독하게 대하여 실수가 많았으나, 관우와 더불어 당대 최고의 용장으로 일컬어진다. 유비가 제위에 오르자 거기장군(車騎將軍), 사예교위(司隷校尉)에 임명되었다. 딸이 후주(後主)의 황후가 되었다.

장석지(張釋之) : 전한 사람. 자는 계(季). 문제(文帝) 때 기랑(騎郎)이 되고, 후에 알자(謁者)와 알자복야(謁者僕射), 공거령(公車令)을 지냈다.

장소(張昭, 156~236) : 삼국시대 손권의 모사(謀士)로 오(吳)의 건국공신. 자는 자포(子布). 어려서부터 박식하기로 이름났다. 주유(周瑜)의 추천으로 손책의 막하에 들어 무군중랑장(撫軍中郎張)이 되었다. 손책의 유촉(遺囑)을 받아 주유 등과 협력하여 젊은 손권을 잘 보좌했다.

장손무기(長孫無忌, 594~659) : 당나라 초기의 정치가. 자는 보기(輔機). 태종을 잘 보필하여 천하를 안정시켰으며, 고종이 황후 왕씨(王氏)를 폐하고 무소의(武昭儀)를 들이려는 것을 반대하다가 유배당하여 죽었다.

장송(張松, ?~212) : 유장(劉璋)의 수하. 자는 영년(永年). 유장이 암약하여 익주를 부지 못할 것을 알고 달리 영웅을 불러들여 나라를 내어줄 계책을 세웠고, 마초(馬超)가 패하자 한중을 칠 것을 권고하러 조조를 찾았으나 소홀한 대접을 받고 돌아와야 했다. 유비가 돌아가는 그를 맞아들여 빈객으로 대하자 감격하여서 서천지도를 바치고 협력할 것을 약속하였다.

장양(張讓) : 후한의 환관. 영제(靈帝) 아래에서 권력을 좌지우지하던 환관 집단 '십상시(十常侍)'의 우두머리. 영제가 아버지라고 불렀다.

장영(張泳) : 삼국시대 촉한의 각종 제기(祭器)를 담당하던 동관의 하관.

장완(蔣琬, ?~245) : 촉한(蜀漢)의 재상. 제갈량의 출전 중 성도에 머물면서 원정군의 식량보급과 군사조달에 만전을 기해 제갈량으로부터 '나의 오른팔'이라는 칭찬을 받았다. 안양정후(安陽亭侯)에 봉했졌다. 시호는 공후(恭侯).

장우(張禹) : 전한시대 재상. 자는 자문(子文), 시호는 절후(節侯). 경학을 익혀 박사(博士)가 되었다. 원제(元帝) 때 태자에게 『논어』를 가르쳐 광록대부(光祿大夫)가 되었고, 관내후(關內侯)와 영상서사(領尙書事) 등을 지냈다. 후에 승상이 되었고, 안창후(安昌侯)에 봉해졌다.

장임(張任) : 서촉 유장(劉璋)의 수하 장수. 유장이 장로(張魯)를 막고자 유비를 불러들이려 할 때 극력 반대하였다. 방통이 유비의 첫 대면 연회에서 위연을 시켜 칼춤을 추게 하고 기회를 보아 유장을 죽이려 하였을 때, 마주 나가 춤추며 주인을 지켰다.

장지동(張之洞, 1837~1909) : 청나라 말기의 관료. 귀주성의 학자이자 관료 집안에서 태어났다. 정치적으로 서태후를 지지했고 충성을 다했으며, 서태후 또한 그를 빠르게 승진시켰다.

장합(張郃) : 삼국시대 위(魏)의 장수. 자는 준문(雋文). 처음 한복(韓馥) 휘하에 있었으나 그가 죽은 뒤 원소에게 투항하여 공손찬 격멸에 큰 공을 세웠다. 관도(官渡)의 싸움 중에 곽도(郭圖)의 반간계(反間計)에 걸려 오래 있기 어렵게 되자, 고람(高覽)과 함께 조조에게 항복하여 중용되었다.

적청(狄青, 1008~1057) : 북송의 장수. 자는 한신(漢臣). 항오(行伍) 출신으로 말타기와 활쏘기에 능했다. 인종(仁宗) 보원(寶元) 초에 연주지사(延州指使)로 서하(西夏)와 싸울 때 동으로 만든 면구(面具)를 쓰고 항상 선봉에 서서 승리를 이끌었다.

정불식(程不識) : 한대(漢代)의 장수. 처음에 장락위위(長樂衛尉)를 지냈는데 나중에는 이광(李廣)과 더불어 변군(邊郡)의 태수가 되었다가 흉노를 쳐서 일시에 명장이 되었다.

정여창(丁汝昌, 1836~1895) : 청나라 말기 장군. 자는 우정(禹廷) 또는 우정(雨亭). 처음에 구식 해군의 장강수사(長江水師, 함대)에 들어간 뒤, 유명전(劉銘傳)을 따라 반청(反淸) 무장집단인 염당군 토벌에 공을 세워 참장(參將)으로 승진했다. 이후 북양수사제독(北洋水師提督)이 되어 북양함대를 통솔했으며, 임오군란이 일어나자 함대를 거느리고 조선에 와서 흥선대원군을 연행했다.

조고(趙高, ?~BC 207) : 진나라 환관. 시황제가 죽은 뒤에 장자 부소(扶蘇)를 죽이고, 둘째아들 호해(胡亥)를 2세 황제로 삼았다. 그 뒤, 2세 황제를 죽이고 자영(子嬰)을 즉위시킨 후에 정승이 되어 권력을 휘두르다 자영에게 일족이 살해되었다.

조과(趙過) : 한대(漢代) 무제(武帝) 때의 사람. 소로 농사짓는 법을 가르쳤다고 한다.

조빈(曹彬) : 송나라 태조를 도와 북송을 세운 개국공신. 군사령관을 역임했다.

조사(趙奢) : 전국시대 조나라 장수. 처음에 전부리(田部吏)를 지냈는데, 조나라의 평원군(平原君)이 임금에게 천거하여 국부(國賦)를 맡았다. 후에 장수가 되어 공을 세우고 마복군(馬服君)에 봉해졌다.

조삭(趙朔) : 전국시대 진(晉)나라의 충신. 개인적인 원한을 품고 있던 간신 도안가(屠岸賈)에 의해 조삭 자신을 비롯, 조씨 일문 전체가 몰살당했다. 당시 조삭의 충복인 정영(程嬰)이 자신의 아들을 대신 죽이는 비상수단으로 조삭의 유복자 조무(趙武)만을 구사일생으로 구출했다.

조운(趙雲, 168~229) : 삼국시대 촉의 장수. 자는 자룡(子龍). 뛰어난 창법으로 수많은 싸움에서 전공을 세웠다. 오호장군(五虎將軍)의 한 사람이며 청홍검(靑紅劍)을 소지했던 것으로 유명하다. 당양파(當陽坡) 싸움에서는 단기 필마로 유비의 부인인 감부인을 구하고, 미부인이 임종에 맡긴 아두(阿斗)를 품에 안고 적진 중을 돌파하여 용명을 떨쳤다.

조인(曹仁, 168~223) : 조조의 종제이자 수하의 대장. 자는 자효(子孝). 조조가 처음 동탁을 치려고 의병을 일으켰을 때 천명 부하를 거느리고 참여하였다. 관도대전(官渡大戰) 때 유비가 허도(許都) 남쪽에서 반란을 선동하자 이를 진압했다.

조자(趙咨) : 손권 막하의 모사(謀士). 자는 덕도(德度). 유비가 관우의 원수를 갚으러 출병하였을 때 그의 예봉(銳鋒)을 늦추기 위하여 자진하여 위에 사신으로 가서 양국을 연합시키는 데 성공하였다. 돌아와 벼슬이 도위(都尉)로 올랐다.

조조(曹操, 155~220) : 삼국시대 위(魏)왕조를 세운 인물. 자는 맹덕(孟德), 묘호는 태조(太祖), 시호는 무황제(武皇帝). 본디 하후씨(夏候氏)였으나 아버지 조숭(曹嵩)이 환관인 중상시(中常侍) 조등(曹騰)에게 양자로 들어갔으므로 조씨로 일컬었다. 아들 조비가 대를 잇자, 제위에 올라 그에게 무제(武帝)라는 시호를 올렸다.

조진(曹眞, ?~231) : 삼국시대 위(魏)의 장수. 조조의 집안 조카. 자는 자단(子丹). 일찍이 고아가 되어 조조에게 양육되었다. 용맹이 뛰어났고, 출정할 때마다 사졸들과 노고를 같이했으며, 군용이 모자라면 사재를 털어서 충당했다. 중군대장군(中軍大將軍) 때 조비의 유언을 받고 조예(曹叡)의 후견인 중의 한 사람이 되었다.

조착(鼂錯, ?~BC 154) : 전한의 정치가이자 학자. 경제(景帝) 때에 어사대부가 되어 제후의 영토를 줄여 세력을 약화시켜야 한다는 건의를 했다가 오초칠국(吳楚七國)의 난을 불러일으켰으며, 반대파의 참언으로 처형되었다.

조참(曹參, ?~BC 190) : 전한의 정치가. 원래 진(秦)나라의 옥리(獄吏)였는데 소하(蕭何)가 주리(主吏)로 삼았다. 진나라 말 소하와 함께 유방을 따라 병사를 일으켜 한신과 더불어 활약했다. 건국 후 평양후(平陽侯)에 책봉되었고, 진희(陳豨)와 경포(黥布)의 반란을 평정했다.

조충국(趙充國, BC 137~BC 52) : 전한의 장수. 자는 옹손(翁孫). 말타기와 활쏘기를 잘했으며, 지략도 갖추고 변방의 정세에도 해박했다. 무제(武帝)

때 가사마(假司馬)로 이광리(李廣利)를 따라 흉노를 공격해 그 공으로 거기
장군장사(車騎將軍長史)가 되었다. 후에 영평후(營平侯)에 봉해졌다.

좌종당(左宗棠, 1812~1885) : 청나라 말기 군인. 자는 계고(季高) 또는 박
존(朴存), 시호는 문양(文襄). 태평천국군이 호남으로 진출하자 호남순무(湖
南巡撫)의 막료가 되어 방위전에서 공을 세우고, 호남 각 지방의 농민폭동 진
압에 나섰다. 그 뒤 증국번의 상군(湘軍)에 가담하여 공을 세우고 절강순무
(浙江巡撫)로 발탁되어 절강을 수복했다.

주(紂, ?~BC 1100 추정) : 수(受) 또는 제신(帝辛)으로도 쓴다. 은(殷)나
라의 마지막 임금. 제을(帝乙)의 아들로, 이름은 신(辛)이다. 술을 좋아하고
음란했으며, 가혹하게 세금을 거두고, 부역을 과중하게 부과하는 등 폭정을
일삼아 폭군(暴君)의 대명사로 일컬어진다.

주아부(周亞夫, ?~BC 143) : 전한의 장군. 주발(周勃)의 아들. 아버지가
죽자 뒤를 이어 조후(條侯)로 봉해졌다. 흉노가 침범하자 장군이 되어 세류
(細柳)를 방어했다. 경제(景帝) 때 오초(吳楚)가 반란을 일으키자 태위(太尉)
로서 칠국(七國)의 난을 평정하고, 오왕(吳王)을 죽인 뒤 승상이 되었다.

주운(朱雲) : 전한의 관리. 자는 유(游). 젊어서부터 임협(任俠)을 좋아했
다. 나이 마흔에 백우자(白友子)에게 『주역』을 배웠다. 원제(元帝) 때 소부
(少府) 오록충종(五鹿充宗)과 논쟁을 벌여 연달아 꺾고 박사(博士)가 되었다.

주유(周瑜, 175~210) : 삼국시대 오(吳)의 장수. 자는 공근(公瑾). 유능한
장수였는데, 특히 수전(水戰)에 능했으며, 음악에도 조예가 깊었다. 손책과
같은 나이로 어렸을 때부터 둘도 없는 친구였으며, 동서 간이다. 적벽대전을
대승으로 이끌었다.

주처(周處, ?~297) : 동진(東晉)의 관리. 자는 자은(子隱). 오(吳)나라에서
벼슬해 무난독(無難督)에 이르렀다. 오나라가 망하고 진(晉)나라가 들어서자
광한태수(廣漢太守)와 어사중승(御史中丞)을 역임했다.

증국번(曾國藩, 1811~1872) : 청나라 말기의 행정가이자 군사지도자. 초
명은 자성(子城), 자는 백함(伯涵), 호는 척생(滌生), 시호는 문정(文正). 태평
천국을 진압한 지도자이자 양무운동의 추진자다. 주자학자와 문장가로도 유
명하다.

지백(智伯) : 전국시대 진(晉)나라 사람. 이름은 요(瑤). 지양자(智襄子)라

고도 부른다. 진나라 말기 유력 씨족들이 분열해서 서로 다투게 되었을 때 자체 세력을 형성하여 조양자(趙襄子)를 공격했지만 멸망했다.

진시황(秦始皇, BC 259~BC 210) : 성은 영(嬴), 이름은 정(政). 진(秦)나라 장양왕(莊襄王)의 아들로 중국 역사상 최초의 황제이다. 분서갱유(焚書坑儒)를 일으키고, 북방의 오랑캐를 막기 위해 만리장성을 쌓았다.

진평(陳平, ?~BC 178) : 전한의 관료. 젊을 때는 가난했지만 글 읽기에 힘을 기울였다. 한고조의 신하로서 육출기계(六出奇計)의 공을 세워 곡역후(曲逆侯)에 봉해졌다. 형과 함께 살았는데, 형은 농사를 지으면서 동생인 진평에게는 공부를 하도록 했다고 한다.

진회(秦檜, 1090~1155) : 남송 초기의 재상. 자는 회지(會之). 흠종(欽宗) 때 좌사간(左司諫)과 어사중승(御史中丞)을 역임했다. 1127년 금나라 군대가 장방창(張邦昌)을 세우는 것을 반대하는 글을 올렸다가 휘종과 흠종 두 황제를 따라 포로로 금나라에 갔다. 후에 재상이 되었으며, 악비(岳飛)를 살해했다.

척계광(戚繼光, 1528~1587) : 명나라 장수. 자는 원경(元敬), 호는 남당(南塘), 만호는 맹저(孟諸). 등주위지휘첨사(登州衛指揮僉事)를 세습했고, 가정(嘉靖) 연간에 습직(襲職)하여 도지휘첨사(都指揮僉事)에 올라 왜구(倭寇)를 방어하면서 전공을 세웠다.

철량(鐵良) : 청나라 말기의 장수. 만주족 귀족 출신. 북양육진(北洋六鎭)의 제1진을 통솔했다.

추기(鄒忌) : 전국시대 제(齊)나라 사람. 추기(騶忌)라고도 쓴다. 제위왕(齊威王)이 즉위한 뒤 거문고를 뜯으면서 유세해 재상(宰相)에 등용되었다. 성후(成侯)로 불린다.

팽옥린(彭玉麟, 1816~1890) : 청나라 말기의 군인. 자는 설금(雪琴), 호는 퇴성재주인(退省齋主人). 도광(道光) 말에 이원발(李沅發)의 반란을 진압하는 데 참여했다. 다시 증국번에게 투신하여 상군(湘軍) 수군(水軍)을 통솔했다.

편작(扁鵲) : 전국시대 초기 제(齊)나라 명의(名醫). 성은 진(秦), 본명은 월인(越人). 젊어서 장상군(長桑君)이라는 의술에 능한 사람을 만나 약방(藥方)의 구전과 의서를 물려받아 그 묘결(妙訣)을 터득하고 명의가 되었지만,

그를 시기한 진(秦)나라 태의령(太醫令) 이혜(李醯)의 흉계로 암살당했다고
한다.

포영(鮑永) : 전한시대 학자. 평제(平帝) 때 왕망(王莽)이 정권을 잡자 모
함을 받아 투옥된 후 자살한 포선(鮑宣)의 아들. 아버지의 학문을 가학으로
이어받았다.

포증(包拯, 999~1062) : 북송의 관료. 자는 희인(希仁). 감찰어사(監察御
史)에 발탁되어 병사를 키우고 장수를 선발하여 변방의 경비를 철저히 할 것
을 건의했다. 거란에 사신으로 다녀온 뒤 삼사호조판관(三司戶曹判官)을 지
내고, 뒤에 우사낭중(右司郎中)으로 옮겼다.

풍환(馮驩) : 전국시대 제(齊)나라 사람. 맹상군(孟嘗君)의 문객. 맹상군에
게 빚을 진 설(薛) 땅 주민들의 채무증서를 불태워 민심을 얻게 한 고사가 유
명하다. 나중에 맹상군이 제왕(齊王)의 신뢰를 잃고 봉국(封國)으로 돌아갔
을 때 설 땅 주민들이 백 리나 나와 환영했다고 한다.

하후연(夏侯淵, ?~219) : 삼국시대 위(魏)의 장수. 자는 묘재(妙才). 조조
와는 사촌관계로 조조의 누이동생을 아내로 맞았다. 조조가 진류(陳留)에서
의거하였을 때 천 명의 수하를 거느리고 참여하였다. 여러 싸움에서 공을 세
우고 농서를 지키다가 오랑캐 땅에서 힘을 길러 재기해 온 마초(馬超)를 무찔
러 패주하게 했다.

한기(韓琦, 1008~1075) : 북송의 관료. 자는 치규(稚圭), 호는 공수(贛叟),
시호는 충헌(忠獻). 익주(益州)와 이주(利州)에 흉년이 들자 체량안무사(體
量按撫使)가 되어 세금을 완화하고 탐관오리를 내쫓으며 불필요한 부역을 줄
이는 등 조치를 취해 기민(饑民) 90만 명을 구제했다.

한신(韓信, ?~BC 196) : 전한의 장군. 진(秦)나라 말, 농민봉기를 일으키
던 중 항우에게 소속되었으나 중용되지 못했다. 이에 유방에게로 갔는데 역시
벼슬이 낮아 도망하였다. 그때 소하가 힘써 천거하여 대장군에 임명되었다.
유방이 천하를 통일하는 데 큰 공을 세웠다. 초(楚)왕에 봉해졌으며, 소하ㆍ
장량과 함께 삼걸(三傑)이라 일컬어졌다.

한유(韓愈, 768~824) : 당나라 중기의 학자이며 문장가. 자는 퇴지(退之).
당송팔대가의 한 사람. 힘써 유학(儒學)을 제창했으며 유가의 도통(道統)을
계승했다고 자임했다. 송명이학(宋明理學)의 선성(先聲)이 되었고, 불교와

도교를 반대했으며, 고문운동의 창도자이다. 국자감사문박사(國子監四門博士)·국자박사(國子博士) 등을 거쳐 이부시랑(吏部侍郎)에 이르렀다.

항우(項羽, BC 232~BC 202) : 전국시대 초(楚)나라 장수. 초패왕(楚覇王). 이름은 적(籍), 자는 우(羽). 항연(項燕)의 후예. 유방과 천하를 놓고 다투었다.

허소(許邵) : 후한(後漢)의 유명한 인물비평가. 자는 자장(子將). 조조를 "치세에는 능신이지만 난세에는 간웅"이라고 평가해 유명해졌다. 위(魏)에서 벼슬 생활을 했던 허정의 사촌동생으로도 알려져 있다.

헌원씨(軒轅氏) : 전설 속의 고대 천자(天子). 성은 공손(公孫) 또는 희(姬). 헌원의 언덕에서 낳았기 때문에 헌원씨라고 하고, 유웅(有雄)에 국도(國都)를 정한 까닭에 유웅씨라 일컫는다. 배와 수레를 창조하여 교통을 편리하게 했다. 황제(黃帝)로도 불린다.

홍수전(洪秀全, 1814~1864) : 청나라 말기 태평천국의 창시자. 1851년에 평화롭고 평등한 지상천국을 수립할 것을 목적으로 군사를 일으켜 태평천국을 세우고 자신을 천왕이라 칭했다. 1853년에 난징을 점령하고 신국가 건설에 착수했으나 정부군이 난징을 함락하기 전에 병사하였다.

화타(華陀) : 전설적인 의원. 자는 원화(元化). 신의(神醫)로 수많은 환자를 치료했다. 관우가 화살을 맞아 고생한다는 말을 듣고 형주로 찾아가서 살을 째고 뼈를 긁어 치료하여 살렸다. 뒤에 조조가 두통이 심하다고 불렀을 때, 골을 쪼개어 치료하면 된다는 의견에 노여움을 사서 그의 손에 죽었다.

환온(桓溫, 312~373) : 동진(東晉) 사람. 자는 원자(元子). 환이(桓彝)의 아들이자 명제(明帝)의 사위다. 부마도위(駙馬都尉)와 낭야태수(琅邪太守)를 지냈다.

환전(桓典) : 후한(後漢)의 시어사(侍御史). 자는 공아(公雅). 법 집행이 엄정하고 늘 푸른 말[驄馬]를 타고 다녔으므로 '총마어사'로도 불렸는데, 이후부터 어사를 '총마'라 일컫게 되었다고 한다.

황사림(黃士林) : 청나라 말기의 장군. 임오군란 때 조선에 들어왔으며, 연회를 한다는 명목으로 대원군을 그의 진중(陣中)으로 유인하여 납치하였다.

황충(黃忠, ?~219) : 삼국시대 유비 막하의 장수. 오호대장(五虎大將)의 한 사람. 자는 한승(漢升). 활 솜씨가 뛰어나 신궁(新弓)으로 불렸다. 원래 유표 수하의 중랑장이었으나, 한현(韓玄)에게 있다가 장사(長沙)를 치러 온 관우와 뜻이 통해 성이 함락된 후 유비의 부름을 받아 그의 막하에 들어 토로장군(討虜將軍)이 되었다.

황호(黃皓) : 삼국시대 촉한의 환관이자 간신. 후주(後主) 유선(劉禪)의 눈과 귀를 가려 간사하게 굴고 주색에 파묻히게 하였다. 촉한이 망한 뒤, 위나라 장수 등애가 그를 죽이려 했으나, 등애의 측근에게 뇌물과 간사한 말을 써서 목숨을 보전하였다. 그러나 후주를 따라 낙양으로 옮겼을 때, 사마소가 나라를 좀먹고 백성을 해한 놈이라고 하여 능지처참하였다.

휘종(徽宗) : 북송의 황제. 예술의 후원자이자 서화가이다. 북쪽의 요(遼)가 세력을 뻗치며 위협하자, 만주의 여진족과 동맹을 맺었다. 요와의 전투에서 이기기는 했으나 여진족의 세력이 점차 커지자 이에 두려움을 느껴 아들 흠종에게 제위를 물려주었다. 그러나 흠종이 제위에 오른 지 2년이 지난 1127년 여진족은 수도 개봉을 점령하고 북송을 멸망시켰다. 휘종과 흠종은 만주에서 비참한 귀양살이 끝에 죽었다.

일본인

가쓰라 타로(桂太郎, 1848~1913) : 메이지시대의 정치가이자 육군대장이며 공작. 1868년 메이지유신에서 조슈한(長州藩)의 일원으로 천황파를 도왔다. 독일에서 군사학을 연구하고, 귀국 후 육군을 독일식으로 개편할 것을 주장하여 군사 행정 위주의 군정(軍政)과 작전 지휘 위주의 군령(軍令)을 분리하도록 건의했다. 이것이 채택되어 1878년 말 군정은 육군성이, 군령은 참모본부가 분담하는 체제가 마련되었다. 1886년에 육군차관에 임명되었으며 청일전쟁에 참전하였다. 1901년에는 총리가 되었고 그 후 두 번 더 연임하였다.

고무라 주타로(小村壽太郎, 1855~1911) : 메이지시대의 외교관이자 정치가. 외무대신과 귀족원의원을 지냈다. 1870년 제1회 문부성 해외유학생에 선발되어 하버드 대학에서 법률을 공부했다. 청일전쟁 후, 주한변리공사, 외무차관, 주미 · 주러시아 공사를 역임했다.

구리노 신이치로(栗野愼一郎, 1851~1937) : 메이지시대의 외교관. 하버드 대학에서 유학했다. 갑신정변이 일어났을 때 경성으로 출장 가서 사건 처리를 했다. 명치 27년 주미공사를 시작으로 이탈리아, 프랑스, 스페인, 포르투갈 등의 공사를 역임했다.

노기 마레스케(乃木希典, 1849~1912) : 메이지시대의 군인. 조슈한(長州藩)의 무사 출신으로 도쿠가와 막부의 조슈 정벌 때 조슈한의 보국대(報國隊)에 가담해 포병대원으로 전투에 참가했다. 독일에서 군제와 전술을 공부하고 돌아와 청일전쟁에 보병 제1여단장으로 출정했다. 1896년에 제3대 타이완 총독이 되었으나 통치에 실패하여 사임했다. 1904년 러일전쟁이 일어났을 때는 휴직 중이었으나 소집되어 같은 해 5월 제3군 사령관으로 여순을 공략했다. 1907년에는 가쿠슈인(學習院) 원장을 역임했으며 자신을 신임하던 메이지 천황이 죽자, 장례일에 도쿄의 자택에서 부인과 함께 자결했다.

노즈 미치쯔루(野津道貫, 1841~1908) : 메이지시대 육군 군인. 사츠마한(薩摩藩) 출신. 만주사변과 청일전쟁에 제1군사령관으로 활약했다. 러일전쟁에도 제4군 사령관으로 무공을 세웠다. 1905년 원수(元帥)의 칭호를 받았다.

다루이 도키치(樽井藤吉, 1850~1922) : 메이지시대 사회운동가. 현재의 나라현에서 목재상의 차남으로 태어났다. 1868년 상경하여 하야시 카구료우(林鶴梁, 1806~1878)의 숙(塾)에서 배웠다. 친구들과 『평론신문』을 발간하여 신정(新政)을 비판하기도 했고, 1882년에는 동양사회당을 결성하기도 했다. 1892년 중의원 의원에 당선되었다. 다음 해 대표적인 저서 『대동합방론(大東合邦論)』을 출간하였다.

도요토미 히데요시(豊臣秀吉, 1536~1598) : 중세 일본의 무장(武將). 본명은 히요시마루(日吉丸). 하시바 지쿠젠노가미(羽柴筑前守)라고도 한다. 16세기 오다 노부나가(織田信長)가 시작한 일본통일의 대업을 완수했고, 해외침략의 야심을 품고 조선을 침략해 임진왜란을 일으켰다.

사이고 다카모리(西鄕隆盛, 1827~1877) : 도쿠가와 막부 말기의 정치가. 본명은 기치베(吉兵衛) 또는 기치노스케(吉之助). 호는 난슈(南洲). 도쿠가와 막부를 전복시킨 메이지유신 지도자 중의 한 사람이다. 가고시마의 하급무사 집안에서 태어났다. 뛰어난 검술은 물론 용기와 관용 등 사무라이가 지녀야 할 덕목을 갖추고 있어 주위에는 항상 동료와 추종자들이 몰려들었다.

왕정복고에 참가하여 큰 공을 세움으로써 전설적인 영웅이 되었으나 왕정복고로 인해 자신이 속한 사무라이 계급이 몰락하게 된 것을 애석하게 여겼으며, 자신이 옹립한 천황정부의 취약점에 대항하여 반란을 일으켰으나 실패하여 동료의 손을 빌려 자살했다.

산조 사네토미(三條實美, 1838~1891) : 도쿠가와 막부 말기의 정치가. 264년간 지속된 도쿠가와 막부의 지배를 종식시킨 메이지유신에서 공을 세운 급진적인 조정귀족으로 메이지유신 이후 신정부의 중심 지도자가 되었다.

아오키 슈조(靑木周藏, 1844~1914) : 메이지시대의 외교관. 1865년 하기한코우(萩藩校) 아이린칸(明倫館) 호생당(好生堂)의 코우세이도우(教諭役)인 아오키 겐조우(靑木研藏)의 양자가 되었다. 1867년 번의 명으로 나가사키에 가서 의학을 수학했다. 명치 원년에 의학수업을 위해 번의 유학생들과 함께 독일로 향했다. 베를린에 도착한 뒤, 숙원이던 정치와 경제학을 대학에서 배웠다. 이후 주독(駐獨)공사를 지냈고, 메이지시대 독일통의 일인자로 일본의 체제를 독일화하려고 했다.

야마가타 아리토모(山縣有朋, 1838~1922) : 일본 제국의 육군을 만든 핵심인물이자 육군대장으로 제1군 사령관과 육군참모총장을 역임했고 공작의 작위를 받았다. 27년간 귀족원 의원으로 지내면서 내무대신(3회), 사법대신(1회), 총리대신(2회), 추밀원 의장(3회)에 올랐다. 일본 총리를 두 번 지냈으며, 일본 의회제도 체제 아래 최초의 총리이다.

오시마 요시마사(大島義昌, 1850~1926) : 메이지시대와 다이쇼시대에 활동한 일본 제국의 군인이다.

오오가키 다케오(大垣丈夫, 1861~1929) : 식민시기 조선에서 활동한 정치가. 친한론자(親韓論者)로 알려져 있으나, 일본의 조선 식민지화에 이바지하기 위한 것이란 비판이 강하다. 1906년 한국에 건너와서 1910년까지 4년간 대한자강회, 대한협회의 고문(顧問)으로 두 단체의 창립에 깊숙이 관여했다.

오쿠마 시게노부(大隈重信, 1838~1922) : 일본 사가번 무사 출신의 정치가이자 교육자이다. 제8대, 제17대 일본 내각총리대신을 역임했다.

요시다 쇼인(吉田松陰, 1830~1859) : 에도시대 존왕파의 지사이자 교육자. 이름은 노리카타(矩方)이고, 쇼인은 호이다. 도라지로(寅次郎), 니주잇카이 모시(二十一回猛士)라고도 한다. 조슈한(長州藩)의 하급무사의 아들로 태어나 5세 때 숙부의 양자가 되어 요시다 가문을 계승했다. 1858년 막부가 칙허를 얻지 않고 미일수호통상조약을 체결하자 열렬한 존왕론자였던 그는 반막부적 언동을 취했다. 로주(老中) 마나베 아키카쓰(間部詮勝) 암살 계획을 세웠으나, 안세이(安政)의 대옥을 강행한 막부는 쇼인을 수상히 여겨 1859년 에도로 호송하여 투옥했다. 심문 중에 로주 암살 계획이 드러나 사형에 처해졌다.

이와쿠라 도모미(岩倉具視, 1825~1883) : 도쿠가와 막부 말기의 정치가. 비교적 지위가 낮은 궁정귀족 가문에서 태어나 보다 유력한 이와쿠라 가문의 아들 겸 상속자로 입양되었다. 1858년에 미일수호통상조약에 대한 비준을 거부하도록 왕에게 영향력을 행사함으로써 오랫동안 쇼군(將軍)이 독단적으로 처리한 문제에 조정이 더 참여할 수 있는 선례를 확립했다. 메이지유신을 성공시킴으로써 쇼군의 권력에 종지부를 찍는 데 이바지했다.

하세가와 요시미치(長谷川好道, 1850~1924) : 일본 육군대장으로 제2대 조선총독을 지냈다. 하세가와는 조선총독 당시 무단통치를 실시하고 민족운동을 철저히 탄압했으며, 1919년 3·1운동이 일어나자 많은 사람을 학살하는 등 무자비한 방법으로 이를 억눌렀던 인물이다.

이토우 스케유키(伊東祐亨, 1843~1914) : 메이지시대 해군 군인. 가고시마번에서 태어났다. 메이지유신 후, 후지산칸(富士山艦)의 일등사관이 되었다. 청일전쟁 시, 연합함대 사령장관으로 청국의 함대를 격파시켰다. 러일전쟁에서는 해군군령대장으로 대본영의 유악(帷幄, 전략전술)에 참여하였다. 청일전쟁과 러일전쟁의 공으로 자작, 백작을 수여받았다.

서양인

나폴레옹(Napoleon, 1769~1821) : 프랑스의 장군. 제1통령(統領)과 황제를 역임했다.

뉴턴(Sir Isaac Newton, 1642~1727) : 영국 출신의 물리학자이자 수학자. 17세기 과학혁명의 상징적인 인물. 광학·역학·수학 분야에서 뛰어난 업적을 남겼고, 1687년에 출판된『자연철학의 수학적 원리(Philosophiae

Naturalis Principia Mathematica)』는 근대과학에 있어서 가장 중요한 책으로 꼽힌다.

디오게네스(Diogenes) : 그리스 철학자. 금욕적 자족을 강조하고 향락을 거부하는 그리스 철학의 한 학파인 견유학파(犬儒學派)의 전형적 · 대표적 인물. 그의 추종자들은 도덕의 파수꾼을 자처했다.

루소 : 장자크 루소(Jean-Jacques Rousseau, 1712~1778) : 스위스 제네바에서 태어난 프랑스의 사회계약론자이자 직접민주주의자.

모스(Samuel F.B. Morse, 1791~1872) : 미국의 화가이자 발명가. 독자적인 전신기를 개발했고, 1838년에는 모스 부호를 개발했다.

몽테스키외(Montesquieu, 1689~1755) : 프랑스의 정치철학자. 그의 저서인『법의 정신(De l'esprit des lois)』(1748)은 정치이론 확립에 크게 이바지했다.

베이컨(Francis Bacon, 1561~1626) : 영국의 철학자이자 법률가이며 정치가. 제임스 1세 때 대법관을 지냈다. 그는 인간 · 시민 철학을 실천적 기예 또는 기술의 문제로 다루었다.『학문의 진보(Advancement of Learning)』,『신 오르가논(Novum Organum)』,『대혁신(Instauratio Magna)』등의 저술이 있다.

비스마르크(Otto Eduard Leopold von Bismarck, 1815~1898) : 독일 제국의 총리. 독일을 통일하여 독일 제국을 건설한 프로이센의 외교관이자 정치가. 괴팅겐 대학과 베를린 대학에서 법학을 공부하였고, 이후 공무원으로 근무하다 1847년 프로이센 의회의원에 당선되어 정계에 진출하였다.

슈타인(Karl, Reichsfreiherr vom und zum Stein, 1757~1831) : 프로이센의 정치가. 프로이센 총리와 러시아 황제 알렉산드르 1세의 개인고문을 지냈다. 나폴레옹 전쟁 당시 프로이센의 광범위한 개혁을 추진했고, 나폴레옹에 맞선 마지막 유럽 동맹결성에 영향력을 행사했다.

와트(James Watt, 瓦妒, 1736~1819) : 영국의 발명가. 증기기관차를 발명했다. 1768년 소형 시험기관을 만들었고, 1769년 '화력기관에서 증기와 연료 소비를 줄이는 신개발법'으로 특허를 얻었다. 복동식기관, 수평운동장치, 원심조속기의 활용, 압력계 발명 등으로 와트 기관을 완성했다.

워싱턴(George Washington, 1732~1799) : 미국 독립의 영웅이자 건국

의 아버지라 불린다. 영국의 식민지였던 버지니아 주에서 태어났다. 부친은 유복한 농장주였는데 그가 열한 살 때 죽었다. 1775년 제2차 식민지회의(대륙회의)에서 식민지 연합군 총사령관으로 선출되었다. 전쟁이 합중국의 승리로 끝난 후 사령관직에서 물러나 귀향했지만 많은 사람들의 지지로 합중국의 초대대통령이 되었다. 8년간 대통령으로 재임하면서 합중국의 기초를 다지는 데 크게 이바지하였다.

임락지(林樂志, John Allen Young, 1836~1907) : 감리교파 선교사로 1860년 중국으로 건너가 청나라 정부의 번역관 및 교사가 되었으며, 19세기 중국의 계몽운동에 큰 활약을 한 선교사 겸 저널리스트이다. 1875년 상해에서 중국어 신문『만국공보(萬國公報)』를 창간하였으며, 1887년에는 광학회(廣學會)를 설립하여『만국공보』를 기관지로 하였다. 1896년에는『중동전기본말(中東戰紀本末)』을 출간하였다. 강유위 등의 변법파(變法派)에 큰 영향을 끼쳤다. 임락지(林樂志)는 그의 중국 이름이다.

카부르(Camilo Benso di Cavour, 加富爾, 1810~1861년) : 이탈리아의 정치가. 국가 통일의 아버지로 추앙받는다.

카이사르(Gaius Julius Caesar) : 로마 공화정 말기의 정치가이자 장군. 폼페이우스, 크라수스와 함께 삼두정치(三頭政治)를 수립하고 이를 바탕으로 로마의 집정관에 취임하였다. 갈리아 전쟁, 알렉산드리아 전쟁을 치르며 로마의 최고 지배자가 되어 각종 사회정책사업 등을 실시했으나 권력집중에 반대한 원로원의 브루투스와 카시우스 등에게 암살되었다.

칸트(Immanuel Kant, 1724~1804) : 독일의 계몽주의 사상가. 르네 데카르트에서 시작된 합리론과 프랜시스 베이컨에서 시작된 경험론을 종합했다. 철학적 사유의 새로운 한 시대를 열었다는 평가를 받는다. 인식론 · 윤리학 · 미학에 걸친 종합적이고 체계적인 작업은 뒤의 철학들에게 큰 영향을 주었다.

크롬웰(Oliver Cromwell, 1599~1658) : 영국의 정치가이자 군인. 청교도 혁명으로 영국의 군주제를 폐한 1653년 12월 6일부터 죽을 때까지 호국경으로 잉글랜드와 스코틀랜드, 아일랜드를 다스렸다.

크루프(Alfred Krupp, 1812~1887) : 주강대포를 비롯해 여러 무기류를 개발, 판매한 독일의 실업가. 대포왕이라 불렸다. 14세에 돌아가신 부친으로부터 가동이 거의 중단된 작은 공장과 함께 양질의 주강을 제조하는 비법을 전해받았다. 그 후 새로운 기계들을 설계·개발해냈으며, 1851년 런던에서 개최된 최초의 세계박람회에서 당시로서는 최대 규모인 1,950kg에 달하는 주괴(鑄塊)를 선보였다. 크루프 공장은 1847년경부터 병기를 제조하기 시작했다.

파버(花之安, Dr. Ernst Faber, 1839~1899) : 중국에 있던 독일인 선교사.

표트르 대제(Emperor Peter, 彼得帝, 1682~1725) : 러시아 로마노프 왕조 4대 황제.

플라톤(Platon) : 그리스 철학자. 이성주의적 윤리학자. 이성이 인도하는 것이면 무엇이든 따라야 한다는 입장을 고수했다. 서양문화의 철학적 기초를 마련하였다.

헤로도토스(Herodotos) : 그리스의 역사가. 그리스와 페르시아 전쟁을 다룬, 고대에 창작된 최초의 이야기체 역사서인 『역사(Historiae)』를 저술했다. 이 책은 『페르시아 전쟁사』라고도 한다.

호메로스(Homeros) : BC 9세기 또는 BC 8세기경에 활동한 고대 그리스의 시인. 서사시의 걸작 『일리아스(Iliad)』, 『오디세이아(Odyssey)』의 저자로 추정된다.

제갈량과 20세기 동양적 혁명을 논하다

역주 몽견제갈량夢見諸葛亮

1판 1쇄 발행 2015년 3월 16일

지은이 유원표
역주 이성혜
펴낸이 강수걸
편집장 권경옥
편집 문호영 양아름 손수경
디자인 권문경 박지민
펴낸곳 산지니
등록 2005년 2월 7일 제14-49호
주소 부산광역시 연제구 법원남로15번길 26 위너스빌딩 203호
전화 051-504-7070 | 팩스 051-507-7543
홈페이지 www.sanzinibook.com
전자우편 sanzini@sanzinibook.com
블로그 http://sanzinibook.tistory.com

ISBN 978-89-6545-283-6 93810

＊이 저서는 2007년 정부(교육과학기술부)의 재원으로 한국연구재단의 지원을 받아 수행된
연구입니다.(NRF-2007-361-AM0059)